帝凰

2

天下归元

著

百花洲文艺出版社

目录

卷一·涅槃卷

卷二·六国卷

卷一

涅槃卷

第九十二章

情动

彩昙骇然回首。

“准！”屏风后快步行出萧玦，怒色已散，明锐双目直视秦长歌，话却是对彩昙说的，“朕无须开导你，更无须乞求你，以你的枭獍行为，车裂了你全家也算轻！怜你尚有诚孝之德，你家人我可以从轻发落，你自己招吧！”

彩昙哀号一声泪流满面，一路膝行扑跪至萧玦脚下，“砰砰砰”磕头如捣蒜，血肉肌肤生生撞击在金砖地面上，发出的回响空洞而沉闷：“奴婢说……奴婢通通说了……奴婢根本不想那样……”

她捂着流血的手指，断断续续地抽噎着，语不成声：“是……是太后……”

对望一眼，文昌和秦长歌都在对方眼中发现了毫不意外的神情，“江太后”这个名字，在两人心中早已盘桓了无数次，如今不过是得到证实罢了。

萧玦的身子微微一震，眼光一黯，随即恢复如常，冷冷道：“哦？证据？你要知道，攀诬太后是个什么罪名？”

“奴婢知道！”彩昙又磕了个头，眼见萧玦并未暴怒，她心里也稍稍安定了些，悲凉地道，“奴婢算哪个牌名上的人，敢攀诬太后？奴婢有证据——太后身边的何嬷嬷，就是她两个月前来找奴婢，拿了奴婢娘亲的镯子和小弟弟的记名符儿……逼奴婢接近绮陌姐姐，取了那箱子钥匙的模子，然后开了箱，盗了那金弩去再锁好……送回来的时候也是奴婢去放回的，何嬷嬷关照说不能乱碰，奴婢便知道里面做了手脚……奴婢怕将来东窗事发，自己白白落个死字由得人逍遥法外，便故意装作贪财，索要何嬷嬷头上的珠花钗子，何嬷嬷指望奴婢办事，便给了……后来她大约觉得不对，又拿了几个金锭子来换了回去……可是奴婢已偷偷做了手脚，她那钗子的中段，被奴婢刻了一长两短三道横线……陛下一查便知，那钗子，本就是长寿宫有品级的老嬷嬷才能戴的……”

倒确实是个伶俐婢子……秦长歌看了她一眼，微有些惋惜。

萧玦听完不语，传命宫外等候的侍卫进来，嘱咐了几句，便有一批人带走彩昙，一批人往长寿宫去了。

侍卫的靴声整齐急速地远去，一阵喧嚣后，偌大的宫殿越发沉寂，因为等待，安静的气氛被无限拉长，萧玦斜坐榻上，将一本书翻得哗啦啦响，不住眼地瞄恭谨侍立在一侧，又恢复小宫女谦卑模样的秦长歌。在一边取了花样描画的文昌，眼神在秦长歌和萧玦身上掠过，忽含笑起身，道：“这花样子实在繁复，我记得内殿存了些简单的，我去找找。”说着便去了。

她走也罢了，竟连外廊下听候使唤的宫女也一起挥退，一时殿内、殿外空旷无人，只听得见两个人的呼吸，一个微有些沉重急促，另一个轻细绵长。

“嗒，嗒”，有节奏的敲击声突然响起，打破有点沉闷的空气，两个人都微微一惊，秦长歌瞟了萧玦一眼，萧玦这才发觉，是自己无意识地在沉吟，手指上猫眼石扳指一下下敲击在沉香木榻椅上，声音清脆。

至于沉吟的问题……萧玦苦笑了一下，刚才自己想的竟然是——纳她为妃？不纳？纳？不纳？

她是如此的……相似长歌。

但她不是长歌，他终于失望地确定了这个事实。

那日邂逅萧溶，在怀疑那精灵孩子是他儿子的同时，他的心便无一日安宁，总在心心念念地想，那小乞丐是他儿子的话，那么明霜是不是长歌乔装的？

上林庵寻不着明霜，他立即回宫，召了当初和明霜一起应差的嬷嬷私下问过，有经验的老嬷一口咬定，明霜是年纪十六的黄花姑娘，绝对不会看错，否则愿领欺君之罪。

言之凿凿，他一直怦怦跳动的心，终于黯然地沉寂下来。

她不是长歌，是，不可能是，如果长歌真的决心离开，以她的性子，怎会重来？

她既然离开，自然携着爱子，她怎可能保护不了自己的儿子，而令他流落街头？

不过几个巧合，芸芸众生，总有相像的人。

疯了，自己疯了，疯至耽溺于幻想，并为之喜悦如狂。

何其可笑。

他低叹，目色潺潺如深渊。

长歌离去这几年，他愤怒、失落，苦痛而迷茫，然而内心深处，他无一刻不在等待，等待某个早已渺茫的希望，某一日听见他沉默的呼唤，飘然而归，成为真实。

然而时光是能消磨人的希冀和企盼的，每夜月光下带着那个模糊的希望入睡，再一日日睁开眼，对着空床孤枕，听偌大宫殿群里不住徘徊的寥落风声，他那个无法对人言说的希望，被不变的晨光不断削薄。

到了后来，他什么也不想了，不期望，也就没有失望，但也不想再去追逐另一份温暖，那些婉娈的眉眼，很美；那些细致的服侍，很体贴；那些挖空心思渴望着他的关注的妃子，很多。那些都很好，可那都不是他想要的。

他想，就这样一辈子，也好，那样的她，谁能奢求能拥有一生？有过那么一段，这一生里也足够将那些浓墨重彩的岁月细细咀嚼了。

他不想接受任何一个不是她的女子。

她离开，但他不会。

直到看见她，这个叫明霜的女子，不及她的绝色风华，却不逊她的聪慧冷静。

他忍不住被她吸引，于吸引里又不断生出抗拒。

他不愿背叛自己的内心，更不愿再一次自欺欺人地麻醉自己，他不知道自己被吸引的，到底是那个女子，还是她身后若有若无的故人的影子。

爱情是怎样的一种深痛的蛊惑，让人堕落至连虚无的幻影也不由自主地去追逐。

萧玦啊萧玦，你无能至此。

苦笑着，收回手，萧玦干脆直接看向秦长歌：“你……很像一个人。”

“像先皇后？”秦长歌眨眨眼，开门见山地、劲爆地抛回了这个答案。

开国皇后善于洞察他人内心，萧玦刚才的神情，秦长歌自然知道他在抉择。

萧玦惊愕地盯着秦长歌，看着她缓缓一笑，不知为何有点忧伤的意味。

“很多人这样说过……陛下，我可以问问，我哪里像她吗？”

萧玦并没有注意到她的自称已经不是奴婢，而是“我”，只神色遥远地沉默，半晌道：“不，不像，不要像。”

怔了怔，秦长歌明白了他的意思，抿了抿唇，她难得地有些感动，想了想，试探地道：“听说先皇后是被害的……”

萧玦霍然转首，目光厉烈。

秦长歌立即闭嘴。

利刃般的目光在秦长歌脸上扫射一周，渐渐敛去锋芒，萧玦神色里泛上一丝疲惫，半晌，向榻上一倚，低声道：“她不算是好人……甚至我曾经责怪过她的心地……但是，对于国家、对于我，她无一分亏欠处……”

许是今日之事令他内心疲倦，他难得破例肯开口提及睿懿，那般淡冷而若有若无的言语里，有种沉重令人不敢触及。

闭上眼，神思突然飘远，回到了当年的赤河草原，那是第一次赤河战役期间，他被人算计、挤对立下军令状，时刻面临覆灭危险，而她巧计围魏救赵，辗转数大州三方势力之间，为他周旋，为他去掉了后顾之忧。那一仗终于大胜，他在草原上等她回来，那是他们第一次分离那许久，彼时风轻云淡，碧草长满天边，清晨的长草叶尖挂着淡淡的白霜，在他焦急的视线里，那少女一身淡淡的黄衣，纯净如幼鸟细密绒毛的颜色，一骑黑马泼风而来，将至之时，她犹嫌马不够快，竟突然飞身而起，踏草而行，黄衣绿草，白霜莹莹，掠风而渡，飞逸如仙，而当她终于扑入他怀中时，草上霜露未损。

转瞬清丽的画面淡去，换之堂皇华贵的大仪宫，册封皇后的典礼上，开国皇后金簪凤翅明月珰，深紫色霓裳金丝凤盘旋飞舞，镶七宝霓虹边的羽披如一道坠落地面的彩虹飞落玉石殿堂，攒金点翠珍珠的六龙三凤冠垂下水滴般的晶串，明珠生晕，整个人仿佛裹在一团深金淡白的光芒之中，光晕里女子的艳色连那珠宝珍玉的华光都不能尽掩，而她笑意盈盈的眼波，令宝座前含笑伫立的他，神动魄摇，喜悦无伦。

这天下，他的和她的，这一刻九重之高，殿堂之上，君临天下，万众仰望的荣光。

然后，莫名地被一场从天而降的妖火烧灭。

……

他微微露出一丝笑意，惨淡的。

睁开眼，正正迎上正直直注视着他的秦长歌的目光，那目光里的无限探究和隐隐迷惑令他一震。

而秦长歌已经狼狈地转开了目光，垂眼看地面……他那样的神色可真无辜啊……无辜得她都控制不住自己了……

又仔细地看了看她，萧玦似是终于下了决心，开口道：“你要不要……”

“启禀陛下！”

殿外传来的高声唱名打断了他欲待出口的话。

萧玦怔了怔，皱皱眉转头。

秦长歌无声地嘘了口气。

是来回报的侍卫统领夏侯绝，他依命拿了何嬷嬷，此时正执了那老婆子跪在阶下，见萧玦出来，立即将一支簪子高举奉上。

拿在掌心端详，果然在彩昙指证的部位发现印记，萧玦冷哼一声，“咔嚓”一声狠狠捏碎了簪子，二话不说，一脚踢翻了那个在地上瑟瑟发抖软成烂泥的婆子，寒声道：“拖下去，杖毙！完了把她的外衣剥了，送到长寿宫！”

拂袖转身进殿。

此时文昌已经出来，见弟弟神色不善，微微一叹道：“陛下，不宜大动干戈，何况今日这个日子……”

冷笑一声，萧玦仰首看着殿顶藻井，神情中的暴怒之意已经渐散，倒多了几分无奈。

文昌还要劝，秦长歌对她摇摇头，萧玦却立即转头看她，道：“你摇头做什么？”

秦长歌无奈，只得道：“陛下并未打算大动干戈，奴婢劝公主不必忧虑。”

“你怎么知道我没这打算？有人要害朕、害皇姐，朕为何不能动她？”萧玦目光咄咄逼人。

再次叹气，秦长歌只好继续说废话：“陛下如果真打算和太后算账，刚才这婆子就应该留下活口。既然杀了，自然是打算掩了，奴婢没猜错的话，陛下接下来是给这个婆子随意安个罪名，然后借机换掉长寿宫所有宫人吧？”

深深吸一口气，萧玦默然半晌，风马牛不相及地道：“倦了，皇姐早些安息，朕回龙章宫。”说罢，又看秦长歌一眼，竟自起身去了。

当夜有雪。

乾元三年冬的第一场雪。

阴了很久的天，终于在暮色沉降的那一刻飘落雪花，先是星星点点的碎雪，随即渐渐大如梅花，随风呼啸卷落，如舞袖翻飞，如蝴蝶穿帘，一朵朵珠蕊琼花，妆饰玉宇楼台，天地间因那纯白之色，越发空旷而寥落。

秦长歌披了一袭哆罗呢镶灰鼠皮大氅，袖子里笼了黄铜手炉，悄然出了金瓯宫门。

她听说龙章宫入夜从不许人出入，起了心思要去看看，又想起上林庵萧玦奇异的梦游，不知道他在宫中，是不是也有这毛病？

一路前行，金瓯宫离龙章宫不算远，中间需要经过德妃曾经居住过的璟福宫和凤仪宫，这两宫如今都空置，一路而去都是黑沉沉的宫阙，阒无人声，半丝也寻不着皇室富贵煊赫之气，暗黄的宫墙下生着暗红的苔藓，行走在飞旋大雪中的人，身姿孤清而寂寞。

经过凤仪宫时，秦长歌想起这里曾有过的那一片繁华和繁华之后的废墟，微微有些感叹，忍不住多看了一眼，然而这一眼方才发觉，凤仪宫的宫门，竟然是虚掩着的。

轻轻地“咦”了一声，秦长歌知道凤仪宫自落成之日，便被萧玦命人锁上宫门，如今这个天气，这个时辰，却是谁开了这久封的宫门?

好奇心起，秦长歌闪身而入，院内黑沉沉无灯无火，稍等了一会儿，才看清这据说宫中几乎无人亲眼见过的皇后宫室。

一眼扫过，秦长歌怔在了宫门口。

没有奇花异草，没有玉阶金宫，没有任何富丽炫目的装饰。

只是拱桥流水，轩敞亭台，一色黑、白两色，白石为身，黑瓦为顶，廊台扶杆雕着青色的浮雕，都是飞翔的双翅宽展的奇形大鸟，线条简练霸气，姿态傲然。

地上铺着青、白、黑三色的卵石，九宫图案，繁复神秘，院子里只种了一色白梅，褐色枝干遒劲伸展，枝条上点缀点点梅花幽然吐芳，所有房屋都开着连幅的长窗，不雕花不错金，古朴的黑色，隐隐泛着荧光，廊下垂着八卦长明灯，灯焰居然也是青色的。

这里，古朴、素净、肃穆，带着隐隐的超脱和俯瞰之气，不似天下第一强国的皇后寝宫，倒像某个具有神秘势力的世外高人的避世之所。

事实上，也是。

很多很多年前，长空之下，烟霞之上，碧落神山，那个世人仰慕崇敬，却永不得其门而入的天机之门，那个以应天命、拯众生为己任的神秘奇门——千绝门。

就是这般布置。

很多很多年前，肩负师门使命的女弟子走出千绝门，知道按照门规，自己此生除非打上山门，否则永无回归之日，曾在跨出那个高达两尺的门槛之前，留恋地回望了最后一眼。

也曾在戎马奔波之中，昏黄落日之下，和身边的男子，带着淡淡的眷念，说起门里的布局装饰。

也只是说说而已。

不承想，有心人记住了她的随意之言，不承想再隔一世，沧海桑田之后，居然能够在这个绝不可能的地方重现师门景象。

这一刻，秦长歌心潮起伏，默然伫立。

那些早已以为忘记的往事，蜂拥而至，换得她长立深雪，不知天色森凉。

良久，直到雪停、雪积，即将盖过她双脚，她才缓缓抬脚，跨过高达两尺的黑色门槛。

一路前行，追缀岁月，脚步无声。

而原木桐油清漆的幽深长廊，在脚下发出空洞而又悠远的回响，八卦灯火荧荧闪烁，一切恍如少年。

秦长歌突然停住脚步。

第二进院落里，有个不属于记忆中师门内苑的东西，跃入她眼帘。

一方深碧如翡翠的池水，在月色与雪色交相辉映里，静谧而安然地沉睡着，一座青黑色的断桥，斜斜伸展于水上，却在将至对岸时，突然断裂。

那一道连绵延伸的直线，在某个触手可及的地方戛然而止，以一种沉默恒定的姿态，诉说人生里诸多不可挽回的无奈与苍凉。

断桥之侧，一株梅树之下，有一个修长的身影，黑底金龙锦袍在雪光下颇为显眼，他微微倾身，正取了一柄木铲，挖开积雪，将一个小巧的圆坛埋入。

他身前，横七竖八好几个一模一样的小圆坛。

"……喏，这种凝珠香，并不是陈得越久越好，最宜埋于深雪，当年第一场雪时埋下，来年第一场雪时取出，到那时，久蕴雪气，开坛芬芳沁凉，回味无限。"

"那好办，正巧今日下了新雪，咱们多埋些在那梅树下，明年溶儿周岁时，拿出来喝他个痛快。"

"……叫宫人去埋，你仔细冻着。"

"不，朕亲手埋、亲手取，这样明年你可得多喝点，给我点面子。"

"你又想灌醉我，做什么？"

"你说呢……"

椒房香暖，飞雪清酿，相对笑谈亲昵，于碧纱窗下厮缠的人儿，如今何在？

明年，彼时谁也不知，永无明年。

一怀离索，生死茫茫，换得如今一个孤身埋酒，一个默然遥望。

年年雪里埋新酒，却与何人图一醉？

……

秦长歌一声叹息，萧玦霍然回首。

不同于白日的凌厉端肃，雪光下他金冠微斜，神情疲惫，衣服虽还算整齐，但却单薄，连大裘都没披，鹿皮九龙油靴因久立雪地，已经微微湿了。

他看着她，却又似乎没看着她，微微下垂的眼睫，光芒黝黯。

秦长歌第一反应就是：他又梦游了。

然而萧玦的开口验证了她判断错误："你……来这里做什么？"

寒冷的雪夜，语声蒸腾出白色的雾气，雾气里一股沁凉的酒香扑面而来，熟悉的味道。

眼光瞄过地下那几个坛子，有的已经开了封，秦长歌这才知道，萧玦是醉酒了。

难怪这副半清醒半糊涂的样子。

她缓缓走近，而萧玦只是注视着她，半晌又道：“你……你还记得回来？”

……

愕然瞪大眼睛，秦长歌心底一抽，直觉不妙，正要转身离开，冷不防萧玦手一伸，已经攥紧了她的手腕。

他的手指冰冷，带着雪的寒意，掌心却灼热如炭，滚烫地烙在秦长歌的肌肤上。

秦长歌维持着半转身的姿势，僵着身子，听着身后萧玦低低道：

“我一直等你……从火起等到火灭，从废墟等到宫室建成，从埋下那坛酒，到起出，再埋，再起出……”

“年年我埋下新酒，等到第二年我一人独饮，你呢？你答应过陪我一起喝，为何说话不算话？”

“有一年雪迟，下第一场雪时已是早春，那酒有些淡薄……可是没有想要的人陪我喝酒，哪一坛，其实都是淡薄的。”

“这断桥，你说碧落神山之巅，就有一处，在两峰绝顶之处，平平伸展，将至对岸而未至，青黑枯朽，横亘于那一轮雾气中的月亮之中，你少年时修炼轻功，就是和同门比试，看谁能走得那断桥更远，谁能从断桥最早掠至对岸……你说你总是第一，可是我听着总是抹一把汗，很多次做噩梦，梦见你从那月亮里的一截断桥上，栽落下去……现在这座桥在凤仪宫里，我用最坚实的龙吟木，牢固得刀也砍不断，再不怕你掉下去……”

“你不会死，你怎么可能会死？你们千绝门弟子，本就是世间最优秀的人群，可是我又不愿承认是你要离开……告诉我，是我哪里不好？那些帝王之术，驭下、制衡、权谋、庙算，我渐渐也明白了，那些女人，那些生事的女人和她们身后的家族，现在都再也生不了事了……长歌，长歌，你为什么还不回来？为什么！”

攥着手腕的手指渐渐收紧，秦长歌颦眉，仰首看着天际幽浮的月亮，缓缓嘘出一口气，转身道：“好，我回来了，我陪你喝酒。”

话音未落，冷不防肩上一重，萧玦沉沉的身躯已经压了下来，将毫无准备的她压倒在雪地上！

灼热的呼吸拂在耳侧，沁凉芬芳的酒气，隐约还有丝古怪的异香，萧玦的声音因为太近，反而显得有些失真：“喝酒……为什么要喝酒？每次你都说陪我喝酒……可是酒醒后我更寂寞……你给我更真实的证明，证明你来过……”

他的手摸索着一拉，扯开披风绸结，厚实的披风落地，现出裹着浅紫吴锦长衣纤秀不堪一握的腰肢，未经人事的少女身躯，青春而又美好的轮廓曲线，一笔一笔，造化描绘，在雪色月华的映照下明明怯弱不胜，却又奇异地喷薄出无限诱惑与风情。

低吼一声，萧玦难耐情动，一手卡住秦长歌腰下三分，一手便去撕扯她的衣服。

第九十三章

扶持

被死死压住的秦长歌抬头望天，哭笑不得，这人，真当她是睿懿了，居然还记得她怕痒，一被碰到腰下三分之处，最易浑身发软，前世有绝顶武功打底，从不会给人近身，偶有碰着，她可以运功抗拒，所以这个弱点只有他知道，不想今世之身体，居然也有一般的毛病。最糟的是，因为武功修炼未成，她想运功抗拒也不能，只得任他轻薄。

撕吧……撕吧……除非你假戏真做……否则你一定……

刺啦一声。

静寂雪夜里听来令人浑身燥热。

……

萧玦已醉。

凝珠香后力极足，一坛足可令一壮汉醉倒酒乡，而他忧闷之下，连喝了两坛。

昏眩摇晃的视线里，所有的景物都如在烟水中摇晃，晃出缠绵的叠影。

……她眼波如饴，她鲜活如莺，她眉拢远山，她婉转灵慧，那轻浅幽细的呼吸，宛如风里的蝴蝶，一个起落便是一段旖旎的情诗，字字句句都是邀请。

手起手落，亵衣带着旖旎的香风离开玉般的身体，珍珠白贡缎绣双鲤的抹胸，一瓣蔷薇般飘落雪地。

积雪双峰白，飘香榴珠红。

萧玦只觉得脑海里“轰”的一声冒出了灼灼烈火。

烈火缠身，焚尽理智灵魂，都化了深埋于久远岁月里的劫灰。

腾起的火光里，人影扭曲缠绕如蔓藤，蓬勃生发，于雪夜极度的寂静中葳蕤。

萧玦低低地呻吟，欲待一力飞奔，以经历漫长压抑而此刻无限蠢动的热情与内心里灼灼烈火，奔向那一方可以给予永恒宁静与清凉的雪漫山峦。

却有一点朱砂艳痣，如樱花娇艳当胸，扑入眼帘。

无血色腥热，有血色森凉。

砰！

如热焰遭遇极地之雪。

瞬间被冰冷的血色湮灭。

……这痣……这痣……

绝艳的色泽，大如相思红豆，于玉脂肌肤上如此鲜明，想要欺骗自己也不可能。

长歌的身体，何曾有痣？

她不是长歌……

不是……不是……

别管是不是……别管……别管……那么美……那么相似……

不……不……不能……

情欲奔涌，身体疯狂呐喊，一声声叫嚣着驰骋的欲望，理智和情感，却不允许自己放纵地去沾染，萧玦的手，就那么被定住了般，凝在了半空。

好半晌，他才颓然松开手，如被疲倦潮水席卷而去般，猛一个翻身，翻落秦长歌身体，直接翻到了雪地里，居然也不爬起来，就那样双手遮眼，枕雪而眠。

秦长歌慢条斯理地坐起来，慢条斯理地拿起抹胸，系好，整衣。

其间，她一直偏头打量着萧玦，尊贵的皇帝，毫无顾忌一动不动地睡在雪地上，金冠坠落，白色的底色上，黑发一地散开，他俊朗的侧面完美如画，却也是笔意忧伤的画，深紫三十四金龙锦袍和明黄金丝腰带上蜜蜡石、东珠、绿松石、红珊瑚都半覆了碎雪。

微微叹息一声，秦长歌起身，拿了一坛酒，似笑非笑地倚了那断桥桥栏，一口口地饮了。

月夜之下梅开半朵，暗香浮动，美得有种清冷的决绝。

饮完，将坛子抛开，秦长歌对靠冷雪歇了欲火的皇帝陛下淡淡道："陛下……您也看见了，明霜不是睿懿，明霜也不愿做任何人的替身，既然您想要的永远只是那一个，何必牵扯无辜？"

她就手一抛，将灰鼠皮裘披风抛到萧玦身上，轻轻道："什么都可以复制，唯独感情不可以。"

不再回顾，秦长歌转身而去，幽深原木长廊下八卦灯不住在风中飘摇，映得她身影纤长，迤逦如浮云，她前行的姿势，宛如女皇自宝马香车缓缓行下，履足莽莽河山。

这一刻她不是小宫女明霜，她是秦长歌，一代红颜，传奇神后，在身后这个前世最熟悉她的男人牵萦疑惑的目光里，她已无须以一再的掩饰欲盖弥彰。

萧玦，只要证实了你的无辜，我会给你一个机会。

但是，我连自己的替身，也不愿做。

你若足够聪明，那么，自己去寻找答案吧。

……

温暖的披风上柔细的绒毛扫着萧玦的脸，微微散发着沁凉的香气，熟悉至令人心旌摇动。

缓缓坐起，眸中有深思的表情，萧玦看了看被秦长歌抛到一边的酒坛，一把抓了过来，仰首饮下了那几滴残酒。

他缓缓转动酒坛，将坛口就着月光，仔细地，像是观察什么珍奇一般细细端详。

精巧的双耳圆肚浮雕飞鹰图案坛子，釉面明洁，在月色下发出淡青色的光，坛口整齐清洁，只在一处，微微泛着淡淡的荧光，却没有任何颜色。

微微皱起长眉，萧玦沉思半晌，喃喃道：

“怎么一切，都似是而非……”

冬月初三，城郊，挽阳亭。

前日的雪已化得差不多，天气依旧有些阴寒，衰草在风中凌乱地飞舞，一笔笔写着萧瑟的诗行。

透骨的寒风里，素玄仍然是一袭洁不染尘的单衣，衣袂飘举，姿态潇潇，他笑看着秦长歌蹲身，亲自为一同前来送行的楚非欢系好披风系带，眼底浮现一丝淡淡落寞，随即为那无所挂碍的笑容所掩。

举起手中青花壶，他斟了三杯酒，笑道：“天冷，喝杯热酒活血驱寒。”

秦长歌接了那杯，触手果然微温，转目看了看素玄那辆看似不起眼结构却分外精巧的马车，又打量那两匹套车的神骏白马，不由得笑道：“素帮主好享受。”

“本想骑马的，但是带着一些礼物，不太方便。”素玄一笑，“见尊长，总不好空手。”

浅浅啜一口酒，楚非欢苍白的面上浮出一丝微红，眼色在酒气熏灼下，越发流转明灿如水晶，容色清华惊人：“敬奉师尊，总该尽心，素帮主一向有心。”

微有些诧异地看了楚非欢一眼，秦长歌知道楚非欢一向是那种越少开口越好的主，伤病之后越发寡言，绝不会说废话，他——在试探?

“嗯……楚兄夸奖，”素玄笑意坦荡清朗，“虽说不是我师尊，但也差相仿佛，不过我觉得，那更应该算是恩主……在下每隔三年，都有幸亲聆他老人家训诲，实在是无上幸事。”

言下不胜向往孺慕，倒令秦长歌起了好奇之心，素玄重情重义，对于自己这个救人救一半的恩人，他尚自倾全帮之力要大举为她报仇，而他此时这般仰慕向往的“恩主”，又予他何等大恩？而素玄为他，又会做到何等地步？

拈着手中酒杯，秦长歌淡淡地想，素玄明知楚非欢试探，仍坦然相告，毫不以非欢不当有此一问而介怀，确实是磊落君子，而楚非欢出言试探待他挚诚的素玄，居然也毫无愧色。非欢就是这样，他不是卑鄙，他只是永远以她的利益为第一，至于别人的恩惠，他记着，永不会恩将仇报，但决不会在使某些必要的小手段时心软。

这些绝顶聪慧，随便每一个都可以搅动风云的奇特人物，如今再次聚集在她身边，是劫？是缘？

沉思未已，忽见仰首喝酒的素玄突然手一顿。

楚非欢低首喝酒，明澈的眼风自杯沿亦利刃般地飞了出去。

手腕一翻，素玄微笑叱道：“出来吧！”

杯中残酒，如银龙般怒卷而出，转瞬凝结成冰柱，带着呼啸悍厉的风声，直向前方数丈外的草丛击去。

将至草丛，那冰柱突然碎裂，化为漫天冰钉，各自一折，原来在左的突然转向右方，原来在右的忽然斜飞，还有的两两互撞，击溅出更小的冰钉，滴水不漏地笼罩了整个方圆可容下四五人的一方草丛。

秦长歌擎着酒杯赞道：“好手法！”

楚非欢却道：“素帮主当精于机关暗器。”

两人互望一眼，显见有志一同。

此时冰钉已入草丛，便听“哎哟”连声，原先见冰柱平淡无奇飞来而各自拿了武器做好准备的潜伏客，不想冰柱化身千万，诡异莫测地笼罩了他们所有的去路，俱都躲避不及，连连中招。

素玄一笑，对二人道：“我去看看。”

他漫步上前。

却有褐色身影暴起。

一共三条人影，一扑素玄，一扑楚非欢，一扑马车。

素玄扬眉，冷笑，衣袖一拂，呼的一声那当头扑来的人仿佛被无形的大力金刚从背后拖拽着一般，一个倒栽葱向后翻跌出去，一跌就跌出数丈之外，重重地栽在地下，而拂袖的同时素玄流水般一退，手指一递已到了扑向楚非欢那人的天灵。

不过楚非欢却不劳他动手，早在那人扑来时，楚非欢手肘一拍，袖底忽然冷森森掣出一柄寒光四射的短剑，楚非欢手指一弹，一股巧劲使短剑滴溜儿一转，直取对方双目。

那人不防这个残疾男子竟有如此敏捷的反应和毒辣的手段，眼前光华耀目，脑后风声凛冽，大惊之下也算机变绝伦，竟身躯一软，仿佛面条般叠了几叠，哧溜一声矮了下去，从楚非欢膝前滑到地上。

楚非欢冷冷看着顺着自己膝盖滑下去的男子，真恨不得此刻腿能动，一脚把这无耻的家伙踢碎成十八块。

而素玄已经忍不住大笑，手掌改探为抓，一把将那个柔若无骨的家伙隔空提了起来，看也不看横臂一甩，砰的一声正撞到已经爬上马车车夫座位的最后一名褐衣男子身上，生生将他撞飞出马车！

不过眨眼之间，三人都已解决。

却有人深深吸了口气。

道："好功夫，好美色。"

素玄霍然转身。

楚非欢目光冷了一冷。

长亭一侧，秦长歌身后，不知何时站了一名金袍男子，斜飞双眉，瞳生叠影，发色较常人淡一些，笑起来既狂放又温柔，明明看起来不算年轻，但不知为何便有种奇异的魅力，黑色旋涡般引人堕落、探索。

他一身金袍光华璀璨，嚣张至极，脸上的神情却谦虚又可亲，卡住秦长歌咽喉的手指坚如钢铁，看着她的眼色却温和如长者，整个人就是个矛盾体，无法令人一眼看穿其人究竟。

秦长歌眨眨眼睛。

鹰、狐狸、蛇、公狗的混合体，狂放、狡猾、阴毒、好色的大集合。

北魏晋王。

魏天祀。

当年大仪殿前，帝后对着江山舆图，纵论天下人物，秦长歌便将魏天祀列为天下有数的危险人物之一。其人善战诡诈，狡猾无伦，且面貌多变极擅伪装，要不是他出身诡异，据说是魏王侍妾与南闽非人非兽的怪物苟合而生，使他为老王厌弃、为臣民所拒，只怕现在的北魏王位，便是他的了。

刚才他命三名手下分攻素玄、楚非欢，自己却盯住了一看就知道武功薄弱的秦长歌。他也足够无耻的，丝毫不顾王者身份，居然是趴在草丛中无声游近，先以丝索套住秦长歌脚踝，然后翻身而起落在她身后的。楚非欢武功已失全力对敌，素玄离开长亭一人独对三人，待到以最快速度解决，他已将手指搁在了秦长歌咽喉。

秦长歌斜眼瞄了瞄正好温柔地对着她笑，对着素玄和楚非欢彬彬有礼地颔首为礼的魏天祀，看出他衣袍虽然华贵富丽，但衣角有破损，衣领沾着草叶、灰尘甚至鲜血，一身的风尘仆仆，想起前些日子萧玦、萧琛兄弟在赵王府书房密谈的那一番话，隐约知道了这位北魏王爷这么突兀地出现在这里的原因。

那夜，萧家兄弟设计，趁北魏今年风灾，粮食紧缺，在西梁边境各州悄悄购买粮食、马匹之际，顺水推舟，将长林粮库里的霉变粮食卖给了北魏，这其间自然萧琛另使了些手段，将主管户工二部的魏天祀拉下了水，使魏天祀被本就内心暗暗忌惮他的北魏国主魏天祈所不容，这是一路流亡，居然追杀到西梁内境来了。

一转念间秦长歌已经将来龙去脉想清楚，那厢魏天祀已经和善地打招呼："两位，在下其实没有恶意，就是看中了这位兄台的车子，想借来一用，可否？"

听着他微有些古怪的口音，素玄偏头想了想，一笑道："北魏人？"

眉毛轻轻一耸，魏天祀也有些心惊，他被北魏专门执行暗杀任务的"夜行卫"一路追杀到此，身边三百铁卫，已死得七零八落，而魏天祈犹不放过，一心将他逼入西梁京城，好让他更惨烈地死去——当年他和萧玦是一南一北两大战神，萧玦铁骑下死去多少北魏亡魂，他长刀下便葬了多少西梁生灵，血海深仇，永不可解，西梁皇室一旦遇上他，只怕想死也不能好好死。

这一路逃奔，仓皇狼狈，马匹接连死去，战士逐渐消亡，衰颓、伤病、无望，山穷水尽之时，他看见素玄那辆机关精绝，不张扬却对他绝对有用的马车，不由得眼睛一亮，遂立即尾随，在临近村落逮了几个不会武功的百姓，扔在草丛中，挡住自己和属下的身体，在素玄冰柱出手后，立即分兵攻击。

当手指搭上秦长歌咽喉时，他以为自己成功了，心中微喜，不料眼前三人，不仅风姿都超群绝俗，且遇事反应都大出他意料，白衣男子一副无所谓的姿态，却一口就报出了他的来历；蓝衣男子虽然残疾，但眼神如刀；而这女子，这女子……

这女子偏头看他，眼神笑吟吟如见故人。

心里微微有些不安，魏天祀手下悄悄加了力，微笑道："我是不是北魏人不重要，你们的人的安危……好像更重要吧？"

他对自己的"阴煞功"很有信心，他等着女子痛婉的呻吟——他一向很爱听这个。

……

没有动静。

他怔了怔，诧异地向秦长歌望了一眼，秦长歌这才好整以暇，“哎哟”一声。

叫得平淡至极。

这反应迟钝的……

像作假一样。

魏天祀哭笑不得，心里的警惕不安越发浓重——怎么所有事情的发展，都超出常规，不在自己意料之中？

如果他知道面前的是哪几个人，只怕堂堂的晋王殿下，也不会轻易出手了。

楚非欢的眼神却越发冰冷，他眼光明利，早已看见秦长歌额头薄汗，刚才那一下一定不轻，秦长歌叫得装模作样让人挫败，只是因为她一向不喜欢让别人得意高兴而已。

素玄当然也已发觉，微微皱眉，手一招，那两匹神骏的白马打了个响鼻，自己拉着马车过来。

“你，离远一点，”魏天祀微微放了心，微笑指挥素玄，“好像你那马车有机关是吗？那你可不能靠太近，来，来，往我这里站站。”

“哦，”素玄很老实地往前站了站，站到楚非欢轮椅之侧，瞄一眼秦长歌，道，“兄台，你用不着这么大费周章吧？不过是辆马车，咱们相逢也是有缘，你开了口，我便送了你也无妨，何必伤我女伴？”

“你说得很有道理，”魏天祀笑得一半是秃鹫一半是狐狸，“不过我只相信，以强力索要到手的东西，才是真正属于我的。”

“是啊……”素玄慢悠悠地道，“有的人，是不见黄河心不死的……”

他眼光一冷，头一偏，和楚非欢转瞬互视。

魏天祀目光一闪，立即手指一紧，脚步微错。

空气中突生紧张的气氛。

秦长歌突然道：“这位兄台，我看你们要打架了，小女子可不想遭受池鱼之殃，这样吧，小女子和你一起上车，陪着你走上一段，你该放心了？”

怔了怔，魏天祀无声地松了口气，刚才素玄、楚非欢那一瞥之间，他突觉心间一缩，冷汗立时流了满身，而更令他惊恐的是，那一瞬间他好似突然被强大的气机锁定，有种全身陷入深渊、泥浆的感觉，连手指都抬动困难。那感觉窒息而黑暗，令他惊觉在真正武功绝世的人面前，耍手段未必有用，刹那间他甚至在想，手中的这个凭借，也许根本不能在强大的人面前保护好自己，要不要一把掐死她立即逃？

然而这女子开了口。

狐疑地一瞥秦长歌，她也看出来双方要动手了，明明情势对她有利，她为何要临场阻止？难道真的怕遭受池鱼之殃？以对方的武功，这个可能根本不存在。

素玄也怔了怔。

他的马车，并不是如魏天祀想象的那么简单，他刚才和楚非欢一瞥间已经达成默契，只需动动手指，便可击倒魏天祀救下明霜，不想她竟然自己叫破。

这个女子，从来不做蠢事，她将自己置于险地，打算做什么？

微一沉吟，对秦长歌强大的信任，使素玄一笑退后，将马车让了出来。

楚非欢手肘撑在轮椅上，和秦长歌对望一眼，随即转头不再言语。

见他们居然真的让开，魏天祀的神情反而微微有些怪异，瞟了秦长歌一眼，那目光寒光闪烁，利如刀锋，面上却做出得意的模样，手指下滑，在秦长歌胸部捏了一把，淫笑道："真是可人意儿的，等下可得好生感谢你。"

"那是，"秦长歌不以为忤一笑，也瞟他一眼，意有所指，"你会……很感谢我的。"

挟持着秦长歌上了车，魏天祀一声冷喝，那三个伏击者灰头土脸地绕过素玄，先后飞到车上，倒都是一身好轻功。

看着马车扬起烟尘一路而去，素玄一掀袍角，抬步就要追踪下去，楚非欢伸手一拦。

第九十四章
兽子

楚非欢淡淡道："她说，别追。"

蓦然住脚，素玄疑惑道："她说？她什么时候说的？"

楚非欢只是做了个手势，素玄恍然，随即自失地一笑，轻声道："……原比不得你们长久在一起的默契……"他立于原地，看马车烟尘滚滚驶去，挑了挑眉，眼中流过一丝怒色，道，"只是这人如此放肆……留他不得。"

想必刚才魏天祀那个动作已经激怒他了。

楚非欢冷若玉石，漠然道："留，或不留，看她高兴。"

转身看着楚非欢，素玄道："楚兄，到得今日，再说明姑娘只是一个小小宫女，素某是绝对不信的，能掌控先皇后潜邸势力，能令楚兄你如此尊敬、推举，岂是寻常人能做到的？她，到底是谁？"

"说，或者不说，也是她的事。"楚非欢静静道，"你自己难道猜不着？"

"猜？"素玄苦笑，"好吧，我猜，我猜她就是先皇后本人——你怎么没被吓着？"

楚非欢默然，素玄自己倒摊手笑道："你没吓着，我自己倒被自己的荒谬吓着了，说实在的，我们练武之人，善观骨骼，要不是因为明姑娘一看就是十余岁的姑娘，和先皇后是绝对对不上，我早就要以为她就是先皇后了。"

他默然望着马车消失的方向，沉吟道："可是我终不放心……那人刚才好像对她下了手……"

楚非欢只道："她能解决。去了碍事。"

素玄皱眉看他，半晌摇头一笑："好，那我等上半个时辰，半个时辰她不回来，我可一定要去找的。"

楚非欢神色不动，一副"随你，她会回来"的样子。

素玄喃喃道："……她不擅武功，又是个弱女子，却要和这样的虎狼之士周旋，又不要我们干涉，她是什么打算呢？"

"谁？和谁周旋？"清亮的童音突然冒出来，同时冒出来的还有颗毛茸茸的漂亮大头，"咦，我娘呢？"

……

几个褐衣属下看来是晋王所属的好手，不仅暗袭挺擅长，赶车也技术一流，车行平稳，几乎没有摇晃的感觉。

秦长歌和魏天祀一起打量着马车，这车看起来小巧，内里却设计得精巧宽敞，座位下、窗边、顶篷，处处都有活动的抽板和笼屉。

有些地方明明不露机簧，但是却有意想不到的东西弹出，魏天祀一一摸索，不住赞叹，当然，也没忘记时刻注意秦长歌的动静。

"真是巧夺天工，"魏天祀从座位下弹出的抽屉里取出一个包袱，微笑打开，"我看看什么好东西。"

他打开一个盒子，"咦"了一声，道："这云子儿倒是特别。"

秦长歌瞄了一眼，见是一副围棋，式样高古，材质特别，黑色暗淡，白色明润，隐隐有五彩光芒，一望而知便非凡品，棋枰篆字以乌金金丝镶嵌，华贵而不显伧俗，虽只是一副围棋，但是价值难以估计，心知想必便是素玄要送给那位"恩主"的礼物了。又看见包袱里还有些水晶镜、鼻烟壶、千年沉香木拐杖之类的东西，样样珍稀，只是看来，却都是老人使用的物事。

秦长歌立即开始回思素玄所展示的武功，和武林中出名的耄老名宿联系在一起思索，意图找出素玄的师门，却一无所获。素玄的武功她并未在任何一家门派中见过，而武林名宿，似乎也没有谁能够教出素玄这样的弟子。

将东西一一看过，不住地啧啧赞叹，却又毫不在意地一一放回，魏天祀很快将注意力转回秦长歌身上，他上上下下打量秦长歌，目光露骨而笑容斯文，半晌道："我生平见过绝色多矣，今日见你，本不觉得有什么，如今看来，倒越发觉得风姿独特，天下无双，你干脆也别回去了，跟着我，今生荣华富贵，足可无忧。"

"哦？"秦长歌懒懒往车壁一靠，"是荣华富贵足可无忧呢，还是追杀逃亡此生无休？"

露齿一笑，笑意森森，魏天祀毫不变色地道："你看我像个永远会被人追杀逃亡的人？"

"嗯……"秦长歌瞟了他一眼，淡淡道，"如果你是，我根本不会在这里，刚才，我，或者我的同伴，早就将你杀了。"

怔了一怔，魏天祀突然仰首大笑，笑声宛如枭啼，引得一个褐衣人探头进来看，被魏天祀反手一掌打了出去。

"大言不惭！"笑声一收，魏天祀又恢复温文可亲的神态，轻轻抬起秦长歌下颌，姿态宛如对待珍爱的娇花，语气却刁毒得令人生寒，"你算什么东西？你能杀得了我？你现在更应该做的事，是跪在我脚下求饶，求我饶你一命吧？"

"抱歉……我没有下跪的习惯，当然，我也没有叫人家给我下跪的嗜好，只是我得先提醒你一句，谁饶谁还难说得很。"秦长歌宛然一笑，"我知道你有恃无恐的是什么——你刚才的阴煞功，其实已经下了杀手是不是？三个时辰内我必死……哦，你真是无耻到了极点，我真的好想杀你，留着你，其实是玩火呢，不过我不介意试一试，魏天祀，要不是我还用得着你，不想你现在就死的话，刚才我就该在他们面前说出来，让你被他们分成尸块送回魏国，多省心。"

手指一颤，在半空曲成一个钩形，随即松开，魏天祀抬起目光，慢慢地将秦长歌再次从上到下打量一遍，慢吞吞道："可惜……可惜……"

"可惜一朵娇花即将因为知道不该知道的秘密而摧折？"秦长歌接口飞快，笑得满不在乎，"可以，杀了我吧，然后，你，晋王殿下，你永远背负着你尊贵的头衔，在内川大陆上漂流吧，做一个人人喊打的流亡贵族，在被你铁蹄蹂躏过的国土之上面对永无休止的复仇和追杀，相较于你前半生富贵安荣的生活，应该是个不错的新体验。"

"而那个你肖想了很久的王座，那个你想杀了很久的压在你上面的家伙，"秦长歌露齿一笑，"经过今夜你愚蠢的自我放弃，你拥有或毁去他们的最后的机会，也就与你失之交臂了。”

魏天祀听得极其认真，待话音落下后却仰首大笑，笑声狂放如啸，惊得远处飞鸟嘎声尖啼，扑棱着翅膀乱飞，秦长歌只是不为所动地、无所谓地看着他。

“我见过很多擅长胡吹大气的人，”一声声冷笑着，魏天祀斜睨秦长歌，“他们一个个舌灿莲花，个个都以国士自诩，说得好像我不把他们延为上宾，就会失去王位乃至性命，我觉得他们好烦好烦……你知不知道这些‘国士’最后的下场是什么？”

仿佛没听见他语气里刻毒的讽刺，自己调整了个舒服的姿势，秦长歌笑容优美而神秘，也不回答他的话，懒洋洋伸手，伸臂在空中比画了个姿势，右臂起伏如山峦，一个S的形状游下来，左臂垂直画一条线，直击在右臂弧线上。

平淡无奇的姿势，却令魏天祀脸色大变，瞬间直起身子，目中暴出精光：“你——你怎么知道这个……”他似是觉得失言，硬生生住了口，却将阴鸷狠厉的目光，狠狠将秦长歌上下打量着。

“你一生，你的未来，你的本可问鼎魏国王冠的野心与希望，都挫折于这个莫名的符号，”光线透过细细的车帘帘缝，射在秦长歌脸上，分割得那秀致笑容宛如女巫，声音更低沉如在幽邃山洞中回响，“魏天祀，你一定记得，四年前，北魏老王驾崩那夜，冬月有异雷炸响，阴风平地而起，全北魏，都在等待一个国度的最关键紧要的更迭，等待衰颓的死亡和强力的新生。当时，跪在廊下的也在等待的你，一定没有想到，关于遗诏，居然只是一个你根本看不明白的符号，你更没有想到，只是这个莫名其妙的符号，你便失去你以为早已十拿九稳的王位。”

“想知道为什么吗？想知道吗？”秦长歌笑得可恶，“输没关系，男人嘛，谁没输过？可是若是连自己为什么输都不知道，你说，这样的男人，他还活着干吗呢？”

修长的手指叠扭在一起，隐约听见骨节因为用力过度发出吱吱嘎嘎的声响，魏天祀面上却毫无怒色，只是眯着眼睛再次审视秦长歌，目光变幻如蛇行蜿蜒，半晌，阴火一闪，他突然温柔地笑起来，虽有了年纪，那笑容却柔滑如春水潋滟，丝丝生出潺潺的波光，令人恨不得溺死其中：“姑娘，刚才是我在试探你呢……你果然不凡，那么，可有见教？”

“不行，”秦长歌摇头，仿佛没看见魏天祀有点铁青的脸色，好虚弱地捂住胸口，道，“你的阴煞功太阴毒了，伤了我肺腑，你先替我拔除，我才有力气说话。”

她刚才说那一大堆话很有力气，现在却没有力气了，魏天祀碰上这样的人，再性格多变也没辙，盯着她半晌，伸手过去，在秦长歌肩井穴一拍。

热流透入，全身却突然一冷，随后便有丝丝化冻的感觉，宛如破冰，阴寒之气瞬间拔去，秦长歌面上淡然，心里却在惊讶，这骄奢淫逸的王爷，居然功力如此精纯！

笑了笑，活动了下有些酸痛的筋骨，秦长歌不理会魏天祀隐隐焦灼的眼神，摇摇晃晃站起，啧啧赞叹地摸着马车漆着明漆的内壁，叹息道："好木质……大约是赤河极北之地雪原森林里生长的铁木……拿来做马车，可惜了的……再被人抢去……更可惜了的。"

"我还给他就是，"魏天祀闻弦歌而知雅意，倒也爽快，他刚才的郁怒之意现在反而散了，饶有兴味地打量秦长歌，"你还有什么要求，一起说了吧，我听着呢。"

回转身，秦长歌负手看着魏天祀，一笑。

"好，你很合格，"慢慢坐到这位驰名数国的王爷面前，秦长歌笑容满意，"狠，有两种，逞强斗狠是狠，阴狠隐忍也是狠。我原本怕你只是前一种，现在看来，晋王殿下名不虚传啊，知道自己要什么，并不吝于放弃，那么，留你一命，想必不会亏本。"

"那也要你能够提供的东西，得让我觉得我没白忍，"魏天祀合掌于膝，微微倾身，轻声温存如对情人，"否则，我不高兴起来，不等你考虑留不留我的性命，先就留下你的性命了。"

"你是蛇人之子，"秦长歌弯子绕够便石破天惊，语不惊人死不休，"全北魏的高官贵爵都知道，全北魏的百姓都于耳口相传中悄悄知道，但是，只有你这个当事人，不知道。"

盯着魏天祀终于开始震惊的眼神，她道："相传当年老王出征，府中一姬姓侍妾闲极寂寞去稽山游玩，为半蛇半人的怪物所掳。翌日侍从在一处山洞中寻到人事不知的她，身前一方金色蛇皮，回府后，她便怀孕生子，十个月后，有了魏王长子，你，魏天祀。"

"胡说！"这样的信息实在令人难以接受，魏天祀的温柔顿时一扫而光，转为暴怒，"我看你是找死！你是在污蔑我的皇族尊贵血统，污蔑我先王千秋声名！"

他暴怒之下一挺身站起，砰的一声撞到车顶板。一个褐衣人探头进来看，这次的没上次的有运气，魏天祀衣袖一拂，一股微腥的真气呼地席卷出去，那人一声惨号，面色发黑地栽下车辕，显见是活不了了。

魏天祀一掌打死属下，霍然回首盯视秦长歌，目光真如吐着蛇信的毒蟒。

他冷笑："你胡扯什么东西？荒谬！如果我真是蛇人之子，父王怎么容得我长大？还晋封王位？你敢骗我！"

说到最后一句，他的语声突然出现异常，微微出现"咝咝"的杂音。

而袖底的掌影一晃，斑斓一现，直抓向秦长歌天灵！

连眼睫毛也没眨上一丝，秦长歌抱膝看着窗外，淡淡道："你怒极之时，平日完好的舌尖会在前端分叉，语声变化，现咝咝之音。"

魏天祀的手指停在了秦长歌面门之前。

"你喜欢潮湿的天气，你讨厌雄黄酒，你不吃素。"

"那又怎样？"

"你别告诉我，你不知道这是什么东西的习性。"秦长歌笑得讽刺，"至于为什么你没死，还人模狗样地做了这许多年的王爷——你出生之时，魏王还只是个节度使，那日魏府来了个云游道士，在你父亲要将你溺死尿桶的那一刻闯进府中，称岚气生于稽山山巅，行云布雨，当有双瞳之子降生魏府，可助魏氏开疆拓土，称王称霸——而找遍全府，双瞳之子，就是魏节度使手中即将淹入尿桶的那个！

"你因此留得一命，长成之后，果然善战英勇，且用兵诡诈，屡战屡胜，与后来缔就西梁帝国的萧玦并称南、北两大战神，你父亲用得你，自然不会亏待你，但是王位，只有你自己以为你有希望，只有你自己以为你生就重瞳，定有帝位之份，却不想这重瞳，顶多只能保你一条性命而已，至于别的，非分之想！

"现在不用我说你也应该知道你那便宜老爹画的那个手势是什么意思，那弯弯曲曲一条是蛇，直线是人，或武器，或一切可以钳制你的东西，打在你的七寸上——魏元献至死也不忘防备你，可笑你还等着他传王位给你！"

……

魏天祀的手掌，好像钉死在了秦长歌面门前，一时竟不知道收回。

秦长歌漫不经心地拨开他的手掌，也不想看他的表情，自己觉得今日话多费神需要补养，赶紧从小桌的暗屉里倒了一杯君山玉露喝了。

魏天祀的这些身世隐秘，是她在前前世就已经掌握了的。当年西梁建国，虽然一时无力吞并各国，但她从无一日放弃过天下一统的打算。她一向相信凡事预则立，不预则废，最先做的，就是对各国顶层人物隐秘、隐私相关信息的搜集，以作备用。

西梁有自己的隐卫系统，但秦长歌的凰盟更高一筹，在魏天祀这些秘密的调查当中，凰盟所提供给秦长歌的，比最出色的潜伏隐卫调查出来的还要详尽准确。

当初魏天祀的身世，她原是不信的，蛇人，这是什么东西？魏元献搞的什么把戏？不过自从她有次无意中路过南闽，才知道这世上有些东西，你不知道，但绝不代表它没有。

车外有风声呼啸，马车内却寂静如死，良久，一声咯咯轻笑打破寂静。

笑声先是轻微，随即越来越急、越来越响，最后变成宛如从胸臆中喷薄出的疯狂大笑，夹杂着独特的咝咝之声，如怒云、如暴风般似欲掀翻车顶般不停歇的笑。

明明那笑声如此狂放，空气中却有种巍巍如山的压抑，沉沉地压下来。

秦长歌抿着嘴唇，毫无怜悯地看着越笑越冷静、越笑目光越灼然、越笑容颜越浮华魅力的名震天下的晋王殿下，那个一直以为自己是王族之子，血脉中流淌着高贵的魏氏血液，懵懂不知地在世人讥嘲窃议的目光中生活了多年，直到在绝境之时方知道自己原来是个连人都算不上的孽种的男子。

她等着他崩溃，或者奋起。

没有别的路。

世事多苦，谁又侥幸能免？当命运之锤毫无怜惜击落时，能铿然以意念之剑愤然相架，激出霹雳火花的勇者，才配直立成人。

行走、拼杀、争竞、胜出，永远靠的不是血脉，而是灵魂里脉动的敢于向日长啸一戟裂天的激血。

笑声里，秦长歌声音清晰，漠然道："再给你半刻钟——你再不笑完，我就不给你机会了——我的耳膜比什么都要紧。"

笑声忽收，迅速得仿佛刚才根本没有悲愤长笑过，魏天祀已经恢复了平静，甚至恢复了他带点阴冷的独特温柔。

他语声平缓地道："我要回国，车子我不还给你了。"

"我不喜欢赖账的人，"秦长歌淡淡道，"而且和我能给你的东西相比，车子算什么。"

狐疑地皱眉，并不问秦长歌打算帮他什么，魏天祀道："你有何理由帮我？用心何在？"

"事成之后，以风岐十二州相赠。"秦长歌答得干脆。

微微一震，魏天祀立生警惕："你是西梁皇室中人？"

"不是，"秦长歌道，"你不是庸人，你当知道，在你们北魏，有一支神秘势力，平日以从商为幌子，暗地里从事一些隐秘事务，但是他们绝不隶属西梁皇室——你掌握着飞鹰卫，相信给过你类似的密报。"

"是的，"魏天祀目光深思，"那个组织我隐约知道，也花费了功夫追查，但对方隐蔽的功夫了得，每次在我即将摸到老底的时候失去线索。我一直怀疑北魏高层有人与之勾结，泄露我们的动向——原来那是你隶属的组织。"

"天下分六国，六国中三足鼎立，一统天下之梦想，是所有君主日夜思谋的想望，"秦长歌神情傲然而遥远，"然而存在于这内川大陆之上的，绝不仅仅是这六国势力，还有些潜伏在暗处的势力，养精蓄锐、韬光养晦，不以自己不足的力量和一国机器做抗争，都在等待着天下大乱的那一时机，只有乱，才能从中取利。眼下战争在即，变乱将起，天下格局，即将重新洗牌，能不能从中分一杯羹，各有各的谋划。”

“我们的谋划就是，”秦长歌一笑，“助天命之子晋王殿下你，夺得北魏王位，不过不必担心，我们对北魏毫无兴趣，我们需要的是利益共享。你以十二州相赠，有了这一方立足的地盘，我们就拥有了立国的国土。我们的目标是西梁，而你也知道，西梁越乱，对你北魏，是有益无害的。”

“天命之子？”魏天祀讽刺一笑，“刚觉得你智慧浩瀚，一转眼你又说胡话了。”

“我不会让你白崇拜的，”秦长歌温柔一笑，“我说你天命之子，自然是胡话，可是如果是何不予说呢？”

“何不予！”

第九十五章

约盟

看着魏天祀难得的吃惊不已的表情，秦长歌好整以暇一笑，慢条斯理喝茶。

西梁崇尚佛教，而且皇室一直很注重不让教派势力过大干扰政局，对于“何不予”这个名字，西梁人估计没什么概念，但是如果换成任何一个北魏人，只怕都会立即栽倒，魏天祀这个反应，已经很镇定了。

天下道篆之首，神机之子，辟谷神仙，上清道法创始人，十二岁师事无名仙人，得休咎生死诸秘诀，游历天下，于重阳山开宗宣法，擅长阴阳术数，精通隐决符箓，神应无方，济度死生。后重阳山称神山，魏正业三年，魏王厚礼敕见，执弟子礼求问寿命及仙道事，何不予伸三指，王凛然出，三年后崩，至此北魏尊为法王，魏人称：弘昇法王。

何不予身上笼罩了太多神秘光环。

不过，秦长歌坏笑着想，如果崇尚道教的北魏人知道仙风道骨的神人何不予其实最讨厌洗澡，曾经创造捉虱一钵，再以道法将之变成白米大行布施的恶劣行径，是不是要再昏一次？

何不予，是千绝弃徒。

这个天资颖慧的男子，列入千绝门墙却什么都不肯学，终日斗鸡走狗、偷吃玩乐，却在碧落神山得应天机，自悟道法。时天涌彩云，翻卷如啸，当时的千绝掌门、秦长歌的师祖正在闭关，突开关而出，闭目向天不语，半晌道："此非我门中人，另有天地，去吧。"

何不予从此成为千绝门第一个武功未成而被逐的门人，这也是世人未知的一段秘闻。

不过这家伙下山后，因为天下大乱，无人有暇理会方外之人，最初并不是一帆风顺，很过了一段潦倒日子。秦长歌下山后有次无意碰见，看在同门之缘，帮助过他一阵子，后来何不予成就道业，云游天下之前，曾对秦长歌道："急难之助，不啻深恩，此生许你两件事，无有不从。"

北魏视何不予如神，他就是指着茅坑说那里面都是金条，也绝对有人顶礼膜拜认为是天机深不可测，下一秒金条就会出现，只要他出面，魏天祀的离奇身世想要咸鱼大翻生，实在太容易不过。

魏天祀自然明白这个道理，目光立时灼灼如火，闪亮迫人，突道："历来口口相传的传奇，多有谬误不实之处，比如……"

秦长歌懒懒笑道："比如蛇人之说……蛇嘛，蛇和龙是很像的哦……你说它是蛇？你那什么眼神？那明明是龙，小龙嘛！"

一笑住口，魏天祀漫不经心地道："何不予何等人物，怎会听你驱策？"

"这个不劳王爷操心，"秦长歌淡淡道，"你只管考虑我的提议罢了。"

看着魏天祀狐疑沉吟表情，秦长歌漫不经心道："我知你难以尽信，但你已被逼至山穷水尽之境，既然往哪方走都有危险，那么何妨一试机遇？须知瞻前顾后者，永难成就大业。"

盯着秦长歌半晌，魏天祀终于笑道："好！"

他偏头看秦长歌："只是你我今日之盟，就在这马车上，几句话决定？我相信了你，你又如何相信我会履约？"

四面望了望，秦长歌随手从身后某个地方神奇地抽出一沓玉版纸，一支紫毫玉管笔，连同墨砚之物，一一放在桌上，取了墨亲自研磨，道："我说，你写，请记住，一字不可更动。"

魏天祀目光变幻，最终乖乖提笔。

当他听见秦长歌开口的第一句："奉天承运，皇帝诏曰"，不由得一怔停笔，笔端饱蘸的浓墨，立时啪的一声滴落纸上。

秦长歌皱眉，唰地抽走那张纸撕毁，换上新纸："诏书不可有污，换掉。"

"诏书……？"

秦长歌笑眯眯：“对，诏书，魏王魏天祀割让十二州的诏书。”

魏天祀目中露出深思的表情，阴光一闪，恍然道：“原来……”

他想了想，露出古怪笑容，低头依着秦长歌交代，一句句写下去，最后盖上晋王“静玄居士”的私章。

吹了吹墨迹，将纸小心折起收入怀中，秦长歌满意地道：“这是对我们双方的约束——如果你不能登基，魏天祀自然不是魏王，这张纸就是废话一堆，我也拿不到十二州；而只要你登基，这白纸黑字的魏王亲笔诏书，晋王龙潜的私章谁也仿造不来，这便是十二州的地契，你赖也赖不掉的。”

赞同颔首，魏天祀赞道：“姑娘缜密灵慧，算无遗策，佩服佩服。”

秦长歌立即送回高帽子：“陛下审时度势，决断英明，佩服佩服。”

“来，为我们的诚意同盟，为我们的宏图大业，为顺利地复仇和占有，为将来的英明魏帝和新生的有力政权，且尽此杯！”

白玉云纹杯在半空中交击出流丽的弧线，浅碧美酒涟漪荡漾，翦水双瞳对上同样微带碧色的魅力目光。

相视一笑，一饮而尽。

看来好生痛快，好生知己，好生惺惺相惜。

只是一个喝酒时不动声色地以指甲浸入杯中，一个似若无意地弹了弹耳垂上垂落的镶银耳饰。

只是都知道自己在与虎谋皮，都知道这笑容何等虚假，都知道这笑意里满满算计，唯独欠缺真诚。

魏天祀微碧目光在酒液中摇曳，那潋滟的酒色仿佛一卷即将展开的磅礴画卷，映照出他已经成竹在胸的步步计划——借助何不予在北魏不可动摇的神权，联合自己多年来交结联营而成的势力，将魏天祈赶下王位。然后，杀掉何不予，绝不让这个一言可以翻覆自己出身的家伙反过来挟制自己，到那时，王权在手，倾国之力，我还怕你一个区区江湖组织？我割地给你？任一个新兴敌对势力立国？做梦！

他本就在北魏暗自经营了一批势力，只是此次事出突然，魏天祈不动声色，雷霆万钧冰雪一片，骤下杀手令他措手不及，仓皇出逃，才不断竭蹶狼狈至此。魏天祀内心里可谓深恨入骨，一旦有了回国的护身符，一旦大位得继，他怎会乖乖听话？

政治人物的协议约定，本就是狗屁不如的废纸。

他微笑着，在画卷上看见北魏皇宫辉煌的九和大殿，看见自己黄袍冕旒，高踞王座，架起油锅，干炸了魏天祈。

秦长歌对着层层生波的酒液眨眨眼。

她怎会真的傻到把这张纸当真？这张纸，本来就不过是她和魏天祀用来互相迷惑的东西，她回去不拿这纸给萧公子解手就不错了。

她要的，就是把魏天祀这条蛇放回北魏，给魏天祈找点麻烦，这点她很无奈地和萧琛不谋而合。北魏这些年蠢蠢欲动，不住寇边，两国交界之地的西梁百姓饱受骚扰，大战没有，小战不断，以至于边界百姓弃家而逃，国界周围，赤地百里，一片荒芜。

秦长歌不是善良人，但是却不喜欢吃亏，所以，在大战开始之前，得先让你们狠狠内耗，你越弱，我胜起来越容易，咱百姓死得也就越少，将来注定要受到的战争创伤也会相对较轻——就是这个打算。

见到魏天祀的那一刻，她立即决定了要和他谈判，借助这个机会，给北魏添点堵。

至于何不予，魏天祀想必有过河拆桥打算，可是何神棍如果连自己都保护不了，还配做什么“半仙”“法王”？还俗回家抱孩子洗尿布去吧！

两人相对微笑，俱都笑得温良恭俭让，满脸的仁义礼智信，如一对美貌敦厚的国宝。

“什么什么？”萧包子听说娘被掳走，立时跳脚，“大帮主，你不是武功天下第一吗？你怎么把我娘给搞丢了？你赔！你赔你赔你赔！”

素玄悲愤望天，直欲长啸当哭，你娘偏心，你也偏心，你怎么就没看见你楚叔叔也在？你怎么就不怪你楚叔叔把你娘放走？你怎么就叫我赔不叫你楚叔叔赔？

“赔赔赔赔赔赔赔……”难得萧包子口齿伶俐，不过但凡撒泼成性的人，据说口齿都是超凡脱俗的。

“好，我赔！”素玄被无理取闹的家伙缠得没法，就手从怀里掏出本小册子，“喏，这个赔你，你要是不要，我就立即收回。”

普通的黑皮封面小册子，简单的四个篆字：《琅嬛秘籍》。

楚非欢目光瞟过，眼底难得地现出震惊的神色。

素玄对他眨了眨眼睛。

被萧包子缠不过，带他来的祈繁一眼瞥过，倒抽一口冷气。

萧包子咬着手指，瞅了瞅其貌不扬的小册子，瞅了瞅神色古怪的素玄、祈繁，再瞅瞅楚非欢的眼神，后者的眼神终于令他下定决心，拿过了小册子。

楚非欢对素玄看了一眼，眼色中的意味素玄自然清楚，他笑而不语。

“这是缘分。”他的眼神传递给楚非欢这样的信号。

楚非欢似喜似忧地仰望长空，最后一只迟归的雁自高而远的天空飞过，姿态萧瑟而孤独，他若有所感地微微叹息一声。

如果萧溶知道这秘籍是数百年来武林史上排名第二的绝顶秘籍，知道这是千年前武林绝顶奇人琅嬛圣手的武功精粹，知道曾经为这秘籍，数百年来武林中人前仆后继蹈死不已，知道这秘籍每一次出世都掀起血雨腥风死伤无数，他一定会觉得这小册子好烫手吧？

其实楚非欢多虑了，萧包子顶多思考一阵，是绝对不会将到手的东西退还的，他一定会要求将这书换封皮，改个名字叫《琅嬛菜谱》。

无知的人是有福的，现在，他就随随便便把无数人辗转反侧、历经艰辛、破家弃财求之不得的重宝，胡乱往怀里一塞，手指弹弹，很遗憾、很将就地道："好吧……算你赔了。"

楚非欢却道："溶儿，拜师。"

"啊？"

"这是你想要的武功秘籍，"楚非欢依旧在看大雁，"可是你觉得，你字认得全吗？"

"哦……"萧包子恍然大悟，"可是难道你不认识字吗？你不能教我吗？"

楚非欢直接回答："不认得。"

萧包子无奈，悻悻转身，咬着手指和素玄商量："我叫你师父，可不可以不磕头？还有，我叫你师父，你可不可以不要趁机占我娘便宜？"

素玄差点没一口鲜血喷出来。

什么叫占你娘便宜？

你眼里我是个什么？色狼？登徒子？

你知不知道，我曾经拒绝了多少美女爬我的床？其中有陇西名妓，有陇东头牌，有富家千金，有江湖侠女……

素玄那个冤枉悲愤啊……然而看着萧包子贼兮兮偏又很无辜的大眼睛，这些话哪里说得出口。

哭笑不得地想了半晌，也只好再次付之一笑，道："磕头本就无所谓，事实上你拜不拜师都无所谓；至于占你娘便宜，你觉得你娘是那种谁都可以迷昏她占到便宜的傻女人？"

他暗自咕哝了一句："我其实倒好希望她真的是那种傻女人……"

包子没听见后一句，眼见素玄好说话，立刻十分爽快欢喜地叫了声："师父！"声音那个脆甜。素玄虽说不奢望他真的乖乖叫师父，乍一听还是欢喜，尚自陶醉在"我终于找到想要的徒弟了"的喜悦中，便见萧包子忽地一个大转身，扑到楚非欢膝下，仰头，甜甜蜜蜜又一声，“干爹！”

……

素玄黑着脸，盯着楚非欢：你什么时候做了他干爹？

楚非欢开始咳嗽——冤枉，这小子吓死人不赔命……

一把拎回萧包子，素玄摆出新鲜出炉的师父架子，问包子：“什么干爹？”

“公平，要公平……”萧包子摇晃着手指，笑嘻嘻道，“我娘教过我，要做个公正的人，你们两个，对我都好，拜了你做师父，怎么可以冷落楚叔叔？但又不好拜两个师父，只好委屈他做我干爹了。”

这是什么歪理？

“不好厚彼薄此嘛……对吧？”

素玄忍无可忍地纠正：“是厚此薄彼！”

很满意自己的安排的萧包子，包子皮厚得几乎咬不动，哪里在乎一个成语用错，得意扬扬爬上楚非欢膝盖：“被雷到了吧？错错有营养，雷雷更健康，我娘说的。”

楚非欢咳得更厉害……曾经的开国皇后，将来的西梁大帝，你们的风范好特别，将来讨伐天下，万军战场之上，如果来一句“雷雷更健康”，是不是能不费一兵一卒，就所向披靡地雷倒所有敌国军队？

咧嘴笑的萧包子，笑了一阵突然想起自己要做的事，“哇呀”一声跳了下来，顺手抽了自己的小腰带往脑袋上胡乱一绑，唰地拔出白色小锦袍旁悬挂的前几日容啸天送的鲨鱼皮小腰刀，寒光闪闪地一抡，在日光下挥舞出一道小型号的七彩弧线：“干爹，师父，咱们兵发救人去也！”

……

一马当先腾腾腾地冲了几步，却没听见跟来的脚步声，包子困惑站定，犹自不忘一脚踩上一块石头一手叉腰，白头带在风中飞舞，摆了个很有感觉的Pose方才回头：“咋不来？救人啊！”

素玄斜睨着他：“明小侠，敢问兵发何方？先锋是谁？敌军几何？主将何人？”

……

白腰带被风吹着，啪啪地打在玉树临风的萧包子脸上，姿态倜傥而目光茫然。

目光里淡淡笑意，给素日萧散如远星的神情添了一抹暖色，楚非欢好心地给新出炉的干儿子解围，无声指了指前方。

转头，萧包子这才发现，前方地平线上，隐隐出现烟尘，接着，一辆精巧的马车，自视野里渐渐现出轮廓。

他动了动嘴唇，问：“我娘？”

楚非欢颔首，素玄看着完好无损回归的马车，目光中有一丝感慨。

她果然安然回来，还从那个阴狠狡猾如狐如蛇的家伙手中索回了马车，一个不擅武功的弱女子，她是如何做到的？

包子已经冲了上去。

刚从马车上跳下来的秦长歌，一眼便看见沙尘滚滚向自己冲来的圆滚滚、灰扑扑的小子。

她立即咻的一下跳回马车上。

包子扑了个空，收势不及，哧的一声滑过马车。

立即锲而不舍一个三百六十度大翻转，再次扑回。

腿短跳不上马车，他大怒，尖叫："臭娘！亏我千辛万苦要救你，你就这样欺负我！"

从车厢里探出头，秦长歌一脸嫌恶："我说公子爷，你这什么造型？"

"拉风造型！"

"拉风！拉什么风？我记得我说给你听的故事里，那脑袋绑的是红带子，黄色的也可以，那才杀气腾腾临风招展，你绑个白布干吗？戴孝啊？你娘我还没死呢。"

……

包子悻悻地回头，盯着抱着肚子狂笑的素玄，和低头看蚂蚁的楚非欢，还有弯眉笑眼看笑话的祈繁，忽觉众叛亲离，忍不住悲愤长啸：

"遇娘不叔（淑）啊！"

……

秦长歌跳下车，将缰绳一引，笑："完璧而归。"

接过缰绳，瞬间素玄觉得自己的手指似乎触及她温热光滑的肌肤，不由得心底一颤，忍不住抬眼看她，却见眼前女子行若无事，一脸淡若水仙的笑意。

暗暗苦笑，笑万花丛中过，片叶不沾身的自己，竟也有如初初动情的儿郎一般，为些许的体肤相触，心动不已。

哪还是玉帘袖底抚凝脂，红叶楼头伴群娇，扁舟一叶下蓬莱，谢却绿华留枕邀的散漫风流的自己？

目光流转，长风之下，容颜秀丽的男子，正神色淡淡地看过来，风拂动他淡蓝缎面大氅的系带猎猎飞舞，素玄忽然想起先前那双细致温柔结上这副衣带的纤细手指。

自失一笑，轻轻仰首，孤雁一只，正自天际黯黑如墨点掠而过。

那是他们的故事，他们的秘密，他们的过往，他们的组织。

而他，也许永远都不能真正走近。

缓缓吐气，仿佛要吐尽这一刻内心块垒，素玄低下头的时候，已经笑容明朗如常。

她刚才和那人一番交涉，想必对凰盟定有新安排，自己无论如何都算是个外人，再留在这里实在不妥。

一笑拱手，素玄道："多谢明姑娘助我得回马车，如此，告辞了。"

转目一顾包子，又道："明姑娘，我送了本册子给令郎，本应是我来点拨他的，但是此行不可更动，还得劳烦明姑娘自己亲自教导了，或者寻了可靠出众的武学人士也好。"

秦长歌目光一缩，素玄说得轻描淡写，她可不会等闲视之，从素玄手中赠送出来的东西，怎会是凡品？想必是绝顶秘籍，而素玄那句话的意思，分明是让她和楚非欢都有份学习了，武林中人，门户派别之见犹如不可跨越的鸿沟，素玄居然开通如此，其人潇洒旷朗、光风霁月，果非常人能及。

微微一笑，秦长歌道："溶儿不学无术，不过还算有点悟性，如果有不识得的字，我自会教他，不妨先打点基础，高深武学，还是等你回来吧。"

这是明摆着不愿意占便宜了，素玄怔了怔，半晌自嘲一笑，道："那么，随意吧。哦，对了，我离开这段时间，已经嘱咐过帮中高层，对咱们所追索的事，依旧如常，你但有需要，尽管驱策，我如果路途顺便，也可能去陇北查查安飞青。"

"素帮主对凰盟、对我母子的厚爱，明霜不言谢了，"秦长歌微微敛衽，"总之，大家同路中人，一切心知。"

"是，一切心知。"素玄深深注视秦长歌，黑亮如珍珠的瞳仁里满满都是女子纤细娉婷的身影，"请多保重。"

言毕不再回顾，衣袖一拂已平平飞上马车，单手控缰，仰首一笑。

冬日的空气沉静而干爽，新雪之后四面流动着沁凉的气息，树梢顶传来飞鸟掠翅割裂空气的声音，同时被割裂的还有细碎的阳光，碎成薄纱层层，无遮无挡地笼罩在飒然仰首的黑发白衣的男子身上。他风华灿烂，明光四射，在浅金色琴弦般的美妙阳光里，如同一场美好异常的梦寐。

而那远扬而去的一截白色衣袂，如同诗仙于峨眉山顶蹈月步虚，恣意狂歌间新得的一首好句，新裁的一缕浮云。

秦长歌怔怔看着素玄衣袖飞舞的身姿远去，心底隐隐泛起一种莫名的不安。仿佛，挽阳亭这一别，素玄看似平淡无奇的探亲访友之行的背后，还隐藏着一双深沉遥远的目光，潜伏着一个模糊不清的黑影，这些如乌云般的影子，将渐渐遮蔽明朗的日色，为前往的本可一览无余的长路，埋下不可预知的变数和阴霾。

第九十六章
问佛

怔然半晌，甩甩头，秦长歌将离奇的预感抛到一边，吩咐祈繁：“半月之内，依次更改从西梁至北魏沿路据点的联络暗号，重新打乱力量分布和暗坛。记住，但凡有人联络过的据点，立即变更。”

为了护送目前已身单力孤，还要应付北魏暗探悄悄追杀的魏天祀回国，以及安全指引他找到目前身在西梁境内的何不予，秦长歌不得已暴露了一些西梁至北魏沿路的凰盟暗坛据点，所以将暴露的据点全数更改暗号打乱建制，是当务之急。

祈繁领命而去，楚非欢看着远方已成小点的马车，淡淡开口：“魏天祀回去了？”

他和秦长歌曾经在战场上和魏天祀对阵过，只不过他从不亲自上阵，魏天祀没有注意过他。对于这个晋王殿下，楚非欢自然知道他的奸狡，但从不认为他能是秦长歌的对手。

秦长歌一笑：“魏天祈把家里的蛇赶走，我帮他送回去。”

微带嘲讽地，她又道：“不想背上杀兄之名，不想魏天祀死在北魏境内而引发晋王潜在势力的动荡，将他驱赶到西梁想借刀杀人，魏天祈也确实够狠，竟想既拔了钉子又做得完人，只是忒小看了我西梁，我请他搬石头砸自己的脚。”

想起刚才魏天祀临离开时，得了凰盟联络暗号和何不予的所在位置，以为后顾无忧，立即便想过河拆桥对她下手，被她淡淡一句“我的组织每一地的暗号都不同，你去了一地，才能得到下一地的暗号，在最后一地，你才能得到何不予的联络方式”，逼得他只好悻悻罢手，装作理衣袖，唰的一下将指缝里夹的东西插了回去。

然后居然还能面不改色提醒她不要忘记协议，言辞谆谆，形容和雅，又极其亲切地赠了北魏出产的外伤名药“碧翅丸”给她，秦长歌毫不客气笑纳，丝毫不担心他还敢玩花样。

因为魏天祀就是那种人——你很危险，我一定要杀你——啊？我杀不了你？——那我就不杀——既然不杀，那就先用着——用完了——还是要杀。

无耻到这个地步，又坦然到了这个地步。

这对兄弟，也算奇葩啊……

嘘了口气，秦长歌有点无奈地想，顺手帮了人家一个好大的忙却得不到奖赏的感觉，真的好亏本、好不爽啊……

一转头，却见萧包子将一本书摊在石头上，自己在石头前倒立而起，露出开裆裤和半截吃得圆滚滚的白肚皮。

偏偏头，秦长歌好新奇地问儿子：“公子爷，你这是在干吗呢？”

包子涨得满脸通红，挣扎着吃吃答：“……练功……什么破功……累死我了……”

秦长歌漫步过去，探头一瞧，书上是有个倒立的人形，只是怎么瞧怎么怪异，秦长歌将脑袋转了一百八十度，才发现原来那不是倒立人形，而是站立原地双手上举的姿势，至于为什么看起来是倒立——萧包子把书拿反了。

望天，悲愤，秦长歌先为将来的西梁百姓默哀了三分钟，才一伸手，啪的一下狠狠弹了弹包子的可比豆腐的嫩屁股。

“摆什么蛤蟆功的造型，你以为你是欧阳锋啊？”

一行人回棺材店，秦长歌忽然想起今日怎么没看见素玄的那个跟屁虫，忍不住问起，祈繁笑着摇摇头，道：“那个丫头啊，莫名其妙就不见了，大约是素帮主对她不假辞色，受挫折了吧。您也知道，这段日子，素帮主都快被她缠疯了，真没见过女孩子这样的。”

“莫名其妙不见了？”秦长歌想了想，一笑，“水灵徊可不是会半途而废的人，她那性子，本就和一般养在深闺的千金小姐不同。对了，你下次碰见炽焰中人，提醒一下，对这位水小公子不要随意泄露身份。水家名声太大，她身份泄露了万一招惹了麻烦，又是咱们的不是，炽焰虽不惧水家威势，但多一事不如少一事，何况素帮主近期还不在。”

祈繁点头，楚非欢突然指了指南方。秦长歌笑笑，又道：“是，我知道……也提醒他们注意防备着，他们是习惯了水小公子在总坛窜来窜去，素玄又是个心底光明的，却是忘记了南闽也算敌国，若是那大嘴巴的丫头看见了什么不妥的，传到水镜尘耳里，可不是什么好事。”

祈繁笑道：“我以为我算细致的，不想还是不能比，是啊，习惯那丫头窜来窜去，可不成。”

此时正路过圣德护国寺，秦长歌突然驻足，对祈繁道：“祈兄带溶儿先回去，我和楚兄去办点事。”

祈繁应了，萧包子却咬着手指翻白眼：“我也要去。”

“你去干吗，”秦长歌拉开他的手，“警告你，下次再看见你咬爪子，咬一次扣一次零食——庙里全是光头，无趣得很，还不许乱窜乱讲话，和你的气质不符。”

“我气质多变，人见人爱，”萧包子被每日的睡前一故事早就熏陶成了半个妖孽，“光头们更应该早点见识公子爷的风采。”

他谄媚地寻求支援：“干爹，你说是不是？”

秦长歌一怔，转目看见楚非欢脸上微微泛了淡红，心知这小白又胡乱搞事，但也不愿非欢尴尬，神色如常地笑道：“好了，又多了个护身符。你倒精明，分分钟的工夫，师父也有了，干爹也有了，公子爷现在护驾的人这么多，我可不敢轻易得罪。”

“算你识相，”萧包子咧嘴一笑，左手挽了秦长歌，右手去推楚非欢的轮椅，“走吧。”

“等下。”秦长歌左右看看，在旁边一家卖烧鸡的摊子上买了只烧鸡，笑嘻嘻地塞到萧包子口袋里。萧包子大喜，目光亮亮、口水滴答地问：“给我的？”

“嗯……”秦长歌等萧包子露出又大又靓的笑容并且在她身上蹭过三遍之后才慢吞吞地道，“鸡屁股是分给你的。”

“……”

护国寺后院禅房是谢绝女客的，名扬四海的高僧闭关之所更是远远便有沙弥上来拦客，秦长歌却只是微笑着，递了张纸给小沙弥，道：“请交给释一大师。”

敛眉合十，小沙弥回答得很熟练：“师祖闭关，不见外客，施主请回。”

“你且去，”秦长歌笑容温和却不容抗拒，“大师会见我。”

犹疑半晌，小沙弥终于低头匆匆去了，半晌回转，难掩目中惊色，恭敬施礼：“师祖有请。”

尔雅一笑，秦长歌一行三人态度闲适地迈入这连皇室中人都拒之门外，世传几乎无人可以进入、几被传为神地的禅房。

木门吱呀一声推开，性急的萧包子一马当先，准备领略世所仰慕的大德高僧的风采，一进门，“哇！”的一声。

够……乱。

到处都是典籍书册，地上、床上、桌上、柜上，甚至承尘上都堆着书，榻上被褥乱糟糟，一个人正坐在被褥中和一堆书拼死挣扎。他身前臭袜子与茶碗共放，破禅衣同夜壶齐列，熟罗宣纸上画着鬼画符，青瓷花盆里姿态轻盈的兰芷旁堆着一堆骨头……等等，骨头？

萧包子目光呆滞地慢慢低头去看自己口袋里的烧鸡，终于明白了该鸡的最终归属，十分悲哀地吸溜了一下口水。

他如果看见秦长歌用来作为敲门砖的那张纸，只怕直接就会崩溃——那张纸什么都没有，就画了只烧鸡。

三人进来时那人头抬也未抬，只自顾自嘟囔："咦……在哪里呢？我记得我放在书里的啊……"

楚非欢怔了怔，本来还以为高僧潜心佛学，睡卧犹自以书为伴，敢情高僧只是在找东西来着。

萧包子懒得管和尚做什么，只挪动脚步溜向门口，准备以实际行动捍卫到口的美食。

他刚一挪步，一颗油光锃亮的光头立即抬起，衣袖一挥，砰一声禅房门被关上，还神奇地自动上了闩。

盯着萧包子看了半晌，老得看不出年纪偏偏眼睛比包子还精光贼亮的"高僧"咧嘴一笑，伸手一招。

萧包子眼睁睁地看着烧鸡飞了出去，落到老头的爪子里。

很想张牙舞爪地扑过去夺回来，可惜臭娘把他抓得紧紧，包子嘴一扁，大怒，道："和尚还吃肉！"

"佛祖亦杀生。"释一头也不抬，一口咬掉一只鸡腿，呜哩呜噜地道，"将来什么都是你的，你和老衲争一只鸡作甚？"

包子哪里管他在说什么，继续愤怒："一鸡不争，何以争天下？"

"你是有福之人，"释一继续啃鸡翅，"这天下对你来说，就是老衲口中鸡，抓了便吃，争什么！"

一直沉默倾听的楚非欢突道："一国非天下，大师谬误矣。"

"否，"释一从鸡翅中抬起眼，瞟了楚非欢一眼，"国即天下，天下即国。"

他目光和楚非欢相遇，楚非欢只觉得心中一震，那目色如明珠如温泉如春风如流水，博大浩瀚，遥及天涯，于无限平静中绽放大光明，瞬间照破山河万朵，而千顷碧海之上，明月遥生。

灵台突然一片空明乳白，温润而舒适，一直以来因为伤病而不适的精神，突然松快了些许，那些仿佛久困于身的绳索般的苦痛，都缓了一缓。

抬起眼，楚非欢先前因为高僧爱吃荤、高僧很脏乱而滋生的一点点讶异怀疑情绪已经淡去，剩下的是对大德者由衷的尊敬，这才是真正的修炼者，但凡跋涉尘世中人，历风尘污浊，绝无可能拥有那般光明的眼眸。

秦长歌一直站在一边观察释一的表情，她带楚非欢来，就是想从这个修炼成精的老狐狸的眉目间揣摩出点什么，不想和尚对包子一言下定，对楚非欢却只是拔了拔他衰颓的精神，一言不发。

她认识这天下人顶礼膜拜的著名神僧的原因，说起来搞笑，还是文昌那次按照她的安排去“邂逅”童舜老娘的时候，她怕出娄子也抽空跟着，无意中逛到后院，正看见一戴帽子的老家伙爬院墙准备溜出去，看那架势熟门熟路不知道爬了多少次了。秦长歌一时好奇，便也跟着爬出去，看见那老家伙转了一条街，买了只烧鸡又爬回来，回来后从后门偷偷摸摸进了禅房，秦长歌继续跟，结果发现那是个和尚。

和尚一见她，立时吓掉了手中的鸡腿。

秦长歌以为他是因为破戒被发现而惊吓，正想装没看见转身就走，却听身后和尚道：“既来之，则安之，你本就不是白来的。”

秦长歌立即停了脚，回转身，见和尚一笑，平凡苍老眉目突然灰尽光生。

“三生之魂，沧海之月，蹈步天下，谁与长歌？”

秦长歌立即知道了这酒肉和尚便是释一，老和尚见了她并不惊讶，两人干脆坐下来分吃了那只鸡。后来秦长歌见他老天拔地地爬墙太费劲，给他偷渡过烧鸡，两人结了点烧鸡缘。秦长歌一向不浪费资源，文昌供奉给太后的紫玉观音，顺便也拿来给和尚开了光。

眼见释一缄默不言，秦长歌微微叹息，只得说正题，道：“大师，我来有一事拜托。”

释一长眉一动，道：“又要和尚帮你骗人。”

“这回不是了，”秦长歌狡黠一笑，“这回要你说实话——大师，如果我没猜错的话，近期皇室定会有人前来圣德护国寺卜问，想必要请你或者你的大徒儿静闻方丈，不管请的是你们中的谁，我只想请大师们不必忌讳，如实相告便可。”

“如实相告？”释一将油手在佛经中一抹，在书页上抹得干净，笑得比她更狡黠，“前生？今世？”

“前生，生死。”秦长歌知道瞒不过这个早已成神只是因为热爱人世的烧鸡坚决不肯坐化成仙的僧人，“梦寐已久，时当惊破。”

默默看了她半晌，释一微微摇头，从牙缝里咝的一声，仿似受了凉。

“高僧，别这副鬼样子，”秦长歌笑容温柔里别有刚意，“须知不破不立，一直死赖在错误的认知中，又怎么能重新开始？”

三天后的圣德护国寺，接待了几位特殊的客人。

这客人轻车简从，但俊朗高华，风神独具，一望而知是地位高贵之人，他身边两名男子，亦是人中龙凤，左边的衣衫清素，天水之碧，清贵雅致如皎皎之月；右边的浓彩华艳，炽焰之红，妖魅绝丽似曼殊沙华。

三人风采各异，熠熠生辉，谁也压不了谁去，却都是难得一见的出众人物，直叫进香的女香客们看直了眼。

“中间那个好高贵，不怒自威，定是朝中重臣！”

“右边那个好，绝色绝色……姐姐，我怎么看完他之后，觉得你不如平日美丽了呢？”

“你们什么眼色，尽关注皮相了，看看左边那位，那气质清雅如竹，辉光似月……不行不行，我要写诗……有带纸笔吗？”

“……”

玉自熙耳力极好，听着那窃窃私语，极其开心地回转身媚然一笑，立时又引起一片倒抽气的声音。

萧玦皱眉，低声道：“你还嫌不够打眼？”

玉自熙惋惜地转头，叹息：“丑！丑！浪费了我的绝艳笑容。”

萧琛笑而不语，却道：“哥哥今日好兴致，亲自来进香。”

“别试探我了，”萧玦无奈地道，“你自然知道我不是来进香的，我本想一个人来，你们偏要跟着！”

“臣弟分管宫禁禁卫事，护驾是臣弟的职责。”萧琛笑容清雅，谦恭有礼。

“什么职责，”萧玦一笑，“领侍卫内大臣，请问你一年管上几次宫禁？今儿个倒是记得清楚。”

“在该记起的时辰记得便好。”萧琛温雅依旧，毫无惭色。

萧玦摇头，自顾自向后院禅房进发，平日里专职拦客的沙弥今日迎了上来，合十施礼：“师祖有请施主。”

萧琛毫不意外地一笑，依言退后一步。玉自熙却笑吟吟道：“没我们的份儿？”

沙弥板板正正地道：“师祖吩咐，来者三人，唯一人真心有求，其余两位，请自便。”

“我也真心，”玉自熙将如花容颜凑到小和尚面前，“我真心想见见圣僧，问问我的姻缘休咎。”

这沙弥定然是释一老和尚挑选出来的奇葩，永远的干巴巴语调，对着美丽得已经超越了性别的绝顶美色也毫不动容：“师祖吩咐，若有人问姻缘，且答：‘请自冰下寻。’”

仿佛一阵风忽然平地生起，吹散绝色容颜上妖魅笑意，化蝶翩飞而去，玉自熙的身形，似乎僵了僵。

然而那散去的笑意转瞬又聚了拢来，玉自熙依旧是那个眼波盈盈流转身姿如柳的妖孽美人，笑道：“和尚的名气大约就是故弄玄虚搞出来的，说什么呢？这禅机可忒深奥了，听不明白。”一边撒手，一边懒懒往院外走，“少爷呀，你去和酸僧打机锋吧，我不陪了。”

萧玦一笑颔首，看了看正若有所思望着玉自熙背影的萧琛，欲言又止，终是随着沙弥，跨进后院。

萧玦的待遇没有秦长歌来得级别高——他跨进释一禅房的时候，见到的是整洁雅致的闭关之所，竹帘细细，檀香袅袅，四壁佛经典籍古朴厚重，一盆素兰色泽清雅，磨得发白的青布蒲团上，盘坐着宝相庄严的天下第一名僧。

立于门口，萧玦看着面色平静、眼眸半开半闭、宁和颜容上宝光隐隐的老僧，油然而生敬意，所谓神僧，名不虚传，那是种明明存在，却不令人感觉压迫的奇异感受，面对他，如面对一花一叶一缕清风，如面对自然沧海，无限如须弥之广，而一切凡俗杂念皆成芥子。

看着他，便忍不住回顾自己，富有四海，垂临万方，看似什么都拥有了，然而从四面不靠的高高御座上看过去，大仪殿济济人群遥远如天涯，是臣子、是属下，是唯唯诺诺却永无交心之日的陌生人，静夜里空旷寝殿里梦寐而醒，只觉得胸腔里吹起的是苍凉空寂的风，扫尽一切悲欢喜乐，寂寞的日子，连梦也是没有的。

他微微悲凉地想，原来拥有一切，就是失去一切——

“无中有，有中无，万物互生，何必着相，”淡金雾气里老僧睁眼，一道目光如惊电看进他内心深处，“老衲念施主心诚，特在此等候施主，已是误了修行，便请直入正题吧。”

缓缓上前，在对面蒲团上坐了，萧玦一时却觉得内心里涌动无尽难言心绪，浮云飞电，浪翻涛卷，那些往事奔涌而来，幕幕鲜活而幕幕生痛……问，问什么？那个心中存疑已久的问题，一直未曾去查问、去证实，怕的不就是最终遇见的是那个自己最不愿意面对的暗黑的结局？

不问，那么希望永远都在，他是一直这样想的。

直到那个女子出现。

于是另一个希望如同春芽般在积雪的内心里开始缓慢生发，一点一点拱破坚冰般的心防——也许，有另一个可能？

盘桓良久，踟蹰良久，他一生决断爽明，从无如此瞻前顾后之时。

所谓近乡情怯，当是如此，想知道，却又怕知道的不是自己希望的那个，于是故意刁难自己，故意微服去见释一，想着这圣僧名声如此之大，又闭关多年，也许，见不着？

见不着，便罢了吧，糊涂点过日子，总比被永恒的黑暗结局凌迟来得好。

最终一怀犹疑地来了，也见到自己想见的人了，原来圣僧架子不大，闭关再开关也如此轻易，一切都这般顺利，顺利到他开始害怕。

问什么？怎么……问？

问她……有没有死？还是问，明霜是谁？

释一一直深深注视着萧玦，多年来水波不兴的双眸中也微微有了一丝感慨，造化弄人，何其悲哀，深情如许，也许隐瞒才是仁慈，佛家狮子吼，其实不适用自愿耽溺迷途的性情中人。

可惜，老和尚今日，也要做回刽子手了。

没办法……那丫头不能得罪……人家是上仙呢……将来换个地方待着，还得在人家手上讨生活呢……

“痴儿……”释一的声音凝成一线，生生逼入萧玦耳膜，“与你结发者，早化飞灰，骨分数处，目贮深宫，你还在执迷什么！！！”

第九十七章

龙杀

苍穹忽生惊雷，而烈电穿云而来，妖蛇狂舞，黑影幢幢里万物化为齑粉。

有什么在碎裂，有什么在消逝，有什么在挣扎，有什么在呼啸。

……灵魂一定是散碎了，碎成万千碎屑，化为那年云州梅林上的积雪。

……那雪如此森冷，触在指尖，砰的一声，炸开烈焰。

……好大的火……噼噼啪啪的声响里宫殿倾颓……是长乐宫……他和她相携漫步过那里每一寸土地……熊熊烈焰，有人黑发蹈舞，有人漠然而观，有人冷笑潜进，有人蓦然回首……众生相，众生相，众生皆入彀中……

……谁挣扎得出？长街之上，愤然回首，纤秀女子微笑前来……

……他大喜地去携她的手……长歌……我就知道老和尚胡说……你没死……你不会死……

触手灼热，他低头一看，惊吓撒手……

……一抔焦骨，散落于乌黑的废墟……

……长歌呢？我呢？我在哪里？她在哪里？……

……四顾茫茫……有甜腥的气味，汹汹地涌上来……

谁架了油锅？谁执了刀斧？谁狞笑上前来，倒背长刃，行动间凛凛寒光。

剧痛翻江倒海，却不知道是哪里在疼痛，心？不……不在了……

……是要死了吗？也好……

“咄！醒来！”

疾电般翻转凌乱的魔障，重重压上思绪的黑暗彤云，被醇厚纯正的佛门狮子吼喝裂！

萧玦浑身一震，从接近迷乱的梦魇中醒来。

脸上出奇地泛起一线潮红，目光有些湿润，他缓缓地看了释一一眼。

欲待开口，身子一摇，一口鲜血樱雨般喷落。

溅开在光洁的青砖地上。

如同血画的写意一幅，只是笔笔凌乱，笔意伤痛。

如那些欲诉不能诉，欲留不能留，欲待蒙昧自我却被生生残忍捅破，不可追及、不可挽回的往事。

“痴儿……”同样的一句话，释一这次说来，也带了几分悲悯，他仔细打量着萧玦——这孩子一着迷思，牵扯不去，真真是无辜……

伸手，指尖欲待点向萧玦眉心。

且为你劈破迷障，还你明月如洗吧……

轰隆！

晴空万里，突起闷雷之声。

大雄宝殿内，四处乱转的玉自熙愕然仰头：“青天白日，又是冬天，打雷？”

他眯着眼看着天际——乌云乍起，层层叠叠厚如黑色幕布，一团闪着金光的火球在云层中穿没。

一线电光，如惊天之刃劈下，黝黯的大殿里刹那亮了一亮，映得负手淡然立于殿角的清雅男子俊雅容颜，笼罩在一片迷魅的明暗之中。

轰隆！

闷雷震得禅房木窗一阵乱晃，啪的一声那盆素兰莫名其妙栽落案几，在地上跌了个粉碎。

释一的手指定在了萧玦眉心之前。

半晌，老和尚突然现出了一抹苦笑的神色，极慢极慢地仰首，望了望天际。

缓缓收回手指。

那火球一起一落跳跃着远去。

老和尚的眉梢极其细微地抖了抖，转首对正茫然看着地面，全然不知刚才发生了什么的萧玦合十一礼。

“施主请回吧。”他深深注视萧玦，“深水淹石，浓云遮月，夜行胡同混沌不知，其实都无须烦乱，只需静待时机，自有拨云见日之时，身在局中不得其出，是昧；身在局外无意闯入，是孽，施主好自为之。”

萧玦茫然站起，行尸走肉般地晃了出去。

他的身影刚从禅房门口消失，释一立即戟指对天大骂：

“你娘的！威胁老衲！”

萧玦也不知道自己是怎么走出禅房，走出后院的。

惊雷过后，依旧一片晴朗的天空，日影漫漫，牛乳般泻下来，萧玦突然觉得那么明亮的日光有些刺眼，他缓缓抬手，遮住了眼。

前行，前行。

西梁帝王的步伐从未如此刻沉重缓滞，踩在碎裂的日影上，听得那声响沙沙，砂纸般磨着伤痕淋漓的心。

原来那些不愿面对、不愿承认的事实，都是冰冷的现实吗？

原来那些含怨含恨的怀念，都是一厢情愿的自欺欺人吗？

原来那朵倾国名花，并未开在他国海外的白玉阶、紫金阙，而是早已化灰而去，只留他蹉跎岁月，空自等待一场永无回归的回归。

原来那些往事，早已被无声遗落，而立于一隅等候的，永远只会是一场错过。我爱的人，我等待的人，原来你早已不在。

从此后，余生都是一杯难咽的苦酒了吗？举杯向月，无人对饮。

而江海浩渺，辽阔无极，比彼岸更远的彼岸，他要如何泅渡？

仰起头，萧玦不知道自己看的是那一线日光，还是某个遥远不可触摸的记忆。

长歌，我宁愿你抛弃我。

我宁愿背负被抛弃的耻辱，去换取那个流言的真实。

曾经碧纱窗下相约共饮的誓言，都换作了风刀霜剑后森凉的谶言，那些思念带着那年皎洁的梅花香气，跨越三秋直抵内心，凝成霜雪，然而直到今日方知，破冰之日，永远无期。

长立禅院院门之外，不知时光几何。

日影倾斜着转移，风渐渐地凉了，天边起了绚丽的霞光再渐渐消逝，一轮明月淡淡照过来，勾勒出三个同样颀长的影子。

萧玦缓缓转头，自以为很平静，其实好惨淡的一笑。

声音喑哑地道："夜了……走吧。"

萧琛和玉自熙互望一眼，两人都是水晶心肝，如何看不出萧玦的异常。萧琛目光定定地看着萧玦，眼神复杂难言。玉自熙此时也沉默下来，遥遥望着北方，一线冰凉的月光照上他的脸，他的神情并非悲凉，却生出一种沉默的愤懑。

萧玦却不管他们，只顾自己快步前行。那两人紧紧跟着，本来怕他心绪不稳之下会失控，正在暗自筹谋对策，不想他毫不犹豫地上马，直向宫城去了。两人再次对望一眼，一言不发拍马跟上。

按例外臣入夜是不可以进入宫城的，玉自熙在寂静的宫门前下马，他的赤甲卫队早已钉子般立得笔直等候着他。玉自熙看着萧玦的背影进了宫门，偏头对萧琛笑道："你是领侍卫内大臣，你可以住在宫中……"

"不必了！"话音未落，前方萧玦声音遥遥传来，"阿琛，你回府。"

萧琛皱眉，正要说什么，萧玦低沉声音斩钉截铁："这是旨意。"

挑了挑眉，玉自熙摇摇头，萧琛却立在宫门前，对前来迎接的龙章宫大太监于海做了个手势。于海微微倾身表示会意，萧琛又看了看萧玦身影，微微闭目，随即转身。

宫门前偌大广场上只剩下相对的两人。

两人互视一眼，又不约而同转开头，刚才的言谈自然仿佛已经不见了，玉自熙笑嘻嘻看着他的彪悍的赤甲卫队，萧琛面无表情地仰首望月。

嘴角一扯，玉自熙也不打招呼，竟自走到自己的卫队之前，在齐刷刷的请安声中，他踩着小厮的背上马，头也不回地扬尘而去。

萧琛则跨进赵王府的紫呢大轿，一声叫起。

一左一右，分道扬镳。

于海今夜很紧张。

陛下回宫时神情不对，他一眼就看出来了，赵王殿下在宫门前那个暗示，立时令他将心拎起老高。

出了什么事？陛下今日出宫时，虽说不上多么愉快，但是神色间闪动着隐隐的期盼和紧张，并无不豫之色，然而只是过了几个时辰，什么都变了。

看起来，陛下还算平静，只是话少些，然而作为伺候陛下多年的大太监，他对陛下心情的细微变化所造成的种种反应早已熟悉至极。这些年，陛下并不开心，他郁郁寡欢，时时暴怒，但从未如今日这般，古怪难言的神情。

那是种什么样的感觉？被那双比平日幽深无数倍的黑瞳望过来，他自己也仿若被浇了一盆冷水，有什么在飞快下坠，沉入深海。

他拼命思索着，这是种什么样的感觉？这么多年来，他没有见过陛下这样。

直到他端着金盆，去伺候陛下盥洗，看见陛下长立天下舆图之前，修长的手指缓缓在舆图之上一路摸索……蕲州、幽州、平州、德州、赤河、云州、汉州……郢都。

那手指挪动，缓慢，而沉重。

他先是不解，随即恍然，那好像是当年陛下开拓疆土，一路攻城略地的前进路线！

看着那个寂寥的背影，他突然明白了那种奇怪神情的含义。

那是绝望。

深沉的，永远难以解脱的绝望。

长夜凄凄，冷风飕飕，错金长窗被不请自来的风敲击得砰砰作响，空旷的大殿内帐幔飘飞、烛火飘摇，映着孤独的帝王的背影，他正在沉默地抬手，以指触摸当年一一行走过的痕迹。

那些浴血奋战，艰苦却痛快的日子；那些披风带雨，枕戈待旦；那些纵横天下，沙场杀伐；那些志向高远，叱咤风云。

那些两情相悦，携手蹈步，以江山为蓝图，共同面对腥风血雨，一笑间翻覆红尘的，日子。

那个明明拥有一切，却孤寂得仿佛被一切抛弃的人。

他在想起谁，怀念谁？

老于海突觉鼻头一酸。

他瘪瘪嘴，举起袖子抹去了一点泪花。

老了……老了……看不得了……

这老天……怎么这么残忍呢？陛下这么重情的人……

正要上前请陛下休息，伤心太过损伤龙体啊。

却见萧玦突然收回手，怔立半晌，缓缓转身。

于海小心地凑了上去，萧玦却看也不看他，径直进了内殿。

犹疑半晌，于海也跟了进去，萧玦正旁若无人地自己进了专设的衣间，将各式衣服翻得遍地都是。于海看了看，发现都是出外的便服，于海脑子一炸，冷汗已经冒了出来。

好半天，萧玦才取了一套纯黑的便衣。于海这才发现，地上被扔出去的衣服虽都是黑衣，但多少都有点装饰，唯独这件，一点花哨都没有。

还是仿佛看不见他一般，萧玦自己换了衣服，黑衣沉肃，面色微微苍白，唇线紧抿，又自博古架上选了一柄腰刀，再次旁若无人地向外走去。

老于海再不敢发呆了，双手一张，不顾一切地扑跪到萧玦脚下："陛下……陛下……"

目光冷冷下移，萧玦这回连眼睛里也没表情了，这种全然的漠然令于海的冷汗瀑布般冒出来，听到萧玦只用鼻音"嗯？"了一声，立即砰砰砰磕头："陛下，请留步请留步……您万金之体，千万不可……"

"于海，"萧玦定定看着他，在于海以为自己要被他一脚踢飞那一刻开了口，"你想死吗？"

"呃……"

"你想害别人死吗？"

"呃……"

"今晚，你，或者你安排的任何一个人跟着我，那么就是一个字——死。"萧玦并无杀气，然而这漠然更令于海知道他说的绝对是真话，"不仅你，还有你的家人，你在宫中找的那个对食，以及跟着我的任何一个人的家人……都得死。"

盯着冷汗滚滚的于海，萧玦淡淡道："今天这个日子，我很想用滔天的血海来祭奠一个人，你别逼我用鲜血来换得我要的宁静。"

于海什么话也说不出了，只知道在地上砰砰磕头，额头很快就青肿一片，他涕泪交流仰起老脸："老奴……老奴……老奴不敢……老奴只求陛下……珍重自己……"

漠然绕过他，萧玦看也不看地转身离开。

风声将打开的殿门，砰的一声关上，冷寂的脚步声，一声声远去。

于海在地下软瘫了好久，直到被殿门撞击的声响惊醒，他连滚带爬地爬起，跌跌撞撞地奔到偏殿小佛堂，抖抖索索地取了香，在佛像前燃起。

香烟中佛像微笑慈悯，永恒的平静雍容，于海泪流满面，将香炷高举过头，虔诚地磕下头去。

"佛祖，请佑我主平安……"

郢都，当年和她一起打下的京城。

当年的"不动之城"，号称天堑难渡，无军可毁的三重城郭的内川大陆第一名城。

毁于风羽神弩的流星长矢之下。

那巍巍高城，猎猎旌旗，兵锋如林，万军待发。

那红马如火，白衣似雪，立于马背上的女子，唇边一抹神秘微笑，纤手一挽，朱红长弓流弦声响。

一声脆响，毁灭了一个王朝。

从此缔就了新的传奇。

立于城墙之下，翘首听着自青玛神山山脚奔驰而来的风声，那风声隐隐似可听见女子微笑言语。

“儿郎们，你们谁能把那面旗，今日晚间拿来送给元帅擦靴子？”

长歌，何止是元王朝的黄龙旗，这江山，最终都拿来擦了我的靴子，你的襟口。

那么又是谁轻轻抛掷，将所有记载着扶助与爱的历程，都化作飘飞的带血的丝绢，遗落在当年长乐宫不灭的妖火里？

萧玦独行黑暗，沉默如树。

一株历冬的，萧瑟的树。

宫门、天地祭坛、司农台、弘文馆、玉宇台、栈渡桥、嘉福门、东安大街、西府大街、正仪大街、天衢大街……

这些记载过他们足迹的土地。

三年之后，深夜，他自当年秦长歌教给他的密道出宫，孤身一人，抱着对已逝之人的怀念，一步步将故地再次履足。

月色孤清，将影子拉得细长，长如永恒的疼痛与思念。

这一刻的安静很好，适于将逝去的人凭吊……

过了今日，过了今日……那些凭吊的时间，他要拿来复仇。

这些年，沉睡于火焚后的废墟的自己，不愿睁开眼正视事实，由着一己私心与执念，固执地任流言湮没她也湮没自己，白白蹉跎了三年的岁月，错过了找出真凶的最佳时机。

如今，他怎能允许，长歌如此不明不白地死去？

如此不明不白，背负耻辱地死去？

仰首，一声长啸，啸尽悲欢，穿透黑暗，远远激射上云霄！

帝王之悲，草木低伏；帝王之怒，风雷惊动。

天边沉云如许，隐隐翻卷，而一线初虹，现于遥远西南。

天地震惊，凛然不敢言语，却有不知死活的懵然之人，贸然挑衅。

“啪！”街道旁一处酒楼二楼的窗被人大力推开，有人“呸”地啐了一口浓痰，大声喝骂：

“娘的！哪里来的疯子！大半夜的号什么丧！”

浓痰坠落，湿答答、黏糊糊地正落在站在楼下的萧玦面上。

长眉一挑，黑暗中墨色幽光一闪，随即沉寂，萧玦默然半晌，伸袖缓缓拭了，仰首看着二楼背光看不清面目的男子，冷冷道："好准头。"

"当然！"那人语气轻佻，"穷酸！你姜公子赐的黄金液，你好生接着了，保不准你以后风水大转，还得谢谢公子爷我！"

他身后灯光明亮、人影幢幢，隐约听见有人大笑着道："那是，小子，你以后行走京城，也不用再去投谁的门子，只需说一句'尚书门下受唾人'，保你受用无穷！"

一阵哄笑，有人怪声怪气吟："昨日柴门锥刺股，今朝天衢唾捧人。穷酸，姜尚书门下，你今日算是好运气攀附上了，虽说说起来不雅些，但多少也算你的福分呀！"

又是一阵放浪的大笑，夹杂着调戏优娼的浮声浪语、女子的娇笑、娈童的嗲声："小乖乖心肝宝贝"……一阵声吵个不住，好几个人东倒西歪醉醺醺地扑到窗前，伸头张脑吵着要看"受唾门下"。

萧玦极冷极冷地笑了一下。

长歌……是你在惩罚我吗？惩罚我的负心忘情吗？我居然在自己的国家，自己

的脚下，被宵小所辱。

如果辱一辱，便能换得你回来，倒也罢了。

可惜……

哄笑声还在继续，萧玦抬头，目光如惊电。

一人对上他的目光，突地打了个寒战，脸色一白，噤声不语，想了想，将头缩了回去。

他的灵敏感觉，救了自己一命。

"啪！"

萧玦唰地一掀袍角，一脚将路边一块脑袋大的石块飞踢上了二楼！

石块呼啸如奔雷，挟着无可发泄积郁在心的悲愤和杀气，以雷霆万钧的力量，啪地砸上了一个伸长如龟的头颅！

血花灿烂地开在夜空中！

开在一堆人惊恐愕然、无限放大的瞳孔中，开在纸醉金迷富贵荣华的风流背景里。

只一踢，一颗大好头颅彻底碎裂。

鲜红的血和洁白的脑浆喷泉般激射出来，在空中交融成粉色的血雨，再唰啦地坠落。

萧玦早已闪身离开原地，一掀袍袂，飞身上了二楼。

他出现在楼梯口的那一霎，戏子、婊子、娈童纷纷尖声惊叫，没头脑一窝蜂地

乱成一团，尖叫着“杀人啦！”四处乱窜，夺路而逃。

吏部尚书姜华的儿子，京中著名的恶人姜川允脸色惨白地盯着杀气凛然、黑衣飘拂宛如死神降世的萧玦，两腿战战，裤裆微湿。

刚才他就站在窗前，这个恶人一脚飞石踢死的是他平日最为倚重的清客万声暮，那平日里最擅言辞灵活无比的大好头颅就那么血淋淋、硬生生地在自己面前炸开。血液和脑浆溅了他一脸，他惊恐地看见那张会唱曲会吟词会口技会编淫曲常常逗得他兴奋不已的嘴突然就不见了，雪白的牙齿飞了满天，石子般梆梆打在他额头上，打得他额头立即起了一个包。

可是他已经忘记疼痛了。

那个杀神，居然上楼来了！

胡乱扯着人往自己身前挡，姜川允慌乱得语不成声，乱七八糟发布着命令：“来人！来人！救命！救命！……杀了他……杀了他！”

可是其余人也一团慌乱，拼命挣扎着不要做他的挡箭牌，哪里管他还在说什么。

萧玦只是冷笑着立于楼梯口，看着这群刚才还无比嚣张的人没头苍蝇般四处乱转，干脆一掀衣袂，大摇大摆坐到了楼梯扶手上。

倒是有个师爷还算冷静，看萧玦就一个人，自己人倒乱成一团，觉得完全不必这样，大声道：“诸位！莫惊！且唤上各位的护卫来，他就一个人！”

这一声提醒了众家纨绔，连忙大声呼唤，各家护卫本来被他们嫌不方便赶到一边，此时也成了救命稻草，那些在楼外不远处车马里等候的护卫也已听见了动静，都快步冲了上来。

“对对！”姜公子大喜，连声呼喝，“杀了他！谁杀了他，我赏他黄金百两，再给一个官做！”

重赏之下必有勇夫，众人精神大振，齐喝：

“杀了他！”

第九十八章

走光

萧玦忽地一个转身，哧的一声从楼梯上滑下，双腿连连飞踢，那些冲到楼梯上的人，顿时被他的冲力和踢力接连撞飞出去。

一个漂亮的翻身，萧玦直接把自己翻入人堆，唰地拔出腰刀，也不出鞘，只横执在手，指东打西，指南打北，出手快捷狠厉，连绵的黑影因为移动速度太快，远远看起来就像一股黑色的旋风。只看见他人影穿梭如翻花，只听见啪啪啪啪连响，那些平日欺负人惯了的护卫、打手，俱都被打飞牙齿面如猪头地倒栽了出去，遍地雪白微黄发黑，各色牙齿滴溜儿滚了一地。

不多时，楼梯上下，一直到店门口，横七竖八躺满一地捂脸抱腿呻吟的人。

而萧玦冷笑抱刀立于死狗群中，一脸嫌恶地看着地下的人。

罪不当死，嘴却够脏，聚众淫乐，饱食民脂民膏，为虎作伥、卑鄙下流，留着何用？打飞你们牙床，叫你们唱！叫你们吃！叫你们开心！叫你们乱吠！

至于姜川允……他缓缓回身看着那恶少，那恶少被他目光一逼视，吓得激灵灵一个寒战，再次尿湿了裤子。

萧玦没有表情地一笑，不急不忙踱到他面前，突然一劈手扯过楼梯后躲的一个人来，扯到姜川允面前，冷冷对那人道："你，吐痰。"

那个一看也知是京中阔少的男子愕然瞪大双眼，呆呆地看着萧玦的脸。姜川允看着萧玦神情，畏惧地咽了口唾沫，再次向后缩，却发现身后就是楼板，已经退无可退了。

"吐痰，吐你的黄金液，"萧玦神色讥讽，"也给这位姜公子尝尝，尝尝'受唾门下'的滋味。"

姜川允面如死灰，这个杀神，够狠够绝！

手指紧紧抠着楼板，他色厉内荏地意图吓倒萧玦："你知道我是谁？你敢这般侮辱我？我爹是吏部尚书！"

缓缓俯首看着姜川允，萧玦淡淡道："你知道我是谁？"

姜川允挣扎大叫："管你是谁！你大不过我爹去！"

"哦？"萧玦神色讶异中带着深深嘲讽，"区区一个吏部尚书，在这天子脚下，遍地簪缨，冠盖满京华之地，居然就敢称第一？而你，区区吏部尚书的区区孽子，吐痰至人身，居然就敢骄狂放肆乱称'赐'这个字！"

"……我何止敢侮辱你，"萧玦冷笑，将那两股战战的富家子头一拍，"快吐！不然我就不是侮辱，是杀人了！"

"你不想活了！你敢！……"姜川允犹自跳脚，萧玦闪电般手一伸，啪地卸了他的下巴。

姜川允瞪大眼睛张大嘴，呆立当地，萧玦皱眉避开他口中的酒肉浊气，大喝："你，给我吐！"

一个口令一个反应，那富家子早吓得三魂七魄不全，被萧玦这一喝更是震得耳朵嗡嗡作响，头晕目眩、骨节疼痛，惊慌之下想也不想，“呸”的一口唾沫就吐进了姜川允大张的口中！

……

萧玦却并不看，只目注窗外，冷冷道：“不够黄金！继续！使出吃奶的力气！”

那纨绔无奈，伸脖子拍胸口地吭吭了半天，“呸！”又是一口！

看着姜川允恨不得死了的表情，萧玦一松手，扔开那富家纨绔，冷然道：“辱人者人恒辱之，你最好今日给我记住了，否则将来，你就不仅仅是吞痰的下场了！”

软瘫在楼板上翻江倒海地呕吐，姜川允吐得气息奄奄，在一地秽物中勉力抬起头，目光怨毒地看着萧玦，断断续续道：“……本公子……记……住了……”

漠然看了他半晌，萧玦冷笑，转身便走：“天作孽犹可恕，自作孽不可活，你好自为之。”

说到最后一句，他突然一怔，想起那日禅房里，圣僧最后那一句话，当时他心魂俱碎，昏眩迷茫，虽然字字都听见了，但是连在一起，居然一点也没在意那是什么意思。如今被这恶少一番搅扰，伤痛迷乱的思绪略略沉淀了些，随之想起圣僧最后那句“身在局中不得其出，是昧；身在局外无意闯入，是孽。施主好自为之”，不由得失神。

这句话，什么意思？

他今夜所思所想，全是长歌之死和当年旧事，本就恍惚不知所已，如今想起释一暗示之言，立时将身周诸事忘却，仰首向天，沉默思索，浑然忘记身在何地。

“呼！”重物砸下的风声。

却是有人悄悄靠近，用木板从他背后当头砸下。

萧玦沉思中头也不回横臂一挥，木板被砰地砸开，练武之人反应敏捷，不需注意也会有应急的自动反击，区区暗袭，何尝在他眼下？

木板被砸开，却有淡淡烟雾弥散。

甜、香，带一点淡淡的腥味，那腥味却不难闻，反倒有种野性的旖旎的劲道，仿佛能挑起内心深处最为原始的欲望。

萧玦心中一紧，立即闭气。

却已迟了。

眼前景物浮荡，幻影重叠，飞檐倒挂，星河奔来，全身的力气恍如被突然抽空，连手指都软如饴糖，触着什么都是软的……飘的……灼热的……

萧玦从喉间发出一声低低的怒吼，猛一转身，一拳击在先前打碎在地的瓷碗碎片上，鲜血喷出，疼痛之激，立时逼得昏乱的神志霍然一醒！

时机稍纵即逝，萧玦怎会白白流血？

只那么一刹那的工夫，他已扑至暗袭之人面前，手指唰地扣住他的咽喉！

这人正是先前冷静指挥大家呼唤护卫的师爷，刚才他趁萧玦出神，以木板暗袭。此人奸狡，知道木板不可能袭击到萧玦，便在木板缝间夹了迷香的袋子，萧玦击碎木板，迷香被击开弥漫，立时中计。

其实他若不是今日恍惚过甚，心神全在长歌之死之上，便是这等伎俩，也难伤他分毫。

这师爷见计策得逞，正自暗喜，不想对方如此神勇悍厉，中了平日里可以迷倒十个大汉的迷香，竟没有立即倒下，反以血肉之痛激发煞性，反扑而至立时便要置他于死地，他何曾见过这般勇悍之人来着？早吓倒在地，呵呵连声拼命躲让。

有人猛扑过来，拽着萧玦便向后拖，萧玦此时已是强弩之末，手指扣上咽喉却无力下按，再被这一拖，只觉脑中嗡的一声，眼前一黑便昏了过去，然而手指犹自紧紧扣住师爷咽喉。

扑过来的是姜川允，他满面苍白地意图拖开杀神，不想萧玦手指扣得死紧，师爷双眼上翻，口吐白沫，已经上气不接下气，他这一拽，更是杀猪般地从喉咙里溢出呜咽，姜川允赶紧放手，又去扳萧玦手指，费了一番力气才将他手指扳开，而师爷咽喉上，已经留下两个青黑的指印！

两人坐倒在地，面面相觑，虽说终于搞倒了这杀神，松了一口气，可是萧玦的杀气狠悍实在惊人，两人俱都在对方目中发现惊恐震撼之色，两股战战，一时竟至站立不起。

他两人今日灾星照命，哪里知道眼前面对的是何人，当年萧玦纵横沙场，正是以勇悍无畏精通兵法著称，战神之名惊动天下，敌军闻风辟易，若非今日情形异常，他心神崩摧易为人所趁，否则就算不论身份，也哪轮得到这两个恶心东西来欺负？

半晌，那师爷勉强爬起来，搀起姜川允，低低道：“多谢公子救命之恩。”

“说什么呢，胡师爷，”姜川允抹一把虚汗，恨恨道，“是你救了本公子——这小子，够狠！娘的，逼我吃痰！我今日不整死他，我不姓姜！”

他盯着萧玦看了半晌，想起刚才恶心地吞痰，恶从心底起，恶狠狠地踢了萧玦一脚，想了想，忽地拉开裤子，狞笑道：“逼我吃痰——我逼你喝尿！”

“慢着。”胡师爷突然一伸手，虚虚一拦。

“嗯？”姜川允斜斜地瞟过去，“你以为救了本公子，就可以对我发号施令？”

"学生怎敢？"胡师爷急忙躬身，老鼠胡子动了动，沉吟道，"学生是想着，此人此时人事不知，便是折辱他他也不知道，有何意思？这人伤我们这么多人，又侮辱公子，区区折腾，怎能消心头之恨？今日公子蒙耻如此，不逼得他灭门绝户，又怎么能重振公子威名？"

"你说的是，"姜川允想了想，系回裤子，"现在一泡尿倒是便宜他了，对，他今日杀了人，将他送官，刑部大牢里大刑伺候了，抄斩前我再去请他喝尿！"

他手一挥，招呼那些缩在一边的公子："郢都府尹也该派衙差到了吧，你们都好好做证，日后好好招待这位'英雄'！"

"杜府尹和姜尚书交情可是很一般啊，"胡师爷阴恻恻打量着萧玦，"还有，公子你不觉得，这小子虽然衣着简单，但是气度非凡，并不像是草莽出身吗？"

"气度？"姜川允上下打量一番萧玦，从鼻子里不情不愿地哼了一声，算是勉强默认，想了想，皱眉道，"你的意思？"

胡师爷阴笑："杜府尹和姜尚书向来不对，公子你首告的要犯，杜府尹未必上心，再假如这小子有点家世，咱们的仇未必能报得痛快，学生倒有个主意……"

他贼兮兮地凑到姜川允身边，如此如此这般这般耳语了一通。

"妙！"蓦地爆发出一阵狂笑，姜川允连连拍胡师爷肩膀，"好！咱郢都谁不知道杜府尹爱女如命，那是他的眼珠子、心肝尖、宝贝疙瘩儿，别说碰一碰，谁触着一根发丝也恨不得拼命……好！够阴，够毒！"

胡师爷讪讪笑着，对着那最后两句评语不知是该谢还是该当没听见好。

"只是便宜了这小子……"笑声一收，姜川允嘬着牙花子打量萧玦，"还得给他享受一回那美人儿……"

"一晌贪欢，满门抄斩。"胡师爷笑得狠毒，"杜府尹虽说是清官，但是遇上女儿的事，还能再满嘴仁义道德秉持公正？这小子完蛋了！"

"说的是，你这是一箭双雕，既报了咱们的仇，又帮我爹整治了政敌，我爹一定会大大夸我来着。"姜川允越想越满意，眉飞色舞地道，"那家伙仗着新朝新贵，瞧不起咱们前元重臣出身的家族，在朝堂上总和我爹作对，现在正好借机给他个教训，你不是宝贝你家女儿吗？现在我叫她及笄之年便破瓜，终身难嫁，正好，你就一辈子留女儿在家里，宝贝着吧！哈哈！"

他得意扬扬地招呼四周："来！一起来！先把这家伙搬到下面车上去，然后我叫咱家轻功最好的护卫头子送人入洞房！哈哈，小娇娘，花檀床，碧纱帐里浪里个浪，跑出个便宜好新郎！"

"公子好词！"胡师爷命人抬起萧玦，谀笑着跟了出去。

“对了，”唱得正起劲的姜川允突然回身，漫不经心地问，“你怎么有那个迷倒人的玩意？还挺厉害的。”

犹豫了一下，胡师爷小声地道：“回公子，学生蒙公子收留就馆前，曾在黑查山泼风寨干过一阵子无本生意来着……”

怔了怔，姜川允一仰头，哈哈地笑了起来，越想越开心，吃吃道：“原来是剪径毛贼出身，居然也人模狗样做了师爷！”

脸上掠过一抹羞红，抬眼盯了一眼姜川允，胡师爷仍旧恭敬地低头赔笑。

“无妨，”姜公子大力地拍胡师爷肩膀，“你今日立了功，又出得好计策，公子爷我高看你一眼，平日里你不显山不露水，如今看来倒是棵好苗子！放心，我爹管着吏部，赶明儿叫他想个办法，安排个缺给你做！”

“学生谢公子大恩！”胡师爷惊喜得连胡子都翘飞了，一个安重重地请下去。

“哈哈……”笑得越发得意，姜川允手一挥，“快走，赶在郢都府的衙差来之前快走！咱们去看好戏！”

今夜月光尚可，星子稀疏。

“多么怀念上辈子的浴霸啊……”秦长歌立于院中，悲愤地仰头望天，眯着眼，怀念前世的热水器、彩电、笔记本、洗衣机……

她身边，一个小小的影子，摆着一模一样的姿势和一模一样的表情，仰头望天，眯着眼，叹息：“多么怀念前几天的蜜炙云腿啊……”

对着老天白了一眼，秦长歌难得的忧思被无耻打断，也不睬那个馋神转世的儿子，踢踢踏踏地向屋子里走：“水差不多了吧，洗澡去喽。”

穿越就是这个不好，抛家别亲，来到文明退后的朝代，虽说这里是自己的前前世，接受度高了些，可是习惯了前世高度的科技文明带来的种种便利，对于现在的生活，还是有点哀怨。

前辈子看穿越小说，主角穿过去超级万能，上到原子弹，下到人造蛋，弹弹手指都搞定，秦长歌嗤之以鼻，真是人力胜于生产力的“文革”论调，再说，那还是人吗？正常人能会那许多东西？那人的大脑开发到了何等水准？百分之九十九？百分之一百零一？超支？

秦长歌哀怨地跨进木桶……洗个澡，要烧一天的水……我怎么没在前世学会怎么造热水器？

扑通！

因为分心，因为牢骚太多，因为没有预估到棺材店不怕浪费木料将浴桶造得又大又深……英明神武的皇后一脚踏空，栽到了浴桶里！

……

楚非欢在院中赏月，说实在的这大冬天月亮也没什么好赏的，只是他入夜寒火上行，常常烦躁，出来吹吹风还觉得好些。

冬夜花木凋零，落叶飘摇，冷风吹得檐下铜铃丁零作响，却并未为这萧瑟之夜添上几分活气，反增了几分寂静苍凉。

注视一片枯叶在脚下打着旋儿徘徊不去，楚非欢淡淡想，草木尚知留恋人世，只是终不能抗拒自然之命……而自己呢？自己的命还有多久？

缓缓伸手，按在了心口的位置，那里，微弱而顽强地跳动着，可是也许有一天……倦了……便再也跳不动了……

……坚持吧……等到……

“我娘在洗澡哦……”一颗大头突然冒出来，非常不合时宜却又非常及时地打断了他的伤春悲秋。

……

半晌。

“我娘在洗澡哦……”看起来白白嫩嫩实际上那小心肝绝不是那么回事的萧包子以手抚心，哀怨地重复。

……

“我娘真的在洗澡哦！！！”包子大眼睛眨啊眨，以宛如抽筋的频率，第三次拼命强调自己的话。

缓缓转首，恼怒地盯了包子一眼，楚非欢低低道：“那又如何？”

“我娘在洗澡哦。”包子贼兮兮一笑，“干爹，你确定你真的一点也不想去看吗？”

……

楚非欢给这无耻小子气得红晕上脸，月色下看来较之平日的苍白更多了几分惊艳的秀丽韵致，半晌才收拾心神，冷冷盯了包子一眼，再次一言不发掉转头去。

“唉……”包子玩着手指，无奈地往回走，“娘啊娘……你人缘真不好……都没人想要救你，我可都问过了哦，你出事怪不到我了哦……”

“什么？”楚非欢霍然回首，“什么救？”

“我娘掉浴桶里去了……”包子无辜地眨眼，“可是为什么你们一个都不肯去救？”

……

深呼吸，楚非欢告诫自己绝不能被这无耻娃娃逼疯，那太丢人了……“什么叫掉浴桶去了？”

“不知道，”包子耸肩，“也不知道是不是掉浴桶，我猜的，因为我听见她尖叫来着。”

不再犹豫，楚非欢立即驱动座下那个功能强大而良好的轮椅，以不属于寻常人的速度直奔后院，包子满面红光撒腿跟着，露出一脸得逞的奸笑。

所谓当局者迷，关心则乱，如果此时心急如焚的楚非欢回头，定能发现包子的猫腻，可惜他现在哪里顾得上这个？

是不是长歌身份暴露引人追杀了？是不是她失足跌伤了？是不是……

“砰！”楚非欢一把推开浴间的门。

哗啦！水波溅起，生成水晶墙。

水波溅起，烛火立熄，而黑暗之中，水晶墙后，雪光一闪，一道优美动人的弧线隐约闪现，带着润泽光洁的亮度，宛如明月初生。

却是一闪即逝。

……

黑发漂散在浴桶里，水面上郁金香的花瓣间露出美人头，和某人一模一样的无辜表情，和正常女人绝不一样的彪悍反应——秦长歌笑吟吟偏着头，问：“嫌我水用得太多，找我算账来了？”

刚才楚非欢一掌拍开门，她大惊之下立即击拍水面，溅起的水花浇灭了烛火也模糊了对方视线，免得自己走光，水波降下时她已掩身水中，看清是非欢，再看见后面鬼头鬼脑的包子，立即知道非欢一定无辜地被这小子骗了，赶紧开玩笑轻松气氛，免得脸皮薄的非欢羞愤之下伤了身体。

抽空瞪了包子一眼，秦长歌唇语：“有你好看！”

楚非欢怔在门口，脑中一片空白，只隐约有一片明月般的辉光不断闪现，半晌才红了脸，一言不发地关门离开。

包子吐吐舌头，蹑手蹑脚地跟着，好可惜地做了个鬼脸。刚才他听见笨娘惊呼，立即奔了过去，半晌听见娘从桶里爬起喃喃咒骂的声音，被臭娘欺负惯了的包子，抱着肚子十分解气地暗笑的时候突然冒出了个鬼主意——那啥，好像祈叔叔的故事里有说女人洗澡被看了就得嫁人，臭娘那么坏，找个人把她给嫁了吧？嫁了就没空欺负我了，对吧？

一向很有行动力的包子想得目光闪亮，当即扳着指头考虑偷窥人选，娘虽然不是好人，但也不能随便给人看嘛，总得找个好的，也算做儿子的孝心……是了，干爹嘛，干爹配亲娘，绝配！

于是楚非欢很可怜地被骗，秦长歌很无辜地被害走光……

刚才，是算看了，还是没看呢？包子绞尽脑汁地思索。

一路走着，突然发觉不对，干爹怎么出门了？上街了？

包子慌了。

啥？干爹被我气昏了？气什么？吃亏的不是他啊？我娘得担心被看，我得担心我明天的屁股和零食，算来算去，还就你赚了啊。

包子撒腿跟着，生怕跟丢了越行越快的干爹，那样他倒霉的就不止屁股了，娘一定会把他大卸八块的……他跟得太急，不防前面楚非欢突然停下轮椅，包子收势不及，砰的一声撞上去。

现世报啊……摸着脑袋上的包，包子欲哭无泪。

然而干爹却并没有看他，只是远远注视黑暗中的一群人，目光里有一些奇怪的东西。包子疑惑地看过去，却见前方一辆马车，几个瘸腿捂脸的人正七手八脚地将一个黑衣人拖上去，一边拖一边还有人重重地踢那人一脚。离得远，包子看不清那黑衣人是谁，疑惑地道："咦？这谁这么倒霉？"一边去拖楚非欢，"干爹，回去吧，我娘也该洗过澡了，很香的哦……"

楚非欢这回不理他，只仔细地盯着那个黑衣人，半晌道："溶儿，赶紧回去通知你娘，救人。"

"救人？"包子瞪大眼，看看那个黑衣人，"他是谁？我们认识？为什么要救他？"

缓缓转首，楚非欢目光复杂："别人你可以不理会，这个人你一定要救。"

"啊？"

"快去！"楚非欢难得对包子这般严厉，秀丽眉目凛凛生寒，"告诉你娘，白龙鱼服，为宵小所趁，此事因她而起，不可不管。"

"哦，"包子虽然不懂，但也为楚非欢神色所惊，撒腿就跑，跑了几下觉得不对，咬着手指怯怯转头，"干爹你呢？"

"我跟着看他们去哪里，"楚非欢冷静地道，"只是我这轮椅有声响，又跑不快，所以你快点。"

"别跟，"包子大眼珠一转，"你跟着太危险，你出事娘一样会整我。"他从口袋里摸啊摸，摸出一把小弹弓，又摸出一颗黑色的小丸子，塞到楚非欢手里，"你会打弹弓吧？这个丸子里面包着祈叔叔搞的糖丸，失败了，有臭味，而且那个臭味一路都能闻见，你想办法把它打到车子上，到时候叫他们顺味道追！"

赞赏地摸摸包子的头，楚非欢道："好，去吧。"

包子撒腿就跑，而前方车子已经开始移动，楚非欢驱动轮椅，跟了上去。他估算着，这批人人数多，看起来也没什么武功，大约可以保证自己在一箭之地不被发现，再远点，就不成了。

趁着车子刚刚前行，还没跑起来，楚非欢挽起弹弓，装上弹丸，便待射出。

胸口突然一痛。

如怒涛狂啸而来，带着冰寒和烈焰的双重折磨，血肉瞬间凌迟也不抵这一刻经脉仿佛被寸寸碾碎的剧痛，楚非欢冷汗狂涌，眼前一黑，手指一软，弹弓立时掉落，骨碌碌滚了出去。

"该死！"

怎么会在现在发作！

低低地骂了一声，楚非欢以肘抵胸，拼命抵挡难以忍受的巨大痛苦，满额冷汗地抬头，模糊的视线里，看见马车越离越远，而弹弓，在不远处的地下幽幽闪光。

来不及了……

心一狠，猛一咬牙，楚非欢横身一倒，硬生生从轮椅上滚了下去，离开了那个秦长歌亲自为他改装过，设置了很多机关足可防身的轮椅。

他咬牙一路前滚，伤痛发作之下的肌肤极其敏感，平日里便是碰着平滑的东西也觉难忍，何况此刻在沙石地面上滚过？仿若滚钉板的酷刑重现，每前进一寸都是莫大伤害，下唇咬出了血，血珠滴落地面牵连出一道隐约的暗红长线……楚非欢却以极大的耐心坚持一声不吭，直到滚到弹弓旁。

低低喘息着，挣扎着摸索到了弹弓和弹丸，楚非欢嘘出一口气，汗水淋漓地抬头看时，却绝望地发现那车子去得更加远了，弹弓已经够不着了。

咬咬牙。

又是一轮酷刑般地滚着前行……鲜血斑斑，无声坠落。

头发散乱、衣衫狼狈的楚非欢在滚出一截后霍然抬首，咬紧下唇手指一勾，弹丸飞射，半空中划出暗色流光，轻微的啪一声，准确地粘在车后厢上。

霍然松一口气，楚非欢几乎软瘫在地上，寸寸骨节欲裂，血气上涌，寒火下行，他此时连抬动一根手指也困难。

前方却突然出现几条人影。

转瞬便到了附近，身形极快，宛如飞电，一看便知道是轻功好手，便是内家功夫，也绝对不弱。

一人奔上马车。

一人却突然向后方楚非欢隐身的黑暗处回首。

萧玦醒来时，发现自己正身处软玉温香之中。

玉黄承尘垂落晶莹珠帘，直落到地下凿花浅绿地砖上，四壁满满诗书，红木案几上摆放着名琴绿绮，旁边的京瓷美人斛里插着最新鲜、最娇嫩的花朵，粉紫嫣红，暗香宜人。

鼻端触到的是柔滑爽凉的丝绸，被褥和暖，隐隐有处子香，精绣牡丹的玫瑰紫软枕上垂着同色的流苏，软软细细地拂到脸上，宛如女子温柔的眼波。

萧玦晃了晃沉重如铁的头，只觉得浑身骨节酸痛宛如被人狠揍过。他突然觉得有点燥热，微微疑惑地想，按照那批恶少的行事风格，自己现在应该在郢都府大牢里，怎会有如此优越待遇？

稍稍偏头，想将四周看得更清楚些。

突然僵住。

一弯玉臂，腻脂肌肤，光滑如水玉，洁白如明月，在玫瑰紫的绸缎被褥上鲜明夺眼，顺着手臂，一缕黑缎般的长发流水般地泻下，带着莲花般的香气，黑发间隐隐露出线条优美的颈项和瘦不露骨、精致流畅如一曲好词的香肩。

再往下……

微微隆起的小而可爱的胸……

轰！

仿佛灼热的干柴上突然扔进了熊熊燃烧的火把，燃着了萧玦的全部精神和理智，下腹突然紧绷而灼热，体内似是爬进了许多小虫，窸窸窣窣地在全身血脉中爬动，每经行一处，便是一场难耐的熬煎，巨大的干渴感生起，烈火焚身，令萧玦直想扑向那一片雪色的清凉。

强力迷幻春药在体内猛力作祟，看出去的视野一片旖旎的粉红，雪色清光在眼前摇曳，那些秀发玉臂、红唇香肩都流荡如水波，幻出层层叠影，再依着内心的强烈意愿重新排列组合……依稀是那年龙章宫帝后大婚，洞房之夜，金簪凤冠碧玉珰，明珠垂帘被他欣喜地以金秤挑开，那女子缓缓仰首，唇如娇花、目似明月，现出倾国倾城的高贵容颜……

长歌……

萧玦欣喜地伸出手去。

第九十九章 情错

黑暗中风声凛冽，穿越到这处小巷墙角，撞击到森冷的墙壁，发出更为森冷的呜咽。

楚非欢一身的冷汗已经干了，黏黏地贴在身上好不难受，他却无暇顾及，只警惕地伏在地下，屏住呼吸，黑暗中明澈的双目光芒暗隐。

前方，灰衣人身形如大鸟，以一种古怪的姿态翩飞而来，直直掠向他所在的方向。

目光镇静，神情更是平稳无波，楚非欢抓紧一切时间，努力地调匀紊乱的呼吸，并试图缓缓调集体内一向不听话的残余真气——虽然每次调集失控的真气都会令他元气大伤，如同上林山脚遇见玉自熙那次，事后他在炽焰帮休养了一个多月才好——但是他不能令自己落入敌手，不能给长歌带来麻烦。

失去健康肢体和武功，不能再如以前般帮她，已令他耿耿在心，如何还能令她焦烦?

手指在地上缓缓摸索，抓住一块尖石。

灰衣人如一点尘埃，悄无声息地落于巷口。

青惨惨的月光照过来，一半黑暗一半苍白，他的脸就藏在那半边黑暗里，隐约可见瘦削的轮廓。

冷笑一声，他道："朋友，藏头露尾非好汉，出来吧。"

回答他的是辽阔天地里的寂寞风声。

并无怒色，那灰衣人只阴恻恻道："你自己出来，我会对你客气点，若是劳动我亲自翻你出来，你小心后悔也来不及。"

依旧是沉默，远处隔了一条街的不夜花楼的喝酒调笑、开门关门之声远远传来，越发显得这凄清一角如此安静，仿若无人。

皱了皱眉，灰衣人也有些疑惑，刚才他按照公子爷的吩咐前来护卫的时候，隐约听见有异声，队首离徵老大让他来看看，可是他刚才听了半天，也没听见有人的呼吸，难道对方已经走了，或者对方是个高手?

他却不知道，楚非欢因为伤病，本就呼吸极为微细，且此时他俯首于地，屏住呼吸，隔了这么远，哪里听得见。

灰衣人因此不敢轻举妄动，楚非欢也好耐心地一动不动。比耐力，这天下只怕还没人是他的对手，他无须逞强斗狠，只要熬过这一刻，秦长歌他们赶来就平安了。

灰衣人尚自在犹豫，半空中突然传来一声尖厉而古怪的哨声。

神色一变，灰衣人突然飞身而起，不同于先前的谨慎小心，只一闪，已扑进了小巷!

巷子很短，一览无余，视线放在与自己等高角度的灰衣人，一开始并未发现四周有人。

他皱眉，轻轻“咦”了一声。

“嚓！”

极短极迅速的摩擦之声，人体与地面狠狠摩擦前进的声音，细微而迅捷，听来令人悚然心惊，迷雾般的黑暗里蓝影平平贴着地面，一蹿，一抖，一掼!

以脚在巷墙上的猛力后蹬，借助推力平行贴地飞蹿出去的楚非欢，双手闪电般递出，抓住灰衣人脚踝，巧力一抖，立即将根本没想到脚下会蹿出人来的灰衣人狠狠掼倒!

单手按地，毫不犹豫地腾身一纵，楚非欢在掼倒对方的同时扑上对方身体，衣袖一抖，早已准备好的尖石滑入掌心，想也不想抓紧石头，将尖端狠狠插入对方眉心!

同时横肘一压，压上对方咽喉!

本将出口的闷声惨号顿时被生生压抑在喉咙里，至死不能相信自己如此被杀的面容上，瞪大的眼睛满是惊骇之光，惊没了那一天青惨的月，忙不迭躲入云层。

月光照着楚非欢冷漠的脸，他毫不在意污秽，用自己衣袖一抹溅出来的血迹，喘息半晌，艰难地翻身而下，仰面躺倒于地。

终于……杀了他。

拼尽全力地一搏，如果不能一击而尽全功，他必将死无葬身之地。

事实上尖石插入对方眉心时，后力已竭，他立即以肘压上对方咽喉，以自己全身的重量，勒死对方!

四肢百骸仿佛都欲裂开，冷汗滚滚里，楚非欢疲倦地想……幸亏这人武功还不算高……

累，仿佛要飘散灵魂的累……楚非欢闭上眼，直想就此睡去。

心里突然滑过一丝警兆。

仿佛有人用铜锣在他心里猛敲了一声，震得他心脏一阵乱跳。

楚非欢霍然睁眼，暗夜里目光雪亮。

不对!

有什么地方不对!

刚才……

那灰衣人是因为什么贸然扑进小巷的?

哨声……

附近有人!

楚非欢的冷汗，再次慢慢浸润而出，湿了他雪白额角的乌发。

他缓缓抬起目光。

背后，上方，一张看不清容貌的脸，正诡异地俯首冲着他微笑，露出一嘴森森白牙。

……

目光相交。

冷静清澈的目光和漠然残忍的目光，相交。

新来的灰衣人，和先前的那位截然不同，他的目光，仿佛是刚从坟墓里爬出来的千年僵尸的眼神，死寂，似乎每一眨眼，都散发着腐臭的气味。

微澜不起的死水，极度地漠然，毫无人类的情感。

对视一瞬，楚非欢突然笑了笑。

一朵花在翠绿枝头沉默而骄傲开放般的微笑，一道光在黑暗中突然如流星惊艳掠过的微笑。

然后，闭上眼。

楚非欢懒得理会了。

先前最后利用灰衣人犹豫的时机，聚起的一点功力已经用完，他现在就是一只蚂蚁掉到他身上，那效果也和锤子砸下来差不多。

既然无力挣扎，何必做出那姿态惹人耻笑，被人加倍折辱?

楚非欢坦然等待。

再次俯低身子，灰衣人眼睛里依旧没有表情，那森森的微笑也像是画上去的，他缓缓伸手，也不说话，手指一错，按上楚非欢腕脉。

随即毫无顾忌地逼进自己霸道的内力，探查楚非欢的实力。

极其狠辣的出手和用心。

乌黑的发黏在额角，晶莹的汗珠缓慢却似乎永不停息般从额角不断渗出，楚非欢紧紧咬着下唇，以一线发白渐渐渗出嫣红血珠的唇色，昭告他沉默的固执。

“硬汉子，”对方开了口，声音嘶哑，“而且……没武功，居然能杀了竟娄?了不起。”

虽然是赞语，可是依旧语声平板，毫无起伏。

微微倾身，他盯着楚非欢的眼睛：“你这样的人，光是毁了你的武功是没用的，肉体打击也是没用的……要毁你，必须得用些别的办法……”

微微冷笑，楚非欢面无表情地转眼去看月亮，灰衣人饶有兴趣地上下打量他，桀桀笑道：“不要以为我是为竟娄报仇，我没兴趣，谁叫他没用，连个残废都打不过？但是我很讨厌你这种人……一看就恶心——骄傲、自以为高贵、俯视众生……凭什么？你们凭什么俯视我们？就因为你们的出身？”

他冷笑着，带着享受的表情，微微眯眼，仿佛沉醉在某个令自己十分愉快的场景里。

“送你去城里十个钱一夜的象姑馆……他们一定很喜欢看见你这样的……好容貌，又跑不掉……高贵？蔑视？不屑？过了明日……叫你再高贵？再蔑视？再不屑？凭什么？你们凭什么？！”

他说到后来，平静枯哑的语声里已微微带了丝疯狂，幽深的灰色瞳仁里燃起青色的火焰，宛如地狱深处寂灭之火，妖蛇般游走，落到哪里，哪里便砰的一声生出诡异的火球。

他怪笑：“等到明日，你就知道，真的，没有什么，所谓高贵和低贱，真的是一样的。”

楚非欢一直闭目，面无表情，仿佛那些恶毒的话不是对他说的，仿佛那被以极缓、极折磨的手法伤害的身体不是他的，听到最后一句，却突然睁眼，极其讥诮地一笑。

“凭什么？”他语声淡而轻，苍白的神色不掩虚弱疲倦，字字却重如千钧，“——凭的是心地——凭此刻你做的事、你说的话，便注定了你一辈子都只配在泥地里仰望我！”

“污垢不是他人泼给你的，”他目光清泠泠宛如冷月遥遥辉照，映出人世间一切污秽却毫不沾染，“是从你自己心里生出的，你，”他淡漠至不屑去看地随意一瞥灰衣人，“很可怜。”

宛如被重锤狠狠一击，又似正受着酷刑的是自己，灰衣人身子一晃，一张瘦削的长脸突然扭曲得不似人脸，而灰色的眸子，突然蒙上了一阵五彩的颜色，尤以血色惊人，仿若立即便要滴落。

半晌。

他奇异地笑起来。

“污垢……污垢……”他笑得上气不接下气，“好像很多年前……我也这样嘲笑过别人……”

他突然住口，月光下缓缓伸出双手，那是一双比常人更长的手，骨节分明，他缓缓吐出一口气，手指上的指甲，突然奇异地开始生长。

黑色的柔软的指甲，闪着隐隐的光彩，在青色的月光下，越伸越长。

“好吧，令人仰望的公子爷，可怜我的公子爷，”他平静而森然地道，“就让我这个仰望你的、被你可怜的人，送你到最适合你、最高贵的地方去吧！”

……

风声嘶鸣，青黑的屋脊飞逝如电，屋檐逐渐低矮破旧，隐隐传来劣质香粉和酒肉混杂在一起的油腻气味，三教九流呼卢喝雉的粗口在深夜里也不曾停息——到了城北，充斥小偷流氓、暗娼，号称“美人窝”的贫民窟了。

楚非欢安静地闭上双眼，不去看棺材店那个方向。

长歌，如果……噩梦成真，那么，不要去找我。

我选择在你记忆里，永远洁净地死去。

保重。

……

“砰！”

远处传来大力踢门的声音，夹杂着吵闹声、哀号声、大骂声，有人大笑着，蹿上屋檐。

叉着腰，望着屋檐下，得意扬扬地笑。

“什么美人窟第一美人？要是那家伙穿上女装，绝对比你美一万倍！”

秦长歌洗完澡，舒服地叹一口气，湿漉漉的头发也没绾，一身轻松地迈出门来。

一眼便看见一只球颠颠地，以平常绝无可能出现的超速滚过来。

皱皱眉，秦长歌一伸手拦住圆球，端详他难得地跑得满脸汗水的小脸，诧异地道：“有狗追你？你又拿鞭炮烧狗屁股了？”

抹一把汗水，包子气喘吁吁，懒得和老娘斗嘴，直接道：“干爹说……白龙那个什么鱼豆腐……为元宵所剩……因你而起……你不能不管……”

他倒是记住后两句，但前面两句因为不懂，便直接用字音相近的食物代替了。

……

这是啥和啥？

亏得秦长歌智商指数比较高，从包子对食物的狂热爱好上开始想开去，渐渐拼出了这话的原意，笑容一收，四处一望，直接道：“你干爹呢？”

"他去追马车了。"包子这回流利许多，"他看见有个黑衣服的叔叔被搬上一辆马车，就叫我来通知你，他自己追着那马车。"

"他怎么能去追！"秦长歌霍然转身，大呼，"祈兄！容兄！"

咻咻两声，祈繁、容啸天各自从自己房里蹿出来："怎么了？怎么了？"

这两人从未见过秦长歌有焦灼之态，此时见她神情严峻，也有些慌乱，秦长歌简单把事情说了一下，两人也慌了，急忙以暗号命令附近凰盟属下齐集。

"不要紧的，"包子拉着老娘衣襟，得意扬扬道，"我给了干爹我的弹弓……"

"你以为弹弓是原子弹？"秦长歌微怒地给了萧小白尊臀一巴掌，"你干爹失去武功，又不良于行，万一遇上敌人，你要他如何自保？"

包子倒抽一口凉气，眼睛瞪得圆如卫生丸，伸手就去拉秦长歌："那还等什么，走哇！"

此时祈繁正在指挥属下四处搜寻，包子急忙道："楚叔叔应该就在前面大街附近，我的弹弓上装了臭糖，味道很特别的，应该能闻得到。"

祈繁怔了怔，悻悻地道："我熟悉那个味道。"当先带人奔出去了，秦长歌将包子向随后赶来的祈衡一推，道："看好他。"一扭身也跟了出去。

到了包子先前说明的地方，便见轮椅孤零零地停在黑暗中，楚非欢却不见踪影。

风从空旷的四面街巷中奔来，寂静而阒无人声，容啸天黑着脸，飞快地在四处巷子中进进出出，半晌出来时，沉着脸摇摇头。

秦长歌眼尖，看见月色下，地面上有一条暗色的线，闪着微光。

蹲下身，以指尖微沾，凑到鼻端一嗅，秦长歌的眼色，微微冷了下来。

血，新鲜的。

顺着那条血线前行，一路细细地观察痕迹，直到在前方某处停下，秦长歌闭目，半晌道："……他本来坐在椅上，大约什么东西掉落……他滚下去捡……滚了一截。"她指指地面一条连续的血线和摩擦痕迹，"然后在这里，停了停，所以这里痕迹较重，血迹因为停了一下，多流了一点……然后继续前滚……大约有个动作……嗯……应当是溶儿说的使用弹弓……然后……他的路线突然变了，他没有回头找轮椅，却滚到这处墙角——"

她的语声突然顿住，眉头纠结起来，半晌不语，祈繁佩服地看着她，看着她神情却有些心惊："然后怎么了？"

"然后，大约有一场搏斗……"秦长歌慢慢道，蹲下身，细细抚摩那处街角墙体，又仔细地看地面。

祈繁也蹲了下来，看了看，点头道："是，有摩擦痕迹，非欢在这里躲过，应该还有动作——他遇敌了！”

“那还等什么！”容啸天跺脚，“赶紧追啊！”

“追，怎么追？”秦长歌抬头，苦笑，“痕迹到了这里中断，好像一个大活人平地消失，你说，怎么追？”

容啸天呆在当地，秦长歌却抬头问祈繁：“看样子非欢把溶儿给的臭弹打出去了……过了这么会工夫，又在空旷的大街上，那味道还闻得见吗？”

“天衢大街何等宽阔，哪里还闻得见……”祈繁摇头，捡起弹弓，突然“咦”了一声，嗅了嗅弹弓，突然目光一亮道，“溶儿阴差阳错，拿错了东西，我刚才闻见弹弓上的气味，根本不是他说的臭糖，是我前段时间研制的辟犀香。这东西平时是臭的，遇上蓟树叶子，就会生出奇异浓香，这一路都有这个树……真是歪打正着。”

他突然想起什么，诧异地问：“刚才您只说楚兄是去救一辆马车中的人，那人是谁？”

秦长歌淡淡道：“萧玦。”

“嗯？”忍不住开口的是容啸天，他最近因为楚非欢之事，暴性已经收敛了许多，忍了忍没冲口而出不逊之言，但神色间鲜明不满。

秦长歌瞄他一眼，是，她是没将自己渐渐打消对萧玦的怀疑的事告诉这两人，实在是因为事涉隐私以及自己真正身份，当下也只是淡淡道：“萧玦当不是杀妻元凶，如果你们信我，就不必再追查他了。还有，我知道你们好像谋算明年二月春祭之时刺杀他，现在我看也无此必要。”

容啸天还想说什么，祈繁一伸手拦下，仔细看了看秦长歌神情，半晌点头道：“明姑娘，我信你，我信你不会让先皇后失望。”

“自然不会。”秦长歌一笑，我自己怎会对自己失望？

负手立于黑暗街道之中，秦长歌这一霎心中转过许多念头，非欢和萧玦同时遇险，自己该去救谁？

前前世之夫，前前世之友，皆深情如许，皆为她之死饱受折磨，一个寂寂深宫深雪埋酒，数年来从无展眉之欢；一个漠漠尘世饱经苦难，因她失去了武功和健康的肢体，这些遗落在岁月里的无声怀念与牺牲，被隔世重来的她一一捡起，诸般情状，历历在目，她不是铁石心肠木头人儿，面上七情不动，内心里又怎会不暗潮翻涌？

萧玦遇险，孤身出宫，想必和自己要和尚揭露睿懿之死真相有关。非欢遇险，却是为了救一个可以算是情敌的人，以残缺之躯对虎狼之敌，只因为不愿她因萧玦有所伤损而内疚，只因为那是萧溶的亲生父亲。

尔有情，他有义，如何抉择？

秦长歌第二次开始恨自己当年没选学玄门道法，不然分身有术，多好?

怅然半晌，终究下定决心……如果情分上一时难以选择，那么就从道义上来决定吧。

“祈兄，请按你的方法，速去寻那辆马车。”秦长歌仰首看天，不看任何人，淡淡道，“见机行事，保证他安全即可。”

怔了怔，祈繁颔首，留下几个武功最高的凰盟属下给秦长歌，和容啸天带着其他人去了。

再次蹲身，细细摸索痕迹，秦长歌绝不相信一个人会突然从平地消失，不放弃地跃上墙，四面张望，秦长歌突然眼睛一亮。

三丈远近之处，有一处足印，形状纤小，一足前一足后，后跟有微微后撤压迫地面的痕迹。

秦长歌目光凝注，一毫痕迹也不敢放过。不久，又在不远处发现这对足迹，这次足印比先前重了许多。

她的目光落在旁边一株树上，那里有一道轻微擦痕。

目中慢慢漾起灼人的光芒，秦长歌喃喃道：“女子……躲在远处的树上……长武器……轻功不弱……用武器在树上飞卷前行？”

她跃下墙，手一挥：“顺这对足迹，追！”

今夜注定是热闹而跌宕的一夜。

不仅是城北美人窟、天衢酒楼，甚至就连正仪大街许多人家的美梦，也被踩在屋瓦上不分轻重的脚步声踩碎。

踩碎无数家人屋瓦的是水家小公子，女扮男装爱好者水灵徊。

飕飕冷风，身后有阴魂般的追踪者，水灵徊头也不回背着楚非欢，呼哧呼哧地奔逃。

一边跑一边在肚子里大骂：“姑奶奶我这辈子居然有狼狈逃窜的一天！素玄，总有一天你得赔我！”

回头看了一眼半昏迷的楚非欢，那男子长发披落，微卷浓密的睫毛下，肤色现出不正常的苍白。

微微叹息一声，一向浑浑噩噩谁都不理的水灵徊也不得不佩服：“真是个硬朗人哪……”

她这几天原本心情不好，哥哥来了，把她约束了好几天，等到好容易有空跑去炽焰帮，却说帮主出远门了。她一肚子气，跑到天衢大街醉红楼偷了好酒，在树上大喝特喝，远远地却看见楚非欢被人追杀。

这小子虽然她不待见，甚至有点迁怒，因为素玄给他的关注比给她的还多，但看在他是素玄看重的朋友分儿上，自己袖手旁观好像说不过去。

先前的那个灰衣人被杀的时候，她翻下树蓄势待发，不想楚非欢自己解决了。后面那个灰衣人她其实比楚非欢先发现，但这丫头虽然莽撞，却不是笨蛋，一眼看出这男人武功在自己之上，楚非欢又有残疾，想要救出他，还不能硬来。

于是她一直看着，一路以锁链攀树远远跟随，直到确定灰衣人愤怒激动之下没有发现她，才故意大闹象姑小馆，又趁着大家都追着她的时候跳上屋檐，人声哄闹起来，看见她自然也就看见那灰衣人，那人果然不愿在众目睽睽下暴露自己，一怔之下，已被她用锁链一把将人抢过来。

抢过来还要栽赃，大骂道："哥子，我知道你恨我和他私奔，可你也不能把人掳了往火坑里送啊，你叫妹妹下半辈子怎么活？"

一语出而众人惊，市井粗人，其实较上流人士更多几分热血，仗义每多屠狗辈，立即便有人冲出来为她抱打不平。她趁机哭诉一番，为灰衣人成功塑造了专横霸道欺负妹妹妹夫的恶兄长形象，趁着众人揪着灰衣人不放，那人恼怒万分却又一时挣脱不开，闹得热锅滚油沸腾不堪的时候，溜之大吉了。

至于她溜掉后，那些无辜被利用的百姓是否会被那个狠辣的灰衣人给杀了，她可不管。

害怕灰衣人会继续追来，水灵徊一路不敢停步，她在郢都混了有一段日子，对道路甚是熟悉，想了想，直奔位于正仪大街上的郢都府而来。

我往官府跑……看你还追？

她大小姐哧溜哧溜地奔到郢都府后门，锁链一展，轻轻巧巧上了树，趁着有限的几个护卫换班之际，又哧溜哧溜下了树，四处一望，撇了撇嘴。

这府尹好穷酸，院子这么小？

抬头望望，终于选定了一座看起来唯一像样的小绣楼，一翻身，带着楚非欢爬了上去。

绣楼二楼分明暗两间，水灵徊将楚非欢放在外间软榻上，自己也觉得累，倚着榻呼哧呼哧喘气。

喘了半天觉得不对劲……怎么我喘气声这么粗、这么重来着？

水灵徊瞪大眼睛，捂住了自己的嘴。

"呼哧呼哧……"

缓缓转头，水灵徊瞪着半掩帘门的暗间。

有人？

在干吗？

半夜三更的做什么重体力活？

好奇宝宝水灵徊是绝对不会放过任何可以看热闹的机会的，一翻身站了起来，蹑手蹑脚地走了过去。

……

秦长歌今晚追人那叫一个辛苦。

从天衢到城北，眼看着一路居然是往美人窟的方向，秦长歌脸色越来越不轻松，刚到城北美人窟，就听见有人大叫杀人了，拎着一颗紧张的心飞驰过去，死的是一个壮汉。秦长歌一眼瞄过，发现他死于一种狠毒奇异的内家功力，下手的人极其毒辣，皱皱眉，拉过几个人问询了，终于确定非欢好像被人给救了。

然后又根据旁观者指引的方向，往城内奔来，本来不知道水灵徊往哪条路去了，却在半路上遇上一个灰衣人，直往正仪大街方向来。秦长歌觉得他的轻功眼熟并怪异，想起那个被奇异功力杀死的壮汉和众人的描述，立即毫不犹豫地跟了过去。

一直追到郢都府尹门外，秦长歌见他打算进去，想了想，立即命跟随的几个高手拦下他，几人一番交手，那人虽然不敌围攻，居然也没落下风，还被他抽了个空子，从合围里冲了出去。

秦长歌也不再追，只是皱着眉，看向郢都府后院。

听众人描述，那个自称和人私奔的大妹子好像有点像水小公子啊……以她的性子，会选在什么地方落足呢？

目光逡巡半晌，落于那座沉默的小小绣楼，秦长歌示意几位高手留下，自己一翻身，飘进院墙，飘上了郢都府尹家的小姐绣楼。

绣帘掀开，一阵非兰非麝，却令人十分陶醉的香气立时弥漫。

水灵徊深深地吸一口气，有点哀怨地想起自己在臭男人堆里打滚得好像太久了，久得都不知道女子闺房该是什么模样了。

什么模样？

安静、雅致、精巧、旖旎、香艳……

呃……香艳……

水灵徊目瞪口呆地看着一个男子，正狠狠地拍着自己的脸，抓起茶盏冷水浇头，狼狈无比地挣扎着翻身下榻，而榻上，肌肤胜雪、身无寸缕的小小姑娘，瞪大眼睛，目光里惊惶欲绝，却一动也不动。

她肌肤如明月般润泽，而眉目清丽胜过午夜优昙，虽然惊恐失色年纪幼小，也不掩丽姿。

水灵徊皱皱眉，她看出这女子被点了穴了。

这男子以下作手段意图逼奸！

登徒子！采花贼！色狼！

怒从心底起，水灵徊虽说平日不当自己是个女子，可毕竟还是个女子，但凡遇上这类事，是可忍，孰不可忍。

“喂！你！”水灵徊重重跺脚，大步走了过去。

“你这个色狼！”她伸手过去，恶狠狠一推。

却有人施施然在窗外道：“水小公子，坏人好事是要伤阴骘的。”

第一百章

揭秘

听到人声的两人霍然转首，水灵徊睁大眼，疑惑地道：“咦，你怎么会出现在这里？”

她立即忘记要打击色狼，立刻蹦了过去：“对了，你看见素玄没？素玄呢素玄呢素玄呢？”

秦长歌推开这个不住聒噪的丫头，淡淡看着萧玦，这是哪出戏码？恶俗地中春药了？

祈繁怎么回事？先追的人，反而落到她后面，她这个去追非欢的人，反倒凑在了一起？

“你好像不高兴？”水灵徊仔细端详秦长歌，难得这么注意他人脸上细微表情，“为什么？”

“嗯……”秦长歌很认真地思索，答，“是这样一种感觉——我发觉原来我也不过是个很小肚鸡肠的女人，于是很鄙视自己，就是这样。”

“啊？”

不理会水灵徊，秦长歌仔细看着萧玦。萧玦正以手支案，扶住沉重的头，抬脸看她，他的漆黑长眉似是被水浇过，越发黑得惊人，眉下更黑的眸子明亮璀璨，却满满全是强自压抑的情欲，犹如无数妖莲在一池翻涌的碧水中灼灼绽放……

……

一刻之前，萧玦的手，曾触及那小小的可爱的胸。

眼前的女子却突然瞪大了眼睛。

惊恐的，无限绝望的目光——

颤了颤，犹如被浇了盆冷水，萧玦突有短暂的清醒——这目光，不，不是她的……她不是长歌！

自己怎么会来到这里？自己在做什么？

猛咬下唇，尖锐的刺痛令神志稍稍冷静了些，萧玦狠狠地拍着自己的脸，又一把抓过桌上茶盏，对自己当头浇下！

冷水浇头，换来短暂的神志冷静，为怕自己不能抵抗那焚身的灼热，真的控制不住毁了这小姑娘的清白，他不停息地拍着自己的脸，一边挣扎着下榻。

只是非常悲惨的，水灵徊突然冲了进来。

她的骂声他听见了，残存的理智在苦笑，龙游浅滩，自己大意如此，有什么好说的？

不妨却又听见那个永远波澜不惊的声音，一抬眼，看见明霜神色古怪似笑非笑地看过来。

他怔了怔，一时竟觉得有些狼狈。

帝王之尊，富有天下，掌控朝局如臂使指，却似乎从未曾在这个神秘的小小宫女面前占过一丝上风。

这好像是当年长歌在的时候，才会出现的状况。

为什么？

她到底是谁？

眼见着明霜踱了过来，纤手一抬，已把上了他的腕脉。

纤细的手指带着独特的沁凉香气触上肌肤，手指微凉，本该因为肌肤相触而立即腾身的炽火，竟奇异地被这带着连香气都有些拒人于千里之外意味的手指的温度，浇灭。

秦长歌手指一搭，立知端倪，撇撇嘴，无声冷笑。

是很厉害的春药，不过也就是普通山寨升级版的，难怪萧玦能够抗得住，练武之人这点定力都没有，那就奇怪了。

四下一打量，看见那不能动弹满目惊慌的小姑娘，不过及笄年纪的样子，又望见远处墙角里被打昏的小丫鬟，心里已隐约知道大约萧玦惹了谁，被坑害了。

皱皱眉，看着萧玦难熬的神情，他的手指灼热而发抖，两颊浮上不正常的赤红，她把完脉他却不肯放手，一翻手抓紧了她——他坚决不肯碰那孩子，对水灵徊也一眼不看，唯独对上她，目光灼灼，满是渴望。

对我比较有性趣吗？

可我还是个处呢！

因为还没决定要不要再来次颠生倒死的爱情，所以不想轻易献身的秦长歌，恶劣地微笑着，凑到萧玦耳边，轻声说了几句话，又指了指隔壁一间空房。

轰！

皇帝大人的脸，被某人毫不脸红擎起的黑色妖火烧成了焦炭。

秦长歌却一把抓住摸不着头脑的水灵徊，继续似笑非笑地向外走，一边道：“外面还有人等着抓奸，把事情闹大了好整治您，该怎么做，您素来英明，想必不用我多事了。”

她走了几步，仿佛突然想起什么一般，又加了一句：“好像姜华在升任刑部尚书前，是赵王门下呢。”

萧玦深吸口气，闭了闭目，半晌，睁开眼，目光尖锐如剑：“再问你一遍，你是谁？”

回眸一笑，秦长歌指了指自己的心口：

“您心里觉得是谁，就是谁。”

虽说先一步令属下将非欢送回去救治了，秦长歌终究有些不放心，打算尽快赶回去，瞄了一眼街对面的马车，有点惋惜看不到好戏，叹了口气。身后水灵徊却亦步亦趋地跟了过来，诧然道：“你不管他了？”

她不是笨人，已经看出萧玦大约是中了迷药，只是，不是说中迷药的不那啥那啥，会焚身而死的吗？

秦长歌愕然回身看她，咦，你也是穿越的？武侠小说看多了？谁告诉你中了迷药就必须和女人嘿咻嘿咻，否则就不能活？那纯粹是无良作者们为了撮合男女主或者为了给男女主制造误会故意编出来的虐心桥段嘛，其实迷药不就是让男人想发泄？可是，发泄有很多种渠道啊，谁规定一定要经过女人的？

何况这种落后时代的低级版本的山寨出产的迷药，坚持坚持说不定也能等到药力自动退散，无论如何都死不了人的。

算了，还是不带坏小孩子了，想了想，秦长歌笑眯眯地道：“人家与众不同，意志强大，咱们要懂得成全。”

她漫不经心带开话题：“倒是好久没见你啊，还好吧？”

“好什么？”水灵徊立即被这个话题引发无限强大的怨恨，忘记自己打算追问的问题，烦躁地抓着头发，“我哥哥来了，硬抓住我不让走，我好不容易溜出来，结果……”

微微一怔，秦长歌眼色变幻，敛了笑容，缓缓道：“你哪个哥哥？”

“三哥嘛！”水灵徊大摇其头，“真是奇怪，他难得出谷的，居然来了西梁，哎呀呀我真倒霉，就算来大哥也好啊，偏就是三哥，我最头疼他了！”

“你逃家太久了，他也是担心你，”秦长歌并不看她，漫不经心地道，“你毕竟是个女子，孤身在他国，不放心也正常。”

“担心我？”水灵徊嗤之以鼻，“他那个人，担心过谁？当年他最好的朋友白渊因推行新政在国内遭受反对势力围攻，东燕因此引发‘西京政变’，血流成河，人心惶惶，谣传白渊被杀、被围、被赶下台的流言飞得到处都是，咱们都以为他一定要收拾行装奔去东燕了，最不济也该查查人家死活吧？他倒好！居然不急不忙，整日在谷中观花、弹琴、养鱼、写字，稳坐钓鱼台，还说无妨无妨——你看，就这么个人，你相信他会为我出门几天而担心？”

水镜尘和东燕国师白渊是好友？秦长歌这回真的有点吃惊了，为什么无论是西梁隐卫还是自己的凰盟，都一直不知道？

秦长歌心里隐约觉得有什么不对，但一时实在也无法思索出哪里不对，凰盟又不是万能的，不知道水镜尘和谁是好友并不算什么了不得的失误，何况他和谁是好友，实在也与她无关啊。

想了半晌想不出端倪，只好丢开，听得水灵徊又一叠声地缠问素玄下落，一摊手道：“我真的不知道，知道干吗不告诉你？说起来你今天也帮了我的大忙呢。”

“你知道就好，”水灵徊大眼睛一转，上下打量着她，突然笑嘻嘻道，“所以如果将来我看上谁，你不许和我抢，我看上的那谁如果看上你，你还是不许和我抢。”

“你说的是素帮主吧？”秦长歌突然停步，看着天边稀薄的曙色和挣扎于厚重云层中欲待跳跃而出的那轮日头，一笑道，“他是他自己的，轮不到谁来决定，另外，你真的觉得，素帮主看上的，记着的，是我本人？”

萧包子眼泪汪汪地在棺材店后院挠墙。

他已经挠了半个时辰了，当他看见楚非欢回来时的模样，他就和那墙苦大仇深地铆上了。

连外面哄传吏部尚书突然跑到素来和他不对盘的郢都府尹衙门前长跪请罪，

并当众将他那个著名的恶少儿子镣铐加身一步一个巴掌地扇到衙门前跪着的最大新闻，一向最爱看热闹的包子都没理会。

街上人群蜂拥，脚步声踏踏不断，全城吃过恶少亏的人比例很高，这下全部涌去找痛快了。

秦长歌就负手看着儿子挠墙，不劝不管，半晌道："知道错了？"

包子答："没想明白。"

"嗯？"

"我觉得我好像哪里错了，但又没想明白哪里错，"包子含着一泡眼泪可怜兮兮地看着他娘，"你给解释一下？"

秦长歌"嗯"了一声，八风不动地道："你错在：一、不该没有限度地玩恶作剧，导致你干爹羞赧之下出了门，才有后来的事；二、你看见他出门，就应该立即阻止，最起码也要立即唤你祈叔叔他们出来，但是你没有；三、你没有准确认识到你和你干爹的实力，轻易任他孤身蹈险，而且你缺乏应急反应，你身上应该有凰盟为了以防万一，随时给你带着的小火箭，为什么不放一个预警？"

包子一拍脑袋，大恨："怎么忘记这个？就记得弹弓了！"

他沮丧地苦着脸，转回身继续和墙拼死奋斗："我罪大恶极……"

笑了笑，秦长歌弯下身，拍了拍儿子的大脑袋道："好了，挠什么挠，你不怕爪子疼我还心疼我的墙呢。你也不用这么自责，你才几岁？恶作剧也好，思量不周也好，换成别的孩子，都难免，我指出你在这件事上的失误，不是要你觉得自己是个罪人，从此羞惭畏缩失却玩闹无畏之心。我只是告诉你，任何一个人，在行事之前，都必须有周密的思考，推己及人，前因后果，就算不能计算得一切无虞，也应该在最为冷静的状态下尽量思虑周详。须知江湖险恶，朝堂诡谲，为上位者一言可定天下、可覆天下，诸般种种，都是在刀尖上行走的活计，所以，你得学着，别把你聪明的脑袋尽搁那里生锈，没事多动动。"

"江湖、朝堂、天下关我什么事？"包子纵横捭阖地一挥爪，啪地打在墙上，痛得咝了口气，歪歪嘴道，"我只关心几个人，"他画了个圈，自己觉得很大、很囊括、很有气势，"我喜欢的人们。"

秦长歌默然，半晌喃喃道："帝王应无爱，这父子俩却一个德行……"

包子不管娘在嘀咕什么，忽地一拍脑袋，道："你说要动脑，现在我一动，就想出个好主意来了。我觉得吧，其实你刚才说了那么多都是白说，关键在干爹失去武功而我又不会武功。只要我武功好，能保护我在乎的人，那么什么都不会发生……我现在就去看干爹，然后我去学师父给的武功。"

说到就做是萧包子的良好品质，他立刻撒着小短腿奔进去了，秦长歌看着他小小的背影消失在门后，微微仰首嘘了口气。

对不住，儿子，时局纷繁，敌手深潜……我想你更强大地活着，更强大地保护自己……所以，你不能有别的孩子吃喝拉撒睡胡搞乱来傻癫癫混世魔王般的幸福童年了……

院门吱呀一响，却是祈繁、容啸天回来了，秦长歌掀起眼皮，不咸不淡地瞅了瞅。

那两人一脸惭色，给秦长歌赔罪，说辟犀香刚刚研制出来，气味若有若无不稳定，马车又绕来绕去，两人多走了许多冤枉路，结果还是在秦长歌之后才找到那辆马车。他们到的时候，正见到那批公子爷在马车里睡了一觉，算算时间好事差不多了，捋袖子挥拳头的，分兵出马，一批人砸开后门冲去捉奸，一批人去敲衙门惊闻鼓，说看见江洋大盗闯入官衙，意图逼奸小姐。

杜府尹一听就炸了脑袋，急匆匆便赶到后院，看见宝贝女儿绣楼的门大开，地下桌凳零落，一堆乱七八糟的男人围着楼门，气急之下差点没晕去。

正要喝令衙役过来，先将闲杂人等全部驱赶开，却见闺房门突然款款打开，杜小姐的丫头在一众惊讶的目光中，面色苍白却神情镇定地出来，对所谓“小姐被逼奸”之事矢口否认。

公子爷们怎么肯依，跳脚大嚷丫鬟撒谎，有些性急的连“奸夫淫妇”这词都冒出来了，杜府尹越听脸色越沉，这群人莫名其妙出现在这里，用心如何杜长生怎会心里无数？一眼看见姜尚书家的恶少也在，更是隐约已经有了谱。

然而不见女儿出来，依旧不放心，正欲入内，却听女儿在内间发话，说夜来有贼人潜入，幸遇壮士解救，未曾受惊，壮士光明磊落，不欲待在闺房瓜田李下污人清誉，现在隔壁房内歇息，请爹爹务必重谢云云。

杜府尹放下一半心，依言去了隔壁，一堆人立即跟了过去。

房门一开，杜长生大惊失色。

好整以暇坐在椅上饮茶的男子，虽说衣着平常，神色也有些倦然，然而风神高贵，眉目俊朗，一抬眉冷冷看过来的神情，出鞘名剑般地光华四射，冷肃厉烈。

“陛下！”

一声惊呼震翻了尚自得意扬扬的恶少们，他们目瞪口呆地看着杜长生扑通一声跪了下去，而萧玦冷冷瞟过来，目光里满是嫌恶不屑，当即就有人软瘫了下去爬不起来。而脸色发青抖着嘴唇的姜川允，无声无息中便湿了裤子，一股难闻的臊味熏得身周人恶心欲吐，却连皱眉都不敢，只砰砰砰语不成声地磕头。

隐身对面树上的祈、容二人，知道尘埃落定，“护萧玦周全”的任务已经不需要他们来使力了，两人对萧玦也没什么好感，没兴趣观赏他大发龙威，自带了人悻悻回来。

秦长歌自也不会多说什么，只道：“水家三公子到郢都来了，你们派人好生盯紧着，看看他到底是来逮妹妹的还是有别的打算，这人十分不简单，千万记得派最精干、最不起眼的人去，有一点不对劲的，赶紧撤回来。”

祈繁应了，笑道：“明姑娘对这个水镜尘好似很防备？”

挑挑眉，秦长歌无奈道：“我是对他的名声很防备——但凡被人称为圣人的，我都防备，要知道是人便有七情六欲，一个人修炼成圣，需要多大的定力？而这样的定力，到底基于什么样的理由？到底是真的圣洁不受诱惑，还是只是因为他想要的东西太大、太恐怖，寻常东西根本诱惑不了他？”

“明姑娘真是深入人心，”祈繁盯了她一眼，“只是这样剖析人心，未免也很恐怖。”

“是，”秦长歌笑容里难得地多了丝辛酸的意味，“你以为我想啊……”她一语未毕迅速岔开话题，问，“孟老夫子谈过心了？那晚赵王府邀宴的士子，能找的都找齐了？”

“嗯，”祈繁笑得狡黠，“您进宫的时候，这事咱们已办得七七八八了，就是您说的，是人都有弱点，抓住弱点，不怕他不说实话。”

“嗯”了一声，秦长歌仰首看向小雪初晴后的冬日长空，那一片湛蓝纯净如绸，不见微云，而日光潺潺，普降人间，看来一切都很明朗，一切都很爽净，其实一切都在云层之后，一切景物都只是折射后的景象。

真相呢，是否也是如此？

谁又是那双真正拨开云雾的手，还三年前的皇后之死谜案，一个朗朗晴天？

将目光缓缓放下来，秦长歌笑得淡然而神秘。

“敲醒了某人，就是为了让他出力……万事俱备，只欠东风……嗯，荷池密道好久没用，我得去视察一下，那路安全，碰不着侍卫……我要进宫。”

夜深了，巨大的宫殿群沉默在冬夜的沉肃里，远处隐隐有更鼓声声，以悠长而苍凉的敲击，催促无眠的人早日回归床榻。

然而御书房一点星火，犹自不灭。

萧玦今日在御林军和侍卫的拱卫下，上了明黄龙舆起驾而去，扔下满面惶然拖着儿子请罪的姜华毫不理会，留下他在府衙门前飕飕的寒风中欲哭无泪。官儿们的消息都是闪电般迅速灵通的，风起于青萍之末，却绝不仅止于青萍之末，随即，朝会之上，立即便有御史上奏章弹劾，列指姜华贪赃、卖官、纵子行凶、交结内宦等十大罪状，萧玦只是面无表情地看了，将奏章留中不发，英锐长眉下幽黑双目波澜不兴，令那偷偷抬眼窥视他表情、一心想从他细微的表情上揣摩出“上意”以迎合的官儿们毫无所得。

然而他们不知道，萧玦看奏章时，曾经不动声色地，用指甲轻轻地在“交结内宦”上掐了道印子。

下了朝，他命龙章宫小太监去调三年前二月乙未的内宫侍卫布防及交接记录，以及当日值宿内侍卫首领名单。

等候名单记录的间歇，他召见了今日朝堂上弹劾姜华“交结内宦”的御史。

年轻御史受宠若惊，面对帝王看似不经意的垂询，一五一十将自己“风闻”的姜华诸事，倒了个干净。

“微臣听说姜华早先寒门出身，后来得赵王赏识，步步升迁，这人油滑奸狡，长袖善舞，曾经向诸臣卖弄，称他深知陛下心意，并连陛下喜好亦十分清楚，微臣以为，臣下不可窥探天子起居，否则易起阴微之心……”

萧玦以难得的耐心听完他滔滔不绝地卖弄学识，方漫不经心地道：“你说的是，平日看你有几分轻狂浮躁，不想如今颇见风骨，且心思缜密，值堪大用！”

被赞得骨头轻了几两，御史在地上磕头有声：“微臣岂敢不拼死报效！”

“你说……”萧玦皱眉看着雕龙绘凤的穹顶，“他一个外臣，如何知道朕的喜好起居的呢？”

微一犹豫，御史还是不敢乱说，只伏地道：“陛下查问身边内侍，当即可知。”

“嗯……”萧玦目光落在殿外那一群躬腰控背等候传唤的太监身上，点了点头，道，“跪安罢。”

御史揣着一怀幸进的美妙梦想，小心翼翼地退了出去，他身影消失，调取名单记录的小太监进来，小心奉上以火漆封上的卷宗。

萧玦接过，挥退所有人，殿内只剩下他一人。

烛火飘摇，映着他鲜明轮廓，此时却有些神色模糊、有些黯沉的表情，掩在幻动的光影里。

手指在火漆上停留半晌，似在犹豫，萧玦终于缓缓揭开密封。

他先是一目十行地看过，随即，顿了顿，又从头看起，像是不认识那些字一般，一个字，一个字，看下去。

他将卷宗凑得很近，一眼眼盯得很紧，似乎想从里面找出自己想看见的字眼，或者把某些字眼给抠出去。

然而最终他好像是失望了。

足足半个时辰后，他才放下寥寥几字的卷宗，有点茫然、有点沉重、有点难以置信地看着烛火。

风冷漠地从穹顶上空掠过，仿若在吹奏一曲忧伤的歌。

……

依稀是那年好大的雪，半夜里就积了好深，他在舞剑，偷偷地练，回风舞柳亭剑光亦如风舞云飞，恍惚听见轻微的赞声，蓦然回首，小小的清秀少年眼一眨不眨站在不远处的亭角，见了他，微微一笑。

“哥哥，你舞得真好。”

那年的楼台晶莹，飞雪漫漫，因练武不为父兄所容的孩子，在寒冷雪夜孤独地起舞，却于无意回首间，获得那个孩子真心的膜拜的赞誉。

姐姐爱护他，但觉得练武好粗鲁；叔叔支持他，但也没觉得练武有什么必要；然而弟弟，那个从小就优雅温文，他以为他一定讨厌自己武夫气质，因而总是不愿接触的异母弟弟，给了他人生里第一份肯定。

比长歌……还早……

长歌……

雪突然缓了，不再急如飞絮，而是旋转着游丝般自天穹降落，落于一处清静雅致的树林中，遍地梅花……哦，这里是云州梅林……雪落无声，花开无声，隐约听到足音落于雪上的细微的吱嘎之声。他茫然四顾，只见近处梅林冷蕊寂寞，远处沙洲雾霭迷茫，却不见人影……长歌呢？不是约好在这里，说有东西给我的吗？

步声越来越近，却依旧不见人影，他开始着急，突见有人轻衣薄裳，分花拂叶而来，姿态轻盈如随风飘举，他大喜迎上，是长歌！

却发现自己怎么也挪动不了脚步。

他惶然回顾，却是弟弟突然出现，还是那个小小少年，牵着他的衣角，欢喜而急切地对他说：“哥哥，你舞得真好。”

心里隐约有些奇怪，云州这年，阿琛不是已经十七了吗？怎么看起来还这么小？又想，他怎么会出现在这里？

长歌却突然向后退去。

他大惊着想追，长歌只越飘越远，她倚着梅树，冷冷看着他，轻启朱唇，一遍遍问：

“陛下是舍不得了是吗？”

"陛下是舍不得了是吗？"

……

第一百零一章
阴火

声音轻细，清凉婉转，却如黄钟大吕，隆隆响在耳边！

他猛然睁眼！

一入目便觉金光刺眼，令人昏眩，他急忙闭眼再睁开，好一会，朦胧成一团的视野才渐渐清晰……十八金龙在头顶张牙舞爪盘旋飞腾，追逐一轮熠熠红日，嵌了金粉的龙身光辉闪耀，气势凌云……他怔了好久，才想起来这是龙章宫雕饰十八金龙的穹顶，而刚才竟是离奇一梦。

梦里似真非真，似幻非幻，然而每一幕，都直刺他如今矛盾痛苦难以言说的心事。

萧玦从椅上坐起，注视案上纸卷，风刮动单薄纸张簌簌有声，那些不愿入眼的字眼迅速翻动着，连绵成一道模糊的光影，他盯着那些字眼，发觉不知何时已冷汗涔涔。

……当年，她说，天子无私。

……当年，他说，帝王家事，亦关于国。

……当年，她说，爱臣太亲，必危主身，后宫亦陛下之臣，请陛下无须专宠长乐宫。

……当年，他说，人臣太贵，必易主位，臣弟虽为陛下之弟，但首先应为陛下之臣，九锡之封，王爵之重，请勿轻与；作威作利，有乱朝纲，请勿轻纵，陟罚臧否，请自臣弟始。

……当年，她说，法不阿贵，绳不挠曲，以天下为秤，民心为衡，轻重自知。

……当年，他说，陛下无须自责，两兄枭獍，其罪当诛。刑罚之重，不辟亲族；赏善之微，不遗匹夫，则天下大治矣。

……这样两个政见几乎完全契合的聪慧人物，这样两个全心全意为他的江山臣民思谋的人物，这样两个他同样爱重，视同己身的人物。

他的左膀右臂，他的，亲人。

当真……当真……以生死搏杀，骨化飞灰做了最后的结局？

为什么？

他无法想象当年点燃长乐宫粉垩金殿的妖火之柄，执于那双病弱细白手掌之中。

他不愿相信那双清澈明亮的眼睛，曾经冷酷注视着自己的亲嫂亲侄葬身火海，冷酷地看着宫殿倾颓，看着自己的亲哥哥，失去妻子爱儿，成为永恒沉溺于苦痛之海的孤独之人。

阿琛，牵着我衣角夸我舞剑真好的小小少年，多年来追随我从无相负的亲密兄弟，你当真，忍心如此？

不……不……

那天，当长歌之死，经由圣僧之口，惊雷般劈进他神志的那一刻，他便对自己发了誓。

便是穷尽帝王之血，穷尽此生寿命，也必为长歌、为早夭的孩子讨回一个公道。

他发誓——无论是谁，哪怕他富有一国；哪怕他威凌天下；哪怕他翻手为云，覆手为雨。

然而当那神秘女子明霜一句状似无意的点拨，当他抱着几乎不信的心态调阅密封的案卷，那纸卷上看似没有关联的字眼，在有指向地寻找串联之下，立刻便将一个他最不愿意看见的阴冷事实摆在了他的面前。

三年前，在秦、楚二王被诛后不久，朝议纷纷，诸王自危，为免此事引发诸臣对帝王心地的猜疑，阿琛不避嫌疑，自请为领侍卫大臣，担负宫禁护卫之职。

当时他颇为欣喜，因为萧琛此举，不啻向臣下世人宣告，陛下并非刻薄不能容人之主，更无兄弟相疑之心，否则也不会在二王事变后，依旧将关乎自身安危的宫禁重任，交给异母兄弟。

只是他体弱多病，也不过领个虚衔，并不真正入宫值夜，但一切宫禁防卫调动事务，需报请他批准。

当时的宫禁总管，御林军统领，是天璧二年的武状元董承佳。

此人于乾元元年失足落马而死，萧玦记得清楚，据说是一批交好的官儿邀他去狩猎，不慎落入当地猎户陷阱。

如今看来，那批官儿是些什么人，当中会有谁，实在是件值得调查的事。

比如，姜华，在不在其中？

而姜华，天璧三年时是刑部一个不起眼的书办。事发当夜，他当值。

三年前那夜，姜华做了什么尚待追查，但是董承佳做了什么，却是清楚得很。

他将换防时间做了调整，西梁皇宫规矩，各班侍卫分管各宫区域，依位次高低轮班换防，比如龙章宫戌时换防，长寿宫亥时换防，长乐宫子时换防。

因为前元时，秦长歌经常造访元皇宫，对元皇宫的防卫布置嗤之以鼻，所以她主掌内宫之后，对宫禁防备做了详细规定，换防时，为防侍卫交接班时的混乱，以及固定地点换防易使人乘虚而入，长歌曾规定，每日换防地点不定，由领侍卫内大臣临时决定。

那晚龙章宫换防一切如常，长乐宫和长寿宫却调换了一下，长乐宫亥时，长寿宫子时。

换防地点定在长乐宫西宫门外，下半夜轮班侍卫列队而行，在西宫门与同时反向集结而来的换班队伍交接。

正常情况下，换防时的规矩是，分散在宫中各处巡游不断、正向集结准备下班的侍卫队伍，以西宫门为轴心收缩的同时，前来接班的侍卫同时反向散开，首尾相接，力保在换防这个短暂的时间内，宫中各处，没有缺漏和死角。

然而从那晚换防签到记录的情形来看，好像董统领发布错了命令，以至于下班侍卫收缩完毕，接班侍卫还没来得及就班，萧玦细细地推算了下时辰，大约有一刻钟的工夫，长乐宫某处会出现无人守卫的死角。

皱眉提笔，萧玦在纸上凭记忆画了当年长乐宫的布局图，根据记录上的时间差，对照当时的集合点和路线走向，推算了半个时辰，终于得出结果。

搁下笔，他神色愕然。

那空出来的死角，居然是长乐宫的正殿宫门！

这是什么意思？

就算费尽心机空出这个死角，可有什么凶手会选择大摇大摆地从正门进入？

何况长歌武功绝世，千绝高弟，天下谁人不知？

萧玦陷入沉思，手指无意在红木桌面上嗒嗒敲击……长歌之死的真相，仿若回旋无尽的迷宫，连绵辗转无有始终，有时候觉得自己已经走出死胡同，伸手便可触到迷宫之外的晴朗天空，可是转瞬迷雾重来，令人疑惑。

疑点重重，每一点线索的指向，都似是而非。

时近深夜，他却醒得双目炯炯，毫无困意，正要再传几个太监进来，旁敲侧击一下到底是谁交通外臣，忽听殿外隐隐有喧哗之声。

皱皱眉，萧玦直起身，便见于海一溜儿小跑地过来，身后跟着长寿宫大太监童舜。

萧玦目光一缩，冷然道：“大呼小叫什么？”

两人远远地跪了，童舜道：“启禀陛下，太后凤体欠安，夜来突发谵语，神志不清，已经传了太医院邵医正，奴才想着事关重大，特来向陛下禀告。”

突发谵语……神志不清……什么意思？萧玦长眉一拢，目光一闪，正与悄悄抬头的童舜相交。他霍地低下头去，然而那瞬间这大太监眼色里的意味，让萧玦突然心有所悟。

起身，他肃然道："太后欠安，朕自当亲往看顾请安，于海，备驾。"

冬夜里起了雾，飘摇迤逦的白色雾气，如天地之笔缠绵不尽的柔媚笔意，正恬淡闲适地细细勾勒长寿宫的庄严轮廓。

然而长寿宫内，却乱如沸粥。

江太后刚才进了小佛堂礼佛，不出一刻工夫，却半昏迷地被抬了出来，还满嘴谵言，神色昏乱。这批宫人都是上次金弩事件后被临时调派来侍候太后的，她当初使老了的嬷嬷、丫鬟们现在都在各宫做着最低贱的活儿，一时也没个称手的人。这些人越发扎煞着手不知道如何是好，胡搬乱抬的，跪地上扒砖缝儿发呆的，躲一边不敢接活儿的都有，还是大太监童舜赶了来，才一一指挥妥当，该侍候太后的去侍候，该请太医则请太医，童舜则奔了龙章宫来。

江太后礼佛一向是不许他人干扰的，谁也不知道佛堂里发生了什么，而她嘴里喃喃说的话谁也听不懂，更不敢听。知道皇帝要来，众人面面相觑，心里不安，害怕太后说的是皇家秘闻，被皇帝疑心自己听见了可如何是好？都不敢在太后面前服侍，一个个找借口溜了出去，而太医还没赶来，一时江太后面前，竟然没了人。

长寿宫内殿，两暗一明，中间是小佛堂。江太后日常寝居之地是左侧暗间，右侧暗间，据说原先是个殿中殿，还有个小花园，透明琉璃穹顶，一方小小荷池，荷池无水，以青玉为地，玉上天生波纹，远望去便如一池碧水。池中荷花也不是真花，而是以碧玉为茎、玛瑙为蕊、白玉为瓣、水晶为藕的玉石莲，其精致华贵令人咋舌，只是虽然贵重，却隐隐透出妖媚旖旎气韵，并不符合江太后身份。按说太后宫室是不该有如此布置的——诚然，这荷池，确实也不是江太后的手笔。

长寿宫在前元，是前元妙妃所居的"柔波宫"，这位据说是前元最美的妃子，天生异香，体态风流，极擅内媚之术，容貌更是墨笔难描，极尽鲜妍，极得废帝宠爱，为她大辟宫室，极尽奢靡，这妃子因此被诸臣所不容，被称为妖妃。元亡后，妖妃失踪，按说这宫室也该废去，不想江太后在入宫之前，暗自请了风水堪舆大师广元子看过，称宫中此处为"凤目"之地，三星汇聚，常住此地者，主昌盛荣贵不衰，便坚持指了此地，改为长寿宫。这处荷池，因为贵重精美，任谁也不忍毁去，便留了下来。

……慌乱过后，渐渐沉寂，江太后僵卧床榻，睁大眼睛，不住喃喃自语。

帘幕重重，一丝风也透不进，微弱的烛光，笔直地矗立于台几之上，一片光晕微黄，其余部分，都笼罩在沉滞的暗影里。

隔壁，暗间，云层里月色一闪，照在透明琉璃穹顶之上，五色斑斓。

华光照地，碧玉生晕，永恒碧水盈盈、永恒娇花艳艳的精巧荷池，突然诡异地分开一线。

便见一人宛如洛神仙子，丝绢飘飘，分水而出。

黑发，紫衣，一双雪白纤长的手，姿态优雅合握于腹，裙角飘散如盛开的花。

轻衣缓带，姿态轻闲，悠然而行。

那神情不似夜半于太后神秘宫室不可思议之地潜伏而出，而似漫步于自家后花园，偶见蔷薇上歇了只娇俏的小黄莺，因此闲散微笑而观。

她手指轻抚，一一抚过白玉雕琢，却宛如鲜活的莲叶，珍重如对真正娇嫩的花瓣。

唇角，却隐隐浮现一抹讥诮。

目光如水波流转，环顾这睽违数年的宫室，想起当年于栈渡桥上，和楚非欢提起这处荷池，并因此引发了建密道的念头由此救了楚非欢一命的往事，秦长歌笑得越发奇异。

一饮一啄莫非前定……凤目……江晚仪，你想得真美……你可知道，广元子那个二流术士，只看出了这一地的地形佳妙，却没能看出这一方荷池，别有玄机。

这全以冷寒之玉造就的荷池，生生造在凤目中心，如镇石、如利器，插入目中。

毁的，何止是常住此地的主人的昌盛之福？甚至还有广袤天下，江山社稷。

妖妃阴妙嫦，你因何而来？因何而去？你是元王朝的媚主妖妃，还是一个心怀仇恨的悲情女子？

你来，成就末代帝王的爱情，然后毁去他的江山。

可笑世人愚钝，一叶障目，任史笔如刀般一字字凌迟，凌迟一个弱女子含悲忍辱，抛弃一切以身伺敌，不惜以己身名誉为千秋诟病的血泪秘史。

不过没关系，你达到了你的目的，来也去也，再无挂碍，生死荣辱，对于你这样的女子，早已置之度外。

秦长歌微笑着，抚过玉石莲花。

当年她发现这里的玄机，更发现这方荷池下有地道直通宫外，遂趁修建宫室之机，做了改造，在那方琉璃透明穹顶上做了些手脚。现在这方荷池伤的，已不会是西梁的龙脉江山，只会是宫室的主人本身。

今夜，她自密道而来，便是推算好时机，想要亲自参与一幕好戏。

她笑吟吟地漫步而过荷池，长长裙裾拖曳如梦，悄无声息地步入江太后内殿，姿态优雅地，稳稳端坐在纱幔掩映的琴几后。

江太后的神志，在现实与过往的交界处游荡。

依稀是那夜，火光里人影幢幢……照微还在疯狂舞蹈，神色奇异地掰着手指数人数，她站在远远的回廊里，遥遥看着侄女的疯态，金丝凤绣宽袖下手指绞扭成一团。

那手指……冰凉。

因为在风地里站了太久。

有多久？

在长乐宫火起之前。

那晚她因为下午积了食，不敢早睡，又记着御花园温房里精心培育的名品昙花不知道开了没，便出了宫。

出宫时，何嬷嬷还说了一句，主子今夜好兴致，这么晚了还出门，且把大氅披上吧。

当时她一看时辰，还皱皱眉，道，正是侍卫换防时辰呢，可真不凑巧。

不过实在挂记那昙花，还是去了。

谁知道一出门，便见长寿宫四周安静有序，不远处长乐宫却正在换防。

她“咦”了一声，却也没多想，自往御花园去。

她去看了花，花开得极为清美，那清丽颜色仿佛随时都会在月下溅出，忍不住便折了一朵，笼在袖中往回走，却在长乐宫和御花园相交的甬道的一处隐蔽处，看见两个黑影。

何嬷嬷当时吓得便要喊叫，被她一把捂住嘴，她冷静地打量了一番，发现那两人是琛儿和侍卫统领董承佳。

隐约看见董承佳指了指长乐宫，而琛儿点了点头。

董承佳似是又说了什么，琛儿想了想，却摇了摇头。

他们一起斜对墙角，背对她，看不见身后。而不远处，江太后却发现也有个瘦瘦的身影一晃，她目力不佳，看不出是谁，只觉得是个男子。

那黑影太远，董承佳似是有些紧张，而琛儿没有武功，他们都没发现。

江太后屏住呼吸，看着董承佳给琛儿请了个安后离去，琛儿独自立在黑暗里，仰首向天，似在默默思量，半晌道：“出来吧。”

她吓了一跳，却立即将何嬷嬷推了出去。

何嬷嬷跪倒在琛儿面前请罪。琛儿什么都没说，只道："你知道该怎么做，去吧。"

何嬷嬷不敢看暗影里的她，连滚带爬地跑走，她松了口气，以为没事了，没想到琛儿转身，直接看向暗影里，轻声道："母后，请现身吧。"

她惊讶无奈之下，只得走出，不知道是什么原因暴露了自己，琛儿只是淡淡笑着，指了指她的袖子。

她这才恍然，原来是自己袖中香气浓烈的昙花出卖了自己，何嬷嬷现身时，身上可没有昙花香，而且这夜半时刻，何嬷嬷作为她的亲信宫人，如何敢离开她一人在外游荡？

琛儿向来是细心聪慧的孩子，要想瞒过他，很难。

她力持镇定地笑看着琛儿，又看了看长乐宫，赞许地道："好孩子，不枉我的心，我和你说了那么多次，你总是不接话，不想如今不声不响，便做了。"

"做了什么？"出人意外地，琛儿却突然反问了一句，他清雅的容颜被月色镀得越发苍白，如一幅失了神韵的水墨画，那眼神幽幽远远，似乎盯着长乐宫，又似乎什么都没看。

他是要撇清吧？她理解地一笑，点头："是，你什么都没有做。"

她缓缓靠近他身侧，在浓烈昙花香气里她轻轻道："琛儿，你两个兄长已经去了，母后身边，能疼怜的只有你了，皇帝和母后不贴心，你也是知道的。可惜你身体病弱，不然……其实病弱也无妨，前元静帝号称英主，不也自幼有痼疾？"

后面的话，她暧昧地一笑，没有继续，琛儿冰雪聪明，哪里需要把话说完呢？

却不防那清雅少年霍然回首，那一瞬目光如利剑飞掠而来，刀似的割在她脸上。恍惚间她竟然以为是萧玦当面，吓得后退一步，这才想起眼前的少年也不是自己的亲生子，而他和萧玦素来亲厚……暗恨自己是不是今夜见萧琛出手，欢喜得昏了，竟说了不该说的话。

然而萧琛转瞬就敛了那目光，又恢复日常的孱弱模样，仿佛刚才那寒气凛凛的少年根本不是他自己，只是如常微笑，笑若清风，道："母后说笑了，夜深露重，还是早些安歇吧。"

他说这话时，神情怪异，目光里似喜似悲、似责似怨，苍凉无奈、犹疑坚决，种种复杂情绪如乱麻般纠缠在一起，看得她心腔一阵阵冷缩，绳般扭得紧紧，被那种沉凝压抑的气氛逼得直觉地想要逃开。

她勉强笑道："是的，母后倦了，将来的事，是你的了……"

那晚她走出好久，回首看时，依旧见萧琛怔怔面壁而立，背影孤清如一轮永远难圆的月。

那晚她没有睡。

她在等待，并且做了一些准备。

那些准备，其实她很久以前就已做好，她想做的事，和那晚发生的事几乎一样，只不过别人很合心意地先替她做了而已。

她果然等到长乐火起。

火起的那刻，一直清醒着等待的她，立刻召集了宫人和宫外的侍卫说要去救火，并让他们在长寿宫的水井里挑水去救。那井里，以及早几个月她在长寿宫附近添造的小工具房，水桶、水龙里，全部抹了油。

那晚火势好大啊，谁也别想冲进去，硬生生把建制恢宏的长乐宫烧得全毁。

烧吧，烧吧，都烧个干净，想进去的、想出来的、留下痕迹的，都烧掉吧……

江太后咯咯地笑起来。

烧得……真痛快。

这个杀了江家全家、杀了自己两个儿子的女人，以这样的方式化为飞灰，还真是便宜她了……

她睡着也在笑，缓缓睁开混浊的双眼……

鲛纱帐顶垂落明珠，晶莹如丽质女子明亮双目。

像她的眼睛。

哦……刚才，她来了。

刚才，佛堂里，她虔诚上香，中川进贡的迦南香价值贵重，寸香寸金，淡金色香烟里她举香过首，深深俯拜。

神如果听见她的祷告，当知道她的心。

愿我江家复盛，愿照微复原，愿……那个女人永堕阿鼻地狱，历刀斧之刑，生生世世不得超度。

那个女人，永远都在笑，永远都漫不经心，妩媚如远山，飘摇如水晶帘，没有人能够看穿她的内心，她温柔清凉的目光却如镜般照出所有人的细微想法，并于婉转转侧间淡淡讥嘲，她迷离的笑容背后，是狠辣的出手和阴毒的内心——这个可怕的女人！

她怕她，一直都怕……好在，她死了，终于死了。

只是可惜了照微，她为什么会疯呢？

想到照微，她突然顿了顿。

那天……万寿之日，照微的尖叫……好像有哪里不对劲。

她皱起眉，开始思索……照微尖叫，罗襄那丫头也在尖叫，她们是怎么叫的？记忆中，好像照微有抬起手来，她指的是谁？

她霍然抬首，目光一闪。

却一眼看见紫玉观音精美无伦，在袅袅香烟里似笑非笑。

似笑非笑？

她愕然瞪大眼，跪在蒲团之上不能动弹。

原本眉目慈和端庄的观音，今夜却换了容颜，飞凤之眉，碧水之目，冰雪之肌，鲜明之唇，还有，慵懒闲适、雍容淡漠的神色。

睿懿！

她捂住嘴，试图捂住一声冲口而出的惊呼，她想自己一定是眼花了，如何会将那容貌和睿懿绝不相同的观音像看成睿懿？

她颤抖着双腿站起身，只觉得全身柔软如绵，所有的力气都被无形的力量抽走，她干脆爬着靠近，仰首仔细地看高高供奉在佛龛上的佛像。

没错，是睿懿！

啊！她仰首，绽出一声撕心裂肺的尖叫。

“你别找我……你别找我……我只是添了一点力气……你找琛儿……找琛儿……冤有头债有主……你一定知道……”

江太后茫然瞪着帐顶，一遍遍重复。

“别找我……找琛儿……是他……是他……”

残灯映着朱幌，淡月照上深帘，一重重宫门被依次打开，有个颀长的影子，步伐快速地进来，一路都有人为他跪地掀开帘幕，她看不见。

她只是深深畏惧地、无意识地重复着辩解逃避的言语。

修长的手指即将掀开帘幕，突然顿住，他已经听见了她的话。

月光将影子斜斜拉长，飘摇的帘幕连带着影子亦在飘摇，又似那颀长身子也在微微踉跄，他手指扣紧了那一方绛色茜纱金丝牡丹帘，攥得那原本娇艳盛放的牡丹朵朵零落摧折。

阿琛……

那是你的亲嫂！你的未满一岁尚在襁褓之中的侄儿！你哥哥此生最爱、最在乎的人！

你为什么要恨他们？

你可以去恨我，去杀我……我宁愿你想杀的是我，我宁愿三年前死于长乐大火的人是我。

胜如此刻被冰冷的真相之刃，片片凌迟。

……当年他偷偷去从军，姐姐在后院花墙下相送，悄悄揣了自己做的松花糕塞他怀里，他含着泪捂着一怀滚热的牵挂，在长歌相伴下策马而去。那时晨雾初起，经过那一处石桥，便再也看不见淮南王府的模样，他硬硬心，不再回首，任蹄声踏碎那石板桥上的早霜。

却有少年，斜斜倚着桥栏，轻轻地对他笑，道："哥哥，我等了好久。"

他发上、眉上，都微微挂了霜白，显见真的等了很久，他心中一热，知道这个弟弟自幼有不足之症，向来不能早起，畏惧霜寒，如今却在冬日晨雾潮湿冷寒的地方，等着他。

他立即将还热着的糕递过去，爱怜地去搓他的手，说："瞧你冻的，吃口热食暖暖身子。"

少年只是低头，出神看着自己苍白细瘦的手裹在他因练武而生出薄茧、浅麦色肤色的骨节劲健有力的手中，喃喃道："我真……我是你弟弟……"

他没听清，笑问："嗯？"

他抬头，一缕微笑亮如石桥后初初生出的阳光，明丽不可方物。

"我说，我真庆幸我是你弟弟。"

那糕似乎此刻还在怀中，热度滚烫地灼着他的心……当年那少年执意不肯接那糕，说："你离开后，就很难吃到家乡的食物，你比我更需要。"

那日策马而去，好远好远之后，依旧看见少年身影凝立不动，阳光下如一尊美丽玉雕。

那么体贴的孩子，如何会在多年后，操起利刃，杀嫂杀侄，割去他一半的鲜活的心？

阿琛……

铮！

珠帘声动，琴音突起，如银瓶乍裂，风雷刺天，转折飞掠，惊破迷茫混沌，溅起激越之声！

风起，帘幕突分，帘后，清丽女子紫衣黑发，端然安坐，雪白手指轻按焦尾名琴。

指尖一勾，起"仙""翁"之音。

笑吟吟，然而不掩微嘲地看着他。

"陛下，舍不得了是吗？"

第一百零二章

叩阍

萧玦的回答，尚未出口，已经淹没在秦长歌乍起的琴音里。

起音轻、缓，如情人私语，明艳旖旎，细雨千缕而和风万里。

萧玦一缕微笑泛上唇角，恰才的悲愤、郁怒渐渐淡去，暂时忘却那诸般疑问，而往事如江流清晰奔至眼前，那些美丽的，如落英般缤纷、如水晶般永恒璀璨，因为曾经共历鲜血和硝烟反而更加鲜明难忘的记忆，那些长街回首、板桥微霜、云州梅林、赤河共战、郢都飞弩……他目光柔软，遥遥看见岁月之涯，那轻衣女子正拨云逐月，浅笑姗姗而来。

……琴音渐至空灵流动，飘飞如絮，如端坐远山之巅，闻万壑松声，观暮色如许，而目之所及，白云逶迤；天涯之远，霜钟遥鸣，其时月上中天而心神空静，怡然不知人世沧桑几许。

那断桥下一缕月光、深雪下半盏酒香，都于这一刻，涌入空虚已久的肺腑，来也去也，是耶非耶，名剑蒙尘，碧血化蝶，红尘里来往一遭，原来不过惘然一梦而已……

他心中一酸，仰首，怅然一叹。

……尾指一抹，琴音渐入凄咽悲沉之境，寂寥兰台明月无声，飞雪长空零落娇红，那些浅帘深笔描画的黛眉红颜，都随流光化为无痕，长风如许，不见人间凄凉离别，不许英雄美人白头，到头来，只换得樽前一醉，惆怅白发生。

天下何用？四海孤独，晚来风歇，醉卧谁膝？寒夜未尽，泪湿长衣。

……忽裂音而起，弦震惊声，八方风雷滚滚欲动，铁骑突出刀戟齐鸣，而长天之上彩凤翱翔，展翅间掠电飞云……光起、云收、火生、星陨，一切生于风云之上隐于沧海之间，一霎璀璨终成流星……沧海激荡，无尽悲愤……

萧玦心旌摇动，耳鸣目眩，站立不住，竟失手扯下整幅帐幔。

帐幔悠悠落地，纤指一划，弦如裂帛，齐齐断裂，戛然而止。

秦长歌缓缓抬头，一拂之间，那价值万金的名琴被她弃如敝屣地推到一边，她微笑淡艳如彼岸花："如此佳物，置于此污浊黑暗之地，实为不幸，不如，毁了吧！"

"反倒是一种成全，是吗，陛下？"她仰首宛然笑语，目光冷彻。

萧玦默然伫立，烛火下他长身玉立，面容亦如玉琢成，线条俊逸而深刻，目光深深凝视秦长歌，在心中暗暗思量——适才一曲琴音，风云皆惊，曲中境界阔大，曲意不尽辗转，诉尽绝代红颜离奇跌宕一生，绝非能出自寻常女子指下，她是谁？某个答案似乎呼之欲出，然而这数日寒悚的经历却令他不敢对世事再抱任何荒诞的希望，那些最亲切的、最信重的，都可于一朝颠覆，他又如何敢奢望，上苍厚待他如此？

迎着他的目光，秦长歌旁若无人地起身，先是对着目光惶然的江太后温柔一笑，笑得她激灵灵一个寒战，缩到床角，秦长歌才对萧玦道："陛下，今日所闻所见，可有所悟？"

"你是谁？"萧玦渐渐镇定下来，冷锐双目紧紧盯着这个突然出现在长寿宫内殿的神秘女子，"你不是宫女……你是为长歌报仇而来？"

"我是谁？我想您应该知道，我是先皇后的人，我要做的事是为先皇后报仇，而这本该是陛下您的事，"秦长歌语气平静，"可惜您宁愿蒙昧双目，也不愿正视现实，如今，真相已行至眼前，您待如何？"

一指江太后，她道："事发那夜，赵王殿下扮演了什么角色，有些您已经知道了，有些您还不知道，我如今只想当面问你一句，你，愿意知道吗？"

你，愿意知道吗？

秦长歌觉得自己很仁慈的，给了萧玦一个机会。

你愿意知道，那么我将处置权交给你，妻仇夫报，天经地义，死去的睿懿看着你，活着的老鬼我本人看着你，想知道我是谁？行，可你不尽你的义务，我怕你没面目去见重回的秦长歌。

你不愿意知道，那么，抱歉，从此我与你陌路，秦长歌不与满嘴叫嚣爱情，事到临头却以各种乱七八糟理由放弃爱人的伪君子纠缠。

洞彻人心的开国皇后，从不玩那些矫情把戏。

浅笑盈盈，秦长歌好整以暇地等待，将一把宫扇的丝穗，慢条斯理地打散再理顺。

萧玦盯着她的动作，半晌道："朕相信阿琛。"

秦长歌小心翼翼地将本来已经很顺的丝穗理得更顺，抬眼，微笑："嗯？"

萧玦的目光在黑暗中依旧是明亮迫人的："天子无私，你我何必在暗室窃议赵王无辜与否？你若有如山铁证，便拿出来吧！朕予你叩阍首告无罪之赦，容你金殿之上，剖陈冤情，将一切坦示于众目之下，先皇后被害一案，朕要天下人看着朕如何为皇后正名，朕也要如刀史笔，永无鱼肉朕之机会！"

"只是，"他森然道，"如果这些都只是你的计策安排，都只是一个为陷我皇弟入彀的局，如果你不能证实他有罪却被他证出他有冤……你该知道以民诬告皇族的后果。”

秦长歌深深看了萧玦一眼。

他何尝不在逼自己？

他何尝给了自己退路？

萧玦啊萧玦，你也害怕自己最后会心软，会在爱弟与爱妻之间难以抉择，会以所谓逝者不可追，生者当珍惜的理由劝说自己，放过萧琛？

看着不过短短数日已经瘦了一圈，眼下也微微生出青黑的萧玦，想起当年石板桥寒霜之上的清雅少年，想起那对含泪微笑推让热糕的兄弟，难得地有些心软。

嗯……不逼你了……你，且看着吧。

“那么，陛下，准备好看我的状纸吧，”秦长歌微笑漫步走过萧玦身侧，香气和语声一般沁凉，“还有，准备好红巾翠袖[①]吧。”

乾元三年，冬，腊月初一

癸未年、癸亥月、戊申日。

宜：祭祀、沐浴、捕捉、畋猎、结网、扫舍。

忌：嫁娶、纳采、订盟、安床、动土、安葬。

天高云淡，澄江似练，风从远处高冈上经过，带着一缕未凋的落叶的芬芳，掠起女子黑发素袖，她微微仰首，似在聆听来自遥远更远之处的神秘之音，良久，轻轻吟：

> 请共星辰起，看长风，穿帘入户，不绝如缕，拂我红尘三千梦，不谢流光如许。舞长剑，旧识谁记？且谱红颜香墨里，弄银筝弦乱得新句，裁沁雪，化飞雨。
>
> 尘寰旧事何须寄，叹传奇，豪情未已，怎生付与？云海苍茫风将起，且共椽文赋取，暂搁却，倾心华曲。休忆当年龙荒雪，向来此岚气下烟雨，论兴亡，铁蹄底。

她语声清淡，神情高远，祈繁立于她身侧，听着这境界豪迈之词，凝视她神

①红巾翠袖：典出自辛弃疾《水龙吟》：“唤取红巾翠袖，揾英雄泪”，这里是秦长歌暗讽萧玦，他是注定要流眼泪的了。

情，半晌微微一叹。

本因面临重大事件而有些兴奋、有些惴惴不安的心，也因眼前女子凝定雍容、恒静如一的风华气度而渐渐平静。

只有萧包子不管即将要发生什么，都牵着娘的衣角，叽咕：“你最近很不义气，到哪里都瞒着我。”

“我去整人，”秦长歌弯身对儿子微笑，“少儿不宜。”

“整人没有我怎么行？”包子抗议，“我小毒天天有，大毒不绝手，你没我熟练。”

“这个我比你熟练，”秦长歌笑得很诚恳，轻轻在儿子耳边道，“没有我的胎教，哪有你的奸诈？我练了几辈子，你还早着呢。”

她起身，看了看那些面色灰暗跟在身后的人，一笑。

“诸位，你们的夫人儿女小妾姘头以及心爱的银子珠宝房产庄园以及名声地位阴私狗苟……在你们做完你们该做的事之后，都会完好无损地归还你们——不要担心我的信用问题，因为即使我信用不好，你们现在也必须听我的。”

手一伸，祈繁递上一沓纸卷。

拍拍纸卷，秦长歌微笑：“做皇商还是做得很成功啊……”她向伤病未愈却坚持要送她的楚非欢眨眨眼，轻笑道，“放心，罪恶应当受到惩罚，而真相终究要大白天下，到那时，你失去的，也该能拿回来了。”

“我不需要拿回来，”楚非欢静静看着她，“我只希望你每次都能好好地回来。”

“当然，”秦长歌蹲下，看着他的眼睛，“我从未辜负过你的希望，不是吗？”

微微一笑，楚非欢理了理她的发，手势轻若拨弦：“嗯。”

站起身，秦长歌看向容啸天，后者对她点了点头，做了个手势。

秦长歌颔首，转身，潇洒地一挥手。

“告御状去也！”

冬日的阳光有些空阔的意味，白亮亮地照在郢都府衙门前清净的街道上。

“咚！咚！咚！”沉厚的鼓声，在郢都府尹门前的巨鼓上响起，声若闷雷，远远地传开去，惊动了四邻百姓，很快府尹门前就聚集了一批看热闹的人。

人们带着愕然的神情，看着那个漫不经心握着鼓槌的风致秀美的女子，有一下没一下地敲着鼓，那姿态好像生怕一不小心将鼓敲破了。他们见惯了悲愤得恨不得将鼓敲炸的苦主，还真没见过敲鼓敲得这么怕费力气的。

接下来他们更是瞪大了眼睛——因为他们看见素来严肃沉稳的郢都府尹杜长

生，连帽子都跑歪了，几乎在鼓声响起的那一刻，就立刻冲了出来。

按照西梁规矩，叩阍者，先于郢都府击鼓鸣冤，由府尹接下状纸，再根据案情决定是否递交御前。然而今日一切都是破例，内廷早早传下旨意，郢都府尹杜长生一大早就冠带齐整坐立不安地在后堂等候，此时听到鼓声，砰的一下跳起来，也来不及等长随，急急地奔了出去。

门开处，阳光下，击鼓的女子立即停手，巧笑倩兮地看过来，素衣飘拂在淡金的光线下，宛如谪尘的仙子。

呃……这就是陛下关照的，告御状的苦主？

杜长生毕竟是宦海沉浮多年的官员，早已习惯将情绪收敛在心，不以物喜，不以己悲，当下也只是神色如常地按例升堂，问话，接状纸。

上好弹墨暗花镶金线的状纸递上来时，他眉梢挑了挑……这纸，可非寻常人能用，这女子，什么来头？

陛下密旨只说要他将告御状之人带往大仪殿，可没说居然是这么个娇怯怯、行事奇异的女子。

他皱着眉头看了看秦长歌，缓缓打开状纸。

“啪”一声，状纸跌落在地，号称“铁面府尹”的杜长生，这回真的连脸色都变成铁色的了。

平金状纸抬头，墨迹淋漓几个大字：

“民女明霜，首告赵王萧琛谋害前睿懿皇后事。”

……

头昏眼花了好半天，杜长生才深吸一口气，颤抖着手，一眼也不敢再看地将状纸小心封起，肃然下座，伸手一引。

“姑娘，请随我金殿面圣。”

大仪殿，宝顶琉璃，龙凤华瓦，在朗朗晴日照耀下，彩光辉艳。

宫门重重，重重，在她身前一一缓缓开启，再一一缓缓闭合。

长阶上笔直立着的内侍尖细的嗓音如锋利的线般，慢悠悠割开沉肃的寂静，最后一个尾音，如刀锋般地挑刺向天空。

“宣，明霜觐见——”

她淡淡微笑，衣裙逶迤，迈步而上高峙十丈嵯峨入云的大殿玉阶，从宝盖羽扇如云的侍从中走过，从鹄立雁行、衣朱腰紫的百官丛中怡然而过，从众多充满惊讶窥探的目光中淡然而过，雪色裙裾在深红镶金边华毯上如云逶迤，层层叠叠宛如梦境。

一个森凉而又旖旎，令人不敢惊破而见其深隐血色的梦境。

丹陛之上，金阶之巅，三十四行龙狰狞肃杀，镶金嵌玉的御座上，一身帝王朝会正式冠冕的萧玦，目光深深，看着这女子，悠然无畏，行近前来。

如见当年，即将封后的女子，凤冠云裳，俯瞰天阙。

杜长生早已俯身跪了，默不言声递上状纸。

秦长歌盈盈跪下，向立于王公贵族左第一、神色平静看着她的赵王萧琛一笑。

萧琛居然也回她一笑，神色淡然，毫不在意。

而御座上，萧玦屏住呼吸，缓缓展开这注定震惊天下，震动四海，关系一代传奇神后生死真相之谜的状纸。

“民妇明霜，首告赵王萧琛谋害前睿懿皇后事。”①

“……赵王萧琛，怀阴诡窥测之心，施雷霆杀戮之行，诈庆寿，谋脱身，撤宫卫，隐长乐，与先御林统领董承佳，定计于暗室，行凶于皇宫。二月乙未，擅调长乐、长寿二宫守卫，以谋国母……深冤待雪，幽魂长吟，元凶逍遥，是非倒持，圣贤不得载于青史，奸佞尚得荣立朝堂，天日昭昭，不见国母泣血，长空朗朗，何有覆盆之怨？……今顿首丹陛，上叩九阍，诉奸回于陛下之扆座，希以圣明之志，追索诸凶，还我先皇后清白耳！则九泉之下，深渊之底，方可含笑矣！”

第一百零三章

反击

语气铿锵如刀击石，句句都似要溅出悲愤的火花，字迹更是龙飞凤舞，仿若即将破纸而出。萧玦却轻拢双眉，将心中那个原本就觉得荒诞的希望，再次扼灭了些许。

这不是她的字……

沉思半晌，轻轻嘘一口气，他不看任何人，将状纸递给一旁的内侍，道：“读。”

内侍双手上举，躬身接过状纸，目光一扫，手一颤，险些也步杜长生后尘，将状纸掉落地下。

---

①古代司法有专用断狱程序和名词，比如原、被告合称“两造”，被告多称“被造”，为了方便理解和阅读，基本上我是以现代名词和方式来写这场告御状的。

吸一口气，紧紧捏着状纸边角，内侍庆幸自己还算镇定，没有真的御前失仪，一字字地读下去，仔细听来，声音微微有些颤抖。

几乎在第一句话出口，肃静凛然的朝堂之上，便轰的一声炸了。

比大石砸破大仪殿顶砸上他们脑袋还令人惊恐。

上百双目光，唰的一下齐齐投向被告人赵王萧琛，再面无人色地投向一抹微笑始终不曾淡去的告状者秦长歌。

地位低的官儿已经开始掐自己大腿，想着今日西梁变天了吗？怎么什么都颠倒了？世上怎么会有这么惊悚的事儿？地位高的官儿则将目光在皇帝、王爷之间不断逡巡——这是不是一个信号？预示着信宠隆重的赵王殿下终于开始失势？陛下终于要对自己病弱的幼弟下手了？

嗯……咱前段日子送给赵王殿下的那篓绝品福橘，不知道门房转给殿下没？能不能拿回来？

嗯……上次叫三姨太去拜赵王殿下那位侍妾做干娘，成功了没有？下朝了赶紧叫她别再去串门了。

嗯……自家小舅子的干哥哥的姨表侄子听说是赵王门人某某某提拔的……嗯，以后得关照门房，不给进门算了。

……

待得听到后来，越听越惊……这这这这是真的吗？传说中诈死和人私奔的睿懿皇后，皇室中最不能提起的绝大忌讳，本就是尽人皆知的不算秘密的秘密，他们一直也认为，先皇后那样的人，貌若天仙，心似罗刹，已近妖孽，谁能伤及？只怕这不能提的传闻，还就真的是真相。

难道真的如眼前这个小女子状纸中所言，先皇后真的早已死去，而凶手居然是皇帝爱弟，小叔子亲手制造天伦惨剧，杀了嫂嫂和侄儿？

为何？这两人据说连政见都是契合的，以往也未曾听说过有何冤仇，殿下体弱，一年中有半年不上朝，和深居后宫的嫂嫂，能有什么非杀不可的龃龉？

文官们开始伤春悲秋地感叹……最是人间留不住，朱颜辞镜花辞树。想不到那个号称西梁第一智人、第一美人的女子，竟然早已香殒，而今日若不能善了，那么赵王萧琛……这个同样西梁美名第一的清雅男子，才貌、人品俱为无双之选的皇家玉树，是否也即将面临陨落的结局？……当真美丽绝世的人物，都为天妒，注定如流星一现又隐，终将被雨打风吹去？

武官们开始联想到当年的秦、楚二王事变，面色发白地想起在地面上被冷风吹起的楚王面皮……更多人却开始更深一层地思索，这一切，是不是只是欲加之罪，何患无辞？否则一个什么也不是的普通民女，如何会翻出这西梁最高层的惊天大案？会以白衣之身获准上金殿，在天下众目中为先皇后雪冤？……更重要的是，陛下好像是认识这个女子的，难道……朝局的风向标，在不知不觉中，已经悄悄转了风向？或者……这一切只是个局？

暗潮翻涌，目光变幻，这一刻人心鬼蜮，影影幢幢，整个金碧辉煌的大殿，笼罩在一片惊诡的气氛中。

所有的目光，都笼罩在萧琛身上。

紫金冠碧玺珠，深紫织金丝九云蛟纹衮服九章，明紫镶五彩玉革带，羊脂龙纹玉佩，难得如此正装的萧琛，发若乌木、颜若皎月，神情清淡依旧，面对众人兴味各异的目光，神色自若，仿佛那厢女子首告之人，所告之足可杀身之重罪，和他完全无关。

没有人知道他在想什么，惊讶？愤怒？寒心？对自己如此信重的陛下连声招呼都不打，雷霆万钧地便抛出这个几可置他于死地的“撒手锏”的举动而悲催？

然而他宁静的容颜，如月光永恒投射于无人惊扰的碧湖波心，一湾幽谧。

内侍宣读完毕，抿着嘴，将边角已经被捏得汗湿的状纸举过头顶，于海接过，躬身轻轻放上镏金御案，立即退到一边。

轻轻抚着状纸封面，萧玦缓缓抬眼，看着萧琛。

目光相接，都毫无退缩，萧玦乌瞳深沉如海，而萧琛幽眸翻卷如云。

相视一瞬，各自移开，萧琛平静地出列，长袍一掀，在殿中直直跪了，轻轻取下紫金冠，端端正正在身侧放下了。

再次轰的一声。

官儿们惊疑不定地面面相觑——这是什么意思？赵王殿下一声不发便认罪了？

秦长歌却目光一缩。

萧玦抿着唇，直直盯着金砖地上紫金冠，半晌开口，声音低沉：“此是何意？”

坦然叩首，萧琛宁静地道：“臣弟既已为人所控告，现下已是待罪之身，无论真情如何，在嫌疑未去之前，自不当再享亲王之礼，以全国家法制。”

众臣皆有赞叹之色，赵王无愧智者贤王之名，猝然临之而不惊，无故加之而不怒，真真雍容风范，立时便有人想起当年赵王受命主持修订国家法典，数月废寝忘食、呕心沥血，一套囊括刑、民、礼的《梁训》法典因此面世，因其周全完备，立法公允，一出世便立即被周边诸国奉为上法，东燕《燕刑》、北魏《法经》、中川《法礼》，皆脱模于西梁法典——这样一个制定法律者，这样一个在修法过程中首次提出“哲人惟刑”主张，认为只有贤良哲明之士才宜管理狱政，以“敬遵天命、效忠君王、执法严正，操守清廉”为“良、哲”之准衡的英明贤王，这样一个曾于朝堂之上力排众议，一力阻止前元“赎罪”之弊政，称“刑过不辟王族大夫”的国家栋梁，如何会首先推翻自己的论调坚持，如何会将自己置于自己深恶痛绝的罪责之中，如何会知法犯法？

萧玦自然也想到了这些，目中微有欣慰之色，看了秦长歌一眼，忽道：“前元有立法，叩阍者，以民告官者，以奴告主者，以妻告夫者，胜者亦流放三千里，然我西梁立国后更改法典，胜者无罪，无须再被流放瘴烟苦寒之地——你可知此仁政乃何人首提？”

官儿们眼珠开始飞快地转，不对呀……谁都知道这是赵王修改的，陛下不先问案，先用这个问题来挤对这女子，接下来就可以顺理成章引出“赵王非乱法作恶之人”这个题目，难道内心里还是倾向王爷的？

一堆乌溜溜的眼珠子，齐齐瞅向那气度雍容的告状者，这些人很多是地方县府出身，审过案子的，都知道告状的气势也很重要，一开始就被打压挟制，很有可能便会节节败退，一溃千里。

秦长歌长跪于地，脊背挺直，仰起的脸庞娇艳如花，神色亦明丽如花，坦然直视萧玦，微笑道：“不是人。”

一阵倒抽气的声音，众官再次面无人色，只有萧琛，反而饶有兴味地侧首，盯了她一眼。

双眉一轩，萧玦神色似有微怒：“这是你的御前应答？”

“民女不敢，”秦长歌好谦恭地俯首，“民女的意思是：为法宜公、宜直、宜正、宜理，但凡英明治下，法治严明公允当为首务，叩阍首告者无罪亦流放三千里，本就是不公之法，陛下身周英才罗列，珠玉生辉，摒弃先朝弊政本就是题中应有之义，迟早都应有人革除弊端，非你即他，功劳不在个人，因，除弊理者，只当是公心，是法理，是清明政治朗朗乾坤，是体天格物上应天理的天子之道，而非个人薄力能为。所以，无论去除先朝法典弊政的是谁，民女觉得都不必感谢那人，民女只应庆幸生于此承平盛世，能得沐浴陛下德辉。所以，民女说，不是人。”

好一张利口！官儿们呼的一下掉头，再次瞅向萧玦……陛下啊陛下，这女子好像很妖孽，是不是您从哪里找了来，耳提面命过了？

杜长生的目光，悄悄投向素以老奸巨猾琉璃蛋儿著称的丞相毛逢恩，老家伙眯着眼，状似入定，竟是一个也不看，接到杜长生目光，看在两家有点点很远的姻亲的分上，老家伙尾指微动，横指于唇。

闭嘴……看着……杜长生默然。

“那么，呈上你的证据来吧。”萧玦听完，不置可否，只挥了挥手。

内侍送上金盘，秦长歌将卷帙一一放上，每放一份，都朗声报名，清晰的声音，声声铿锵，在六国目光汇聚的中心，内川大陆第一强国的政治头脑集中地，云蒸霞蔚、五彩辉煌的大仪殿上不断回响！

“……现有证据一十三卷，为：一、郢都大儒孟廷元关于赵王于天璧三年二月乙未，先皇后被害之日，授意其诈称庆寿，于王府设宴之证词卷。

“二、孟廷元之篡改户帖原卷。

“三、当日同席士子证词卷。

“四、列席一十三人，所缺一人黄墨古身份卷。

“五、所缺之被杀士子黄墨古骨殖验骨书。

“六、赵王府家人证词卷。

“七、赵王府密道布局图卷。

“八、前宫禁统领、御前侍卫总统领董承佳遗孀证词及物证卷。

“九、当夜赵王府轿夫证词卷（轿夫只余一人侥幸生还）。

“十、吏部尚书姜华证词卷。”

最后一句秦长歌一字字有力慢慢说出，几乎如钉子般狠狠钉进了本就因她周详齐备地一一罗列而诸人心中生寒，以至寂静无伦的大殿空气中。字字隐有风雷之声，字字都似乎能溅出电闪火花——有的人为那杀气凛然的语气所惊，竟然头晕目眩地晃了晃，联想起刚才口气刚硬、意指鲜明的状纸内容，一时失却人色。

这女子竟然取得如此详细的证据，这环环相扣的诸多证据，如十面埋伏掩杀而来，处处围困不留死角，大家听着，都觉得她是一定要将赵王证入死地了！

但饶是如此，也没能想到，这女子还有这样的“撒手锏”！

居然能令姜华为她做证！

秦长歌仰首看着四十八行龙穹顶，微微冷笑，这就是做皇商的好处了，别看地位不咋的，但势力渗透，几乎遍及郢都所有高官贵爵府邸，消息灵通，人事掌握，在凰盟本就别有用心的多般经营下，想要什么，都不算很难。

萧琛是将能灭口的都灭口了，但是当初自己在赵王府书房壁上发现那一行字之后，便下了命令，调动了凰盟全部的力量去搜罗证据。只要有心，这世上就没有什么做不成的事，比如，那四个车夫中的一个，本来早该死在“碧络芳”剧毒之下，偏偏他有心疾，出事前不久托了人好不容易用多年攒的银子买了点苏合香——那东西和碧络芳正好相克，所以他没死——而他请托的那位熟人，正是经常给赵王府提供上好香粉的凰盟分号的一个属下——天网恢恢，冥冥中自有神意。

孟廷元是郢都大儒，影响力极其巨大，且老孟刁滑，大约也事先和萧琛达成了什么协议，所以萧琛没有动他，而那些聚宴的士子，并不知内情，杀了反而显眼，都留得命在。秦长歌如今也只是要他们证实，当晚确有聚宴，且赵王确实中途曾经离开罢了。

而姜华……这是一个意外。

这家伙自那天宝贝儿子给皇帝吃了迷药后，听闻弹劾自己的奏章雪片似的递到御前，算算罪名全家死十次都够了，他大约是慌了，夤夜跑到赵王府求见赵王。赵王在书房接待了他，两人谈了一个时辰，然后，不欢而散——这是凰盟花了很大力气打听的结果。

姜华怏怏而归，半路上被祈繁拦下——后面的事也不用详述了，总之，不外是威逼利诱晓以利害之类的种种诱人叛变之经典策略。

这诸般举措布置，一直在暗中进行，秦长歌隐而不发，只为等待一个最好的时机，等待一个最有力的、只说给一个人听的证言，等待一个人在长久压抑的沉默之后爆发的开口——江太后。

这是她从很久以前就花费心思布置的局，为了使江太后入彀，她不惜绕着弯子拖人下水，不惜从秋等到了冬。

一尊紫玉观音，作为寿礼供奉上江太后的小佛堂，除了经手此事的寥寥几人，连亲手送出寿礼的文昌也不知道，这紫玉观音是观音，但也不是，这是中川雕刻大师李南柯秘而不宣的绝技——“像中像”。

李南柯天生异相，目有怪疾，以至于看任何东西都带了双影。这人心志毅坚，是个不信命的强悍人物，明明是一个最不能学雕刻的人，硬是将自己修炼成了一代杰出的雕刻圣手。他成名后，有感于雕刻技艺再难更上一层楼，又深恨自己的痼疾，遂灵机一动，开始钻研“双像”技艺，也就是因光线、角度、质地的不同，像中藏像，令雕像显现出不同的面貌。

到七十岁时，李南柯此艺小有所成，七十八岁，他能一像显三影，此技因为关系到他不为人所知的残疾，他秘而不宣，只将之传给了自己的大弟子，并从未在外人面前显示过这般绝技。

李南柯的大弟子，本就是凰盟分支中人。

一像双面，其实雕刻的是两张脸，这个手脚，做在紫玉观音里，而庆寿后秦长歌一直授意文昌时刻笼络童舜，估算到萧玦开始彻查三年前长乐火起事件，便由童舜于太后礼佛之时，将雕像的摆放角度稍稍动了动。

迦南香寸香寸金，本就有舒神迷醉功用。

香烟袅袅里，换了角度的紫玉观音，慈眉善目，皆化作逝去女子深刻于他人内心的容颜。

心中有鬼的人，是很容易被引诱出内心的鬼的。

童舜报信的时间，又拿捏得那般准。

帘幕外，亲耳听闻太后谵语的萧玦，想装耳聋都不能，本就因调阅案卷而心生疑窦，秦长歌恰到好处又添了一把火。

如此因萧琛素来表现良好，而历久以来形成的对萧琛的强大坚硬的信任心墙，霎时又被狠狠击碎一块。

十分了解萧玦的秦长歌，逼得他朝堂审案，昭昭众目之下，给萧琛一个措手不及。

一抹淡笑若清露晨流，秦长歌在百官私语中看了萧琛一眼，他偏头听着，神态自若，依旧是那副淡云疏月的神情，见她看来，斜首一瞟。

姿态……轻蔑。

秦长歌抿唇，挑眉，一笑，丝毫不以为忤地转回目光，看着上方神色沉黯的萧玦。

这里这许多人，乱哄哄、心慌慌，为今日一个接着一个炸弹炸得晕头转向，早辨不清里外根节，只有当事的三人，始终保持平静清醒。萧玦首先就冷笑一声，单手一抹，将一大沓证词唰地摊开，道："你称证词十三卷，如何只报了十卷？还有三卷呢？"

等的就是这句。

叫你……轻蔑？

"陛下，"秦长歌伸手一指，漫不经心又语气肯定，"还有三卷，在您手中。"

……

眼角瞥见萧琛身形，似乎微微一晃。

秦长歌慢慢绽开的笑容，冷如冰雪，缓缓叩首，一字一顿地道："还有三卷，封存于皇家金匮室，除陛下您之外，任何人无权调取。为：内宫侍卫布防交接调动记录、当日值宿内侍卫首领名单，及，赵王殿下和前统领亲笔签字的应到记录。

"第十一卷，天璧三年二月乙未，内宫侍卫布防交接调动记录。

"第十二卷，天璧三年二月乙未，当日值宿内侍卫首领名单。

"第十三卷，天璧三年二月乙未，赵王萧琛、董承佳亲笔签字交接记录。"

"而，"秦长歌斜瞟萧琛，意有所指，"这三卷，在，陛下手中。"

有意的、沉重的重复和强调，是能给人巨大的压力的。

被震得一片冷凝肃杀的气氛里，秦长歌仰首，逼视萧玦。

这是无声的战场，不见血的搏杀，你，或者我，谁都不可以温情脉脉，你做不到？我帮你。

“请陛下主持公义，助我将证词补全。”

……

萧玦僵坐于御座之上，瞪着秦长歌……你是谁……你是谁……

你的行事风格……

你这身姿弱如飘萍的女子，为何行事杀气暗隐，言语利刃深藏，锐如名剑之锋？

为何选择这般当庭掀开，赤裸裸、血淋淋地将他的不信任展示于众？展示在阿琛面前？

阿琛……受伤必重。

这一刻心绪复杂难言……阿琛若有罪，他会报仇，可是他却不愿意在判词下达之前，如此直接而当面地、将隔离怀疑的刀锋、抢先割伤孱弱的幼弟。

证实罪名之后的秉持公正的判决，和在首告之前就开始早早的怀疑，那意味，和造成的伤害，是不同的。

敏感细腻的阿琛，会怎么想？

秦长歌垂下眼睫……我要的是什么，你一定在疑惑，你，现在还不会知道。

事情……哪会有这般简单呢？

何况打倒敌手，本就无须心怀悲悯，我若对敌人暖若春风，我的下场只怕早就冷若严霜了。

我可还记得你那句“以民诬告皇族，可知后果”呢。

不逼到一定境地，如何能够得到我想得到的结果？

事情到了这个地步，百官们反而没有任何声音了。

任谁也看得出这一刻诡异的氛围——笑容别有意味的苦主，一直沉稳平静却突然如被重击面色苍白的被告，以及，高踞御座、脸色铁青、目光如涛翻涌、似恨似怨似惊似疑的皇帝陛下。

这不是寻常的杀人案，这也不是寻常的苦主和被告，想活命，闭嘴吧。

……

半晌之后，萧玦涩涩地道：“好，但望你能证实赵王之罪。”

他手一招，于海会意地进入偏殿，去取那三份证据。

见到这场景，百官们真是恨不得买把锁，锁紧嘴算了。

连惊呼声这回也不敢有了。

十三卷证据齐齐摊在龙案之上，萧玦不看萧琛，只盯着秦长歌，道："宣人证。"

"我主圣明。"秦长歌微笑回身示意。

早已等候在偏殿，被内侍一一引入的，孟廷元、聚宴的士子、赵府诸般证人、董承佳遗孀，最后出现的是姜华。

原本告假的他，今日以证人的身份，满面难堪地挨挨蹭蹭地进殿来，在殿角跪了。

其余人等，大多不过贩夫走卒之流，最多去过王府偏堂门外，哪里经历过这国家核心之地，煌煌威严的政治中心，上临无上尊贵的天子，身周俱是远远遇见便要远避的贵人的场合，更别提还要在这样层檐历历、金龙飞舞、看一眼都要昏倒的地方临帝王垂询断狱，举证亲王之罪……一个个连呼吸也死命憋着，跪在汉玉云母砖上，扒着砖缝，瞅着前面跪着的人的脚跟不敢抬头。

秦长歌无声嘘了口气——忒没胆色了，亏得临行前还叫祈繁给他们各吃一颗她以前研制的可提升胆气的"壮志丸"，那是以前做了玩的，不承想今日便派了用场。

依次三跪九叩，一个个轮流说了，虽然有的人结结巴巴，有的人词不达意，有的人断句错误，有的人语无伦次，但总算是，说完了。

"……草民贱辰，本应是三月，是赵王于二月初，曾对草民言：'拟为先生寿，但三月恐无暇，可否提前'？草民虚荣，贪恋亲王爱重，遂应了……二月乙未，实在非草民贱辰。"

"……当晚黄墨古酒醉，曾污赵王衣袍，赵王进内室整理，大约去了两刻工夫……我等都是亲见。"

"……黄墨古饮酒有过敏之疾，平日少饮，那日却行迹异常……"

"……奴才当晚进书房打扫秽物，刘管家吩咐，内室不许去，也不许别人进去，要奴才守着那内外间相连之门。"

"……当晚赵王从后门乘轿出门，奴才们得了吩咐事先便在后门等着。二更许，王爷出来，是奴才和另几位兄弟抬的，一直抬进宫内值宿房，是董统领出来接着的……奴才回来后，睡得很死，醒来后便见自己在乱葬岗……几位兄弟都死了，就活了奴才一个，但也从此残了，一直讨吃度日……"

"罪妇姚琼，恭祝陛下万年，并代先夫申冤于丹陛之下……先夫受人蛊惑指使犯下滔天罪行在先，被人过河拆桥设计杀害在后，先夫留有血书在此，罪妇深知仇家势大，数年来不敢声言，怀揣先夫血证躲藏漂泊，今日终得金銮殿上，向陛下剖陈分明……先夫有罪，但赵王更有灭口杀人之罪，若非忠心于此人，先夫何至背弃陛下，遭此杀身之祸……罪妇愿身代先夫之罪，身受凌迟之刑，只求陛下明正法治，令有罪之人皆不得免！”

“犯官……姜华……有罪……赵王与董统领当日长乐宫前密谋调换侍卫，是犯官亲眼所见，亲耳所闻……犯官当日当值，子时前后，犯官出外将当日奏简交递御书房时看见他们……金匮室有犯官出外的记录……”

……

众口一词，铁证如山。

众人心中都道：赵王休矣。

目光或怜悯或不忍或幸灾乐祸地投向始终不言不动的萧琛，这人素来以沉稳睿智、聪慧出众著称，据称有“一言抵万金”的美谈，很少说话，但每句话都不是废话，每句话都极有分量——今日一见也是如此。只是，在现今这个厉害女子织就的密不透风的天罗地网之中，你要以如何千钧之力的言语，才能破网而出，甚至反戈一击？

众目睽睽中，萧琛不看窃窃私语的任何人，不看散淡却凌厉的秦长歌，只是跪于当地，沉静甚至微带哀伤地看着萧玦，眼色幽凉，如雪里梅花，云中远月，这一刻的清绝的苍凉，怅惘如一首未完的悼词。

他似是对那样的滔天大罪厉绝言辞毫无感受，似是对反证自己清白毫不在意，似是只是想从萧玦目光中挖出他心中真正所想，想知道，那个楼阁深处飞雪轻盈之中舞剑的少年，是否真是眼前这个威严高贵的男子。

他只是那般紧紧盯着萧玦。

萧玦的手指，却只是攥着那十三份证词。

目光缓缓下移到萧玦攥紧的手指，萧琛突然，极其怆然地一笑。

犹似几多深恨，不解昔日惆怅。

那年石板桥上的寒霜，怎么到了今日，还森凉地挂在眉梢，好冷啊……

连心都冻着了……

他的眼色，一分分地冷了下去。

似一方冷玉，沉入永恒不见天日的深渊之冰泉中。

这一刻的沉默宛如万年。

万年之后，沧海桑田，浮云变迁，遥远变得更远。

一声低弱的言语，却如巨钟之声乍起，击破层层捆缚，震荡在每个人的心头。

“你始终在指证，我当晚行迹诡异，于长乐宫有阴私之行，但是你不能举证出，我杀了先皇后。”萧琛淡淡道，“而且你的所有证据，都建立在，秦皇后和明宣太子之死的前提之上。"

"假如——"

他讥诮地侧首，看秦长歌。

这一刻目光冷若冰剑，刺入肌骨发肤。

"睿懿皇后和明宣太子，根本没死呢？"

第一百零四章

下狱

一语出而风雷起，一语出而万人惊。

这已经不是"一言抵万金"，而是"一言抵万敌"了。

"砰"一声，一个素有心疾的官员，经不得今日金殿之上，一波一波此起彼伏的震撼，直直地摔倒在地，做了这场无声攻杀的第一个受害者。

内侍立即手脚快速地将人拖了出去。

萧玦已经无暇理会昏倒的人，更无暇理会官儿们的神情，这一霎心潮激荡几乎把持不住，他手指紧紧抠着御案，无法自控的真力冲指而出，几乎将坚硬的檀香木抠出一个洞——可能吗？这可能吗？

这些日子，翻覆的事情，实在太多了。

难道临到头来，一切转回原点？

近期在心中的那个怀疑，一直在试图寻找蛛丝马迹的那个怀疑，只是自己的幻想？

而长久以来的执念，才是真正的现实？

这原是一个太美好的奢望，美好到犹如水月镜花，美好到这些年他不敢面对，连她的名字也不愿听取——他不愿给自己深想的机会，他害怕那些深入的探索，会将梦想生生击碎，直到明霜出现，使他鼓起勇气去探寻真实，却终被血淋淋的现实狠狠一击。

若非伤重如此，他又怎会试图复仇？又怎会忍着割心的苦痛，去选择、去怀疑自己孱弱的幼弟，将他置于朝堂之上，面对他人利剑狂刀般的控告攻讦？

可是，阿琛言语淡淡，神情却如此漠然而蔑视，他是真的没有畏惧。

一线星火，死灰复燃。

他紧紧盯着萧琛，自己都没发觉连声音都有些变化："赵王，为何有此一说？"

萧琛眼底弥漫着淡淡的雪意，语声也清凉如雪珠，衬着他苍白的颊，似是一轮冬夜里凄清的月色，他居然不答萧玦的问话，而是侧首，眼色复杂地看着秦长歌。

“你好心计、好缜密、好周全……可是你终究不能证实我暗杀之罪，你步步为营，自以为天罗地网？可惜我看你，好无稽！”

他一叩首，也不看萧玦，只低声道：“先前这女子将该说的都已说完，也该轮到臣弟辩诬了——臣弟亦请求陛下主持公义，予臣弟自辩之机。”

目光一缩，微有怅然难过之色，萧玦半晌方涩声道：“准。”

心重重地沉了下去。

阿琛……经此一事，我们兄弟，是不是再难回归当日和睦无间、真心相待的时光？

朕……终究成了完全的孤家寡人……

萧琛缓缓起身，盯视着秦长歌，嘴角浮现一丝笑意，不是得意，不是喜悦，而是一种破釜沉舟、此去决然的笑，明光四射，寒气凛人。

他看着秦长歌，一字字道：“今日本王教你一个道理，你仔细听着，这辈子估摸你是没机会用了，投胎后大约还用得着——言语，永远看的是分量而不是多寡，不是你摆出的证物够多，你言语利若刀锋，你便可以得意到底——我无须长篇证词，无须这一群系在一根绳上的蚂蚱般的证人，甚至无须多言，我只要两个人，就足够证明，你，你这个低贱的女子，得了失心疯，吃了豹子胆，居然在朝堂之上，御驾之前，妄图以大逆之罪，诬告一国亲王！”

他冷笑，拂袖，转首，道：

“请皇后，太子！”

……

皇后！太子！

哪个皇后和太子？

百官们的手指掐进了掌心，掌心里湿答答、黏糊糊全是汗水——西梁皇朝，能够同时存在的皇后和太子，只有睿懿皇后和明宣太子！

今天这是一出什么大戏？一百年也见不着一次！

眉毛一挑，寒光一闪又隐，秦长歌刚才因为萧琛言语而微锁的眉峰，这下真的皱在了一起。

容啸天怎么搞的！

居然真的没能看住人？

萧琛……果然是个厉害人物啊……

她哪有心情理会萧玦和众臣的反应，只顾低头紧张思量对策，忽觉四周静了一静，有种屏息的奇异寂静，随即，骚动又起。

宽阔宫门，深深几许。

有女怡然，踏云而来。

一抹朝阳斜镀，光色烂漫，不及那人艳光四射，娥眉云鬓，回风舞雪，香培玉琢，凤翥龙翔。

其艳若霞映澄塘，其神若月射寒江。

她行步而来的姿态，带着优美而奇异的韵律，月白裙裾若梨花一朵，携了满襟高贵清艳的春色，每一步都拥红堆玉、芬芳暗隐地香满殿堂。

她浅浅微笑，神态和静，肤光莹润，如玉雕成，带着温玉般乳白柔软的质感，温柔娴美之态，宛如娟娟淑女，只是那上挑的黛眉，气韵凌云，明明近在咫尺，却令人感觉远在云端。

她不看任何人，只微笑俯身看着手中牵着的幼童。

那孩子三四岁光景，着一身紫绀色小锦袍，系着樱红发带，乌发胜墨，玉雪可爱，清俊的小脸浓眉英锐，瞧来甚是眼熟。

朝堂上倒抽气的声音，汇聚成一片，响亮而庞大，听来犹若雷鸣。

能立于金銮殿上，必得四品以上官员，在场的大多都见过睿懿皇后，而先皇后容色惊人，但凡惊鸿一瞥者，无人能忘，此时一见这女子，容貌相差无二，已纷纷认了出来。

而她那份温柔却疏离，和雅却睥睨的独特神韵，向来也是睿懿的专属标志。

这不是睿懿皇后，还能是谁？

她手中牵着的孩子……众人看着他的小脸，细细端详了眉目，不由自主地将目光转到陛下脸上。

……神似得紧。

众人哗然，立时又将惋惜的目光转到秦长歌身上。

这女子……完了。

又是砰的一声，姜华无声无息地晕了过去，脑袋撞在殿角，撞出一声沉闷的回响。

其余下跪证人等，除了那个愿意身受凌迟而始终以恨恶凛然目光看着赵王的董氏遗孀，皆抖簌如同筛糠。

秦长歌抿唇，暗恨。

哪里出了问题？

赵王侍妾……你好大的胆子。

山寨版也敢登堂入室！

赵王殿下……你天生适合当水货制造商。

你连假包子都搞出来了，包子知道了一定会宰了你，他最讨厌别人学他了。

……那日赵王府惊弓之战，败于秦长歌暗算手段下的蕴华，面具掀开的一刻，曾令秦长歌大骂。

那活生生的是睿懿第二。

是天生如此，还是后天造就？除了蕴华本人，谁也难以查考，联想到蕴华南闽彩蛊教圣女的身份，再想起南闽当年以美色妖姬对付中川的手段，秦长歌想到一个可能，立时恶心得想要呕吐。

若不是不想惊扰大局，秦长歌一定会好好和蕴华交流一番。

今日叩阍之前，一向滴水不漏的秦长歌，早早安排容啸天率领属下拦截蕴华——无论如何，不能让这个女子出赵王府。

不想，不知道哪里出了问题，这女子还是在最关键的时候出现了。

秦长歌决定，今日若能脱身，日后一定要把这女子给解决掉。

踹倒你，再在你脸上擦我的绣鞋……

……

萧玦早已怔在了御座上，浑噩僵木不知动弹。

她还活着？他们还活着？

我的妻子，我的孩子，真的没死？

只是，为何这些年她都不曾出现，却在今日这么凑巧的时机到来？

心潮翻涌，不知悲欢，往昔的女子影像与此刻阶下仰首而笑的颜容交替闪回，不住重合，恍恍惚惚中似真似幻而又非真非幻，她就在眼前，依旧无双国色，依旧风致高华……此番似喜似疑、似惊似怔，云涛雾卷、若明若暗，几近失声。

“陛下……”他说不出话，阶下怡然而立的雍容女子，却已微笑开口，“别来无恙否？”

她以当年睿懿母仪天下的神后之姿，仪态万方地轻轻施礼，眼波流动，风采妙绝：“与君一别久矣……臣妾不胜思念陛下。”

那“思念”二字，含在齿间，轻柔旖旎，绣面芙蓉，一笑而开。

她微笑着轻推那幼童：“溶儿，来拜见你父皇。”

那孩子极其乖巧地上前，俯首阶下，声音清朗，小小年纪便隐隐气度非凡：“溶儿见过父皇！”

“……起来吧……”半晌萧玦才找回自己的声音，此时心中虽难掩激动，但久居高位者，定力多半是要有几分的，加之犹存的几分疑惑，令他深知此刻并不可朝堂认子，否则万一事情有诡，西梁国体也将因此蒙羞。

他双手按在龙案上，借助冰凉光滑的红木触感，宁定自己的心神，半晌，缓缓道：“你……因何而去，因何而来？”

“臣妾因人陷害之局而去，为解恩人被人陷害之局而来，”假睿懿答得从容流畅，“事关宫闱隐秘，不宜宣诸朝堂，但臣妾本人在此，便已是最好的证明，请陛下还赵王清白，并追究设局陷人者欺君之罪！”

萧玦细细地将假睿懿打量半晌……那神情、风姿、眉目、举止、言谈，无一不似，时光对于美丽的女子似乎别有一份偏爱，三年光阴，并未对昔年的她有任何戕害，反倒将最为动人的韵致丝毫不改，完完整整地保留了下来，她婷婷当面，鲜活如初，便要硬指她不是长歌，都觉得荒谬无稽。

只是，最初那份震惊激动过后，为何此刻心中并无喜悦？并无当年每一见她便由衷生出的如浪潮拍岸，令人澎湃而激越的莫名喜悦？

再将目光转向虽然局势彻底翻转，却仍无惊骇之色，只是皱眉若有所思的明霜……她，要如何自辩，在这极其不利于她的情势下？

他尚自沉思，假睿懿怎肯放过秦长歌，步步紧逼：“陛下，臣妾知道今日出现得太过突兀，难以取信于您，但溶儿当面，却是实实在在的西梁太子，您的骨中骨、血中血，臣妾斗胆，请求滴血认亲。”

秦长歌心中一跳。

她经过现代那一世，自然知道滴血认亲的非科学性，但是在落后的时代，这是强大的不可摧毁的认亲手段。

而以蕴华擅长毒蛊的南闽邪教的出身，想要在滴血过程中搞出点猫腻，实在是再简单不过的事。

就算从现代医学上来看，A型血和B型血本身就极易相溶，萧玦那个性鲜明朗锐，像是A型血的特征，就是凑巧，也有可能认出一堆儿子来。

这丫真狠毒，认了儿子，还能不认娘？何况这个娘还克隆得比原版还像正版。

秦长歌无声叹气——当她看见情势不可挽回地逆转，萧玦首肯，内侍端出金盘玉碗清水的时候。

再看见群臣伸脖子瞪眼睛，看着金殿之上，那孩子和萧玦各自挤了一滴血，滴就玉碗清水之中，众人屏息等候，隐约似可闻心跳如鼓。

时间这一刻，漫长至难挨。

那两滴血滴在清水中游弋，似是有所感应亦有所召唤，无拘无束地奔向对方而去。

最终缓缓，而又众望所归地融合在了一起。

秦长歌看着萧玦此刻终以难掩的激动惊喜神情。

哀怨的叹息，几乎就要冲出口了。

为山九仞，功亏一篑啊……

眼下，局势突然逆转，不容她反应地走到难以翻转的地步。

眼下，她能做什么？

是拆穿假睿懿的身份，毫无证据地用那个西梁几乎无人知晓、极其神秘的彩蛊教来为自己辩白？

就算自己走了狗屎运，皇帝陛下相信了，那么，如何推翻那张脸？……蕴华那张脸，杀伤力实在巨大，就算现在秦长歌和萧玦说，娘的，这丫是个南闽盗版，我才是西梁版睿懿，只怕也不抵她把这张脸一摆来得有说服力。

……办法不是没有，毕竟真正和萧玦做过夫妻，两人耳鬓厮磨那些旖旎旧事，真的就是天知地知你知我知，随便提出一件，也足够萧玦激动地飞扑来认妻了。

或者，使计让蕴华自露马脚，这对阴谋诡计信手拈来的秦长歌根本不是问题，只是那个假太子呢？萧玦大约心里已经认了他，毕竟在这个时代，滴血能溶，便几乎可以等同于铁板钉钉的真实亲生，不可颠覆。而萧溶，这个失踪时仅仅一岁的孩子，在萧玦和天下视野里未曾有机会表露过任何自己的个人特征，要想在滴血认亲认定血脉后再推翻假太子，最起码现在还真没有好办法。

当然，萧玦认了自己这个妻，对方的儿子自然是假的。

只是……认妻？

在这里？

秦长歌一直不愿意将自己的身份太早揭露，更不愿意揭露于这朝堂之上、天下之前，今天只要萧玦认了她，明日整个内川大陆都会知道，那个阴毒杀神秦长歌又杀回来了——太早暴露自己，可不是好事，尤其当真相看似已露其实还未全露的时候。

她始终隐隐觉得，即使今日能扳倒萧琛，也未必就是真正打掉了当日暗杀自己的那个隐于幕后的势力，对萧琛出手，为的就是逼出更多的一些真相。如今看来，打草了，惊蛇了，蛇在意料之中反咬了，放蛇的，或者捉蛇的玩蛇的看蛇的，也在蠢蠢欲动了，但是那蠢动反击的力量，比她想象的还要大。

秦长歌重生以来，因为今日突然脱出掌握的事态，第一次对敌手生出凛惕之心。

大巧当若拙，大刃应无锋，明霜已经置于敌人视野之下，秦长歌……还是再隐一隐比较好，须知不同身份必然有不同反应，对方再强大，在没有确定她是谁之前，设置的障碍阻拦，想必也会不同些。

思前想后，一瞬间想出一百个可以证明自己打倒蕴华的办法，但每一种都多少和自己身份有关，秦长歌颓然一叹，终于放弃了。

好吧……儿子，儿子他干爹，我老人家累了，不打算玩了，接下来想要再见到我，看你们的了。

她无奈地叹气，看着萧琛一言不发向她看来，目光平静却隐隐怨毒。

更无奈而悲催的是，萧玦神色复杂地凝视她半晌，一挥手，道："来人，将这干人等，通通打入天牢！"

而萧琛犹不罢休，上前一步，躬身道："陛下，睿懿皇后既已当面，此女丧心病狂，当殿欺君，构陷亲王之罪已昭昭于目，此为建国以来第一惊天大案，必得以严刑峻法匡正法纪以儆效尤，否则不足以交代于天下——以我律法第三百四十二条，此罪当凌迟，连坐三族，请陛下下旨。"

三族你个头啊，三族？小叔子你要不要自杀？

萧玦目光一闪——阿琛素来不是如此操切，今日却有咄咄逼人之势，他是恨上明霜了，还是怕朕有回护之情，赦免明霜？

再次深深看了明霜一眼……事已至此，怎能赦免？

形势逆转，众臣们自然赶紧要扯顺风旗，此时纷纷落井下石，忙着向赵王殿下卖好。

"此案势必惊动天下，诸国之下，必将关注我主应对——此女行为无耻，穷凶极恶，居然妄以白衣之身于朝堂之上，构陷亲王，行径令人发指，此獠不除，何以对天下，何以对臣民，何以对我有功藩属，何以对我西梁栋梁！"

"赵王乃国之长城，怎可于金殿之上，为宵小所辱！请诛此等不知纲常天理之逆贼！"

"臣附议！"

"臣附议！"

"臣附议！"

……

此刻群情奋勇，万众一心，空前地热烈和团结。

也都十分聪明地一字不提：此女行为周密，背后必有相关势力，尚需彻查。

笑话，这些宦海浮沉的老手，谁看不出此刻赵王已将这个女子恨死了，只恨不得她立刻血溅朝堂，哪肯再慢慢查证，给予对方时间反应导致节外生枝？自然也乐于成全，心照不宣，一片喊杀之声。

微微冷笑，秦长歌闭目不语——实在说不得，也只好鱼死网破了。

深吸一口气，萧玦何尝是笨人，心若明镜台，照得见诸般飞扬尘埃，他既然早知群臣心思，哪里肯被牵着鼻子走，目光一扫，群臣立时噤口。

一片凛然的沉寂之中，萧玦声音回荡在站了近百人依旧空旷畅朗的大殿里，显得分外清晰森然："此等大案，令人震惊瞠目，朕自然要有交代——不仅要有交代，还不能草率交代，此女一孤弱女子，何能独立搜集这许多证词并寻来这许多证人？背后定有人主使，此人枭獍之心，竟妄图害我皇弟！朕虽怜惜生灵，也不当为此穷凶极恶之徒有所宽悯，朕，不惜再兴大狱！但凡欺君饰罪者，无有可恕！三尺之冰，正为汝设！来人——"

他俯首对着跪地听宣的侍卫，目色幽深，冷冷道："交刑部主审，务必彻查此女身份、来历，及身后有无相关主使诸事，及时报朕！"

也不容人再反应，长身而起，携了"儿子"的手，对假睿懿温言道："一别久矣，朕有满腹的话儿想和你说，也不知你近年过得好不好，长乐宫已毁，朕带你去看看凤仪宫。"

目光一闪，秦长歌微微舒了口气。

萧玦……已经不是当年的萧玦了。

这是要套问蕴华了——他没有完全相信，最起码对蕴华，没有。

秦长歌无声冷笑——假皇后啊假皇后，你要如何和萧皇帝畅谈当年呢？

那厢，蕴华神色如常地盈盈施礼，浅笑道："臣妾亦思与陛下彻夜清谈，长夜剪烛，月移花影之下，诉久别重逢之思，不知今夕何夕。"

她明明语气坦朗，一字无涉于私情，然而不知为何，听来却觉余情婉转、荡气回肠，那两个"夜"字，那句不知今夕何夕，每个字都微微地起了尾音，似是嫣红娇软的花瓣飘荡入心，搔得人心痒难熬，一颦一笑，风情无限。

萧玦的手势缓了一缓，原本不打算碰她的手，突伸来，款款牵了她的手。

秦长歌心中一震……媚术……她用了媚术……

这女人好本事……隐而不发，似若无形，竟能于对谈言语中不着痕迹地糅入媚功！

秦长歌吸气……唑……当初就不应该想着留下她来追索南闽彩蛊教和萧琛的关系……应该直接杀了她的……

那两人手指相交，相视一笑，萧玦满面喜悦，正要举步，蕴华忽然嘤咛一声，脸色苍白，莲折梅落风卷娇絮般，软软倒了下去！

那孩子立即飞扑而至，娇嫩童音里满满焦急和哭音：“母后……母后……你又犯病了……”

哗然声中，萧玦满面焦灼，先掐人中再输真气，无奈怀中佳人动也不动，萧玦霍然抬头，怒道：“这是怎么回事？她怎么了？”

“娘有伤……一直没好……”假太子抽抽噎噎，哭得煞是可怜，“……王爷叔叔知道……”

“陛下，”萧琛适时上前一步，肃然道，“其实若非皇后为人所害，臣弟无奈之下不敢声言，她早已和陛下团聚。今日大约是听闻臣弟身处危境，她才不顾凤体急急赶来……此事说来话长，救人要紧，请容臣弟稍后再禀。只是臣弟要提醒陛下一句，臣弟觉得，臣弟今日陷此重罪，完全和皇后被害有关，这些人步步紧逼，竟是再不容陛下夫妻团聚、兄弟和睦了。”

“来人！”萧玦霍然抬头，满面杀气，佛然道，“将这干人等速速打入太陛天牢，三日之内，刑部必须追索此案余逆，连同今日上殿诬告佐证者，三日之后，全数处斩！”

……

好，好，好狠的一招！

秦长歌难得地佩服了人家一回。

这叫釜底抽薪啊，晕了，伤了，还谈个啥情？

假皇后病重不醒，假儿子整日哭啼，真皇帝焦头烂额，心慌伤痛，还记得清醒地去思考有没有其他内情？

三日？不用三日，谁都知道夜长梦多，萧琛用“皇后重伤不能对话”这个好容易扯出来的时机，暂时不用面对萧玦的疑问追索，就是为了空出对自己下手的时间。

今日夜间，赵王殿下要是不对我这个被篡位了的可怜人下毒手，咱就跟他姓！

秦长歌好无奈地笑着，听着镣铐丁零当啷声声清脆，看着侍卫神色如铁，向自己走来。

金銮殿你来我往翻生倒死杀机云涌，棺材店父子相对侃天说地和乐融融。

冬日小风吹得那叫一个和煦，包子说话那叫一个天雷。

“我跟你说，”包子坐在楚非欢膝上，在身后一色黑云木大棺材的彪悍背景里，神态肃然如同师长在教导学生，“我娘那个人，你任何时候都不要太相信她，她真的好恶劣，一天不整人她就好像一旬没洗澡般难受……干爹，你是不是喜欢她？哦，我好同情你，哦，你好倒霉。”

淡淡看了看那个拼命说自己亲娘坏话的“孝顺”儿子，楚非欢道：“我会把你对我的同情如实转告你娘的。”

和包子相处这么久，他也算是知道了，在这个皮厚心黑的小子面前，你千万不能脸皮太薄，因为他绝对不会因为你脸皮薄就良心发现维护你的薄脸皮，他一定哪壶不开提哪壶，直到逼得你的脸皮熊熊燃烧成灰烬为止。

对他，就该用一直以来秦长歌的方式：以牙还牙，以毒攻毒，绝不防守，坚决反攻。

“不要吧……”包子果然立刻颓然，“爱告状的孩子不是好孩子……”

没讨到便宜的包子决定换个话题，眼珠一转，叽叽歪歪揪住楚非欢继续唾沫横飞——他就是存心的，他就是不想让他睡觉，谁叫除了娘，只有干爹一个肯仔细听自己说话？搜索枯肠找不到什么新话题，干脆开始回忆当年——当然，对芳龄四岁的萧太子来说，所谓当年，也就是和秦长歌初遇那时辰，半年前罢了。

“……第一次遇见你那次，咱还不认识你，娘娘腔王爷在杀人，我问我娘为什么不救，我娘和我说，因为咱们没有能力救，她还说，假如有一天她遇险，而我救不了，也不许我救……”

楚非欢挑起眉，静静看他。

这是秦长歌的风格，但是，萧太子你，真的这么听话？

你若真的这么听话，我倒要重新审视你了……

“后来我仔细想过这话，”萧包子手一摊，“女人就是没见识，你瞧她说的什么话？”

……

“我要是看见自己娘倒霉了还不救，我还是个男人吗？”包子越说越愤怒，“她这是在侮辱我作为男人的尊严！”

一直在旁边倾听的祈繁对天翻了个白眼，太子爷，好像，大概，也许，你现在真的还不能算男人吧？

“祈繁！”

一声大喝突然惊破祈繁的腹诽。

抬眼望去，楚非欢没来由地心口一紧。

门被砰的一声撞开，容啸天满面愤怒地冲进来，形容苍白酷厉，左臂血迹殷然，嘶声道：“有人使计……我的人死了大半……人没拦住……”

院内数人霍地站了起来。

祈繁起得太急，砰的一声带翻了凳子，他自然知道“人没拦住”代表什么意思，想着假皇后出现有可能引发的严重后果，冷汗自额头密密渗了出来。

“怎么回事！怎么会这样？”

“来不及说了！”容啸天顿足，“先去救人！”

“救人！怎么救？”祈繁怒道，“你当金銮殿是棺材店，说去就去！”

将翻落的凳子扶好，他颓然坐下，以掌支额，喃喃道：“一招错，满盘皆落索……已经错了一步，不能再错，必须拿个周全的章程出来才能救人，因为我们已经没有机会了！”

楚非欢一直以手抚胸，淡淡遥望着宫城的方向，对他们的对话恍若未闻，少顷，将目光缓缓放下，轻轻落于满面茫然的萧溶身上，道：

“现在，是你兑现你刚才诺言的时候了……溶儿，你娘遇险了。”

“什么？”萧包子一惊，转目看看众人凝重神色，突然大怒，一脚踹翻了自己的小凳子。

“我的娘，我欺负，别人，不行！”

第一百零五章

牛诗

太陛天牢，巍巍高墙，深深铁壁，高墙四周有深达数丈的壕沟，沟中俱是足可令一个大活人转瞬化为白骨的“重水”。四角有瞭望高塔，高塔之上东、南、西、北四个方位，长年累月搭架着西梁皇朝最彪悍也最为先进，由当年开国皇后师门“风羽神弩”改造而成的“追风弩”，并在整个墙体及内牢设置机关无数，设铁甲重兵三千，昼夜拱卫，灯火步声，永远不灭。

更奇异的是，这座牢，是没有门的。

说没有门也不尽然，门户是流动的，暗藏于四壁高墙之内，每日机关排列不同，门户位置也不一样，必须掌管太陛天牢的三位最高首领同时到达，各自对上自己掌握的那部分的机关，才能开启——这也是英明神武、算无遗策、心思狡诈、神鬼莫测的开国皇后本人，在前元旧牢的基础上设置改造的。

这是天牢中最高一级的牢中之牢，关押的都是涉及军国和皇室的要案重犯，基本上，据史书所载，数百年来进入这座号称“铁狱”的重牢的人，虽然寥寥无几，平均五十年接客一次，但是从没有活口出来过。而曾经在这座铁狱待过的要犯，最低标准也是郡王，其中前元以宗族之疑掀起滔天血案，弑君未成而杀人数万，以成山白骨建造王府最后被亲人刺死，死后赐号“枭”的雍王元蔚，就是此牢大名鼎鼎的住客之一。

能与这些历史上臭名昭著的凶人一同列席于此，成为太陛天牢牢犯名册上以朱砂书写的成员名册中的一员，秦长歌觉得，作为小宫女明霜，实在非常光荣，作为真身睿懿——算了吧，那真的很糗。

一线月光，从牢顶那扇小得不及包子臀部尺寸的窗子泻下，在同样是铁质的地面上涂抹上一层暗淡的浅灰，秦长歌瞅瞅那以赤河明铁建造的窗子，再瞅瞅以纯铁制造，连挖个洞都不可能的牢房，大骂设计者厚黑无耻——她又忘记这牢房的改造是她老人家的手笔了。

好吧……全是铁的也有个好处，就是绝对没有老鼠。

不仅没有老鼠，连声音，也绝对不会有。

秦长歌非常阴毒——当然这是强调了很久的事，已经无须赘述了。她早在前前世就知道，绝对的寂静对人的精神意志的摧毁力是无比强大的，除了早已习惯无声的聋子，正常人在完全黑暗无声的环境中超过一定时间，会产生很多奇异幻觉，最终很有可能导致神志出现问题。所以她规定，牢房四周不许人靠近，不许发出任何声音，保持绝对的寂静，直到逼疯犯人为止——这真叫自作孽不可活。

其实萧琛如果不急的话，只要把头顶窗子命人给关上，最多等上一周，就算秦长歌心志比较强大，在此刻没有丰沛内力护住心脉的情况下，只怕也难免如他所愿地出点精神问题。

嗯……也许等下就有人来关上窗户了。

四周很安静，如同深水、冷渊、墓地般地安静，是那种很容易使人联想到白骨、鲜血、幽魂，无声飘荡的鬼火、记忆中以为早已忘却的不欲面对的往事的安静。

……绝对的静默里，远处突然隐隐传来敲击的声音。

单调、枯燥，而又奇异。先是有一定的节奏，随即便凌乱无序，凌乱一阵子后，又开始了有节奏的敲击，那频率十分古怪，在这极度的寂静里，缥缈迤逦，游丝浮云般捉摸不定，明明只是普通的敲击声，在压抑黑暗烦乱之中的双耳听来，却宛如心中执念之人的呐喊，宛如慈母游子求归的呼唤，又或者是女子的娇啼和男子的叹息，响在空旷冷寂的飘摇夜风中，如真如幻，似是而非……引得人忍不住竖起耳朵，要去细细聆听。

……一线幽光里秦长歌熠熠双目，宛如夜明珠般光华迫人。

她突然冷笑一声。

爬起来，歪歪扭扭地摸到墙边，试了试，果然，这种铁表面不平，一划一条白印子。

秦长歌把指甲在墙角磨了磨，磨成尖锐状，很认真地刻：

“傻帽明霜，到此一游。”

想了想，又继续刻：

“老婆当面也不识的傻帽加一级萧胤成，我诅咒你迟早到此一游。”

胤成，是萧玦的字。

偏着脑袋想了想，秦长歌皱起眉头，喃喃道：“傻帽加一级，我怎么觉得有点不对呢？你在玩什么把戏？”

摇摇头，算了，懒得理他。

再想想，又刻：

“小叔子，以下这段话写给你，我想你迟早都会看见，你不想看见我也一定要让你看见，对了，白话文你看懂不？你那么聪明，小事一桩，我就不翻译成古体了，我还得留点力气对付你等下的暗杀呢——小叔子，当年石板桥上的霜，很冷吧？当年你哥舞剑，很美吧？你在心里记了这么多年，你何必呢你？你是觉得，你哥也一定记得是吧？咱不撒谎，你哥是记得，但他的记得和你的记得根本不是一回事，你何苦来呢你？难道没人告诉过你，哥子尽管骗，嫂子不可欺？

“你招惹我了，”秦长歌写得兴起，继续写，“我不想招惹你，你却招惹我了——当年是这样，现在也是这样。其实你我心里都有数，真正动手的不是你，你顶多算个外围人员，我老人家告御状，要的也仅仅就是逼你老实给点线索，要知道我老人家做事从来不喜欢按常规来，报仇非得告御状解决？我这仇御状能解决？哼！可是不知道你是不肯吃亏的性子作祟呢，还是你有啥难言之隐呢？你宁可滥杀无辜也不肯开口——你在隐瞒什么？小叔子，你可知欲盖弥彰？你可知匣剑帷灯？你可知论起阴谋诡计你嫂子谦虚第二便没人敢称第一？你会后悔的，真的，你嫂子不说大话，别看咱现在在太陛天牢，你在富贵王府（其实我看你现在也不在王府，你没空，你得安排怎么杀人如草不闻声地解决我呢，你比我忙，辛苦辛苦——不过我敢打一块钱的赌，赌你一定白忙）但是迟早我会让你换个地方待着——虽然你不心疼我但是我心疼你，这里太冷，你冻死了你哥这辈子又要做噩梦，我决定了，你去安平宫吧，专门幽禁亲王的冷宫，欢迎你成为安平宫第一个西梁皇朝王族的光荣住客。”

心疼地收回手指，秦长歌哀怨地看着自己纤纤十指给磨成了光秃秃的平面，大恨，再添一句：“我好容易养成的指甲都为你磨没了，你拿你的王府资产一起赔你嫂子，还有你侄子，快要过生日了，你给送幢别墅吧？谢谢。”

算算时间，又偏头听听，秦长歌换个手，继续写，这回默写诗词，同时很有素质地注明转载：

“犯强汉者，虽远必诛！犯睿懿者，虽猛必推！”（汉武，睿懿）

“问君能有几多愁，恰似一群太监上青楼。”（李煜原创，网络牛人改编）

“天若有情天亦老，我只怕你等不到。”（李贺原创，网络牛人改编）

“自古美女多夫君，长使英雄泪满襟。”（杜甫原创，网络牛人改编）

“为人进出的门紧锁着，为狗爬出的洞也锁着，一个声音高喊着：他妈的，都锁着？”

“莫愁前路无仇家，只怕身后有情敌。”

“爱国爱家爱包子，防火防盗防小叔。”（睿懿原创）

……

一边写一边大笑，秦长歌得意扬扬正写得兴起，头顶突然哗啦一声，微光一黯，宛如星火跳跃一霎随即归于沉寂，整座小小铁牢，顿时沉入极度的黑暗寂静之中。

秦长歌笑容一敛，刚才的得意癫狂之态已经不见。

刚才极度寂静里突有声响，立时引起了她的警觉，那声音细微却古怪，引人沉溺，秦长歌初初听了几声，便发觉这是控人心神的“音杀”之技！

“音杀”是流传于武林史上的奇异武技之一，据传最早由“音魔”完颜沁霖所创，完颜沁霖死后，此技渐渐不为人所知，但秦长歌知道，当今天下还是有几个门派会这门绝技的，这几个门派，大多是那位风流绝世的完颜音魔的情妇小妾后代，当然，千绝门不是。

音杀杀人，方式有好几种，有引人躁狂的，有诱人内心黑暗的，有使人自断心脉的，这都是对付武功高强之士最有效果的手段，而最不为人所知的，连秦长歌也从未见识过的，却是利用外力所辅，大面积杀人的“群杀”。

以极度黑暗寂静为辅，诱使不会武功之人出现幻境，自寻死路。

比如，今夜明明应该超级寂静的太陛天牢外，突然传来的异音。

今夜太陛天牢关押的，都是不会武功的人。

对方，真是好生强悍啊，强悍得连秦长歌都不得不第二次佩服——短暂时间内，居然能找准杀人的最佳方式，居然能找到会这门几乎失传的杀技的人，毫无痕迹、不动声色地便可以解决掉这批犯人。

看起来，也就是犯人不堪压力自裁罢了。

连怀疑都不会有，因为睿懿同学的天牢设置，本就是让人有进无出，功能就是要你或压抑或疯狂而死。

对方只是巧妙利用了这个功能，把时间提前了一点点，因势利导而已。

天衣无缝、不落痕迹的杀人方式，得手真的是分分钟的事情。

可惜对方不知道主犯是秦长歌，那个阴险毒辣、见识广博、遇强更强、遇弱扮弱的腹黑狡猾人物。

几乎在辨认出音杀之技的那一刻，秦长歌就知道自己绝对不能在黑暗中养精蓄锐了，这个时候安静聆听，就会被黑暗和异声交织成的杀人之网笼罩，一步步被引导入死亡陷阱。

必须找点事情给自己做，必须思考、分神，以自身思维的发散，将外来干扰拒之门外。

她在墙上揭露萧琛，是思考，厘清心中的疑惑和思路；胡言乱语，是为了引发自己对前世的回忆，信息量丰富的前世经历，有许多事情可以慢慢咀嚼。

音杀？滚一边去。

唯一可惜的是，睿懿同学太狠毒了，把牢房设置成一进一出的齿形形状，每间牢房都隔音并有距离，声音无法传出去，否则秦长歌敲击铁壁发出声响干扰，还能救救其他无辜的证人。

他们……都死了吧……

秦长歌微微叹息，嗯……出去后，要拨点银子照顾好人家的夫人、儿子、小妾、情妇、银子、庄园了……

刚才自己在墙上写搞笑诗词，大笑之状，想必已经落入有心人眼里。

他们定然摸不清自己到底是真的癫狂了，还是仍处于清醒状态，最起码现在自己还没死，对方就绝不罢休。

关窗，是下一步的暗杀计划吧？

接下来，会发生些什么呢？

黑暗中秦长歌一双平日里春水般的眼，闪着黑狐般狡诈幽魅的光。

长而幽深的密道，设计精妙地留着不为人发现的通风口，以至于明明不常启用，却不显憋闷。

黑色的甬道铺着结实的青石板，落足于其上的声响，被放大了无数倍，在密道中回荡。

足音响起之处，一团漆黑中，渐渐浮现出数条人影，当先的，小而圆。

自然是效法目莲救母的萧太子驾临了。

包子杀气腾腾，一马当先，雄赳赳、气昂昂行走在杀往皇宫的密道上。

他这回很从善如流地在脑袋上绑了根红带子，是偷的祈衡最近新换上的胭脂红汗巾——大约又是他哪个相好送的，包子觉得那色泽不错，很能体现他现在悲愤的心情，顺手摸过来了。

他真的很生气，非常生气，因为干爹告诉他，有人冒充他去骗人，娘去拆穿被关起来了，这还了得！这世道咋这么颠倒呢？盗版的也这么嚣张？他萧公子这般玉树临风、神采飞扬，满城春色关不住，一树梨花压海棠，虽说难免被倾慕自己的人模仿，但模仿到欺负他老娘——有没有搞错？不知道要尊重原版？

他悲愤地恶狠狠走着，恨不得一步踩一个洞——踩在盗版身上。

祈繁推着楚非欢的轮椅，带着凰盟手下跟着，刚才他在栈渡桥下看见密道时，顿时恍然当年楚非欢是如何逃得生天了，不由得心里微微有些硌硬——这么重要的密道，先皇后怎么从来没和我们说过？

一转眼看见楚非欢正怔怔看着桥侧桃林，神情里别有幽凉，眉目间深深楚云，淡淡星光，却是人远天涯近，宛如明月遥照空床。

……那年栈渡桥上，迟桃花下，你我共享的秘密，终将被更多人杂沓的步声惊破。

我总在不断失去……但望因此你能得到。

轻轻嘘一口气，楚非欢进入密道后，神情已经安静下来了，依祈繁的意思，留下一部分人护送他们去见萧玦，另一部分人就去救秦长歌，因为萧琛无论如何也不会放过她的。

默然半晌，楚非欢淡淡道："救不了的。"

祈繁一怔，诧异地看他："你的意思，不必去救？"

楚非欢默然……她现在是无恙……但是……接下来他不知道。

他已经错过一次，确实不敢再拿她的性命安危，去赌自己那份无可解释的感应的准确性。

只是……太陛天牢的设置，她只在当年极其简练地和他说过一次，他虽然记得，但是现在已经没有实行的可能。

当年她曾和他说过那门户在没有钥匙情况下的解决办法——必须有两个武功绝顶之人，内功一阴一阳，心意相通，使用手、肘、膝盖、足尖同时开启暗锁，全身可以使力之处都必须元转如意。当时她就说过，普天之下，大约也只有她和自己合作，方能潜入太陛天牢，如今她和自己一番磨折，一个在牢内，也没了武功，一个肢体已残重伤无用，还能做什么！

长歌……再坚持一会儿……等我。

他吸一口气，仰首，似乎想从根本看不出天日的密道穹顶，看见太陛天牢内的情景，看见心心念念挂记的人。

然而最终只是决然道：“是，不救。”

抿了抿嘴，祈繁目中掠过一丝微怒和迷茫之色，然而想了想，他终究无奈叹了口气。

“好——咱们全力助你，潜入龙章宫。”

龙章宫正笼罩在一片紧张焦灼的气氛中。

今天下朝后，陛下亲自抱着个女子进了寝殿，后面还跟着个哭哭啼啼的幼童，一迭声地唤着传太医。太监、宫女们赶上去安置，陛下根本不给他们接手，亲自将那女子安置在龙床上，有宫女上前侍候茶水，一转眼瞥见那女子的脸，吓得一激灵将茶盏打翻在地上，立时被陛下一脚踢了出去。

太医院的太医，只要在班的通通被于海跌跌撞撞地拽了进来，当先的医正头也来不及磕便被萧玦一把扯到了御榻前，跪在榻下的太医正待为女子把脉，无意中看见那女子的脸，手一颤险些从她手腕上滑下来，幸亏这是个精明的，赶紧装作沉思掩过了。

然而被萧玦目光灼灼盯着的太医，最终渐渐冒出冷汗来。

这叫什么症候？

脉象正常……气机却低弱，怎么会出现这种状况？

一个个轮次把过了，皆面面相觑，僵木着脸不敢言语。

萧玦目光四处扫射一圈，从他们神情中早已看出端倪，怒道：“你们尽发什么呆？开方子！”

“是是是……”一堆人挤头碰腿地挨到外间，咬着笔苦思冥想，半晌方子递了上来，萧玦匆匆一阅，脸色立时铁青——有的发散有的收敛，有的温补有的驱寒，有的提升有的挞伐……竟是自相矛盾，没一个相同的，狗屁！胡开药方！

那孩子看他脸色，哭得越发伤心，萧玦听得焦躁，伸掌一拍，一沓厚厚药方立成齑粉。

“滚！都给我滚！”

一群人连滚带爬立时作鸟兽散，连侍候的宫人也被那龙卷风般的怒气裹挟得站立不住，低头控背匆匆离开了寝殿。

大殿内，只剩下了一昏一哭一怒的“一家三口”。

萧玦怒气未消，重重在榻前坐了，就着飘摇烛光细细端详床上的苍白女子，明黄丝幔下那女子素约腰身，宛若轻云，玉瘦香浓之姿，便是处此荏弱昏迷之态也不掩风韵……这般看着，脑海中浮现倩影幽幽，渐觉心跳加快，心中模模糊糊地想，长歌一别几年，当初的清傲少了几分，风姿却是越发地好了……

夜长帘幕低垂，彤阑深处明烛幽幽，帘外风定了落花，大约又是一番拥红堆雪。小偏殿不知谁在生火煮茶，那香淡而幽深，似有若无，勾魂牵肠之处，犹如此刻面对思念多年的伊人……

不知何时，那孩子的哭声已经消失了，龙章宫，笼罩在一片寂静之中。

烛影摇红，将一切映得如同幻梦，萧玦也觉得这似乎都不是真的，大约真是一场梦吧……那么无声地离去，再那么突然地在我绝望的时辰出现……除了梦，除了上天感应到我日夜的思念和呼唤给了我一场分外绚丽的梦之外，还能有什么更好的解释呢?

我和你，别离了太久，太久……

烛光下斯人在目，如此真实，那般沉静的神态，仿佛在昭告一场不可错过的邂逅。

黑发垂落，目光里思绪万千，萧玦的手，缓缓而温情地，欲待抚上她的脸……

“报！”

急切的男声打破这一刻无可言说的心事。

萧玦回身，长眉皱拢一起：“何事？”

“回禀陛下，翠微宫先前潜入刺客，御林军和内廷侍卫已经赶去，微臣特率队来守护陛下。”

“朕不用你们保护，”萧玦不耐地一挥手，“哪里有刺客就该去哪里，龙章宫禁卫森严，何须担心！你再带一批侍卫，亲自查探！”

“陛下，宫中潜入刺客，龙章宫不宜再抽调侍卫——”

“这是旨意！”

听着他语气坚决，帘外的侍卫统领不敢多言，叩首退去。

被这么一打扰，萧玦心中先前的模糊朦胧迷思反倒淡了些，一眼看见那孩子怯怯地站在殿角看着他，不由得心中微微一动，微笑离开龙榻，坐到外殿椅上，招手唤他过来。

那孩子现在倒没了先前的朗然大方，目光羞怯地蹭过来，萧玦执了他的手，目光温和地细细打量，半晌叹道：“是像我……”忍不住便要去抚他娇嫩的小脸。

“摸什么摸！”

平地乍起霹雳！

一声彪悍的大喝。

接着便见帘子稀里哗啦一阵乱晃，离海名贵珍珠帘被拽得珠子满地乱滚，有人毫不顾惜地踩着一地珠子气壮山河地冲了进来。

横眉竖目，红巾飘扬。

不待萧玦反应过来，萧太子一指西贝货，问随后进来的楚非欢："是他？"

身后侍卫团团涌出来，愕然地看着这不知从哪儿冒出来的两人，惊讶之后想起自己的职责，急忙冲上来要将两人拿下，却被突然无声无息出现的一批黑衣人齐齐拦截下来。

刀来剑往、寒光闪耀、喊杀嚷叫的背景里，楚非欢神情淡漠地颔首："对，就这人。"

包子一捋袖子，上前一把揪住那孩子。

"去逑吧你！"恶狠狠地将他一推，"就你这歪鼻子斜眼儿，学我？你忒丢我人了，去你的狐狸洞里再修炼个三百年再来！"

将那孩子推倒在地，犹自不罢休，用靴子在他脸上擦啊擦，得意地仰天大笑。

"踹倒你，再在你脸上擦靴子……臭娘说爽的事果然爽！"

擦了半晌，擦到那孩子大哭起来，包子才鄙视地收回脚，看着一直一言不发、若有所思盯着他瞧的萧玦，在自己的小袖囊里掏了半天，掏出一张皱巴巴的银票，手一摊。

"皇帝大人，我还你甜糕钱，你还我娘来！"

……

盯着那银票，萧玦突然笑了笑。

也不接，却看向楚非欢，半晌感叹地道："你来了……三年前，她去，你失踪，三年后，你在另一个人身边出现，朕知道你的存在的时候，便已经开始怀疑……现在，朕是不是可以证实心中所想了？"

楚非欢缓缓抬起睫毛，目光射向萧玦，一坐一立的两个男子，目光相击的那一刻，隐约中似有火花溅起，楚非欢目光中愤懑一闪而过，最终淡淡答："如您所愿。"

无奈啊……如果自己武功还在，何至如此？何必如此？

何至于明知结果多半如此，还是不敢冒险，将溶儿送进宫，促成他一家团圆？

往事旧怀抱，他人嫁衣裳啊……

……也罢，现在自己这个样子，能给她什么？倒是他，威权日重，心术也有所成熟，勉强能配得她了。

自己的守护，还能多久呢？

楚非欢一抹寂寥如远山，萧玦却很痛快地笑了起来。

笑完之后却又深深露出一抹寂寥悲伤之色，怔然半晌，喃喃道：“朕是快要流泪了……可是除了你的红巾翠袖，谁的朕也不想要。”

他似喜似悲地一叹，往后一退，坐到榻上，对包子伸臂一张。

“儿子，来，叫父皇！”

第一百零六章

半面

天窗关上，万籁俱寂，黑暗浓厚如酽墨，凝结成一团宛如实质。

困在黑暗中的人，渐渐被黏腻沉滞的空气包围，犹如困于泥浆沼泽中的躯体，越挣扎，下陷得越快。

太陛天牢，相较于龙章宫那一番小小的尔虞我诈和带泪的欣喜与温情，此刻正如夜色一般肃杀而森冷。

秦长歌懒懒地四仰八叉地躺在铺了稻草的铁床上。

手压在身下，慢慢地做着动作。

第二波暗杀，应该马上会来，其实自己如果装癫狂，按照最正常的程序把脑袋往墙上撞撞装死，想必效果很好，可是秦长歌超级疼爱自己，舍不得自己的精贵脑袋擦破哪怕一点点油皮。

那就只好费点功夫了。

舒舒服服躺着，身下的稻草很厚、很软、很韧性，很合自己心意，待遇不错啊……秦长歌疑惑地想，这草气味清香，柔软温暖，触感舒服得很，好像是赤河出产的龙絮草，这东西产量少，这么一大蓬，绝对比被子要昂贵多了，太陛天牢囚犯待遇这么高级？记忆中好像自己没有这个规定啊？

又想了想，做小动作的手突然僵了一僵。

萧玦！

你诈我？

秦长歌小火噌噌噌地就冒出来了……你诈我没关系，你大脑开发有所进益咱也替你欣慰，可是你既然开发了为什么不开发得完全点？你真的以为太陛天牢这样的地方绝对能保护我？

秦长歌将朝堂上的细枝末节仔细地想了想，沮丧地发现，儿子这回大概真的要姓萧了……

无奈地叹气，秦长歌挠墙，一失足成千古恨，赔了儿子又折名啊……

……嗯……怎么还不来？

这人是个慢性子？还是喜欢做好充分的准备好对付她？

爬起身，秦长歌一不做二不休，开始在墙上画图。

南闽舆图……歪歪扭扭如一个倒穿的靴子……一片郁郁森林……遍地三目妖蛇……大片大片的波浪席卷而来淹没群蛇……有人在波浪中挣扎呼号……张开的嘴里涌出蝎子、蜈蚣和奇奇怪怪的虫子……

秦长歌画得线条简单而妖异，图案不复杂，却隐隐有杀伐鼓动之感，灭绝妖世的力量仿佛在这些简练的线条里滋生，明灭跳动似要破壁而出。

……如果我没猜错的话……你这个南闽彩蛊余孽中的超级老大，看见这幅关系彩蛊教四年前覆灭之谜，关系你彩蛊那许多人的生死的图画还能无动于衷，你就不是人，你是范跑跑！

画完，秦长歌手一甩，偏头呵呵傻笑了笑，声音撞在墙壁上，溅开来四处乱窜，满室都是呵呵呵呵的又尖又诡的笑声，听来颇为瘆人。

然后，秦长歌爬上床，用稻草结成一个圈，一头套上自己的脖子，一头套在铁床头的铁柱上。

黑暗中，她的身影慢慢坐起，坐成直角，草绳翻转，隐约有什么在绞紧，随即，黑发掩散的雪白头颅，缓缓垂下。

夜静无声，皇宫深鼓，传不入这一方暗昧天地。

……

头顶天窗，没有被拉开的声响。

却突然极其诡异地慢慢显现出一只手的轮廓。

形状优美，看起来也不大，以一种温和的，仿佛只是在缓缓浸入水中般的闲逸姿态，先是出现轮廓，然后穿破，伸了进来。

然而这不是水，这是明铁。

明铁能反射光线，却极其坚硬，寻常刀刃都无法留痕，现在却如稀泥般，被人轻若无物地穿透。

那手穿透明铁天窗，轻轻蜷起，以一个流畅自然仿佛在抹墙粉刷般的姿势，随意一转。

那坚逾精铁的天窗，突然就不见了。

随即，一个身影，宛如一朵落花般，飘飘悠悠荡了下来。

那身影飘落时，身周绽开无数上扬的细丝，轻柔飘逸，宛如一朵妖异巨大的曼殊沙华，在窄小牢房中无声坠落。

仔细看来，原来那是她的长发，长可及地，黑瀑般散落全身，她明明穿的是嚣张的红衣，看起来浑身却都裹在黑色里。

她很瘦，腰细得似乎风吹得紧一些也能吹断，姿态因此十分轻盈，凌波微步，罗袜生尘，长发垂落，掩映了她半边容颜，露出的那半边，眼好像太细了些，嘴好像大了些，肤色似乎也不十分雪白，只是一种流动的晶莹的琉璃蜜般的颜色，然而结合在一起，却组成魅力惊人的五官效果。那种风情仿佛是会游弋的，无声无息，无处不在，随风潜入动魄无声，看见她的人，也许真的不觉得这女子第一眼很美，但是会忍不住看第二眼，看第二眼的时候才恍然发觉，原来第一眼已经拜倒在她无限蛊惑的绝媚之下了。

蕴华也美，那种风情也有些相似，然而和这女子比起来，就像及笄丫头初学风情对上风月场中滚爬多年绽放得恰到好处的花魁，根本没法比。这女子的媚，已经不在容貌，而在骨、在神、在发，在全身上下的每一个细节，那种惊心动魄的艳，是能灭了一国，倾了天下的。

她眯起眼，仔细瞧着“吊死”的秦长歌，又四顾一周墙壁上的胡言乱语，目光着重在图画上落了落，半晌收回目光，极其慢吞吞地向前迈了一步。

这一步，她全身的长发突然全部扬起，那被黑发遮掩着的另外半边脸，也露了出来。

……无盐、嫫母、夜枭……焦黑的横裂的绽开的失去表皮的肌肤……乱成一团辨不清的五官……只剩一个扭曲的肉洞的嘴……拿什么恐怖恶心的词来形容好像也不够展示这半张脸的奇丑。

半是天仙半是罗刹，极度的美与丑，交织成惊心的效果，月光从毁去的天窗倾泻下来，照在她的脸上，突然黯了黯，好像也被吓得唰地回避开去。

她却只是缓慢地、怡然地行来。

停在秦长歌面前，也不急着去看她，突然微笑着，轻轻唱起歌来。

声音轻细，也并不如何优美，甚至比正常人的频率都慢上半拍，但是每个语调都带着与众不同的韵味，每次起伏转折，都令人不由自主集中精神要去追随。

“……薤上露，何易晞，露晞明朝更复落，人死一去何时归……”

“蒿里谁家地，聚敛魂魄无贤愚，鬼伯一何相催促，人命不可少踟蹰……”

《薤露歌》《蒿里曲》。

专用于葬礼的音调凄凉诡秘的丧歌，从她口中飘飘摇摇地唱出来，居然带着几分调笑的意味。

她又是行前一步。

这一步，好像是从左边向秦长歌身前跨的，不知怎的，却突然从她身后绕了过去，到了铁床上方。

斜眼一瞟秦长歌，她笑赞：“好耐力……”

衣袖一挥，身形婉转如九霄飞天，铁床上的草，突然全部腾飞而起，干草清淡的香气散开来，香气四溢里，一张简易的，却纵横阡陌别有玄机的草网，被哗啦啦卷起！

网的顶端，连着秦长歌用来上吊的草绳。

“九宫杀阵……在这方寸小铁床上，你居然能以草绳结就九宫阵，只要我靠近你，你将脖子上草绳一扯，我便入了你的彀中……真好，真有趣……”

女子静静看着秦长歌，一足悬空踏在铁壁上，衣袂飘然居高临下地俯视着她，

后者知道这回遇上劲敌了，再继续装死就是白痴，缓缓抬头，向她咧嘴一笑。

手指搁在草绳端，秦长歌温柔地、不怀好意地笑着。

“休夸此地无美女，只得佳人半面妆[①]……啧啧……您长得真有个性啊……嗯，人是人他妈生的，妖是妖他妈生的，您呢？恕我眼拙，请问您是哪个物种的后代？”

“我是我娘生的，”女子居然并不动气，只是缓缓道，“喜欢这妆容吗？想试试吗？我不介意亲自替你梳妆的。”

“我本凡人，怎能妄想向天仙或罗刹靠拢？”秦长歌肃然，“您原先一定是九霄仙子，然后一不小心失足了，栽下来了，左脸先着地了，是吧？”

“嗯，”女子巧笑嫣然，“你猜得真准。”

……

秦长歌被堵得一个倒仰，差点就溃不成军了。

强悍啊……终于遇上一个强悍变态可比自己的人了……可是在这个时候遇见？

---

①“休夸此地无美女，只得佳人半面妆”，是俺改编了李商隐的《南朝》诗：“休夸此地分天下，只得徐妃半面妆。”徐妃，徐昭佩，南朝梁元帝萧绎妻，性诞狂，《南史·后妃传》载：“妃以帝眇一目，每知帝将至，必为半面妆以俟，帝见则大怒而出。”简单地说，就是这夫妻感情不好，丈夫是独眼，妻子便只在半张脸上化妆，讽刺丈夫“反正你就看得见一半”，秦长歌这里是讽刺这丫只半张脸像人。

太倒霉了……

说句实话，揭人疮疤、胡言乱语这种没素质的行为，秦长歌是很不喜欢的，可是现在没有办法，不以言语刺激得她靠近贸然出手，她就根本无法自保。

可惜对方早看穿了她的打算，抬抬手就把她给封杀了。

秦长歌重重向床脚一靠，深深俯首，叹气。

“你还想说什么？”女子有趣地看着她，“引我入阵也好，拖延时间也好，我都不打算成全你。”

她双臂一震，半面绝色半面鬼魅的脸上，七色彩光一闪，满头乌黑如缎长发突然全数直立而起，那头发一缕一缕，宛如无数条黑色妖蛇般扭结在一起，在半空中昂首、吐丝、偃伏，灵活如有生命般，咻咻连声，穿入那九宫草网中去，一阵啪啪微响，黑暗中七色火花连闪，草网腾起氤氲的刹那，经脉立刻被一点点挑断，发丝与草同时化为烟尘弥散在黑暗中，淡灰雾气里，清淡的草香和发上幽幽的玉簪花香越发浓烈。

与此同时，那女子一声轻啸，剩余长发呼的一声如一把巨大的黑伞在她身后张开，几抹黑光如流星奔来，其中一根最粗的发蛇闪电般穿越烟尘，啪啪啪地绕着秦长歌脖子，快捷迅速地一连缠上几圈，另外几根，牢牢将秦长歌手足绑个周全。

叹了口气，秦长歌终于知道这女子是怎么进来的了，人家练的不知道是什么奇异功夫，一缕头发就是一只手，比千手观音还强大，比蜘蛛侠还彪悍，一出手等同十个人出手，还有什么搞不定的?

“美人……”那女子好怜悯地看着秦长歌，“我送你去做九霄仙女。记得，上去后要谢谢我，顺便帮我问一下，我娘是人还是妖。还有，到时可千万不要失足，脸先着地就不好了。”

她好同情地微微一甩头，将发绳绞紧。

“……叫父皇？”包子挺胸腆肚地站在龙章宫满地珍珠上，偏着脑袋看了萧玦半晌，先将掏出的那张银票收回去，又慎重思考许久，问，“有红包吗？”

……

萧玦瞪着他，良久喃喃道：“瞧给教成了什么德行……”随即展颜一笑，道，“有。”

他先看了榻上蕴华一眼，又看了看楚非欢，做了个口型，又比了个点穴的手势，楚非欢目光在蕴华面上一扫，无声地道：“此女有蛊，专克男子，你我现在不宜亲自动手，静观其变。”

萧玦点头，牵着包子来到外殿，一指身后《西梁舆图》，道："这张图上所有囊括的江山臣民、物产疆域，都是父皇送你的红包，大不大？"

"哼！"不料包子根本看不上，大摇其头，"这图太小……我娘都是拿整个内川大陆的舆图给我擦屁屁的，今天擦东燕，明天擦北魏……她说天下尽在我一股间，那才叫豪气。"

……

哑然失笑，萧玦无奈地对楚非欢道："虽然朕不明白她是怎生换了身体，大约是夺舍[1]？不过这语气德行，普天之下，你看，哪还能有第二人？"

"陛下，我不知道你在高兴什么，"楚非欢目色沉黯，不看他，只是低声静静道，"你是在高兴因为你的挤对之策，逼得她被困，逼得我将太子送来与你相认，而你一家从此团圆，皆大欢喜了吗？"

怔了一怔，长眉皱起，细细审视楚非欢，萧玦道："楚先生，你是她身边朕唯一认识的人，当年你也熟悉朕，朕是什么样的人，你多少也该知道点，你不该说这样的话。"

"人是会变的，"楚非欢淡然道，"谁都难免。"

萧玦目中涌现一丝怒色，眼光却随即落到楚非欢腿上，萧玦目光一闪，强自抑制着将怒气慢慢平复，道："朕知道你有不满，但是你放心，朕也就是将计就计而已，既然冒出了个假冒的，连儿子都作了假，她那性子怎肯坐视？朕也没想到她还是不肯开口，反倒骑虎难下……太陛天牢说起来可怕，其实现在对她最好。你知道的，那地方，谁都进不去，她能有什么危险？马上朕就亲自去接她出来。"

"她实有难言之隐——"话说到一半楚非欢突然顿住，愕然转首，烛光下他神色突转苍白，紧盯着萧玦，艰难地道，"你刚才说——你将计就计？"

"嗯？"萧玦为他神色所惊，"是，哪里不对吗？"

冷汗从楚非欢额头密密冒出来，他疾声道："那么说，这个假皇后能够来到金殿，不是陛下您的安排？"

"朕为什么要安排这个？"萧玦愕然，"朕是看见她，心中有所疑，才灵机一动装作相信了她——你什么意思？她来殿上，有人助她来？难道不是阿琛？"

楚非欢听到一半已经霍然拨转轮椅，急急向殿外而去，头也不回地道："这个女子是赵王安排的，但是长歌在叩阍前已经对她有了防范，按说她不应在关键时

---

①夺就是抢，舍就是肉身，夺舍的意思是魂魄抢了别人（也可能是其他生物）的躯体控制权或者是被心魔控制了思维。

刻出现，但是她来了，我们的人回报说是有一批武功高绝而诡异的人插手，手段高妙——刚才我以为是陛下你的安排，是为了诈出长歌身份，所以我没太担心，但是你说你不知道——这就糟了。”

怔了怔，萧玦立时明白了楚非欢话里的意思，有第三方势力或者未可知的敌对势力介入，并且对方手段高超，换句话说：

长歌危险！

唰地站起，萧玦比楚非欢更快地向殿外奔，一边大呼侍卫统领：“夏侯绝！”

呼声未起，身后隔间突然传来笑声。

玲珑清脆，声声悦耳，宛如玉珠撞击银铃，每一声韵律都极其优美。

是御榻上一直昏迷不醒的蕴华。

雪色双袖一展，于萧玦、楚非欢同时转身的一刻，如轻云出岫，飞身而起，蕴华尖声大笑：“晚了……晚了……教姑亲临……她死定了……”

衣袖一挥，挥起一阵五彩腥风，五色氤氲里突探出一双雪白的十指尖长的手，直直抓向跑在最后的萧溶！

萧包子瞪大眼，大骂：“丫的偷袭可耻！”一把抓过身侧的冒牌太子便挡！

与此同时萧玦大喝：“落！”

惊风落雨，华光如练。

一道炫目的金光突然自御榻之上腾飞而起，速度流电追光，迅捷至目光难以辨识，后发而先至，转瞬便到蕴华后心！

大惊之下霍然回首，蕴华拼了命地想要扭转身子，可惜身处半空之中，招式已经使老，如何躲避得及？

“啊！”

一声惨呼，彩光忽收，大蓬鲜血如冷梅般妖艳地绽开来，唰的一声在云母石地面上涂开一道笔触凄厉的写意画。

惨呼声里蕴华直直地栽落下去，跌在自己的血泊里，跌在萧包子脚下。

包子立即蹦上她的身子，在她胸前恶狠狠地踩：“偷袭我？我挤出你的那个什么……什么硅胶？”

萧玦连看也懒得看她一眼，冷笑：“当朕是白痴吗？自作孽不可活！”

楚非欢瞟了蕴华一眼，道：“陛下去太陛，最好带着她，这些人想必是一伙的，也许有用。”

点点头，萧玦一拂袖，大喝：“夏侯绝！带一班侍卫保护好太子！其余人随驾去太陛天牢！”

发绳在绞紧……肺部空气被渐渐挤压，窒息……胸部炸痛……昏眩……眼前发黑……秦长歌努力挣动着，也不能阻止自己的思维渐渐模糊，一片混沌中她开始胡思乱想……自己是第一个被头发绞死的人是吧？还有谁有比较特别的绞死经历没有？嗯……前世里永历皇帝是在吴三桂的弓弦下被绞死的，弓弦吱吱吱地绞紧，皇帝哀哀哀地呻吟……瞧人家韦爵爷形容得那叫一个形象，假如韦爵爷现在在这里，他会怎么形容自己的死法？头发咝咝咝地绞紧，睿懿磨磨磨地呻吟……？

磨磨磨……

这刀咋这么钝呢……这发咋这么坚硬，好比野猪鬃呢？……人倒霉，真是喝凉水也塞牙啊……

快死了……快死了……快……快！

唰！

乌光一闪，在空中划出笔直的一道弧线，秦长歌的右手刹那间挣脱束缚飞抬而起，几乎想也来不及想的，她用力将刀往铁床上一擦！

摩擦生热，火花飞溅！

立时燃着干燥的稻草！

一把抓起燃着的稻草秦长歌就去烧头发！

这一连串动作一气呵成，快如闪电！

火起，映亮女子终于生出讶色的脸。

……先前那女子因为不愿靠近秦长歌做了手脚的铁床，怕她还有什么手段，一直远远地以一足立在铁壁之上，只以灵活如臂的长发对秦长歌施展杀手。她自负功力绝世，束住秦长歌颈项的长发中也贯注了真力，秦长歌这个没内功的，就算拿刀子去割也割不动的，所以见秦长歌刀光扬起，她只是含一抹讥讽的微笑，不动如山。

不想秦长歌这个没天理的，居然不走割发的老路，转去烧头发，她发上哪有防火装置？偏偏为了头发滑顺便于使用，她一向都抹发油。

秦长歌却在一开始闻见她发上玉簪花香的时刻便知道该怎么做了。

她来叩阍，身上怎可能没备武器？太陛天牢进牢时萧玦有心放水，根本不许人对她搜身，而她在墙上刻字时故意用指甲，就是为了麻痹对方，不让人知道她有武器。

先前那女子一出现，她就知道对方能施展群杀必非等闲，何况那女子精明厉害不在她之下，是以她重重往铁床一靠，触动背后事先装好的机关，机簧一动，一柄小刀立时顺着她宽袍大袖的肩部滑落掌心。

她反掌背后，掌心握住刀，刀刃对外，对方发丝捆上她的手的时候，正捆在刀刃上。

脖子被绞紧的时候，她紧紧贴着铁床，利用刀刃和铁床的相互摩擦，慢慢割断那束捆手的发。

怕发丝扯动惊动那女人，她故意装作垂死挣扎，全身都在摇晃。

发断！刀起！击铁！火溅！

油碰着火，那烧起来是很快的。

几乎瞬间，束脖发丝就被烧断，呼吸一得自由的秦长歌顾不得自己颈部也被烧伤，腿还被捆着，横身一滚，先就火烧断束住右手的发，而此时烈风一窒，那女子已扑近。

铁室不过丈许方圆，秦长歌滚无可滚，干脆也不再避让，躺在地上，手一伸，刀光直指对方那半张丑脸，大叫："不是烧伤！"

风声忽止。

那女子的手悬在秦长歌眉心前，不过寸许距离，目光变幻地看着她，缓缓道："你怎么知道不是烧伤？"

好温柔的一笑，忍住欲裂的头痛，秦长歌伸手在她歪七扭八的半边鬼脸上一捏，忽地双手支地向后一蹿，大叫：

"非欢！萧玦！我吃不消了！你们无论哪个，再不出现，这辈子你们就出局！"

第一百零七章

幽禁

那女子一怔，随即一笑，慢慢道："缓兵之计？"又道，"自己解决不了就喊男人？我原本觉得你够厉害，现在看来也不过如此。"

她话声虽然慢，动作却不慢，伸手唰地抓向秦长歌天灵，七色彩光，富贵画屏般舒展开来，炫目如虹！

与此同时，有人大喝："将这个女子好生盘问了！务必将她底细摸清楚！再立刻杀了！"接着便是嗵的一声，人体被狠狠掼到地上的声音。

手指再次一顿，女子缓缓笑了笑，突然喃喃道："……有点寂寞啊……算了。"

她一拂袖，身姿极其轻逸地一转，伸足一踏，人已在天窗外。

秦长歌仰首，也不见她作势，只看见半空中长发一展、红衣一扬，她已如流星般电射出去，随即惨呼声不断响起。

那呼声速度极快，几乎一声接着一声，换句话说，就是这女子杀人的速度也极快，无人是她一招之敌。

一步杀一人，千里不留行！

好惊人的武功！

隐约间听见调兵之声、呼喝之声、弓弩劲射之声、机关启动之声，萧玦厉声布防而楚非欢低声指挥关卡的声音。

秦长歌仔细听着，遗憾地摇了摇头。

如果自己还是睿懿，如果非欢还是非欢，今日便可留下这女子，可惜……

一切沸腾纷繁的声音里，那女子的语声突然清晰缓慢地响起，一字字道：“人，我没杀，这个，我要带走，谁拦，谁死。”

似是为她的话做注解，又是一阵惨呼。

那女子似在踏血前行，语调却平静依旧，其余人的声音里却不可避免地带上了紧张肃杀之气。唯有萧玦和楚非欢两人，一个毫无畏惧继续命兵拦截；一个声音恒定，低声而快捷地一道道安排启动机关，机簧吱吱嘎嘎声响里，无数形状各异的武器携着听来各异的风声，悍厉而杀气凛然直袭目标。

流光星雨，耀亮夜空，人声涌动，飞矢如瀑，火把照红了半壁天空，太陞天牢三千铁甲倾巢而出！

那女子移动的速度听起来仿佛那是鬼魅——瞻之在前忽焉在后，瞻之在左忽焉在右，所经之处要么是惨呼声起要么是暗箭回射击穿铁甲的当当声响。激锐的风声里她慢慢道：“好——不错——可惜没武功——”

声音空旷而幽远，最后一句已经远在数里之外。

她冲出去了。

带着重伤的蕴华，在三千铁甲卫士围攻和机关攻杀之下，漫不经心地冲出去了。

说“冲”出去只怕都不准确，听她那语声，始终平缓如常，大约连气也没喘一口。

虽说御林军和铁甲卫士因为皇帝在场，主要精力放在了保护皇帝上，虽说机关多年未曾使用，开启时不够熟练延误时辰，但是这个女子以一人对千军，抬手漫步，顷刻杀人，那种人命在她手底直如草芥的漠视态度，那种强大到一定程度万物都不在眼底的无谓，真真令人生寒。

大约她今天全部的损失，就是被秦长歌烧断的头发。

秦长歌听得她远去，舒一口气，直直向后一倒，用手指虚空按了按，做了个打手机的姿势。

笑吟吟地对着虚拟的话筒道："半面强人，现在我来回答你刚才的话，要知道胡乱逞强的女人才是最蠢的，何况男人这种生物，你不偶尔依赖一下，他会没有成就感缺乏自信心，不利于他们茁壮生长啊……"

咔嗒数声，三重巨锁的牢门缓缓开启，火炬的光芒被衣袂带起的风吹得飘摇不定，萧玦怒龙一般地卷了进来。秦长歌靠着铁床，懒洋洋地看着他，半晌哑声道："太陛天牢需要再次改造了。"

萧玦冲进来的时候什么都来不及想，只想快些确定她此刻的安全，如今被她那双永远微笑平静、寒意深藏的眸子一瞧，满心的焦灼和热切立时如遇冰雪般，熨帖地平静下来。

平静之后，那种细微却又澎湃不休的激越情绪，再次从血脉里激起，宛如怒涛拍岸般不住拍打心房，这种极其熟悉却又睽违已久的感觉，自他初见小宫女明霜后，一次比一次明显浓烈。反倒昨日大仪殿上，对着比明霜更像睿懿的假皇后，那种深埋于记忆中的欣喜，根本就未曾降临。

这也是他心生疑窦的原因。

他对念念不忘的爱人的心灵感应，深入骨髓，历世事磨折风霜雨雪而不可抹杀。

然而，她呢？

明霜，长歌，不同身而同魂，她笑意晏晏却清冷流光的眼眸，在历经死劫、隔世重来之后，会以何等的目光，来迎接她前世的爱人？

长歌，长歌，没有人比他更清楚，她从来都是不凡的女子，不凡到他常常觉得，世上任何荒诞的奇迹发生在她身上都是有可能的，他觉得她永远不会死去，正如日月星辰，亘古如一。

正是因为这样深切的了解和长久相处形成的强大的信念，使他在长乐大火之后始终不肯相信长歌死去的事实，犯下了他难以原谅自己的错误。

如今她终于回归，龙章宫无数个凄清夜里失眠时的喃喃祈祷终成现实，他欣喜至不能言语，然而了解她如同了解自己掌纹的他，在即将靠近她的那一刻，突然开始心慌。

一切……不会那么想当然吧？

没能保护好她，令她喋血深宫，令她冤情难雪，令她深怨长埋，令她在转世重生后，只得以孱弱之身辛苦万端地寻找真相的自己，实在也无颜要求那份"想当然"。

今日又因为思虑不周，令她再次遇险，险些丧身。

那个红衣女子出现在牢顶之上，乍一出手展示强大无伦的武功的那一刻，他连心跳都几乎消失。

如果……如果再错一次，他便是下九泉、堕深渊，也难偿滔天之恨……

……

萧玦停在了秦长歌三步距离之外。

眼前女子浅笑盈盈，眼波流转，是一抹烟、一缕风、一声清音、一丝馨香，是浩渺沧海、是广袤烟霞，谁都感觉得到，谁都不能妄想抓握得住。

她心明如镜，照得见浊世纤毫尘埃。

这些年，前生后世，他犯下的错，她心知肚明，如今，她会怎么想？

她会……恨他吧？

想到这个可能，便如心上突然被人重重抽了一鞭，刹那间皮开肉绽、伤筋动骨，又或者谁突然倾翻了灼热的沸油，无遮无拦肆意泼下来，一大片热辣辣撕心裂肺的疼痛。

有生以来从无畏惧，却在这一刻近乡情怯。

萧玦只觉得那一步突然深如幽壑、远如天涯，灌了铅的脚步难以飞渡。

……试一次吧……无论怎样的结果，他都接受，虽然内疚自责，无颜以对，但是如果不试一次，此生永难心安。

她似乎也曾说过，连尝试也不敢的人，是懦夫。

手紧握成拳，贴在袍侧，指甲深深陷入掌心，萧玦面上却强自平静地一笑，目光深深凝视，问："你愿意再次亲自改造一次吗？"

秦长歌抬眼，目光掠过他崩起青筋的手背，再掠过牢门口没有跟进来、半侧首看着远处出神的楚非欢，他秀丽的容颜半隐在黑暗里，一个沉郁静逸的轮廓。

情愁几许，空自伤人，那些前生里欠人的、被人欠的，都勾销干净了吧。

至于以后……且待时光和心灵解答吧。

"深仇未了，哪有闲工夫搞建设？"秦长歌微笑起身，"明霜还是明霜，一个因为旧时记忆戕害，目前为止都还只敢清心寡欲的小女子，但未来会发生什么，谁也无法预计，如果有一日明霜决定了什么，自然会坦诚以对。现在我要做的，是以重新开始的自由的前行路途，寻求一个隐于云天之外的答案。"

她边说边向外走，在将近牢门前停住，一笑。

"但望诸君成全我。"

缓慢的脚步声行在幽深的牢房甬道之中，听来犹如很多人在行走。

自甲号牢房里出来的秦长歌，坚持不要萧玦的搀扶，却首先提出要去看看关押了其他人的牢房。

当丙号牢房打开时，萧玦退后了一步。

楚非欢脸色白了一白。

秦长歌只是负手立于牢门口，身后火炬的光亮飞扬如舞，映得她脸色倒有几分红润，只是那目光幽黑，宛如深渊。

火色跳动，鲜艳活跃。

不及那牢房一片烈红刺眼。

人间地狱啊……

遍地碎肉，脑浆，鲜血，残肢，一簇簇的头发在浓厚得淌出地面的血泊中飘摇，尸体们以各种诡异姿势横死于地，有的撞墙，有的自扼，更多的是互相残害而死，你的手指捅进了他的眼眶，他的牙齿咬断了你的舌头，血腥气息几乎在门刚开启一线的同时，便猛烈如海啸般冲了出来。

“啪嗒”一声，火光突然暗了一暗，一个举着火把照亮的侍卫耐不得这恶心惊怖的场景，失手将火把惊落在地。

更深一层的黑暗里，人人面无人色。

萧玦踉跄一步，失声道：“怎么会……怎么会这样……”

秦长歌平静地道：“音杀。”

怔了怔，萧玦嘎声道：“刚才，刚才那个女子？”

“嗯，”秦长歌淡淡道，“很好，很强大，我很久没遇见这么强大的女子了。”

萧玦的思绪根本不在她说的话上，只是怔然道：“刚才……这音杀……你……”

秦长歌转目看他，一笑道：“我听见了。”

退后一步，后背撞到铁门，门在铁壁上撞击出巨大的声响，隆隆如啸，萧玦仿佛没听见，只怔然而立，突然沉默下去。

他素来挺直如剑的背影，这一刻剑锋暗藏。

半晌他低低道：“朕错了……”

秦长歌当没听见。

萧玦抬首，看着她眼睛，再次道：“我错了……对不住。”

轻轻一叹，秦长歌道：“此事阴差阳错，并有他人作祟，原也怪不得你。”

萧玦默然，秦长歌已道：“把隔壁牢房也打开吧。”

隔壁囚的是董承佳的遗孀，因是女犯另囚一室，萧玦嘴唇嚅动欲待说话，终究没有开口。

门开处，这回连秦长歌也震了震。

迎门铁壁上，血写的一排大字杀气淋漓，每一笔画都还在不住滴落浓厚鲜血，狰狞怨气似可冲破这铜墙铁壁，直达九霄！

“萧琛，我夫妻定来寻汝！”

墙下，董氏尸身立而不倒。

久久凝视那尸体，秦长歌缓缓道：“此女不凡，她是诸多证人中唯一一个不需要任何挟制威胁许诺便自愿出证的，数年来她身负丈夫骨骸中的一截和临终血书，日夜思谋复仇，未曾有一夜安睡，那截骨骸我们看过，是黑色的。”

“这是烈女，长啸如岚，意气如虹。”秦长歌仰首，目光冷锐，仿佛要看穿铁质牢顶，看透深黑苍穹，“对于其他人，我虽有愧疚，但他们多半各有私欲，事已至此，我自然会对他们所遗家小善加抚恤，只是此女，此生所求，唯报仇而已，我却牵连她下场如此——我不杀伯仁，伯仁因我而死。”

面色惨然地退后一步，萧玦立于两个牢房之间，目光再次在那些惨不忍睹的尸山血海中扫过，黑暗中隐约听见骨节攥紧发出的细微的咯咯吱吱声音，半晌，萧玦嘘一口气，冷冷道：“传旨。”

赶来的夏侯绝立即上前俯身听命。

“赵王萧琛，欺君罔上，擅杀无辜，处事妄诞，放纵不羁，构陷罗织陷人于罪，着革去王爵，由夏侯绝前往王府查看家产，暂囚天牢，待有司审狱献定，另行发落。”

夏侯绝震了震，头俯得更低，依言复述无误后，匆匆而去。

哂然一笑，秦长歌道：“如何不提睿懿被暗杀之罪？”

“朕不回护他，”萧玦神色痛苦，“但是你自己也没列证据指证他杀你——长歌，你的目标不是他，是吗？”

“他是亲王，依朝廷律例，有议贵议亲免死之权，”秦长歌淡淡道，“我没什么说的，总之，天意森寒，切莫等闲，冥冥中自有安排，对某些人来说，有些惩罚比死更难受——不过我有一个要求，请在太陛天牢暂押之时，为他安排我待过的那间牢房。”

一迈进龙章宫，便看见龙床上呼呼大睡的包子，秦长歌俯首看了看那张睡得喷红的脸蛋，似笑非笑道：“瞧他睡得这个香，被卖了都不知道，担心我？这个没心没肺的小子。”

“谁被卖了？”包子霍然睁眼，“需要我帮你数钱吗？”

“你被卖了，”秦长歌没好气，“不仅没收入，我还亏本。”

包子瞅瞅萧玦，咧嘴一笑，抱住秦长歌脖子，在她耳边悄悄道：“亏什么？赶明儿我踹他下台，皇帝轮流做，今年到我家，我封你做太后，一三五我垂帘，二四六你听政，星期天他负责解决问题，咱哥俩一天吃三百八十道菜，不吃穷他不算完！”

“得了吧你！”秦长歌同情地望了一眼因为耳力很好所以现在脸色很古怪的萧玦，一拍儿子屁股，“都是睡前故事说多了，你现在越发贫嘴，谁跟你哥俩？还有，什么你垂帘我听政？你这什么智商？”

包子摊手：“我没办法啊……我落差啊……我空虚啊……我刚刚知道我是太子啊，有点不习惯来着，对了，太子都应该干什么来着？你好像说过一个什么……‘九龙夺嫡’？”

“哦，”秦长歌斜瞟一眼萧玦，“如果你觉得你很闲，你是可以建议你父皇再给你添八个弟弟，搞一出西梁版‘九龙夺嫡’，记得要把老二生得庸碌无德，老三生得爱好文学，老四生得刻薄冷酷，老八生得贤良深沉，老九生得阴险狡猾，老十生得鲁莽粗暴，老十三生得侠义英烈，老十四生得英武善战……哎呀，问题大条了，你是老大？最蠢的那个？”

包子立即抗议：“搞什么？生那么多做什么？种马啊？”

秦长歌别有意味地一笑，瞄了瞄萧玦。包子疑惑地打量了一下萧玦，突然想起老爹的职业，恍然大悟，也上下瞄了瞄他，极其奸诈地嘿嘿一笑。

……萧玦被这对母子天马行空的对话和横空出世的神情早搞糊涂了，只听懂大约是在说自己纳妃的事情，面上不由得微微一红，心道长歌连这个都和儿子说，难怪这小子才几岁，就荤素不忌了。

转念又想到长歌去后，各宫妃子都还在，心中怕她误会，有心解释一下，但是当着儿子的面实在开不了口，却听秦长歌突然道：“非欢，你去哪里？”

萧玦愕然回首，这才看见楚非欢已经行至殿口，而长歌正目光复杂地望着他背影。

停在殿门前，楚非欢并没回首，只淡淡道：“恭喜陛下一家团圆，如今长歌既已脱险，也没有我的事了，请容我告退。”

他语声平静，背对着众人，无人见那清澈双目中深意苍凉，曾几时心花零落，罗衣消尽旧时香，几多深恨，几多深恨也只能长此深埋，那些一家团圆的、言笑晏晏的、两情相许的，如今已不敢奢求拥有，但希望可以不必让我看见。

……离开吧，让那些团圆的，更美满吧，何必做个畸零的碍事之人呢？

楚非欢抬首，月光如水，浸透他秀丽容颜，他亦是一轮浅淡的月色，照得寂寥楼头那些无声而隐忍的梦境，更多悲凉。

“不行，”接口的是秦长歌，语声干脆，“要走一起走。”

萧玦一惊，未及说话，秦长歌已回身，深深看着他，一字字道：“先前我已说过，明霜还是明霜，请相信我这么做有我的理由。我希望，一切都重新开始。”

手指紧紧扣住身侧的销金宝鼎的飞龙把手，不顾那鳞片棱角刺痛掌心，萧玦亢声道：“可你也应给我一个公平的机会——长歌，我对不起你，我没能做到当年我对你许诺的那些，我知道你心里怪着我，所以我不能勉强你，也不当要求你回来。但是长歌，看在那许多年倾心相伴，看在你我曾两心相许，看在溶儿面上，你最起码，该给我个机会！”

“我没有怪你，”秦长歌一笑，“天为棋盘，星矢为子，你我属于的这一番棋局，纵横六国，非单薄人力可挽，怪你又有何用？至于机会……好吧，我虽然不入宫，但会以另一种合理并公开的方式留在你的视线之内，也方便将来行事，溶儿也可以常来陪你，你可以公开他的身份。”

“你指的是……”萧玦目光闪动，“溶儿恢复身份，你呢？太子活了，皇后的去向如何解释？”

“有很多理由可以解释，”秦长歌一笑，“悉听尊便，我只有一个建议，你去和萧琛谈谈吧。”

“嗯？”

秦长歌将目光缓缓调向太陛天牢的方向，目光似憎恶、似疑惑：“也许你去，会另有些什么收获呢？”

这一夜如此短促，却又如此漫长。

短促如昔年最美好的记忆，漫长得仿佛便是一生了。

萧琛坐在先前秦长歌坐过的位置，仰首看着月光一格格移过天窗，不可追及地远去，突然很平静地笑了下。

天窗已经修补过，太陛铁甲卫士的速度果然很快。

萧琛盘坐半晌，默然起身，执了一盏油灯——这是守牢人因他的特殊身份送来的，再一次细细看墙上那些字。

他看得很认真，仿佛想将那些字都一字字看进心里，再带着血、带着恨，刻进心里。

然后，他慢慢地抹去了那些字。

“睿懿……秦长歌……”他近乎呻吟地低语，烛火明灭，映上他清雅的容颜，那隐在半边黑暗中的目光，一片萧瑟的森然。

“你想逼我说……”他慢慢绽开一丝微笑，“我为什么要让你高兴？我，不，说。”

“将来……”他笑容里满是恶意，恶意里渐渐多了一丝兴奋的喜色，“你就等着哭吧……”

那喜色又渐渐散去，他似是想到什么，突然轻轻地颤抖起来：“不……不……”

睁大眼，仿佛看见未来某个惊悚的画面突然逼近眼前，眼底浮起一层青色的惊恐。

良久，萧琛缓缓弯下身，抱住了双膝，黑发散落，落于瘦弱的背脊，用那么一个牢牢保护的姿势，他将自己欲待出口却死也不愿出口的那句话，连同自己的所有难言的沉默，都死死地藏住了。

……萧玦已经在牢门前看了很久。

先前夏侯绝来报，宣旨时，赵王素衣散发，于府中清波亭中独自抚琴，听了旨意，只淡淡“哦”了一声，对着手下琴看了半晌，衣袖一挥，将琴推入湖中。

一声水花也未溅起，绝世名琴永久沉落。

“长弦已断，名音失声，既已无人倾听，何须再留？”

赵王俯首看着平静毫无波澜的湖面，最终只说了这句话。

夏侯绝将当时赵王的言语、神情、姿态，巨细靡遗地一一回报给萧玦，禀告完，他半晌不敢抬头，殿上的天子侧身而立，遥遥望着远方，身姿依旧如常笔直，然而他却隐隐觉得，陛下这一刻内心里，有什么已经崩断了。

随后萧玦再次要他带领着来到太陛天牢，身后于海捧着金樽玉盏，一壶碧青的酒液，在玉壶中荡漾。

夏侯绝连一眼都不敢看那酒，开了门，便躬身退下。

在牢门前怔立半晌，萧玦缓缓抬步，走了进去。

萧琛闻声抬头，看见是他，也不奇怪，一笑道：“你来得好快。”

他一眼看到于海手上的酒，面色一变，随即极其古怪地一笑，道：“很好，有酒。”

于海的手指微微颤抖，细细观察着萧琛的神色，想起刚才秦长歌离开龙章宫时嘱咐他的话，只觉得额上的冷汗，一滴滴地冒出来。

他缩在阴影里，一动不动地站着。

一掀长袍，在萧琛对面坐了，萧玦半晌不言语，只深深凝视着他，半晌道：

"阿琛，你何苦来。"

"我听不懂您的意思，"萧琛已经恢复平静，微笑如常，"陛下，我现在不想提我的'罪行'，总之，都由得你，如果你还念着几分兄弟旧情，你就最后一次陪我谈谈家常吧。"

怔了怔，目光在酒壶上一瞟而过，萧玦知道萧琛误会了，只是此时也没有心情解释，总之等会儿他便会知道自己不是那个意思，他轻轻颔首，道："你说。"

"说什么呢？"萧琛任于海给自己斟了一杯酒，轻轻端起酒杯，对着月光轻轻转动，玉色被月光反射的光芒映得他神容雪白，他沉吟半晌，突然一笑，"有很多话，放在心里好久好久，每日每夜都要咀嚼一遍，想着终有一日能和你细细地说，那该多好，可是真的轮到最后这个机会来说的时候，却突然发觉，原来已经不能说了，原来说也是没用的了……"

是的，说什么呢？

说那年半夜无眠，想起曾听丫鬟姐姐说撷梅园梅花开得好，只是里面住的四少爷整天舞枪弄棒，好生粗鲁，一时兴起爬起来，去了撷梅园，那梅花开得真好，嫩黄淡红洁白盈绿，映得楚天清澈，香雪千枝枝干横斜，一枝枝都是诗意……朔风里夜香暗飘，同时飘起的还有剑光。

剑光如电，亮白之电，羿射九日之疾，海凝清光之敛，那少年身姿颀长劲健，步履轻捷灵动，翻覆长剑轻若无物，滚滚光华围绕着他飞旋，似凤舞似龙翔，似墨笔名家淋漓尽致的写意，笔笔都是吞吐风云的豪情，漫天的各色梅花为剑气惊起飞舞，再被剑光绞碎成芬芳嫣然的碎雪，落了他一身。

那一肩的梅花雪啊，从此幽香不散，时时不请自来，叩问他的梦端。

或者，说之后的书房相伴？

他不爱读书，夫子的功课他总嫌浪费练剑时辰，自己便替他做，先写了他的，再写自己的，从此学得和他相似的字体。夫子的功课真多，他总在写啊写，手都酸了，偶一回头，见他风一般地卷进来，塞过来一颗果子——给！那树上最高的地方摘的！最大最红！

……他摸摸手腕，好像还在酸？那果子也好酸……他一口口吃了，瞅着他笑，他也笑，咽着口水。

那树上，就一个果子。

这一生，再吃不着那样的果子了啊……

或者，说那年石板桥上的霜？

从璟姐姐那里知道他要走的时候已经迟了，他怕赶不及，半夜匆匆起身，连大氅也来不及披，穿着便鞋便奔了出去，等了好久，便见他和她过来，一男一女，黑衣雪裳，在早秋的挂了霜色的枫树林中驰骋。那枫叶红得华丽喧嚣，却不及他们男的俊美女的绝色，好一对鲜明美丽的璧人，他那是第一次见她，倚着桥栏，对上那双清冷冷的目光和那明显与目光不符的微笑时，他便知道，她注定是他一生的敌人。

他赢过，可最终还是输了。

因为，他爱她。

那年，回家之后，他大病一场，后来风湿不去，深入肺腑，久病难医，其实就算没有这一遭，他也活不久了……

萧琛淡淡地笑起来。

值得吗？值得的。

他神情凄凉而欣喜，怅然而满足，带着复杂的惘然疼痛之色，透过萧玦的眼睛，看向遥远的，他也许再也看不见的将来。

萧玦一直注视着他的神情，耐心分享着他的沉默，见他如此苍凉的微笑，忍不住道："阿琛，你为什么要——"

"我说了我今天不想说这个。"萧琛打断他的话，将酒杯晃了晃，笑道，"哥哥，你来杀我，还想我老实说话，你弟弟没这么好欺负。"

傲然一笑，神情间光风霁月，萧玦道："你以为这是毒酒？朕是这样的人？你不信？朕陪你喝。"

他正要斟酒，却为萧琛拦住。

抬眉静静看着萧玦，萧琛道："是我误会了哥哥，我给哥哥斟酒赔罪。"

一笑松手，萧玦道："也罢。"

细细地斟了酒，萧琛又拿起自己的杯子，对着萧玦举杯一照："咱们兄弟很久没在一起喝酒了，干。"

"干！"

"陛下！"

于海突然出声，手一伸拦住了萧玦欲待饮下的酒。

烛光下他满面汗水，神情紧张地盯着杯中荡漾的酒液，仿佛那不是酒，而是蚀骨穿肠的毒水。

萧玦怔了怔，正要发怒，一抬眼看见他神情，不由得一惊，对面萧琛已经冷笑起来，道："怕我下毒吗？"

萧玦长眉一皱，怒道："于海，你昏了！你吃了熊心豹子胆！敢这般僭越！"

"陛下！"老于海扑通一跪，"是……是明姑娘的嘱咐……陛下万乘之尊，不可轻忽……请容老奴……容老奴一试……”

听到“明霜”这个名字，萧玦顿时皱了眉，萧琛的冷笑却更加森然。

于海只当没听见，见萧玦默许，抖抖索索自怀中掏出秦长歌给他的银针，往萧玦酒杯里一试。

一线黑柱，淡淡浮现于明光灿烂的银针之上。

有毒！

萧玦霍然抬首，目光灼灼，逼视萧琛！

萧琛却怔在了当地。

冷冷凝视萧琛半晌，萧玦默不作声地站起，一脚踢翻酒壶、酒杯，头也不回地离去。

他走时步子太急，卷起的风，吹灭了本就微弱的灯芯。

没有人看见，萧玦的一滴泪，落在了冰冷的尘埃里。

……

黑暗如幕布唰啦地笼罩下来，遮住了所有惊愕至难以置信的神情。

萧琛僵硬在了黑暗中，半晌，缓缓伸出手，去触摸已经碎了的酒杯。

他的骨节仿佛在这一瞬间突然僵死，每一个动作都艰难地发出细微的声响。

半晌，他仰首，一声长笑。

悲愤如嘶。

“好！好！你好——”

乾元三年年末，一个不平静的年末，一个暗潮翻涌，卷起无数浪底沉渣，其影响深远注定要蔓延至今后漫长的岁月，蔓延到六国天下，蔓延出战火、苍生、争夺、杀戮，种种不可抗拒的风潮的年末。

这一年帝国一直被遥远的阴影笼罩着的天空，因为一个布衣女子的一出惊天状纸，隐隐翻卷起猎猎彤云。

她昂起的下颌，以一个坚定的姿态，便撬起了帝国最为信宠隆重的亲王的全部根基。

还有些一时无法看见的牵扯变动与连根拔起，将如裂缝般，在将来的岁月里，无声洇染拓展开去。

风雷将起，九州激荡。

乾元三年十二月初四，旨意明发天下：“赵王萧琛，欺君罔上，擅杀无辜，处事妄诞放纵不羁，构陷罗织陷人于罪，革去王爵，幽禁安平宫。”

旨意同时载明，当年长乐大火，系奸人设计所为，然国母洪福齐天，睿懿皇后未死，明宣太子无恙，皇后忠心部属多年后历经艰辛将太子送归西梁，现太子重居冠华宫，元月初一举行册封礼，皇后因三年前重伤未愈，现于海外仙居之地调养，待复原后凤驾再返。

西梁百姓闻讯沸腾，连续三日自发上街鼓舞欢庆，当今在位多年，但一直无嗣，全西梁都在担忧他的承嗣问题，如今太子回归，国祚有继，何能不乐？

更有很多百姓如潮般涌向圣德护国寺，争先为国母祈福，无数人捐香油点长明灯，佛前拜求开国皇后早日回归。

……

新年新气象，新年的阳光，早早染上棺材店后院的花墙。

花墙上，早早地开了一朵新桃。

桃花娇艳，粉色嫣然，桃枝遒劲，姿态清美，花下轻衣散飞风韵秀致的女子，深深凝视着那朵桃花，目光邈远，如湛蓝天际云卷云舒。

听得身后轮椅声响，她回身，一笑亦如桃花开放。

“一切看似结束，一切刚刚开始。”

〔第一卷完　下卷·六国卷〕

卷二

六国卷

第一章

六国

日光灿烂，万里朗阔，一线飞檐，斜挑长空。

飞檐顶盖黄琉璃瓦镶绿边，望柱下吐水檐首，下接圆形殿柱，两柱以飞龙雕接，龙头出檐、龙尾入殿，飞扬腾跃，帝王之姿。

大殿高峙十丈，汉玉云砖白云般延伸，殿顶深黄翠绿宝光灿烂的明瓦，正中拱火焰宝珠顶，殿前两根明柱有金龙盘柱，殿中梵文天花降龙藻井熠熠生辉。

殿内窗牖壁带，宝座屏架，熏炉香亭，多半呈深黑之色，和满目灿烂浑金恰到好处地调和，倍添皇家雍穆隆重，气度雄浑。

北方壬癸水，主黑。

北魏皇宫。

以北魏国体建制，皇宫应称王宫才是，然而除了尚未称帝，北魏诸般建筑规制，仪礼法度，皆是帝朝规格。

北魏雄心，可见一斑。

时将近午，熏风轻送，广殿深深深几许。

一方出自中川刺绣第一名家尤惠之手的绝版名绣“飞龙俯舆”屏风后，檀烟袅袅，一男一女，对弈无声。

良久。

黑曜石扳指光芒流转，深黑如眸，敲击在百年沉香木的棋枰上，笃笃有声。

一角琥珀色绣明黄螭纹秋香缎袖尾轻轻拂过棋枰，修长手指拈起一枚黑子，轻笑，啪地一按：“着！”

对面女子微微偏了螓首，黛眉轻扬，眼波如水从棋盘上流过，半晌皱起俏鼻，微嗔道：“陛下这棋忒深沉了，竟是诱臣妾入彀哪，可怜臣妾数条大龙左冲右突，还是逃不开陛下的网去。”

“你逃不得朕的棋网，朕又何尝逃得你的情网？”对面男子抬首，一缕微笑，在檀香淡白的烟气中不住游移，容貌不算俊秀，然一双眼睛光华暗敛，深沉若海。

“臣妾亦为陛下所网。”女子含情脉脉，神情间兼具少女的天真与妇人的风韵，粲然一笑间明朗甜蜜，满满是倾心的欣喜。

男子一笑无言，伸手轻轻拍了拍她丁香色平金绣宝莲衣袖中露出的雪白柔荑。那女子笑容亦如衣色般娇柔淡雅，神情婉娈，低首再次细细端详棋局，忽笑道：“陛下棋力非凡，只是素行厚重沉稳之风，今日却有所异常，攻杀凌厉，落子如飞，倒令臣妾一时措手不及了。”

“你棋路敏捷，多有妙着，只是有时失之于略急。”男子沉声道，“朕一换棋风，你便措手不及，输也该当。”

女子娇笑道：“是，臣妾受教。”

她眨眨眼，神情间可爱而微微狡黠：“臣妾虽输了，但是能换得陛下一番教导，可比赢了还值。”

“纯妃，你就是这点最好，不小家子气。”男子笑道，“宫中诸妃，虽说多有出身比你高贵的，但论起大度风范，非你莫属。”

“臣妾谢陛下爱重，”纯妃浅笑一礼，“诸位姐姐出身高贵，教养端方，各有纯箴不及处，皇后高贵雍容，荣妃姐姐良善温和，瑜妃姐姐巧心灵慧……”

“得了得了，朕说一句你说一堆，生怕漏了谁。”男子又好气又好笑地打断她，“你我静室对弈，朕对你几句赞语，你还怕传到后宫打翻醋坛子？”

他突然敛了笑容，注视纯妃半晌，喟然道：“朕知道……你在宫中因为出身缘故，大约日子不好过，等忙过这阵子，给你提一提，你升了位，那干子小人也不敢再嚼你舌头了……”

“陛下，”纯妃急急跪下，仰起首时眼眶已经红了，雪白颜容宛如一朵玉莲花，娇怯不胜，“臣妾没有受委屈，陛下千万不可如此想，后宫姐姐们待臣妾都好，就算偶有小小不快，也是出于心系陛下，但望雨露均沾的缘故……”

“嗯，朕知道了，朕也乏了……”男子含笑听完，将棋盘一推，道，“朕总是知道你的……你跪安吧。”

顺从起身，女子谦恭一礼，盈盈拜退，行至殿门，突关切回首，道：“陛下今日似有郁郁之色，臣妾可以为您分忧吗？”

男子似乎正在神游，手指摩挲着榻前一封刚拆封的书简，心不在焉地道：“嗯……她回来了……”

“谁？”

矍然一惊，男子这才发觉自己说了不该说的话，挥挥手，道：“没什么，你去吧。”

女子温柔一笑，迈出殿门，转过回廊，丁香色洒淡墨折枝银花的长裙裙裾拂过九曲长廊，姿态优雅而平静。

只是身子方转，神色突然森冷下来，眉目间如覆上一层淡霜，刚才的巧笑承欢，温柔嫣然，顿如被风卷去了无踪。

“娘娘，”身后宫女轻轻问，“刚才您有三次机会可以赢的，为何……”

“蕊深，”女子回身看她，“你的棋艺也算长进了，居然连几次机会都看得出来。”

“娘娘是我北魏第一棋手，婢子伺候您，也多少算学了几手，”宫女笑道，“只可惜娘娘您韬光养晦，这第一棋手之名，总让给陛下。”

“我和他争什么？”女子一抹冷笑讥诮深深，“在帝王面前逞强，不啻于找死，我还没那么笨。”

她沉吟着，踱过花廊，纤手轻轻挽起娇花一朵，将那嫩红颜色，在指尖，慢慢地碾碎了。

抬起手，对着日光反复地照，十指纤纤，根根如玉，十个指甲饱满如贝，光泽晶莹，再被刚才的碎花染上轻红色泽，越发娇嫩如花瓣……娇嫩的年华，娇艳的风采，如此值得呵护珍惜的美丽……只是，谁来呵护？

她冷笑，一声比一声冷。

“他今日心不在焉，棋力极乱，我试探一句，他哪里肯说？不过，当我不知道吗？西梁皇后没有死，他不舒服呢。”

宫女乖巧地俯首，一言不发。

抬首，仰望国土之西的天际烟霞，女子明丽的容颜满是奇异的向往和不甘的傲意。

“多年来韬光养晦，和那些庸脂俗粉周旋于这深黑压抑的北魏皇宫，整日里谈些胭脂水粉谁家儿郎，整日里应付那些争宠夺利求子升位……真是白白辜负了我的心胸智慧……西梁睿懿，秦氏长歌，你真幸福，你生于乱世，生来即担负救世大业，你师门惊动天下，盛名卓著，行走何处都有人因为你的名门出身而心生敬仰自愿追随，你选上的皇帝就是你的丈夫，他以帝王之尊，明明可以坐拥天下美色，却为你漠视六宫，专宠一人，生死不改……我听着你的传奇成长，案头堆满了市井文人靠撰写你的人生讨生活的各式野史，我熟透了你——以区区女子之身，生成神后，死为传说，如今卷土重来，再掀六国风云，你，还要创造多少个奇迹？”

一声冷笑，她突然轻声道：“真好……我一直恨自己未能赶上那个时代，恨我进宫时你已死去，如今你还活着，真好……大乱将起，风云鼓动，正是英杰出世之机，秦长歌，你等着，我一定会让你看见，内川大陆上，不是只有你配成为天下人畏惧景仰的凤凰旗帜，我一定要让你知道，我，完颜纯箴，没有你的生来优越，却会做得比你更好，我一定要让你明白，我，才是整个内川大陆超越一切的最有手段的女人，我一定要让你跪在我的脚下，双手奉上你西梁玉玺，称我陛下！”

广殿深深，光线黝黯，九龙榻上棋枰依旧，黑、白子已归入棋篓，男子犹自端坐，于缭绕的烟气中沉思。

半晌，他道：“如何？”

对面明明没有人，却有一个苍老的男声突然响起。

回答：“此女藏拙。”

“朕不是说这个，”北魏之主双眉一挑，直视屏风另一侧，“她藏拙也藏了很久了，朕当真不知？她要玩什么，由得她，终究翻不出浪去，我是说另两件事。”

“另两件事其实是一件，”苍老男声忽远忽近，缥缈难定，“你烦躁了？你怕她？”

魏天祈默然，良久道：“父皇等于死于她手下，而当年何不予曾有预言她是我北魏皇族的……”他突然住口，仰首轻嘘一口气，“何不予……也来了，天祀那事，终究是朕思虑不周。”

“你思虑再周也没用，”老人的声音一抹讥诮，“晋王的事、她的事，几乎同时爆发，你真的以为是巧合？”

“不是？”魏天祈一惊，“她不是还在海外养伤吗？如何此事也会有她手笔？”

老人默然良久，任空气里的沉凝气氛一寸寸凝结，良久，才如破冰一般，淡淡而厉烈地道：“她回来了。”

“她回来了。”

深金厚绒地毯华贵富丽，上面开着更为热烈的红色花朵，毯上少年白玉肌肤，媚眼如丝。

黑发散披的男子，懒洋洋说完这句话，便好似累倒了般，斜斜倚在娇媚婉转、唇红齿白的少年怀里，就着他殷勤捧上的金杯，浅浅饮了一口玉梨露。

他抬首，一双清逸飞扬的眉，黑如凌晨天色。

他的容颜，似乎不能用俊美儒雅、英挺秀朗之类形容寻常男子的词语来描述，他给人的感觉似是流动的，流动的云、流动的风、流动的眼波与衣袂……乍一看似乎十分平常，再一眼却又觉得绝色至无可比拟，静态和动态各有不同的情致，容貌相比反倒成为次要，神采风华，无可比拟。

高山顶猛烈的长风吹散了他的发，有几缕飘入酒杯，几缕拂上少年面颊。少年轻轻含了，雪白牙齿咬着黑发，瞟着他吃吃地笑，又用指尖捞起酒杯里的发，小心地用自己衣袖拂拭干净。

男子一笑，将手搁上身侧亭栏，伸手，做了个捞取浮云的姿势，奖赏般地戴上少年的发。

那孩子娇羞不胜地嘤咛……

此处九城山，人在虚无缥缈间。

九城山高山巍巍，万仞之深，却于绝巅之上，有精致玲珑八角白玉亭，如一支白玉簪横空出世，斜斜簪于山巅。

眼前云海翻卷，脚下松涛阵阵，万山拱卫之中，一亭翼然，居于亭中，不言声也可闻轰鸣之声，如潮来潮往，迭起迭休。居于此处，便觉尘心洗尽，万物尔尔，四海之广，天下之阔，不过也就一芥子耳。

如此意境高朗、襟怀广阔之地，本应隐士高吟，群贤共饮，或枕石漱流，或举觞酹月，方不相负。

却有人丝竹歌舞，娇童锦绣，极尽声色，不谢旖旎之欢。

实在是……有些不调和。

不过还有更不调和的。

在那些或媚笑、或轻舞、或浅唱、或调弦的馆娃娈童之间，那些华毯、美人、金杯、玉爵之间，却有一男子坐得笔直，神情庄重，一眼也不看那些娇笑着贴上身来的美丽娈童，直直盯着神情散漫的男子，皱眉道："渊，我知道她回来了，我是来找你商量正事的，但是在我们谈正事之前，你能不能把这些人妖先赶走？"

"来，喝酒。"轻衣男子仿佛没看见他的不满，懒懒抬手，姿态宛如撷取一朵飘摇枝头的花，"这玉梨露是南闽名酿，采梨花清露制成，九蒸九晒，极其珍贵，而且最宜揭坛三日后再饮。我命三十骑自南闽出发，三日三夜换马不换人，赶到东燕时机正好，如今这酒香醇厚郁，芬芳回味，为天下至香，你要是不喝，你会后悔死的。"

“我不喝不会死，这事不先商量却会死！”男子忍无可忍，咆哮，“白渊，尊贵的国师大人，请你正经点！”

一声轻笑。

淡金衣袍的男子突然推开娈童，执了碧玉酒杯轻轻站起，缓步踱到前方栏杆前。

他黑发散飞在风中，没系腰带的衣袍亦飞舞如旗，对着脚下云海，身侧群山，以一种淡然俯瞰的姿态微笑着，一口口饮尽佳酿。

一指脚下无限朗阔的碧天苍山，翻腾云海，白渊曼声道：“这里，是拥有丰富矿产和连绵山脉的内川之东，以民风彪悍著称的女主之国——东燕；这山，是东燕第一名山九城山主峰之巅，万丈高崖，一国疆土，尽在我脚下；这座亭，是我白渊独有之地，全东燕，无论谁，非我同意不得踏足此地。如今你高踞我亭中，享我美食，观我美姬，品我名酿，却不知珍惜，伊倾城……”他惋惜地回首看他，神色间不尽叹息，“你好生愚蠢！”

“别叫我名字！”伊倾城羞怒低吼，“我叫伊城！”

“哦……抱歉，我忘记你改名了，”白渊的神情却没有一点抱歉的样子，挑眉看他，“不过倾城，你还是和小时候一样，抓不住重点，我的意思是，我能到今天这个地步，还有什么事能令我——不先商量会死？”

“可是她是——”

“她是人，”白渊截口飞快，“同样是人，我为什么要紧张？”

瞪了他半晌，颓然向栏杆上一靠，伊城无奈道：“好吧，我是个蠢人，从小到大，我从来不知道你心里想的是什么、你会做什么，就像现在，你明明最讨厌娈童，偏偏要做出爱得要死的样子，任全天下人攻讦东燕国师有龙阳之好……好吧，我知道，你是因为辅佐的是女主……总之，你既然不放在心上，我说什么也没用，反正我一向都是听你的，但有驱策，唯死而已。”

“没那么严重，”白渊自斟自饮又一杯，笑道，“谁死我也不能让你死，全东燕，我就一个可以说真话的朋友，你死了，我会寂寞死的。”

“说实话？”伊城冷笑，“那你在我面前还要搞娈童的把戏！”

“没办法，习惯了，”白渊一耸肩，“假作真来真亦假，无为有时有还无嘛。”

脸上愤懑之色突去，伊城默然凝注白渊半晌，低声道：“渊，你何必——”

“好了，喝酒，”白渊打断他的话，亲自斟酒，笑道，“良辰美景，佳酿美人，皆不可辜负，嗯……那位美人，也是不可辜负的。”

抬眼瞅了瞅他，伊城终于忍不住试探地问：“对她，你真的没有任何看法？”

“有。”

"嗯？"

"她很美。"

"你！"

"好吧，你不要用杀人的眼光看我，我告诉你。"白渊终于放过可怜的伊城，懒懒往亭栏上一倚，笑容里满满笃定。

"她不仅回来了，而且，根本不是在什么劳什子海外仙山，这不是她的风格。"

他手腕一震，半杯残酒穿亭而出，泼入身侧绝崖。

无声无息。

"听不到任何声音是吧？"白渊笑容里无尽深意，"大音希声，大象无形。这点酒，落入无尽深渊，那是一点回响也不会有的，而有些人就是深渊，你看见的，永远只能是云遮雾罩的表象，你对她擅自使出的动作，就会如这酒一般，无声无息，便消融了。"

再斟一杯酒，他往身侧燃起的温酒的炭火上一浇。

刺啦一声大响，炭火灭了大半，燃起腾腾雾气，遮蔽了半座亭子。

白色雾气里，白渊的容颜忽隐忽现宛如神祇。

"对于这类人，就应该这样——等她燃起，然后，浇酒。"

白渊微笑。

"听，多么响亮。"

他最后饮了一口酒，抬头，给了伊城最后一句惊爆的定言。

"她，就在西梁。"

"她现在在哪里？"

这是一个女声，明亮，干脆，一字字清晰如钉入乌木的白钉子，杀伐决断，隐在齿间。

微风拂栏，带着海水的微腥清新气息，吹起玲珑水晶帘叮当作响，帘前女子珠冠华服，凭栏而立，水蓝色缎质月华裙上以珍珠缀饰双鸾逐日图案，珠子颗颗拇指大小，浑圆璀璨，每一颗都价值非凡。

她身后是高大远超寻常建制的白石殿柱，和同样高阔的深殿，殿顶赤龙狰狞盘绕，远远延伸出阔朗的空间，殿周碧玉廊青玉地，一色水色云砖，环一弯碧水千顷——这不是普通的池水，这是直通离海的海水。

"回禀公主，"男子小心翼翼，大气也不敢出地回答，"据说在海外养伤……"

"海外？"女子一声冷笑，回转身来。

“我们这里就是海外，她在离国？笑话！”

殿堂高阔，使得她原本高挑的身材也显得有些单薄娇小，然而男子却如见巨人般，将本已低得很低的腰背，再往下低了低。

离国实际掌权者之一，建熹公主楚凤曜，仪态肃厉地俯视着比她高上许多的男子。

“去找找我那七哥……本宫有预感，他没死，而且变乱将起……离国虽然僻处海外，这次只怕也难独善其身，我给你三个月时间，三个月后，大司马的职位等着你，或者，天水广场上的双鱼百斩台的大刀等着你——你自己选吧！”

“太子回归？睿懿未死？”南闽，赤红妖火形状祭坛之上，大祭司阴离干涩僵木的脸庞上，浮现一丝阴笑。

他站起，极其温柔地招招手，指端蓬起一簇黑红色的妖艳火焰，形如三足之蛇。

手指画了一画，蛇身变幻，现出诡异图案。

他桀桀一笑，笑声宛如女子。

“这个女人……我永远算不准她……对了，我的溜出家门的彩蛊美人们呢？你们在哪里？”

“睿懿未死？”北堂啸双手撑在舆图之上，愁眉苦脸地看着图上被四国紧紧围困的中川，不住喃喃，“左冲右突，已是支持艰难，现在又冒出这么个消息……西梁这些年休养生息，国力强盛，已具掠夺天下之能，本来孤还寄希望于看在盟友称臣的分上，西梁给予咱们喘息之机，如今这个杀神居然活着……这个女人可不像寻常女人，那怜悯之心比男人还少……她永远是怎么省力怎么来，情分绝不考虑，我中川一定首当其冲……完了，完了……”

“王上，”底下同样一群愁眉苦脸的臣子，面面相觑半晌，一个老臣试探道，“不如……和亲？明微公主现在已是我国第一绝色……如果王上舍得……”

“呸！”北堂啸恶狠狠啐了下来，“我舍得！真要能保住中川我舍得！可是你出的什么馊主意？和亲？萧玦那个人死恋秦长歌，秦长歌是个超级大醋坛子，你不知道？和亲？你今天说要和亲，她明天就会灭了你，原本可以拖三个月，咱们一天就可以因为你这个和亲建议被灭国！”

他怒气勃发，黑乌乌的胡子都竖了起来，半晌，颓然往椅上一坐，道：“先看着吧……咱们的‘潜狐’，训练了这么些年，也该拿来用用了……”

一句“睿懿未死”，如风雷起于极天之际，惊动整个内川大陆，惊翻六国，惊起六国最高层的掌权者为之辗转不安，惊得这些散居内川大陆各处的绝顶人物，于同一时辰，以不同的态度却是同样的慎重，谈起并开始考虑在未来几年内，因为西梁皇后未死而必须因之变动的计划和应对。

然而那位注定是内川大陆顶尖人物，注定要以自己的生死影响多国国策的内川大陆目光汇聚点，基督山伯爵西梁版事件的主人公，此时正毫无中心人物的自觉，坐在小棺材上，和儿子以大棺材当桌子，用自制的扑克牌玩争上游。

“跟你说了这个不是炸弹，三张牌也想搞出个炸弹？”

“小王、大王明明去掉了，你手中哪里冒出来的？”

“是黑桃三先出，不是红桃三！”

太子爷悻悻，摸摸小鼻子，臭娘老教训他，到现在都是输，害得怪没信心的……忽然眼睛一亮，雄赳赳、气昂昂啪地甩出几张牌：

“同花顺！”

秦长歌好温柔地微笑：“真是好牌啊……不过太子爷，你的手指为什么一直盖着第二张牌呢？莫非那张牌长得比较抽象，羞于见人？来，给为娘我欣赏先——啧啧，一色红桃里掺个黑桃，好个同花顺啊……”

“对四也想压我的对A？太子爷，你以为A就是一，一比四小是吧？”

“太子爷，我出完了。来，鼻子！”

包子悲愤地杀身成仁地递过脸。

递过被纸条贴得横七竖八、惨不忍睹的漂亮脸蛋。

秦长歌毫无怜悯地将一张纸条牢牢粘在儿子挺直的鼻子上，笑嘻嘻左右端详：“好，好，格局严谨，方位合适，随风飘扬，我见犹怜……”

“怜……我可怜……”包子目光茫然欲哭无泪地站起，爬上一直微笑观战的楚非欢膝盖，“干爹，你还笑……”

有人目光阴沉杀气腾腾地看过来，满面郁闷：“萧溶？”

“嗯？”包子大眼睛好无辜地眨了眨。

深吸一口气，西梁大帝实在觉得有点愤怒，自己像个毛头小伙子天天下朝就微服奔棺材店追女人，女人好客气、好温柔但是仔细想来她这态度和对店门口卖鸡蛋的好像一样温柔客气也罢了，为什么连自己已经认祖归宗的儿子，在受到挫折后也是爬人家膝盖，而不是自己的？

更郁闷的是，客气了，温柔了，爬了人家膝盖了，自己还不能将醋意摆在脸上，堂堂西梁皇帝，为了人家的客气和儿子爬错了膝盖就生气，想想实在说不出口。

思考了半天，只好换个冠冕堂皇的说法：“萧溶，你现在是太子了，将来是我西梁之主，你这个赖皮的性子，可得改改……”

“陛下是在质疑我的教育方式吗？”秀美的脸巧笑倩兮地凑过来，满面好奇。

“呃……哪有？朕是说，溶儿的性子，随性灵活，挺好，我西梁不同他国，当今第一强国，溶儿作为帝国太子，该有这份豪气……”

“那个自然，因为，made in睿懿嘛。”秦长歌眼波流转，毫不谦虚地抛出个雷翻众人的答案。

满室愕然里，秦长歌丢下扑克牌，很优雅地伸了个懒腰，看着乌云沉沉欲雨的天际，喃喃道：“暴雨之前的压抑啊……最近实在安静得有点奇怪，嗯，我知道你们快耐不住了……哦，对了陛下，你很快便不用天天跑棺材店了，因为我准备去干公务员……”

第二章

干架

“……”

对着萧玦不适应的表情，秦长歌很歉然地道：“抱歉，我中途溜号去了别的地盘，学了点当地方言，大约你是不懂的，而且我忘记你的接受程度比不上溶儿了。嗯，下次我不说了。”

萧玦默然，突然生起一种被排除在外的孤寂感觉，初春的风明明十分和煦，这一刻拂上肌肤，突然觉得微微生寒。

为什么他们说的话，别人好像都懂，唯独他不懂？那明明是他妻子的灵魂，是他的儿子啊！

一遭生死，转世重来，他的妻子不再属于他，好吧，他认了，谁叫自己有错？他比谁都清楚，以长歌的性子，硬来是不成的，他也一直坚定地认为，无论长歌这一世身边有谁，无论长歌因为前世的经历心中有如何的抗拒和阴影，凭着两人前世的感情基础，凭着长歌并不容易忘却的两人胼手胝足同生共死一路闯荡过来的艰辛历程，凭着两人爱情最坚实的证明——溶儿，想要扫清阴霾，辟开重云，再获芳心，应该没有谁能比他更有把握。

然而如今明明在她身侧，却依稀仿佛隔了层雾气或者帷幕般，不见全貌，他努力伸出抓握的手指，触不着她的心灵，她近在咫尺，却远在天涯。

萧玦睫毛微垂，面上微微有些挫折的黯然，但随即便振作起精神，微笑道：“无妨，时间久了，我自然也会知道，你不用顾忌……对了，什么叫公务员？”

笑了笑，看看正若有所思盯着萧玦不语的楚非欢，秦长歌和声道：“说到这个，关系到我的下一步计划，正好先把我最近探查来的消息和你们谈谈，阿玦你其实一直也有命他们查赵王的势力吧？嗯……你有什么收获呢？”

“西梁隐踪卫，说到底还是你一手建立的，只可惜时间未久，就出了那事，”萧玦肃然道，“论起本事，你清楚得很——据大头领回报，赵王府在你叩阍当日，便已遣散清客，赵王食客号称三千，那许多人在一日内出府，你可想而知那个混乱情状，指天骂地的、吟诗弄文的、哭哭啼啼哀叹贤王被谗的，再加上看热闹的百姓，乱成了一锅粥。隐踪卫力量再强大，毕竟不得见天日，这样光天化日一窝蜂地出来，反倒没法跟踪探查，再说也查不了，几千人哪，你知道谁有问题？”

他郁郁叹一口气，道：“根本没人从密道出来，全是从正门走的——阿琛厉害！”

“这样一来，想要厘清赵王私豢势力到底有哪些人，也几乎没有了可能。”接话的是楚非欢，他出神地看着城西北安平宫方向，淡淡道，“只是陛下，你难道平日里，从未对赵王府有过任何私下掌控吗？”

萧玦抬起头，凝视着面前的“情敌”，深吸一口气道：“没有，朕承认，制衡朝局与掌控臣下，是诸国君主不宣之于口但人人力行的为君之道，朕也有此般手段，但是对阿琛，朕没有，这个长歌知道。原先赵王府也是有朝廷暗探的，但是后来朕撤了，朕一直认为，阿琛待朕之心，精诚可昭日月，朕再疑他、防他，朕就是禽兽之心……就算到了现在，朕还是认为，阿琛有错，错在不该调动御林军，错在不该设陷滥杀无辜，错在长乐宫起火事件他似有推波助澜行为，但是朕不以为是他亲手杀了长歌。”

他转向秦长歌，涩涩地道：“长歌，我知道你会生气，可是我真的不相信阿琛会这样伤害我……这许多年来，朝廷之上，我除了相信你，剩下的唯一一个，便是他……他是我的弟弟，他聪慧，有城府，行事也未必完全正道，但是……”

“好了，”秦长歌微笑道，“我生气什么，我为什么一定要你相信你弟弟杀了你老婆？这难道是很愉快的事吗？你能保持对亲人的一份眷念之心和强大信任，不因人一言而废，不做疑神疑鬼弄得人人风声鹤唳的帝君，我很开心啊，最起码将来溶儿也不用担心真有什么九龙夺嫡事件了。溶儿，来，为了你爹的坚决捍卫，为了你固若金汤的太子宝位，为了当太子可以天天三百八十道大菜……奖赏你父皇一个！”

“好咧！”

包子一个口令一个动作，立即纸条乱飞极其乖巧地扑过来，抱住老爹龙颈，凑上噘起如喇叭花上面还沾着糖汁的小嘴，恶狠狠地在老爹龙颜上一个吧唧！

好响亮的一个啵……

萧玦再次呆滞。

软而小的身体、柔滑的肌肤、带着幼儿乳香的如蜜般的气息、沁心的甜……春风里花粉的芬芳……是丝绸拂过心底……是碧泉流经全身……萧玦手一伸，不管不顾地抱住了儿子……命运无情拨弄，使得这一刻真实的幸福感受，他已整整迟了三年，如今，如何肯再放过？

这是我的孩子，我，和你的，我们的血脉牵系，抱他在怀这一刻的满足，胜于坐拥江山在手。

楚非欢缓缓转眼，目光复杂地看了看被儿子随便一亲便呆若木鸡的萧玦，又看了看他脸上那个因为儿子吃了糖葫芦而沾上红色透明糖汁的唇印，再看看他那实在有辱英明神武形象的呆滞傻乐表情，决定移开目光——还是让他先不受打扰地沉浸在天伦之乐里吧……

“赵王私豢势力散落，隐踪卫碍于身份无法追查，但是彩蛊教呢？”楚非欢继续刚才的话题，“彩蛊是怎么联系上赵王的？现在她们在哪里？而且，长歌，我觉得，那晚追杀我的灰衣人，好像也是这个教派的。”

“是吗？”秦长歌听楚非欢细细地描述了灰衣人的特征，点了点头，“是像……照这样说来，难道彩蛊教已经深入西梁整个官僚阶级，在有一定势力的官宦家中都有所潜伏？”

抱着儿子正乐陶陶的萧玦隐约听见了这句话，立时将儿子往膝盖上一蹾，偏脸问：“何至如此？你的意思是阿琛引狼入室？”

“就是你说的这个话，何至如此？”秦长歌一笑，“萧琛又不是猪，他再不满我，也就是针对我，何至于拿西梁江山开玩笑？嗯……以他的能力，即使用彩蛊，也定然有所防范……阿玦，如果你对他的强大信任是真的话，如果他真的从没打算害你的话，那么我想，他迟早会提醒你的。”

“为什么你对彩蛊教很注意？”楚非欢静静凝视秦长歌，“你好像很厌恶，是因为你觉得那也是嫌疑人吗？”

“未必……”秦长歌苦笑，她要怎么解释自己的厌恶？事实上从赵王府揭开蕴华面具的那一刻她便开始憎恶，想起当年中川之主北堂敬为彩蛊美色所惑的传说，看着蕴华内媚有术的步态和那张和自己一模一样的脸，想到蕴华很有可能便是那个惑国妖姬——顶着自己容貌去媚笑承欢，去终日淫乐，去以各种奇异的花招和姿势和北堂敬那个浑蛋颠鸾倒凤——秦长歌真的恶心得恨不得大吐三天——彩蛊妖人，你们不知道姑娘我有精神洁癖吗?

这是严重的侮辱，是可忍，孰不可忍！秦长歌决定，不管你彩蛊教是不是我的仇人、在玩什么把戏，我不把你摧肝断肠、剥皮抽筋整治得五内俱焚、七窍生烟我就对不起睿懿！

“总之……彩蛊是一定要解决的，南闽是一定要防范的。”秦长歌在心里将某教派摧毁了一万遍，面上却好温柔地道：“只是不急于一时，沉渣潜伏，终将泛起，咱们做好笊篱，等着捞便是了——现下先说我要做公务员，哦，不，我要当官的原因，前些日子叩阍，震动天下，明霜一夜成名，成为整个内川大陆的风云人物，这当然不是好事，所以我的下一步打算立即要推行——明霜同学要暴毙。”

怔了一怔，萧玦道：“你的打算？”

狡黠一笑，秦长歌道：“凰盟早已开始进行消息散布，相信很快就可见成效，这是百姓们最爱听的报恩传奇故事——小宫女幼时入宫，无根无基备受欺凌，幸得皇后路遇，慨然伸出援手，遂蒙恩深重感激在心。长乐事变，小宫女拼死逃出，不知皇后获救的小宫女昼夜辗转思谋为皇后申冤复仇，因此被人追杀，幸得侠肝义胆的江湖义士相救，一番哭诉引发本就对皇后爱戴景仰的义士路见不平，拔刀相助，终于历经千辛万苦搜集得奸佞罪行证据，忍辱负重步步为营，冒死叩阍求见天颜，金殿之上慨然不惧当堂指证炙手可热的皇弟亲王，风标独具视死如归，赤胆忠心直冲九霄，终以白衣之身，将潜伏极深的王爷殿下扳倒——我主英明！西梁万岁！”

“万岁！”在一旁一直仔细听着的包子，立即很合作地鼓掌欢呼，随即无限感叹地摇头，道，“我娘昨晚曲子都编好了，我唱给你们听——”唰地跳下皇帝老爹膝盖，娉娉婷婷在地上走了几个猫步，翘起兰花指，唱：

“哎呀呀——朗里格朗里格朗！”

“她凄惶惶，过花墙；

“过花墙，月昏黄，

“月昏黄，上朝堂；

“上朝堂，斥亲王。

“斥亲王，恶心肠，

“恶心肠，终有偿!

他唱完，勒马，收科，念白：

“——好一出情仇爱恨、狗血天雷、忠贞烈女好比金枝欲孽的超级励志大戏，荡气回肠！”

童音尖细，姿态扭捏，该高的时候弱，该弱的时候高，高音惊险地抖上去，再颤颤抖抖地冲下来，偶尔还听见几个破音，再衬着“名旦”一脸乱七八糟的糖汁、纸条的妆容，无限“娇媚”的苦情唱词，和自以为风情的媚眼连抛……着实惊悚。

“扑哧”一声，楚非欢忍俊不禁，带着一脸难耐的笑意，抿唇掉转了脸去看天色，萧玦很无奈地一把扯住儿子腮帮，低声道：“别唱了，你别唱了，你一唱，余音绕梁三日不绝，你爹我吃不消。”

目光闪闪亮地转过头，萧包子惊喜地问：“余音绕梁三日不绝好像我娘教过我，是说我唱歌好听是吗？想不到我除了对对子，还有唱戏的天赋？”

瞪着包子，萧玦再一次想这孩子如此无耻到底像谁呢？狐疑地瞄瞄秦长歌……难道她还有很多恶劣品性一直潜伏很深，如今在童言无忌的儿子身上露出马脚来了？

“你爹说的三日不绝，是三日不觉……听你唱曲子，魂飞魄散、天魔乱舞、金星乱冒、五内俱焚，整个人僵硬麻木恨不得以头抢地而死，啥知觉都没了，所以叫三日不觉。”秦长歌瞄一眼萧玦，看出他的潜台词，心中暗恨包子不争气，你咋就不能英勇神武让你爹看看你娘我生出的孩子天生就是龙章凤姿，给你娘我挣点面子呢？

无奈地叹气，秦长歌道：“好了，说正事，再以明霜这个身份行事，只怕我难活上三个月，最起码也永无宁日，所以她只好死了，反正她也死了，如今不过推迟半年而已。”

“死法？”言简意赅的总是楚非欢。

“推给萧琛。”秦长歌淡淡道，“百足之虫，死而不僵，他毕竟多年亲王，就算被幽禁，留下的势力想杀一个小小宫女也不是难事吧？这是个大众都能接受，于其他别有用心的势力也会觉得合理的理由。”

“复仇，查证，最好的办法是敌明我暗，敌暗的话我便要更暗，”秦长歌道，“我让明霜这个身份主动抛头露面，指证赵王，当庭叩阍闹得沸沸扬扬天下皆知，目的就是为了麻痹那些真正杀我的人，以为凶手落网，从此他们高枕无忧。然后，以明霜之死掐死线索，拔掉他们已经在明霜身上投放的注意和追踪，同时放出‘皇后未死’的风声，试探出所有沉不住气有异常动向的势力——现在，明霜这个身份的历史任务已完成，连同这个棺材店，很快就要消失，趁他们还未及发觉，我要换个身份和角度，重新开始。”

“大隐隐于朝，”秦长歌笑容里别有深意，“何况将来的这个朝堂，一定有很多料想不到的收获，尊敬的陛下——”她微笑着凑近萧玦，“很荣幸即将与您共事朝堂。”

“这就是你说的，‘以另一种合理并公开的方式留在我的视线之内’？”萧玦愕然道，“做官？你要如何做？朕直接封你为女官好不好？”

“女官？”秦长歌挑眉，似笑非笑盯着萧玦，“阿玦，你动的什么心思？”

萧玦立时微红了脸，掩饰地轻咳了声，讪讪道：“动朕该动的心思……”

好气又好笑地看了萧玦一眼，秦长歌想这人还是和以前一样坦白啊，大约因为她回来，儿子也无恙，他最近跑跑棺材店，长乐事变导致的阴郁暴烈的阴影渐渐散去，昔年明朗少年的影子，最起码在她面前重来了。

有些感慨，有些怅然，有些无法言说的郁郁，秦长歌负手看天际云卷云舒，目光变幻，意蕴深藏。

良久道：“山雨欲来啊……那天拦截容啸天，让蕴华可以脱身上朝的人，咱们查过，居然不仅仅是彩凿中人，还有另一批势力介入，对方声东击西，故布疑阵，实是此中高手……啊……我怎么觉得，这日子会越过越惊悚呢？”

乾元四年二月初六，春闱之期。

十年寒窗图朱楣，且负书笈上京来。

满城士子，住满京城大小客栈，整日里占据酒楼茶座，扎成一堆堆，高谈阔论，评说主考，大谈八股，纵横文章，花出的银子比占用的时间少，溅出的口水比喝进的茶水多。

文庙里更挤满了烧香拜神乞求鱼跃龙门，金榜题名的士子书生，磕头无数，梆梆有声。

在春闱的前几天，二月初二，龙抬头。

郢都最热闹的天衢大街上，发生了一件不幸的事。

静安王玉自熙和赶考德州士子赵莫言在人来车往的大街上，干架了。

主角静安王、赵莫言，配角萧溶，龙套祈衡。

其中萧包子是出宫散心的，他和他的授课师父梁子结得很深，今天又在东宫以目光互杀了一万次，萧包子对那个满口之乎者也的倔老头忍无可忍，干脆一拍屁股出来了。

说起两人的梁子，结得那叫一个惊悚。

萧太子元月初一登及冠华宫，祭拜天地，太庙告祖，司农坛拜社稷，大仪殿拜皇帝，再于冠华宫主殿接太子宝册冠冕金印。一套程序做下来，包子本来就少得一点点的耐心早被磨得干净。要不是被老娘威胁说如果不好好坚持下来就扣一年零食的话，早爆发小宇宙了。饶是如此，在最后接金印的时刻，因为对接金印前主持仪礼的老头子长篇大论、摇头晃脑一字三顿地读诏书非常不满，包子终于还是爆发了。

臭娘的教诲：人品，我所欲也；痛快，我亦所欲也，二者不可兼得，舍人品而取痛快也。

又有：忍无可忍无须再忍。

又有：坏人可忍好人不可忍。

牢记警世恒言的包子直接从地上爬起来，大喝：“拜天地、拜祖宗、拜爹要跪也就罢了，为什么你这个太子太保也要我跪？去逑！早知道这个太子这么费事，我不如当个糕点店老板！”

一脚踹开面前的小案几，冲上去直接抓了金印就走，一边往口袋里揣一边头也不回地道：“我放你假！你不用读了！印我拿了，你敢拦我，我拔你胡子！”

他前脚跨出殿门，后面咣当一声，从上千硕儒名宦中精心挑出来的白发苍苍、德高望重、才学浩瀚、人品端方的可怜的新任太子太保贾端贾老翰林，昏倒了。

郢都官场传消息的速度是很霹雳的，不过一日，全郢都百姓都知道了冠华宫太子抢金印的彪悍一幕，一个个两眼放光、唾沫横飞地大谈此奇闻，并对横空出世的新任太子的霸气嚣张十分推崇膜拜，一致认为萧溶太子不愧为我将来西梁之主，英华不同常人，我西梁一统天下，有望矣！

好在那个年代没狗仔、没照相机，百姓们不知道，自己满口大赞的英华太子殿下本人，现在正在天衢大街上——干架。

不过有照相机也没用，萧太子现在出门，直接用上他娘给安排的面具，一共七张轮流戴，脸游戏玩得乐此不疲。

事情的起因，是静安王家的宰相看上了萧太子的屁股。

宰相是静安王最宠爱的群犬之首，其彪悍俊美也绝不辜负这么威风的头衔，宰相血统高贵、气质超群，从不屑与寻常狗类为伍，所吃食物每日花费高达五两银子，抵寻常百姓家三个月的生活费，正常情况下是绝不可能对非熟食产生任何食欲的，哪怕那是贵为西梁帝国太子的粉粉嫩嫩的高贵尊臀也没用。

可惜萧包子犯了个很严重的错误，他怕新买的瑞芳斋的水晶火腿污了自己衣服，很有创意地要了根纸绳子把装火腿的纸包系在了屁股后面。

系好后，他满意地拍拍，确认不会掉，正准备去找老娘，忽听人声沸腾，一堆人突然如潮般涌过来，再哄地一散，立时将包子和他的便装护卫挤散。

包子倒没有在意，只是好奇地停住脚，看见人人面上有惊惶之色，不住频频扭头，顺着他们视线看去，见一个官儿朝服不整、狼狈万分地抱着被撕得七零八落的衣服火烧眉毛般地蹿进了路边一处店面。

接着便见火影跃动，长笑不绝，长街上明媚的阳光一亮，似是突然燃起一簇美丽的妖火，万众目光及处，摇曳生姿的妖艳郡王高踞马上，缠金丝长鞭优美地在半空中划出极其漂亮的弧度，曼妙一挥！

犹如黑云卷地而来，刹那间，几条油光水滑足有半人高的恶狗风卷般咆哮而至，人群立即唰地一下分开，空出的场地上，立时孤零零站了萧包子一个人。

还没反应过来什么事，宰相已经一个飞跃，嗷的一声扑向萧太子的屁股——后面的火腿。

一声尖叫，直冲云霄！

当时秦长歌——赶考士子赵莫言正在对面酒楼上听考生们讨论今科可能出的试题，包子一直在她视线范围内，只是一低头斟酒的工夫，包子便被扑倒了。

酒杯一扔，秦长歌立即卷下了楼！

第三章 强吻

秦长歌还未赶到，那厢玉自熙已经在马上扬声一唤：“宰相！回来！你没见过火腿？太丢本王面子了！”

宰相头一扬，一扯，捆火腿的纸绳被它极其精准地一扯，整块油汪汪的火腿包落入它口中。

很不幸的是，粘纸包的糨糊有一点粘在了包子的裤子上，宰相加大力气，偏头狠狠一拽！

刺啦一声，包子的裤子立时被开了天窗，露出等同火腿大小的一个洞。

那块布含在宰相口中，被它嫌弃地一吐。

被宰相扑倒的包子，忽觉凉风袭体，不胜清凉，顿时明白发生了惨绝人寰的破裤事件，无限悲愤满面灰尘地抬起头来，恶狠狠盯着玉自熙——刚才恶犬袭身吓得尖叫已觉丢人，再被扯破裤子更觉羞愤绝伦，想他萧太子有生之年纵横郢都、名动西梁，人见人爱、花见花开，几曾丢过这么大的人来？他的玉树临风、风流倜傥，满城春色关不住一树梨花压海棠的绝世风采啊啊啊，就被这只狗给毁了啊啊啊啊……

包子磨牙霍霍，寻找报仇的目标。

这只狗……是仇狗？和它干架？算了……个头好彪悍的说……牙齿好锋利的说……

这个人……是仇人！每次遇见他都没好事！……而且好像臭娘说过，这娘娘腔不杀女人和小孩？

包子锁定目标，立刻雷厉风行，一把推开前来搀扶的侍卫，自己拍拍膝盖上的灰爬起来，先是扯下一个侍卫的宽腰带往自己腰上胡乱一捆，勉强遮住羞，随即一指玉自熙，大喝："给我扒了这女人的衣服！"

……

满街绝倒。

随即人群便哄的一声兴奋鼓噪起来了。

乾元四年初最为惊爆的事件居然在自己眼前发生了！

玉王爷驱狗追人不稀奇，被追的人四处逃窜、狼狈万端也不稀奇，反正每个月总要演上两三次，但是被追的人居然把魔星降世的玉王爷看成是女人，还要当街扒他的衣服，那就实在很稀奇了，而如此胆大包天、悍不畏死的被害报复者居然还是个四五岁的孩子，那就稀奇得足可说上一年了。

日子富足啊……生活无忧啊……太平安稳久了好寂寞啊……终于有戏可以看了！

人潮哗啦啦地向前挤，搬凳子的、找位置的、买瓜子的热火朝天，有三个人为之挤了脚，四个人为之撞了头，有五个人为了抢占最好的位置，在当事双方还未开战之前先演了全武行……

侍卫们愕然当地，面面相觑。

玉王爷不认得他们，他们可认得他，对这个号称西梁第一美人也是第一煞星的郡王动手，正面对上他名动天下、彪悍无伦据说杀人无算的赤甲卫队，他们很怕自己不能活着见到明天的太阳，但是太子的命令不可违抗，太子的身份也不能泄露，这可如何是好？

侍卫们咽着唾沫迟迟疑疑，一堆等了好久依然不见好戏开场的好事之徒开始起哄。

"娘的！光打雷不下雨？爷们等着呢！"

见侍卫迟疑，包子大怒，一把揪住领头的东宫侍卫首领刘云舟，低声恶狠狠道："你不去？你去不去？你不去，明日我就叫你这名字美梦成真！"

"奴才愚钝……不懂太子爷意思……"

"流放云州！"

"……"

刘云舟原本是龙章宫侍卫队副头领，和头领一直不和，太子册封后，他被拨了来做了东宫首领，专司太子殿下安全事，他原本一直奇怪这么好的事怎么轮得上一直不受待见的自己？给自己挪上了正位，太子爷在民间长成想必也没皇族的骄矜气儿，一定好伺候，真是美差啊……乐颠颠地就了任，以为摊上了好事儿。太子册封那天的时候他还没来报到，隐约听说了这爷的丰功伟绩，但也没放在心上，跟着这爷一个月，这小爷除了贪吃点、懒惰点、狡猾点、坏点子多点……别的也还好嘛……

抹一把头上的汗，刘云舟这回终于明白为啥自己调任时那个浑蛋头领一脸幸灾乐祸的笑的含义了。

“奴才不敢，奴才们为殿下粉身碎骨浑不怕，打个人何足道哉……只是殿下，这位是静安王爷，您为了些许小事殴打朝廷重臣，陛下知道了只怕不喜……”

“笨蛋！”包子怒其不争地翻了个白眼，“没见我说‘女人’吗？我连他是男是女都不知道，我怎么知道他是朝廷重臣静安王？你刚才说的什么，我没听见！”

“……”

遇主不良，悲愤无言！

刘云舟仰望苍穹，泣下数行，最终无奈地开始捋袖子——咱是主子的奴才，忠于主子是职司本分，何况一个是陛下爱将，一个是陛下独子，远近亲疏，也是一眼便看得清，万一倒霉得壮烈了，陛下多少会给点抚恤金吧？再退一步讲，万一没事，太子爷龙心大悦，咱日子以后也好过啊……

何况，他装傻……咱为什么不能装？

横臂一挥，刘云舟放声吆喝：“兄弟们！扒了这女人衣服！给小少爷捆回去，当陪床丫头！”

哄的一声人群再次一涌，把好不容易挤得快要接近目标的秦长歌又给冲了回去。

瞧瞧，大稀罕事儿！这一家子眼力都咋长的？小少爷认错男女，家丁也认错？陪床？开脸？大丫鬟？小妾？姨娘？静安王？

这都什么搭配？

好事之徒开始瞄玉自熙如雪肌肤、妖魅红唇，在脑海里意淫王爷被逼换上女装婉转承欢的模样……

兴奋啊兴奋啊……

刘云舟已经带着属下呼啸着冲了上去。

“啪！”

永远拱卫在玉自熙身侧的十八赤甲护卫齐齐策马踏前一步。

马蹄声同起同落，落地宛如一声，精绝的骑术控制下蹄声铿锵响亮，腾起一阵嚣张烟尘。

“嚓！”

十八柄雪亮长剑同时出鞘，在半空中划出十八道扇形光幕，带着风雷之声，劈裂空气，悍然前指！

十八张脸神色如铁，半副精钢面具之后目光冷锐不似活人，百炼成钢的赤甲卫士，每一个都是血海里、尸山上爬出来的人，满身的疤痕似无数的勋章累累皆是，那种永远洗不去的血气和杀气，无声无息便迫于体外，几丈外就可以感知，相较之下，深居大内条件优越的侍卫们，就显得太富贵雍容、细皮嫩肉了点。

气氛顿时肃杀凝重，隐隐似有血气透出逼向人群！

百姓们笑不出来了，侍卫们更是心下掂掇，他们武功虽然不弱，却因为身份缘故很少与人动手，如今和这些名动天下，据说彪悍冷酷杀人不眨眼的铁人直接对上，在对方威名杀意镇压之下，也不禁脸白腿软。

十八护卫再次齐齐跨上一步，剑声掣响！

杀气凛然，近我者死！

和在十八护卫身后仿佛不相干的人一般粲然微笑托腮看好戏的玉自熙，形成鲜明对比。

不过玉自熙很快笑不起来了。

“卿卿！你让小生找得好苦！”

一声凄然高呼！

满街被十八铁骑的如铁杀气正逼得气都喘不过来，面面相觑、脸色惨白的侍卫和百姓，立时将目光唰的一下投过去。

一个青布衣裳的寒酸士子，衣服上还有补得很小心但是看得出痕迹的补丁，背着沉重的书囊，绕过正和侍卫们对峙的十八护卫背后，披头散发地张臂哀呼着，满面悲切、满身灰土，向已经下马、斜斜倚在街边墙上的玉自熙扑过去！

……

德州士子赵莫言，这个日后将在西梁全国引起诸大反响，搅动整个西梁朝局乃至内川大陆，成为人人口中推崇敬仰、无限膜拜，成为后世史书不断研究他的奇异崛起和神秘消失的永世之谜的、注定传奇的人物，在西凉都城百姓眼中的第一幕出场，就这般隆重地、惊悚地、无限风情又与众不同印象深刻地拉开了帷幕。

很多很多年后，当日街上有幸参与此事的百姓，在自家的院子的古榕树下，嚅着没牙的嘴儿，眯着眼睛，第一千次无限神往地和自己的曾曾孙说：

“……当年，他啊……直接扑倒了全郢都最美最魔的男人……”

……

大街上，万目中，贫穷士子赵莫言，激动地、悲伤地、无限缅怀满眼桃花地扑向玉自熙。

"卿卿！当年竹窗陋户相对语，耳鬓厮磨明月前，你曾亲口对小生道：'愿丝萝得托乔木，不负此生生世世。'如今言犹在耳，你却狠心另嫁他人！小生为你大病三年，误了去年秋闱，在你家门前跪了三夜，你爹才告诉我你嫁到郢都。小生泣血难言，闭门苦读，变卖了家产应今年春闱，只为了一点痴心想头，能再见你一面，天可怜见……终叫我见到了你！"

赵莫言，哦不，本届奥斯卡金像奖最佳女主角得主秦长歌，一把捞起玉自熙寸帛寸金的火红淮南烟华重锦衣袖，狠狠地擦奔放流出的鼻涕眼泪，一边凑到神色古怪、眼光变幻的玉自熙耳边，以其亲昵渴望的姿势，悄悄道："王爷……陛下有令，春闱期间，士子安全由国家保护，杀伤无辜士子者以欺君罪论处……嗯……您要杀了我吗？要杀吗要杀吗要杀吗？"

"碧瑶！"本届奥斯卡金像奖最佳男配角得主，改装了的祈衡先生挤了过来，"这个男人是谁？你的奸夫？你这个当街宣淫的淫娃！"

……

满街的百姓已经不会思考了。

今天太阳从西边出来了吗？今天西梁要地震了吗？

为什么一个两个、三个四个……所有人都不认识大名鼎鼎的静安王？所有人都把静安王认成女子？

贫穷士子和富家小姐，私订终身和琵琶别抱，被嫌贫爱富的无情女子抛弃的士子发愤苦读赶考春闱，凑巧路遇心心念念的爱人，然而屋漏偏逢连夜雨，衣着华贵的正牌丈夫前来捉奸……

多么符合人类想象力和推理能力的故事啊……

难道，静安王，深藏不露，真的是女人？

也对哦，哪有男人长这么美的？

唰的一下，眼光一起调过来，瞄向玉自熙胸部。

有没有起伏？

……

一声怒喝，被秦长歌神来之笔震得忘记思考和打架的十八护卫终于醒觉现在是什么状况，齐齐大喝着扑了过来。

灵活的刘云舟立即手一挥，率领侍卫缠上去。

不正面交锋，却死缠烂打，硬是把重甲护卫绊在了原地。

……

被秦长歌压倒的玉自熙，大约是觉得好玩得到这里也尽可以止住了，不想玩了，目光里满是笑意地很有趣地上下打量了一下秦长歌，突然开始深深吸气。

秦长歌暗叫不好，立刻不管不顾，大叫一声。

“卿卿，小生平白担了个相思的虚名，什么好处也没捞着，不如牡丹花下死，做鬼也风流！”

探头，俯首，狠狠吻上身下如花红唇！

……

西梁百姓被活生生一个惊雷齐齐劈得头发上竖。

“嗷！”有人实在激动得按捺不住，狼嚎声上冲云霄。

“啪！”有人接受不住如此强大的香艳的不可理喻的刺激，昏倒了。

……

秦长歌死死压着玉自熙，悄悄将手挡在玉自熙唇上，隔开了他和自己的唇，然后用脑袋严严实实堵住了他的气息——她从萧玦那里听说过玉自熙的秘密：玉自熙武功特异，一身神功练到最后全身没有罩门和弱点，流转无尽，所以一旦动起手来，号称天下第一的素玄也许也只能打败他却不能打倒他，这也是十八护卫没有把他保护在包围圈内的原因——他根本用不着，但他这个“流云神功”有个弱点，据说最初一口真气圆融流通提升的时候，一旦被堵住，他的武功会无法发挥，失去八成，但这最初一口气的提升，寻常人是发现不了，也不会知道的。

可惜秦长歌不是寻常人，可惜玉自熙太过喜欢玩闹、太过托大，有心想看这书生玩什么把戏，任他贴上身上下其手，然后，在最关键的时刻，阴沟里翻船了。

现在他们身后是墙，身前“正牌丈夫”祈衡的身子挡了大半，从其他人的角度看去，就是这个酸儒强吻了静安王。

哦不，是难耐相思激动、悍不畏死地在人家正牌丈夫面前强吻了他的“卿卿”。

秦长歌眯起眼睛，似笑非笑。

笑话……咱不仅是个处，还是个吻处，这个初吻也是很宝贵的，怎么能在大街上这毫不浪漫之地，大庭广众下和这嚣张家伙打啵？

秦长歌在无人看见的角度笑眯眯地看着玉自熙，毫不畏缩地对上他涟漪般媚态横生却隐隐跳动着兴味和探究的眼眸，用手指温柔而挑逗地轻轻蹂躏他的唇，那本就妖魅的色泽如樱蕊、如桃瓣，越发艳丽惊人……在他越发荡漾却隐生杀机的笑意里，秦长歌轻轻道：“欺君罪哦……我知道你不怕欺君罪，可是你还有事要做，下了狱是很麻烦的……啊……要杀吗要杀吗要杀吗？”

呵呵一笑，祈衡不动声色地过来，在秦长歌遮掩下，伸指点了玉自熙几处穴道，然后一把揪住秦长歌，恶狠狠大骂：“你这个狂徒！敢当街轻薄我家夫人！我宰了你！”砰砰砰砰地将秦长歌拽过墙角，闷头苦打去了。

两人一过墙角，立即用脚蹭起腾腾灰尘，大叫几声，然后闪身躲入旁边小巷。街那边百姓死命地伸长脖子要看，只看见灰尘滚滚，隐约有惨叫之声，皆面露兴奋之色，一转眼看见静安王依旧软瘫在墙角，不言不动，仿佛还在“回味”刚才的香吻，不由得诧异——今天这魔王怎么这么好说话？被调戏成这样居然还没杀人？难道这事是真的？难道王爷真的一直是女扮男装？有人想起前元著名的“姹风元帅”，那不就是个女扮男装很多年，直到嫁人大家才知道的？

啊啊啊！惊天秘密啊，给自己碰着了！

转过墙角刚刚消失在小巷深处的秦长歌，站定脚步，深深吸一口气，恨恨骂：“萧溶！”

“到！”

声到人到，巷子那头探出一个漂亮大头，笑得眼睛都眯成了月牙，一见她过来，张开双臂立刻做欢腾状飞奔入他娘怀——娘你好浪漫、好潇洒、好解气、好流氓……

呃！

天地唰地掉了个个儿，脏兮兮的小巷地面突然冲到自己眼皮底下，刚才跟在屁股后面的一只猫突然和自己大眼对小眼，“喵！”猫爆出一声尖呼，对平地乍现的乌溜溜眼珠子表达出严重的不适应，夹尾逃窜……

“喂，娘，”包子努力地掉转头，对将他一把掀翻，抓到膝盖上头下脚上的臭娘讨好地笑，“你这是干什么？我不需要那个什么……马杀鸡。”

“我杀杀你的太子威风！”秦长歌没好气，啪地在肇事的太子尊臀上一拍，“害得我给你擦屁股，害得我和那个妖孽直接对上，害得你娘我的韬光养晦不动声色地以新身份出现的计划泡汤，呜呼……”

包子小心地瞅了瞅娘，正常情况下她都是懒洋洋、阴森森地整治人的，今天郁闷得要揍自己屁股，看来咱真是坏了人家计划了，呜呼……

“那啥，咱们的人也不是打不过嘛，打不过还可以逃嘛，你干吗要冲出来，我还以为你想占人家便宜呢……”

秦长歌将儿子往地上一蹾，皱眉道：“便宜时时有，何必冒险占？你当我是你啊？还有，你好像又犯了轻敌的错误，你以为你们那帮十指未沾人命鲜血的侍卫，是杀人无数的赤甲卫的对手？真要打，他们逃得出？你没看见人家一步一行皆有章法？真要对上，他们死的机会足有八成，如果你的侍卫因为你一个胡乱指令就喋血大街，你要怎么收场？

“你现在不是棺材店老板的儿子了，你是太子，你的一言一行，关乎朝局政体，”开国皇后秦长歌好无奈地蹲在小巷子里教育新番太子，“我冲出来，不光是为这许多人命有可能因为你的指令而无辜死去，更多的是因为如果侍卫死在赤甲护卫手上，这后果影响不可估计。你要知道侍卫很多也出身官宦之家，这一死，轻则影响朝局，令朝中诸臣立起纷争，到那时，拉帮结派的、串联的、对阵的，朝政非搅成一锅粥不可，你要你老爹如何处理？重则会令开国从龙重将和四边将士为在军中深受崇拜的玉自熙抱不平，生出离心，以为兔死狗烹，鸟尽弓藏，这是皇室阴谋，再被有心人一挑拨，煽阴火点炮仗……然后，扯旗，杀几个当地官儿祭旗，放炮，昭告天下：‘帝王无道，应天命者代之！’嗯……请问你那时是去开糕点店呢，还是开棺材店？或者直接用了棺材店里那个三尺三寸最合适你身材的棺材？”

“……”

包子含泪望天，臭娘你不要这么能延伸、不要这么恐怖好不好？明明不过是一起小小的破裤事件，怎么给你三说两说就成了灭国危机、杀身之祸，旁听的人还频频点头觉得好有道理？

拍拍衣服上的灰，秦长歌又恢复以往的优雅懒散，淡淡道：“儿子，好好想想吧，为娘不是每次都可以冲出来强吻美男的，吻多了是要出问题的，总有一天你要直接面对世事，风起于青萍之末，绵延千里卷掠万方，有些事情起初都是以极微小、极平常的状态出现，可当你忽视了，随意地去处置之后，它所展现出来的强大的破坏力和影响，同样是你做梦都想象不到的……政治尤其如此，你如果是一个平常孩童，你娘我今天根本懒得和你说这许多，但你是我未来的西梁之主，凡事慎行慎思，是你必须记在心底的。如果你记不住，你娘我不惮于用鲜血来唤醒你，到时候你不要哭就是了。”

“我会哭，”包子这回肃然道，“所以不用了，谢谢。”

“嗯……”秦长歌慢悠悠地望向注定要成为静安王生平含恨地的天衢大街，满面哀怨地道，“我的从政之路，这下子是别想清静了……”

白石亭台，青石小径，小径尽头一簇簇三色茶花开得茂盛，纯白、淡红、艳红三色糅合，清丽娇艳，烂漫如云霞。

亭上垂白金丝帘幕，帘幕上绣黑金双龙，隐约可见对弈的人影。

“自熙，”萧玦随意搁下一子，掀起浓长的睫毛一瞟自己的爱将，非常随意地道，“朝廷的俸禄是不是太低了？”

“没啊。”

“你家狗养多了，占了你的伙食？”

“刚杀了一批吃肉，现在是我占它们了。”

“最近太寂寞了？”

“陛下，寂寞何意也？”

“哦……”萧玦掉转话题，更随意地问道，“近日可有什么新奇的事儿？”

漫不经心地吃掉皇帝一个子，玉自熙笑吟吟道：“陛下今天棋真臭——新奇事儿？有。”

“哦？”萧玦目光一亮。

“颖城公主府家生小厮看上了对面庆国公家的小丫鬟，两人一起私奔了。”

“……自熙，这个你上个月说过了。”

“是吗？”玉自熙干脆不下了，托腮凝神沉思，“难道是我家宰相最近开始思春，但是居然看上了隔街卖豆腐家的那只黄毛土狗？”

将棋子一扔，萧玦也不下了，向后一靠，笑道：“好吧，很新奇，既然你既不穷，搜索枯肠也只有这么新奇的事儿，朕也不问了，但你可不可以直接和朕说，你从早上就奔到宫里，一直泡到傍晚，玩太子的玩具、翻朕的书、吃朕的饭、偷朕的点心，拖着朕从早到晚，又不是因为没饭吃又不是有什么好事要和朕分享，你到底要干什么？”

萧玦暗恨的目光刀子般地射过来——你缠，你缠，你缠得朕都没法出宫，唉……长歌说要温书，几天都不给朕去见她了……

眨眨眼睛，玉自熙媚笑得比亭外开得葳蕤华盛、喧嚣热烈的茶花还要动人上几分，轻描淡写、绝对惊悚地答：

“我要当主考。”

第四章

试探

“胡闹！”萧玦将棋子啪地一搁，“你是勋爵武职，怎好去做文试主考？何况现在主考已定，怎好半途更改？”

“洪嘉石那个酸儒，他能出什么好题目？”玉自熙风情万种地嗤之以鼻，懒洋洋翘起兰花指，戳戳点点那个虚空中的酸儒，“他最爱堂皇华贵文字，最喜援引，引得那些士子挖空心思花团锦簇做文章，尽可着他心意玩文字，一篇五百字的经义，有三百字是典故，一百五十字是对仗，咬文嚼字、诘屈聱牙——这是好的？”

“好了，朕说一句你说一堆，”萧玦皱眉，“朕还不知道你？主考若是汤焕望，你一定会说此人喜平实厚重，浮扬不起，士子们会把文章写得寒碜，个个都像饿殍，体现不出我泱泱大国富盛风范。若是项之痕，你会说这个三元进士取了巧，是天璧元年的第一榜进士，那时国家初建，百废待兴，取士制度宽松，他真才实学捋起来不够一篮菜——反正你总有的说的。”

“陛下知道就好了啊，”玉自熙巧笑倩兮毫无惭色，“所以微臣厚颜自荐，文武之道，本就不必一定分出个经纬来，何况微臣若做主考，还比别人更多些好处，有益国家擢拔人才啊……”

“什么好处？”

“微臣的美色。”玉自熙面不改色地将一张如花容颜凑到萧玦面前，“您瞧，真正的，如假包换，无人可比的美色——微臣连试题都想好了，叫‘吾未见好德如好色也’，微臣这张脸，就是色之极品，士子们一见微臣的脸，对于‘色’自然会有极深、极贴切的感触，于是文思泉涌，笔下生辉，做得华彩璀璨好文章——这真真是我西梁之福啊……”

……

萧玦瞪着玉自熙，这世间怎会有这等不知羞的自负美貌自我标榜之人？

还有，他为什么今天突然跑来要做主考？

前几天听说他在天衢大街上被一士子误认为女子给调戏了，这人一向是我行我素不肯吃亏的性子，今天他吵着要当主考，是不是和这个有关？

而且，据隐踪卫回报这还是溶儿搞出来的事，那么，那个胆大包天的士子，是不是长歌？

这么一想，萧玦的心里便似打翻了调味罐，满满的奇怪滋味冒上来，酸的辣的苦的咸的，说不清是什么感觉。

长歌当街调戏玉自熙？虽说是为了替溶儿解围，但是那样的方式……好吧她做得出，只是……

瞄瞄玉自熙宜嗔宜喜的绝顶美色，萧玦的脸微微阴了阴，现在不比当年了，经了这一番死生历劫，长歌的心思越发深沉如海，芳心终将谁属，自己还真的不敢太有把握。虽说当年她就认识玉自熙，没见有过为他美色所动的模样，但是人是会变的，隔世重来，她会不会看上这张明明看过很多次但是每次再见还是会惊艳的脸？

这些年，宫深风冷，孤灯映壁，过惯了寂寞的日子，本也习惯了，不过就是将自己更深一点地冰封起来，在偶尔胸中刮起疼痛的大风的时刻，学会漠视或走开罢了。可是，一旦知道自己可以拥有，可以重新得回当年那些念念不忘的甜美与温暖的时候，突然开始患得患失，对任何微小的变化与表现，都开始忍不住细细咀嚼掂量，当年那些不管不顾、无所拘束的豪气奋勇，竟在多年后一场自以为是的错误里，被心虚地磨灭了……

人心亦如水，等闲起波澜，那些惊起的涟漪，散开的波晕层层叠叠，永无止休啊……

对面，玉自熙紧紧盯着萧玦的神情。

他在……想什么？

他在……不愉快什么？

总觉得他最近很怪异，阴郁渐少，总有些心不在焉，坐立不宁，神情也于镇静平稳中隐约可以找到些许兴奋和期待，但那兴奋期待中，又好似有些不安和不确定，仿佛……仿佛有什么正欲祈求的事物是他心心念念渴望得到，但是又不太有把握地为此愁烦一样。

今天观察了他一天，越发确定他有问题，玉自熙在心中飞快转着心思——太子回归，睿懿未死，阴郁渐少，嗯，合理；睿懿既然还活着，总有回来的一日，兴奋期待，嗯，合理；但是，不安和不确定，哪里来的？

媚色流动的眼眸波光闪烁，玉自熙一抹笑意似有若无，当主考？笑话，用手指头想也知道萧玦不可能同意，他只不过是为了在这里死缠硬磨一天，想见见至今还未见过的太子而已。

太子册封那日，他不在，他被萧玦派出去视察幽、平二州军备，近期北魏不太安分，他在军中素有威望，又是北魏的老对手，陛下要他亲临边境，看看叩边的诸般手段是北魏哪位将领的手笔，回来后发现风云变幻，那个他看中的小宫女明霜扳倒了萧琛，而太子回归——他问过太子形貌、性格，确定果然就是明霜身边那个心黑皮厚的小家伙，但是，明霜呢？

这个女子传奇而神秘地出现，以公主随同出家的宫女身份和他一次次交锋，谦和有礼而又寸步不让，风轻云淡而又机锋暗藏，他因此对她越发兴趣盎然，那感觉不啻于当年初遇秦长歌，先打架再吵架，打完了吵完了就互相阴对方，最后……

算了，不想那女人……明霜能行此惊天一举将萧琛整倒，他是相信的，但是后来的故事，他就不信了，什么？传奇烈女以死报恩？被赵王事后报复暗杀？市井间将这个故事传得沸沸扬扬，一番感伤惋惜赞叹之后，渐渐也就丢开了，那些为尘俗所扰的人，每日困溺于枯燥单调的烦恼和生活，永远只会追逐最新鲜的故事，那个曾经占据了他们大部分口舌力气的孤身叩阍的小女子，很快便如泡沫般地消失于他们的舌尖和记忆中了。

可他不相信，不忘记。

笑话，那女子事前安然无恙，却在事后，赵王失势后被杀？好吧，有这个可能，毕竟事先她暗敌明，事情掀出来后，以萧琛的残余势力和收买人心的本事，想杀她也有可能，但是，就他与她寥寥几次交锋的感觉，这女人，哪这么容易死？

那么她去了哪里？下一步她要干什么？

还有，陛下也曾为她心动，现在他这么奇异的表现，是不是和她有关？

玉自熙一直觉得，最好的办法，就是见见太子，找找小破孩的破绽。

可惜不知道怎的，每次有意无意地想碰见他，答案不是太子去练武了就是太子去读书了，跑到读书的藻文馆，他居然又不在，说是解手去了。他坐下来等，老贾端胡子直飞地告诉他不用等，太子解手向来一解就是一天的。

他立刻很关心地送去有润下通便功效的黑芝麻、胡桃仁、大麻仁、郁李仁、杏仁、土瓜根汁、阿胶、蜂蜜、羊酥诸物，以示对太子便秘痼疾的深切同情和慰问。原以为那个坏小子一定气得七窍生烟，跑来找他算账，没想到不过一日，东宫来人，执礼谦恭，说是奉命感谢静安王关心，附上太子的亲笔谢笺和回礼。

谢笺的纸软而长，全无冠华宫太子富贵风范，上面墨汁淋漓几个歪歪扭扭的大字：多谢王爷，改日请你吃苦瓜全席。

那纸经仔细辨认，确认是宫中专用于大解的手纸。

礼物倒是中规中矩，一般的是中药，玉自熙却不肯相信这坏小子会乖乖地送东西，将包都拆封了一一仔细看去：

第一包，红枣、桂圆、当归、人参、枸杞。

第二包，旋覆花、香附、当归、川芎、丹参、甘草。

第三包，丹皮、地骨皮、生地、柴胡、当归。

第四包，当归、白芍、桂枝、党参、甘草。

第五包，青木瓜，酪梨。

第六包，花生，红枣，黄芪。

玉自熙粗通药理，看这些药都是寻常药物，功能去滞解燥、温补生津、行气活血等皆有，但是青木瓜用来做什么就实在不明白了。请了府中医官来看，医官本也不解，将六个药包都看过了，思索一会儿，悄悄问玉自熙：“王爷，可是襄郡主有经血亏虚，滞下不调之症？”

啊？！

玉自熙面上笑颜晏晏，点头："是啊。这些药对症吗？"

医官肃然："襄郡主看来体质寒弱，近期可是吃了生冷食物？以前不至于如此啊，这第一包，滋阴补血，第二包治月事胸胀气滞，第三包治月事血热，第四包调理月事血瘀，第五包和第六包，却是……喀喀……喀喀……"

医官一副碍难出口的模样，被玉自熙盯了半晌才道："女子丰润肌肤所用……"

然而他那目光，却极其暧昧地在玉自熙胸部扫了一下，暗示：丰润此部位也。

……

月事？丰胸？骂我是女人？

玉自熙笑嘻嘻地挥退医官，托腮看着那药包半晌，轻轻一吹，丰胸调理月事的药包立时化为粉末。

挫折了几次，玉自熙也不去冠华宫了，那小子明显就是在避开他，可是避得了一时，避不了一世，总有揪住你的机会。

然后，便发生那日大街强吻事件……玉自熙将乌发缓缓绕于指上，拈着棋子不动声色地沉吟……那家伙是谁呢？明摆着阴了他一道，这行事风格，倒有几分那丫头影子呢。事情起因肇事者也是个和太子年纪相仿的小孩，虽说相貌不像，但是相貌这东西，是最靠不住的东西……

只是当时他紧紧压在自己身上，胸部骨头硬得硌人，气息也不是那丫头的沁凉薄荷香气，怎么看都是一个男子，有女人将男人扮这么像？

玉自熙皱眉，啪地捏碎一个棋子。

嗯……今天把冠华宫里的玩具全部玩散掉了、点心都吃完了，也没能把黑心太子逼出来，倒是陛下，看出来很奇怪啊……他，萧溶，那个士子之间，会有什么关系呢？

玉自熙再皱眉，啪，又碎了一个棋子。

对面，沉浸在自我怀疑情绪中，正在严肃思考静安王容貌有没可能对自己的未来幸福造成威胁，并对长歌始终不肯告诉他自己的新身份十分郁闷的皇帝陛下，顺手也抓过一个棋子，在指尖慢慢地碾……长歌当真要去应考吗？万一落榜怎么办？她现在行事，怎么越发令人摸不着头脑？

啪！

……下棋的两个人，一个咬牙沉思要找夺吻凶手，另一个神思不属地想去泡女人，一盘棋被两个人在无意识的沉吟中，碎成了黑一摊、白一摊，两摊粉末。

二月初六，荆闱待入，杏榜之上，将署谁名？

会试当日，遍住全城的士子举人们，提着考篮、背着油布，面带兴奋之色，从四面八方往贡院会聚而来。

秦长歌自然也在其中。

按照西梁制度，春闱会试的举人考生，可以是乡试中榜者，也可以由各地举荐秀才进京参加。秦长歌没有参加过乡试，自然选择了后一种捷径——以凰盟遍及天下的巨商势力，买一个秀才的身份，请托当地官府举荐，实在是件极其轻巧的事儿。

于是，会试当日，德州士子赵莫言，优哉游哉考试来。

贡院门口人山人海，士子们正在轮次搜身，不知道为什么，队伍前进得极慢，秦长歌还没挤进去，就一眼瞄见远远钉子般高踞马上，阴冷注视着贡院门口的十八赤甲护卫。

暗叫不妙，秦长歌踮起脚尖，想看清玉自熙这个家伙是不是真的跑来了，无奈个子太矮，她发出一个暗号，不多时，她身边暗自护卫的凰盟护卫，悄悄挤了进来，对她做了个手势。

嗯，果然是他，这人真小气，一点亏也吃不得。

秦长歌对身侧护卫悄悄嘱咐了几句，后者领命而去。

贡院大门口，主考礼部侍郎洪嘉石、副主考翰林项之痕和十八房考官，正满头大汗、一脸苦色地围着那位“心血来潮”要来“帮忙”搜身的静安王，纷纷劝说。

“王爷，卑职们不敢劳动贵驾，还是请回吧。”

“王爷，搜身由礼部安排的杂役来做就好了，怎敢劳动您亲自一个个搜？再说这样搜，着实耽误时辰……”

“王爷……搜身只是查有无夹带，您叫人家脱衣服，这个这个……有辱斯文有辱斯文啊……”

玉自熙高踞在一张一看就是从自己家里搬来的酸枝宝花云钿、铺了华贵锦毯的太师椅上，太师椅大剌剌横在贡院入口，一帮静安王府黑衣侍卫直直立在两侧。

他艳丽容颜满是懒散，以肘支颊，黑发流水般披在烟霞赤红重锦长衣上，风情艳色如那枝头灼灼其华的五色花朵，轻轻一动便媚光氤氲，妖娆得令人窒息。

靠在椅子上，玉自熙对四周聒噪听而不闻，只是爱搭不理地看着手下搜身，身材粗壮、个子高大的，看都不看一眼，个子娇小、容貌清秀的，那目光便灼灼射过来。

地上，堆了一堆顺手搜出来的书、肩负夹带重任被最终脱下来的臭鞋子、烂袜子，还有些具有特别嗜好的揣怀里的小绣鞋、肚兜儿，都被尽忠职守的静安王府侍卫扔了一地，散发着令人掩鼻的古怪气味。玉自熙皱眉挥手，一帮人立即拿去烧了，也不管那些光脚的士子站在二月寒风中哀号。

赶考士子大多是第一次上京，所谓寒窗苦读近十载，隔邻母猪是天仙，这些大门不出，二门不迈的酸书生，几曾见过这般的美貌至光华璀璨的艳色来？一个个痴痴呆呆的眼珠都不会转了，叫脱上衣就脱上衣，叫脱裤子就脱裤子，走过去了还要掉转头来，嗞地吸一口口水。

洪嘉石满脸的汗，却滚滚地落下来，眼看还有一个时辰就要闭院封门，士子们还有三分之一没有搜完，这个魔王从今早贡院开门就赶了过来，带着自己彪悍的护卫横空插一脚，万事不管杀气腾腾，大有不把每个人都看过绝对誓不罢休的架势，看来是因为那著名的天衢强吻事件了，他想找出那个士子？

可是再像这样搜下去，一定是来不及的，耽误会试时辰，这是重罪，他如何担负得起？

玉自熙素来和他们不对付，他不喜欢文人是出了名的，十八房考官苦口婆心，对他大约也就等同蚊子叫罢！

叹了口气，使个眼色，他命项之痕亲自去向陛下回报，自己凑了上去。

“王爷，”洪嘉石前元贵族出身，标准的世代公子哥，家学渊源，风流趣致，丝竹弹唱无所不精，自己也是个七窍玲珑、水晶心肝的人儿，见玉自熙神情已经揣摩出几分，悄声道，“王爷可是寻找一个身高约六尺、肤白体瘦、容貌清秀的士子？”

“你认识？”玉自熙立即睡醒，忽地一下转头，“老洪，是谁？”

洪嘉石苦笑，我怎么知道是谁？瞅瞅天色，不能再纠缠下去了，一定得把这魔王先打发掉，心一横，道：“知道，是平州士子班岳……”

“喂！你！”玉自熙突然蹦了起来，红云一朵，刹那间就冉冉落于人群之中，衣袖一挥，四面人等纷纷倒跌出去，只留下人群中一个瘦小的布衣男子，正满面愕然地转过头来。

“你，”玉自熙笑得非常满意地看着秦长歌，“搜身搜身，允许你插队。”

“哦……”秦长歌慢吞吞答应一声，问，“请问官爷，先脱哪里？”

“脱上衣——等等，”玉自熙一偏头，“你不认识我？”

愕然瞪大眼，秦长歌满面茫然：“小生今日方到郢都，此前从未有幸得见帝都风采，怎么会认识官爷？”

“嗯……你不认识我？可我认识你就行了。”玉自熙曼声道，“脱吧，脱吧，早点脱完早超生。”

“哦。”傻书生十分听话，立即去解扣子。

玉自熙目光灼灼，似笑非笑，看着秦长歌慢吞吞的手势，摇头道：“慢，太慢，你这样子，后面还有这么多人，来不及开考怎么办？耽误时辰可是重罪！”

洪嘉石在一边暗骂，你这浑蛋，现在你倒记得耽误时辰了！

“本王亲自给你搜，”玉自熙伸手便去解她腰带，“两个人动手比一个人快。”

“不好吧……”秦长歌忸怩，“小生有狐臭也。”

“没关系。”玉自熙抽出腰带往地上一扔，双手一扯，所有布结都被崩断，围观众人齐齐倒抽一口长气。

这……叫搜身？

“狐臭有什么不好？”玉自熙笑得开心，“风情独具，别具一格，本王就爱闻这个。”

围观士子立即齐齐抬臂，去嗅自己腋下。

……

“皇上驾到！”

太监的嗓子极其具有穿透力，即使在这乱如一锅粥、人声鼎沸之地，依旧清晰地传入每一个人耳中。

洪嘉石立时松一口气，最先跪下去，高声叩首：“我主万岁！”

被帝驾御临惊呆了的士子们这才清醒过来，乱七八糟地跪了一地，这些人不懂陛见请安规矩，万岁、陛下、皇上胡喊一气，而前方九龙拱日御辇上，萧玦龙袍金冠，一身刚下朝的朝服，早已大步行下辇来。

目光一掠，立时停驻在人群正中正被玉自熙扯着袖子的秦长歌身上，有些不确定地上下看了一圈。

是长歌吗？

一个球从御辇上滚了下来，扯着他的衣袖，做了个OK手势。

萧玦自然是不明白太子爷的天雷手势的，不过看他的样子也知道，这是长歌，看样子玉自熙不愤天衢大街被强吻，硬是冲来贡院找人了。

他眼光瞄到秦长歌已经解开的衣襟，再看看玉自熙还停在秦长歌前襟前的魔爪，怔了怔，眼光已经黯沉下来。

你这家伙放肆得也过火了吧？当朕这个前世之夫是个摆设吗？

身侧，有人悄悄拉了拉他的衣襟，自然是萧家太子提醒，别在这地儿失态，别给这狐狸看出什么来，否则坏了咱娘的事你一定会被三振出局。

抿抿唇，紧了紧腮帮，萧玦恢复雍容平静的帝王风范，淡淡道：“都平身罢——朕去天坛祭香，顺便路过此地，想着今日春闱开考，过来看看，怎么这许多人还在门外？还有，静安王，你怎么会在这里？”

“陛下，微臣也是路过的，”玉自熙面不改色地答，“看见老洪这里人手不够，怕开考时士子还没进门，耽误时辰老洪是要杀头的，同在一殿为臣，微臣怎么忍心老洪落此下场，所以来帮一把手儿，嗯……老洪你就不要感激我了。”

洪嘉石一口郁闷的鲜血差点喷出来，玉自熙，从此我和你不共戴天！

“哦，”萧玦不置可否，先皱眉对洪嘉石道，“时辰快到了，朕许你五门齐开，增派人手，先让所有士子进房开考，你是主考，别的事你无须理会。”

洪嘉石立即感激涕零地叩了个头，重新安排士子搜检，人群散去，萧玦方冷冷看向玉自熙：“临时路过？临时路过你也搬着个椅子？”

他看似无意地迈步前行，经过玉自熙身边，伸手一拉，一把将玉自熙拽了过去。

“你闹什么闹？你再这样，朕也不能再回护你！”

“陛下，您在紧张？您在愤怒？您为什么愤怒？”玉狐狸仿佛根本没听见他的威胁，只是目光流转，极有深意地上下打量他，“他又不是您的女人，您紧张什么？”

他微笑着，一旋身闪到秦长歌身边，一把抓住她，笑吟吟对萧玦道：“陛下，既然您来了，正好省了微臣的事，微臣自从上次被这少年当街轻薄，突然起了龙阳之思，想试试男子滋味……这书生当街欺辱郡王，本有杖责之罪，微臣看陛下对他似也颇有顾念之心，便卖陛下一个好儿，也不用揍了，以人代杖，请您把他赏给微臣吧？”

第五章
纵情

“你要误了人家应试了，”萧玦将怒火捺了又捺，盯着玉自熙缓缓道，“读书人不容易，十年寒窗，悬梁刺股，就这样给你搅了你于心何忍？你看上谁是你的事，龙阳之好这种不登大雅之堂的事体，你居然拿来和朕有商有量，要朕赐你娈童？你将我西梁堂皇国体置于何地？将朕这九州之主置于何地？胡闹！回府思过去！”

秦长歌睁大眼看着萧玦，差点鼓掌赞叹，这家伙历练出来了啊，滴水不漏、冠冕堂皇，应对沉着、分寸有度，更难得的是印象中那个有点暴烈的性子，也开始收放自如拿捏得当，竟是一点破绽和空子都没给玉狐狸占着，皇帝这个最锻炼人心智、城府的职业，果然不是白当的。

她不好鼓掌，太子爷却是可以尽情表达自己的由衷赞赏的。

“妙哉斯言！”萧包子大力拍掌，最近听贾端老头子的课，听得最多的就是这句，现搬来应景，又满面严肃地对秦长歌一摆手，“这位……先生，你快去考试吧。”

“小生谢陛下、太子隆恩！”秦长歌立刻应声，极其利落地从玉自熙手中扯回自己的衣服，背着自己的篮子一溜烟跑了。玉自熙挑了挑眉，若有所思地看了她一眼，又看看面色沉肃盯着他的萧玦，笑了笑，媚声道：“微臣也……谢主隆恩。”说罢一礼，摇曳生姿地扬长而去。

一场风波由此化为无形，秦长歌在跑向贡院大门时同时做了个手势，暗示凰盟护卫中止计划——萧玦来得这么快，超出她意料之外，本来还想指使手下装模作样去烧玉自熙随时带着的那盏灯以便调开他——谁都知道那灯是玉自熙的命根子，除了上朝时放在签押房，其余任何时间都随身不离。

算了……惹急了这狐狸，爹了毛也是不成的。

三场考试，六日、九日、十二日各开一场，每场三天，小小号房九天足不出户，秦长歌用一大半的时间睡觉数手指，其余时间应付那些经义策论诗赋。最后一天考完，背着小提篮出来，阳光灿烂得近乎炽烈，对面街边白玉兰树上花朵开得奇香四溢，大如玉盘，入眼有一种清艳逼人的美，秦长歌迎着日光闭了闭眼睛，目光下移，这才发现斜倚树边的黑衣男子。

眨了眨眼睛，秦长歌站定，又仔细地看了看。

对面，颀长的男子一身普通黑衣，有点讪讪地迎上她的目光，英锐的长眉下目光坚定，脸却微微发红。

抿了抿唇，秦长歌看看自己的男装，眼光向城西飘了飘，她最近搬了家，现在住在城西，那里是中等民户集居地，小小的院子，里外三进，住着家乡发大水现在来郢都投奔亲戚讨生活的远房兄弟三人，最里面一进住了有病的兄弟，第二进住了大哥夫妇，第一进和偏房住着两个没成家的兄弟——有病的，自然是楚非欢；大哥夫妇，是祈繁和凰盟女弟子的假冒夫妻；另两个是容啸天和秦长歌，大家都改了装，有滋有味地过起平常生活来。

秦长歌的意思是：咱身份现在都不方便，去家里。

不料对面的萧玦却没动步，眼光向城门方向飘了飘。

呃……出城？

做什么？

眼光再向旁移了移，一匹看起来脚力上好却不打眼的黑马在一旁打着响鼻，踢踢踏踏意态悠闲地转着。

对面，萧玦对着她疑惑的目光，做了个口型。

“犒劳你，出城转转。”

皱皱眉，看了看皇帝陛下沉默却执拗的神情，随即无奈一笑，秦长歌很轻地摇摇头，做了个“你先”的手势。

萧玦的眸子如启明星一般灼灼地亮起来，立刻转身牵马而行。

街上人潮涌动，匆匆来去，无人注意到一前一后两个“男子”，以着同样的步调和目的地，怀着不同的心绪和回忆，缓步前行。

午后的风清爽干净，风拂起前方男子乌亮的发，秦长歌的目光，这一刻微微有些遥远和柔软。

恍惚间时光倒转，十六岁少年愤然回首，眉目清亮。

萧玦，我们似乎曾经，这般向着同一个方向，漫漫行路。

却又不知在何时，错失了彼此的路途？

萧玦牵着马，在前方慢慢地走，他的步子稳定而坚实，修长的身形永不会被人流湮没，他行得并不十分急切，虽然企盼和长歌单独相处的美好，但是这条路，这般一前一后的漫步而行，似乎也可以走得再长些，这一刻时光静好，全心去爱的人就在身后，一转身便可触摸到她的容颜，那是种多大的幸福？

而那种身后有牵绊，有目光暖暖烫上后背的滋味，自己又暌违了多久？

萧玦的目光，也渐渐遥远……很多很多年前，似乎也曾有过类似的一幕。

那年……长街前横刀裂门的少年，担一肩瑟瑟秋色，盯着在自己面前紧紧合上的大门，听着门后兄弟们放肆的哄笑，死死咬唇不语，然而那深黑眸瞳，早已无法抑制地泛上泪光。

却听得身后少女轻笑，似一朵娇花飘落枝头般轻而俏。

她与他一番对话，泪光被燃起的希望之火霎时烘干，只是犹有几分疑惑，他上下打量她——这么美，这么纤细，这么小，她整个人给人的感觉宛如梦境，美好如斯，那么那些振人心怀的许诺，是不是也是一个极易被惊破的梦？

“跟我来。”

少女眼光流转，立时看出他的疑惑，一转身，留一个秀致优美的背影。

他有些犹豫，却不肯多想地立即跟上。

她在前，他在后，他的眼光，一直黏在她的背影上，一个人的轮廓，怎么可以生得这般精致恰好？那流畅起伏如诗，再或者，天边那一抹虹霞的娇艳……

那一刻他恨自己未曾好好读书，记忆里那许多千年以降荟萃文人精华思想的华言锦句，到了绝顶的容姿面前，似乎都失了色，显得斧凿而有匠气，不如这女子丽质天成，惊鸿游龙般的灵秀。

兜兜转转出了城，在一处破旧的祠堂前停住，她回身对他一笑，拂了拂积满尘埃的祠堂香案。

只是轻轻一拂，香案便轻若无物般飞起，生生挪移到了另一边，香案下，露出一方图案。

他惊讶得瞪大眼，这女孩不过十三四年纪，怎么有这么一身惊人的功夫？

她却斜倚墙边，微笑对他招手："来，看。"

他依言上前，自己都奇怪素日不算听话的自己，今日怎么对一个比自己小的女孩言听计从？然而眼前小小女孩，温柔眼光里自有博大境界，目光凌云，气象万方。

他不由自主垂下目光，却是一方青石雕刻，共分四幅，飞龙在天、足攫巨龟、砸龟于石、龟死龙舞。

雕刻者笔力非凡，只是寥寥数笔，却意象传神，将龙的神威、龟的狰狞、龙的飞舞夭矫、龟的垂死挣扎都尽现于指下，令人一见之下，便神为之夺。

他被这似有魔幻之气的图像吸引，目不转睛，耳边突然响起少女淡淡的语声，声音极近，她垂落的发在他的肩，亮若黑缎，带着芬芳而沁凉的薄荷杜若香气。

"元太祖元烈，据传为其母梦神龟而生，其后起于草莽，夺晔皇朝天下而代之，历五代帝王，倒行逆施，德行微薄，以致元王朝不过数代国祚，便已近衰微之境，天道轮转，气数将尽，此当英杰辈出，争雄天下之时，此当君，有为之时！"

他愕然抬首："我？"

"你。"眼前少女长发飘飞，目色幽深，带着命世者的灵慧与透彻，一抹夕阳暮色里宛如神女。

"你出生于元静帝十八年，属相龙，八字为辛辰、丁酉、庚午、丙子，'此命为人仁孝，学必文武精微。幼岁浮灾，并无妨碍。运交十六岁为之得运，诸事遂心，志向更佳。命中看得妻星最贤最难，柱中四方成格祯祥'。"

见萧玦一副有听没有懂的模样，她一笑："总之，这是天赋甚厚的强势命造，至于这祠堂中的图雕，系我大师兄十六年前云游天下，路经此地，见某府生子，祥云瑞霭紫气东来，灵机所触遂卜了一卦，刻下此图。此龙绘金甲十六，起于云端，预示新主腾起之机，脚下之龟，元王朝也！——天与弗取，反受其咎[①]，萧兄，你

---

①"天与弗取，反受其咎。"——天意命定是你的东西你不要，反会受到天意怪罪，这里是秦长歌劝说萧玦要顺应天命，因为他为命定之主。

可明白？”

你可明白？

碧落神山履足红尘的幼龄女子，轻启朱唇，寥寥数语，如巨剑劈落，为他砍裂出一方新天地，于尘世的压抑的黑暗的捆缚的一角，透进新鲜的清甜的沁凉气息。

那一方的天地，有火有血，有牺牲有白骨，那些战场上头颅落于他怀的兄弟，那些洒落于草根底的无名战士的热血，那些刻于记忆中一步步行来的艰辛与热泪，终究缔就了十六岁少年脚下坚实的帝国，终究不负了他解民倒悬，推翻逆政的多年心愿。

萧玦带着沉湎的微笑和淡淡的忧伤迈步出城，回忆里时光总是过得很短，仿佛只是一转眼，自己便站在了城郊野外的山坡上。

他回身，凝视秦长歌。

春风和煦，碧草如丝，不远处桃花开得热闹，宛如一场香浓的盛宴，山坡下一道溪水清澈见底，荡漾着被风吹落的粉色桃瓣。

一色蓝天下飞燕啁啾，黑色身姿划过的弧线有空灵清绝之美，蓝天下青衣朴素的士子，缓缓而来。

这清秀的士子脸，不是她的脸，明霜的脸，也不是她的脸，可是那又有什么关系？他爱着的，永不忘记的，永远都只是她这个人，他的长歌，本来就是灵魂无限魅力的女子，拥有超越容貌的旋涡般的精神吸引，美貌对她来说只是灵慧之锦上再添一分艳彩罢了，何足道哉？

长空下，碧草间，他等待着心爱的女人走近来。

长空下，碧草间，秦长歌哀怨地走近来。

……这人一看就是思春了，忘记她武功大大不如以前了，虽说最近努力练功，也抵得上三流高手，可是九天试考完了，她真的是很累啊，为什么那马不能借她骑骑呢？

“阿玦，”她站住，气喘吁吁地扶住膝盖，“有什么要紧话要说吗？”

正在寻找背风处的萧玦，突然顿了顿，半晌道：“长歌，难道没有话要说，你就不肯见我吗？”

怔了怔，听出他语气的黯沉，秦长歌一时倒不知道该如何回答了。

她智慧天纵，但是于情爱一道，却并不是此中老手。前前世，十四岁之前苦练武功，同门师兄弟虽有，但要么年纪不对，要么个个都是武痴，能入绝世名门，是几辈子修来的机缘，谁愿意将时间浪费在虚无缥缈的感情上？而十四岁下山，第一个见到并留下深刻印象的男人便是萧玦，其后随他从军，不断辗转南北，铁火硝烟，征战无休，两人的爱情，是在马背上谈出来的，两人的感情，是靠那些流出的汗与鲜血一滴滴缔就的。那种同生共死牢不可破的坚实情感，使得她从未想过这世上还有别的男人存在，建国后嫁作他的妃子，也成了顺理成章，全天下的人都认为，秦长歌该是萧玦的，她自己，也一直是这么以为的。

直到长乐大火，再历一世，经过前世现代社会丰富信息和观念的熏陶，秦长歌恍然惊觉，原来自己在前世，并不像自己以为的那般爱他。

爱，如何能忍受他为了政局平衡，再娶那许多妃子？

爱，如何肯将后位让于他人，自己只做了妾？

爱，如何在居于阴暗深宫后，任开国皇后不尽的雄心，无限广阔的翅膀被束缚、被埋没，而不生怨怼？

不，也不能说不爱，她的牺牲与容忍，同样建立在对萧玦的感情基础上。

也许……他是她的选择，却不是她的唯一和第一？

是不是她始终牢记着千绝门弟子以天下为重的身份和使命，为此压抑并扭曲了自己真正的情感走向？

秦长歌问过自己无数次，也无数次没能给出自己答案。

干脆也不必自寻烦恼了，既然答案无解，前尘也不可重回，那便从头再来一遍，看看新的大千世界，无数选择之前，自己由心奔向的，是否还是他深情的眼眸？

给自己一个机会，也给他一个机会，如果没记错的话，萧玦何尝不是在十六岁那年第一次注意到姐妹以外的女孩，并在以后风雨相伴的岁月里爱上她的呢？

是不是，他也是一个“顺理成章”？以为自己最爱，到了最后变成“应该爱”。别的选择都成了错误，这是不是命运的一种心理暗示，给他的和她的？

秦长歌微微仰首，对着舒爽的春风笑了笑。

昨夜长风好袖手，看我披发上高楼，红尘悲欢多少事，且付明月大江流。

一转眼见萧玦依旧凝注着她，沉声道：“长歌，是不是现在无论我说什么，都再抵不得当年了？”

秦长歌皱皱眉，正要回答，却突然怔住。

山坡背风处，不知何时被萧玦神奇地铺了块布，布上金杯银筷，还有一方雕龙绘凤的银质食盒，另有一个小小的烘炉形状的东西。

挑起眉，秦长歌缓缓走近，低头看看，叹道：“淮南烟华锦，寸锦寸金，尤以紫色最为珍贵，十中无一，被你拿来随随便便往地上一铺，可惜了的……不过你这是要干什么？”

“哦，”萧玦亲自将食盒里的金盘玉碟一样样取出来，头也不抬地道，“听溶儿说……你告诉过他以前你春天会去踏青，还会……野餐，我问他野餐什么意思，他说他也没见识过，左不过男女一起吃饭，铺块布，带点吃的，我想着既然你喜欢，就……”

他说话时始终头未抬起，秦长歌眯起眼睛，很不怀好意地盯着他的耳朵看，这家伙脸红先红耳朵，果然——萝卜再世。

笑了笑，秦长歌也有些感动，走过去，在烟华锦上一躺，叼了根草叶，慢慢嚼着道：“阿玦，说实在的，你不像个皇帝，我以前读那些小说，皇帝要么暴虐冷酷，要么城府阴沉，要么花心无情，要么森寒迫人，很少看到专情的、明亮的、霸气而善良可爱的皇帝，如你。”

忍俊不禁，萧玦也在她身边坐下来，舒服地一躺，双肘支头，仰望蓝天浮云，一笑道：“不知道你看的什么书，尽将皇帝往奇奇怪怪的路子上写，好像不这样说不足以表现皇帝的特别一样，可是皇帝也是人，为什么会一模一样？而且长歌你知道我的，我出身也就是一个小郡王府的庶出儿子，还不受宠，兄弟们月银都比我多、伙食都比我高贵，后来你陪着我打天下，也是火里来血里去，没过过娇惯日子，没时间去享受，建国后忙于适应朝局政务，适应如何将眼光放及天下——我的全数经历时辰，都用在不断地前进和学习之中，皇帝应该怎么做，我要学；皇帝应该是什么样姿态性格，我不知道也不想知道。什么体态尊荣？什么天子城府？天下在我脚下，我不尊荣也尊荣。天下抓握于我手，我不城府也城府。”

“你最后一句话说得好，”秦长歌笑，“我就爱听这个——顺便回答你刚才的话，不是这样的，不是说你说什么都不抵当年，阿玦，我视你一如当年。”

目中突然燃起雄雄烈火，萧玦忘情地一翻身，一把抓住了秦长歌的手：“一如当年！那么长歌你——”

他突然顿住，眼前，已经脱去面具的女子秀眉拢烟、肌肤晶莹，翦水双眸清亮如碧海神珠，容华淡伫，韶华绰约，被风吹散的一缕黑发停在唇边，那唇色呈透明的粉色，宛如一朵初初开放，在春风中姿态邀请的蔷薇。

心中轰然一声，这容颜似陌生似熟悉，然而那眼神，不正是自己苦苦思念了三年的她？

脑海这一瞬间神思邈远，突然想起那日听隐踪卫回报，天衢大街之上，那谁强吻了谁……

那谁是谁，突然忘记了，满脑子里，现在只剩下了“强吻”两个字。

暌违三年已久的唇，是否芳泽依旧？

那朵娇艳的蔷薇……开在风里……谁撷取幽香深深，用一生来陶醉？

他深深俯下头去……

“停！”

伸指点住萧玦嘴唇，清亮亮的目光似笑非笑地看着两颊微红的他，秦长歌轻轻道：“我现在可是男装，你不怕人当你断袖？”

一翻身，翻出个安全距离，秦长歌重新戴上面具，抱膝坐起，一笑道：“阿玦，这时光真好，你我都是诸事繁多之人，难得有此闲暇共享这一番春色，不可辜负，而且春色虽好，看看也就是珍惜了，再要在你我身上来这么一遭，就有点煞风景了。”

无奈地一笑，萧玦也只好坐起，想了半晌道：“我明白你的意思，长歌，你说话永远这么曲里拐弯，有时我想我大约是真配不上你。”

“爱情与相配与否无关，”秦长歌去翻食盒里的好东西，“前提是那必须是真爱。”

“我对你自然此心可表……”萧玦极低极低地咕哝一声，将碗筷给秦长歌布了，指着菜色一一给她介绍，“我带了鹿唇、飞龙、鲥鱼、羊羔肉，点心是冰糖燕窝、芸豆卷、蜜炙云耳、丝窝虎眼糖。你可喜欢？”

“怎么除了点心其余都是生的？”秦长歌愕然，“你要烤了吃？”

“溶儿说你们都是烤肉吃，宫中倒是有烤炉，但是太大，我叫他们赶制了一款小巧的，你看合用否？”

萧玦一边试着用火折子给炉子生火，一边看似漫不经心地问：“嗯……长歌，你们那个野餐……人多吗？男人多还是女人多？”

含笑瞟了他一眼，秦长歌拈了个芸豆卷慢慢吃，一本正经地答：“都多。”

“……那你什么时候……野餐的？你不是刚刚还魂回来的吗？你和谁？楚先生他们吗？”萧玦继续漫不经心，将火折子啪的一下迎风抖着，去凑那烘炉下的火油和炭火。

“嗯……在以前啊……好多男人哦，不过不是非欢他们。”秦长歌眼波流转，浅笑盈盈。

萧玦手一抖。

“阿玦你干什么？”

“轰！”

第六章

灭门

“救火啊！救火啊！”

城郊施家村一个在外面草场上玩泥巴的半大小子，突然瞅见前方腾起一阵黑烟，隐约听见轰的一声，有人在叫救火，接着便见黑红的火苗蹿出来。这村子前方都是干燥的草场，火势蔓延得极快，一条火线如红龙般滚滚而来，转眼就将到了村子附近。

“起火啦！”

小子将泥巴一抛，尖声大叫，撒腿就往村子里奔，左邻右舍的汉子们闻声立即纷纷提着水桶冲了出来。

火头挺远的，但是这村子四面空旷，如果不救，极有可能连带到房子遭殃，再说草都烧完了，咱家放养的鸡、鸭之类的到哪儿去吃草籽和虫子？

“救火！各家壮丁都去救火！”村长当当地敲铜锣，撒丫子就往火场奔。

一群人一边在小溪里取水灭火，一边不住奇怪地讨论：

“好好的怎么会起火？”

“先前看见有两个人影在这附近，人呢？哪儿去了？”

“不会是这两个人放的火？”

“放火干啥？咱们全村加起来也没十两银子，他们隔这么远放火，烧自己啊？”

“咦，这里有个怪怪的炉子！”

火势渐灭，地面烧焦了一大片，露出面目全非的烘炉和已经烧扭曲的金杯之类的东西来。

“这个是什么东西？”有人拨拨炉子，嗅了嗅，“有点火油味道，怕不是这玩意烧起来的？”

“那两个人不小心弄起了火，也不救就自己跑掉了？真够无耻的！”

一堆人愤愤地骂，却有些精明眼力好的，蹲下身去看那滚烫的变形的黄金器具，犹疑地问：“施家阿公，你看这东西像不像黄金？咱村里，就你见过这东西了。”

那被称作阿公的老者眯下眼去看了看，又用枯干的手指去轻轻地摸，被烫得一缩，看仔细手底的东西后，白眉下混浊的老眼骤然一亮，随即便掩饰了，喀喀地吐着痰，气喘吁吁地道："老喽，老喽，眼力不好喽，不过看着不太像，你想啊，谁家会随身带着黄金用的东西啊，用得起黄金器具的贵人，又怎么会来我们这前不着村、后不着店的鬼地方？"

村人频频点头。

"阿公就是有见识！"

"火也灭了，咱们走咯，婆娘还等着俺去上坑哪！"

"二狗子你这不知羞的，迟早得色痨！"

"你丫才叫不知羞，咱家天天半夜里那只扒墙的老鼠，怕不就是你吧？"

……

村人笑骂着拎着水桶三三两两离去，施家阿公由孙子扶着慢悠悠走在最后，突然凑过头，悄悄嘱咐了孙子几句。

随意若有所思地回首，老脸上掠过一抹含义不明的笑意。

……

"喂！这样不好吧？"

"嗯？"

"咱们惹了祸，就这样撒手一走？"

"你走了吗？我走了吗？"

远处草丛里，一对隔岸观火的焦炭在窃窃私语。

"嗯……火势不小啊，你确定咱们不需要去帮忙吗？"

"需要，你去吧。"

"哦。"

……

"……那你为什么不动？"

"我不想被人揍死。"

"……"

萧玦牌优质炭严肃地对秦长歌牌空心炭说："长歌……我还是觉得这样不好。"

空心炭答："我很乐意看见堂堂西梁皇帝被一群村妇狠揍。"

优质炭答："她们那点力气，无妨的。"

"嗯，"空心炭十分赞同地点头，漫不经心地加了一句，"据说村妇们最爱攻击男子的下三路，一击必中，百击百阉。"

“……”

“我跟你说，”秦长歌叹气，“光凭咱两个，又没工具，救火是救不了的，现成的劳动力，不用白不用，既然他们来救了，少咱两个也不算少，何必冲出去不打自招地找麻烦？你要过意不去，回去后叫郢都府尹责成当地保甲查一下这个村子的损失，拨银子补偿就是了，我看到最后他们只有赚的。”

“嗯……”萧玦盯着侃侃而谈的秦长歌，早已神游物外，目光深情地看着头发飞散、满脸乌黑的秦长歌牌焦炭道，“长歌……你真美……”

笑吟吟抹了一把脸上的灰烟，秦长歌温柔地答：“萧玦，你好雷。”

草丛里的对话还在继续。

“为什么我们还要伏在草丛里？”

“因为我们要看戏。”

“看戏？”萧玦皱皱眉，想了想，他自然不是笨人，只不过没秦长歌狡猾罢了，当下恍然道，“那个老头子有点古怪呢。”

“何止是他，”秦长歌似笑非笑，“何止是这个老头别有心思？刚才那些人里，相信了他的我看只有一大半，还有半信半疑的，还有根本不信的，这些人到最后，都会悄悄返回来。人为财死，鸟为食亡，这些黄金之物，看来要引发一场风波了。”

“村野之民，多半民风淳朴，此地百姓，怎么如此狡诈？”

“陛下，你又相信野史话本子上的胡言乱语了，谁告诉你村人就一定应该老实纯朴被人一骗就乖乖卖了自己？”秦长歌冷笑，“人心本贪孰能免？何况，你忘记这里的历史了。”

萧玦恍然，立即皱眉道：“郢都周边村落的村民，都是前元末年从各地逃荒而来的人的后代，还有一部分直接就是元末郢都周边杀人打劫的山大王，新朝建立，乱世消亡，他们混不下去了，改做了农民，这些人的后代，还真的难说是个什么性子。”

“所以咱们不能走，”秦长歌叹气，“真要出了人命，是咱们野餐野出来的罪过，怎么能撒手？”

“长歌你还是面冷心热啊，”萧玦目光在渐渐沉黯的暮色中闪亮如初升的星光，“朕就知道你不会走。”

对天翻了个白眼，秦长歌懒得解释了，其实这些人既起贪念，互相欺诈，死也活该，只是晓得这家伙超级具有做皇帝的责任心，成全他罢了。

“反正走不掉了，”秦长歌从草丛里直起身，仔细看了看天色，“不如找个农家借宿，就怕我今天不回去，溶儿他们要担心。”

“无妨，”萧玦一笑，“我去接你之前，溶儿知道，他会通知楚先生他们的。”

瞟了萧玦一眼，秦长歌也不想戳破他想搞舆论战术和形成既成事实的那点小心思，但对他眼睛里闪闪亮的那句“孤男寡女在孤村过夜也许可以有做些什么的机会啊”的兴奋，有点点不顺眼，也刺他一句：“你不回宫，宫中找不见你，不怕九门大乱？”

“我从密道溜的，不过在龙章宫嘱咐了于海，就说我身体欠安，一概不见人。”萧玦笑道，“这还多亏了你的密道极其隐秘，到现在我每次溜出去，隐踪卫都发现不了。”

“我的看家功夫，如何能被不相干的人发现。”秦长歌傲然一笑，“对了，那个僵尸样的护卫呢？我好久没看见他出现在你身边了。”

“你是说青杀？”萧玦无奈道，“你这人就是记仇，那回那老人一剑穿透了他的琵琶骨，他的武功失了大半。我要他去调养，他却说自己是个废人，不配再留在我身边，若是有一日能重新练回武功，也许会再回来，说完便走了。”

“嗯……”秦长歌慢慢思索，“他是什么出身？我好像以前从没见过他。”

“乾元初年我巡幸边境，在幽州遇刺，他救了我。”萧玦神色有点古怪，简单地道，“这人原先是个侠士，拜在幽州大豪方羿门下，却因为个性孤僻冷漠不善交际，不为方羿所喜，又不肯做一些屈节却赚钱的事，以至于日子过得很潦倒，老婆孩子都没吃没穿，饿得半夜哭叫，他那夜是实在听不得家人啼饥号寒，悄悄起来去酒楼后的泔水桶里找食物的——英雄末路，狼狈至此，当真令人心酸。”

“如今他失了武功，”秦长歌说话很慢，似在想着什么，“岂不是日子更难过？”

“我令幽州当地官吏注意他有无回籍，随时回报，并要他们照顾方家老小，”萧玦道，“想来是无妨的。”

“难说——”秦长歌突然讥诮一笑，却立即转了话题，“你遇刺？怎么会遇刺？谁刺你？”

“啊……这个啊……也没什么啊……”萧玦眼神立刻开始躲闪，左顾右盼，“大约是北魏探子吧，总之，过去了……”

笑嘻嘻盯了萧玦一眼，秦长歌也不问了，想掩饰？你就掩吧，小心我最后把你遮羞布都扯下来。

“那我们就去投宿吧，去那老头家，”秦长歌看了看村舍，指了指房屋最好的数间青砖大瓦房的院子，道，“就是那家，对了，你带银子没有？”

皇帝陛下很无辜地把袖囊翻给她看，表示：“歉甚，朕没有带钱的习惯。”

哀怨地叹口气，秦长歌慢吞吞地从袖子里掏出几个银角子，挑挑拣拣选了个最小的，喃喃道："下次不能和这人一起出来，就是个吃软饭的……"

已经前头开步走的萧玦立即回头，问："什么叫吃软饭？"

"哦，就是那种不事生产，整天坐在那里，偶尔奉献下'精力'，然后便等着别人送上食物和金银，靠别人掏钱过日子的男人，简单地说，你们皇帝干的就是这个职业。"

"听起来倒也像，"萧玦若有所思，"可为什么我总觉得你这话哪里不对劲呢……"

掏出银子，向那正在吃晚饭的一家人表示自己兄弟出来踏青无意走迷了路，误了回城，是以求宿一晚的秦长歌，受到了老者一家热烈纯朴的款待。

这是一家看来还算殷实的农家，人口也多，七八口人，施家阿公和几个儿子，大儿子已经娶妻生子，不过一直没有分家另过。

对着积满泥灰的木桌上满满的各色山野素菜，再看看殷勤劝菜的施家阿公的儿子儿媳，萧玦有点狐疑地悄悄问秦长歌："我们是不是把人家想得太坏了？"

"我们也许把人家想得太好了，"秦长歌夹了一筷子菜堆到他碗上，"不过这是没加蒙汗药作料的绿色食品，你在宫中是吃不着的，来，多吃点。"

施家阿公一直笑眯眯看着他们进食，又磕着烟斗大声吩咐孙子："阿六，记得给你五叔留饭！"

那面貌憨厚的孩子答应一声，去厨房装饭。秦长歌看着他的背影，嘴里含一块饭，嘟嘟囔囔地问："阿公啊，这晚了还有客啊。"

"是啊，"施家阿公带着几分得意骄傲之色答，"我那五小子，在城里做工，托人捎话来说，今晚要回家，还要带个官家人回来。"

"官家人？"

"是啊，"老头胡子一翘，十分得意，"听说是在衙门里做事，好大的气派，不知怎的看上了我的五小子，说他伶俐，给他介绍了在衙门里杂役的活儿，事不多，钱不少，真真是好人！"

阿六端了饭甑过来，憨厚地笑："客人们多用些饭……其实最近村子里大家都发了点小财，也说不得谁赚得多。"

"你懂什么！"老头眼一瞪，"他们那里是住的短客，不过几天就走，虽然银子不少，也就一时罢了。哪抵得你五叔在衙门做事，细水长流，又体面又风光！"

阿六笑笑，不和老头子辩驳，秦长歌却笑道："村子里住了外客？我们兄弟刚才却没看见呢。”

“别说你们，我老头子也没见过几次，神神秘秘的，”老头狠狠地抽一口烟，惬意地眯了眼道，“男男女女，都掩着脸，走路飘飘忽忽的，也不说话，看人的眼光，直发毛！”

“阿公你别吓坏了客人，”阿六突然接话，“也不是个个这样的，我上次汲水，见到村西刘二婶子家住的那对女客，其中一个好像有病，那天风吹开了她的面纱……”

他突然住了口，黝黑的脸上泛起一阵微红，搓着手低下头去。

秦长歌和萧玦对望一眼，目光中同时闪过一个名字。

“蕴华！”

神秘行踪，步态特异，有病（受伤？）而美貌的女子……怎么听怎么都像彩蛊教中人。

最近一直在追捕她们，不想她们躲到这里来了。

扒了一口饭，秦长歌继续漫不经心地问：“村里这么多人，除了阿公家里，家家都住了很多客，看来是笔不小的收入呢。”

那句故意的“除了阿公家里”，立时刺激了老头虚荣好胜的神经。他一拍大腿，嘿声道：“哪里有呢！左不过村西、村东各住了十家，每家一两个人罢了，哪有那许多！” 189

二十家，每家一两个人，有三四十个人。

两人再次对望一眼，目光中微有忧色。

搁下筷子，秦长歌笑道：“阿公啊，您是智人，那些人住几天就走，哪有在衙门里做事来得长长久久呢……夜了，咱们兄弟赶了一天路，劳烦您安排个草堆，有的歇下就好。”

“哪能这么怠慢客人呢，不被人笑我老头子不懂礼数？”施家阿公笑得眼睛都眯了起来，“阿六，给两位客人安排一下。”

又去看萧玦，捋胡子笑道：“小哥，你这兄长，倒是话少得紧。”

“他啊，”秦长歌悄悄对老头俯首，指了指自己脑袋，“他小时候撞坏了脑子，没见过世面，您见笑了。”

“哦——”

萧玦又好气又好笑地捏了捏秦长歌掌心，本想警告她一下，不想触手温软滑腻，自己心中先一荡，想说什么，倒忘记了。

跟着阿六出来，那少年本想带他们去睡自己的小房，秦长歌拦了，指了指院中柴房，笑道：“这里便好，不劳小哥了。”

她语气坚持，那少年看了眼，想想自己的小床也不够两个男人挤的，便默默地在柴房里堆了好大的一蓬草，铺得整整齐齐，在小而安静的空间里，散发着阳光和草木本身的清香。

阿六出门去了，秦长歌往草铺上一坐，仰头笑道："睽违已久啊，你要不要也体验下？"

萧玦一笑，在她身边坐下，草温暖润滑，一坐下便深深陷入进去，两人身子紧紧挤靠在一起，极其亲昵的姿势。

但是此时已经不是亲昵的时辰了。

月光从板壁上一扇小窗上射进来，小小的孤单村落寂然无声，远处荒山上孤狼在啸月，啸声苍凉悠远，不惊浮尘，风声在这一刻的寂静里分外猛烈，一声紧似一声，宛如即将开战前的战鼓。

板壁下月色勾勒出的一方雪白的地面上，倒映着头靠头的两个身影，靠近……渐渐靠近……一阵之后……再缓缓分开。

其实只是两个人压低声线，在紧张交谈而已。

"三四十人，咱们绝对不能动手。"

"那么现在赶紧离开？"

"不能——村里来了陌生人，他们一定有所注意，咱们应该已经被盯上，如果这时候走，咱两人对四十个彩蛊教精华人物，其中可能还有半面强人，那是死路一条。"

"……长歌，万一出事，你记得自己跑。"

"我会记得给你收尸。"

"……算了，我知道我说了也是白说，你选这间柴房，可是因为这个位置正好在三间主屋之间，且靠近院墙，便于观察也便于逃脱？"

"是的，而且萧玦，我觉得这家五小子那个做工也是很奇怪的事，介绍他做工的人为什么会看上一个穷乡僻壤的小子？还有，这三更半夜的，跟他回家又是怎么回事？"

"我也觉得没这么简单，会不会和彩蛊是一伙的？"

"难说，我倒宁愿是，若是再有别的势力介入，咱们就完蛋了——总之，今夜一定不平静，我们先静观其变，无论如何，保命为上。"

"你的意思是，村民们假如在抢金子的时候出了事，我们也不能管。"

"萧玦，今晚要死人，一定的，我现在只希望我们能管好自己的命。"

乡村的上半夜和下半夜是没什么区别的，一般地静，早早的各家各户都熄了灯火，唯有风声的脚步，单调地在村子上空徘徊回响。

白日里那一场火烧的隐隐焦烟气味，时不时传了来，还夹杂了点类似腐尸的混浊气味，令人闻了心上发紧。

一弯森冷的月，惨白地照着静谧的村庄和那条通往村外的土路，月光明亮，隐约可见黑影飞闪。

那速度极快，寻常人见了，不是以为是鬼魅，要么就以为是自己眼睛花了。

不知怎的，平日里爱吠的狗们，今夜都缩了头，在各个角落里噤声不语。

今夜注定不寻常。

下半夜，村子里有些隐约的声响，一些动作缓慢的黑影一个个出现在那条土路上——好些人舍弃热被窝，披了衣，悄悄出了门。

“吱嘎”门声一响，施家阿公家也有人出动了，出来的是阿六，有点不情愿的样子，他身后突然伸出来一根拐杖，恶狠狠地将他捣了出去。

少年无奈地袖着手，在院子里找了块布揣怀里，顶着夜风出了门。

他出去没多久，院门被敲响，等了很久的施家阿公颤巍巍地出来开了门，点头哈腰地将两个人接了进来。

一盏烛火飘飘摇摇地擎在他的手中，映着来客的身形，是个颇为修长的中年男子，烛光照着他的侧面，隐约有胡子，却看不清眉目，他身侧壮壮实实的汉子和施家阿公有点像，应该就是五小子了。

中年男子向前走了几步，突然停住脚步，偏了偏头，缓缓道：“阿公家今晚有客啊？”

风突然烈了些，烛火一边倾斜险些将阿公胡子烧了，老人吓了一跳，一边护住烛火一边答：“是有两个借宿的，也不算客人了，一对兄弟迷了路，老汉想谁背了房子走路，给个方便也是应该的，安排他们在柴房歇了，正房留给老爷您呢。”

“嗯，”那人微微一笑，笑意淡若梨花，空灵遥远，平凡的容貌突然多了点出尘高华之气，但随即便散去，又是一个普通的中年人，他举步向柴房走，道，“相逢便是有缘，我来打个招呼。”

老头子忙命儿子给贵客照亮，施家老五小心地推开门。

“咦？”

柴房内空寂无人，草堆平平展展，都不像有人住过的样子，施家阿公诧然道：“人呢？哪儿去了？怎么不打声招呼便走了？”

“许是解手去了？”老五猜测。

“哪有一起去解手的事，”老头子白了他一眼，喃喃道，“莫不是那对兄弟也看见了，贪那东西，跟去了？……”

他自以为声音极低，不想后方男子轻轻接口道：“什么东西？”

“啊！”老头子吓了一跳，这贵客耳力怎么这么好？急忙答道，“不是，老汉是想这对客人莫不是小偷，想偷家里的东西？”

淡淡瞥他一眼，客人笑道：“您老这么精明，断断不会给人占了便宜去的。”

“您夸奖了……”阿公对着这似夸奖似揶揄的话不知怎么回答，只是谄笑着关上柴房的门，道，“走了也罢，省得打扰您清静，还请上房休息吧。”

“嗯。”客人颔首，跟着父子两人迈上台阶。

施家阿公有年纪了，上台阶时脚下不稳，踉跄了一下，老五和客人同时伸手去扶。

冷光一闪，疾如惊电。

“唰！”

正想逊谢的老头子蓦然张大了嘴，面容骇人地扭曲起来，他从喉咙里发出咝咝的破碎的声音，听来如一只坏了却还想拼命使用的风箱。

有什么东西缓慢地扭动着，扭下衣襟，再扭到地面，然后变成蠕动，分成无数条细小的蛇般，鲜红地、森然地，在月色里不断爬行。

静夜里，液体滴落的声音如此清晰。

施家老五骇然扭首。

隔着老头子身子的对面，中年人对他轻声一笑，笑容竟然圣洁如雪。

反手一插。

一道惊艳的弧光！

极其短促地“啊”了一声，短促如施家老五的生命，他瞪大眼，带着决然不信的神情，带着对“恩人”雷霆般骤下杀手行为的不解，砰地倒了下去。

倒在施家阿公的血泊里，他的心口，匕首雪亮而血色乌黑，父子的血交流在一起，静静流下三级台阶，在月色下蔓延。

台阶上，中年人缓缓松手，一个极其优雅的姿势，一直被他扶住的施家阿公，也如朽木般倒了下去。

黑影一闪，衣袂翩飞，一条条黑影连闪而入小院。

中年人步履轻不染尘地迈上台阶，负手而立的背影挺直如皎洁玉树，头也不回地对黑衣人们做了个手势。

无声地施礼，黑衣人们身形彪悍而矫捷，衣襟下隐隐露出兵器的寒光，再次飞身而起，一闪便越过院墙，分扑向村西、村东那些目标住户。

中年人在月色下，姿态轻缓地推开门，不急不忙地走了进去。

他的身影投射在厅堂的地面上，被拉得诡异而深长，宛如死神般扭曲而浮游而进。

沉睡在夜色里的施家人丁们，于这个和以前那许多夜同样酣甜的梦境里，不知道杀身之祸已经悄然逼近。

中年人走了进去。

随即，黑暗中飘浮起了一种深浓而又奇异的气息，似铁锈般生涩暗冷，冲鼻窒息。

那是血腥气息，大片大片鲜血流出的凝结不散的气息。

无声地杀戮，沉默地死去。

半晌，再次“吱呀”一声。

中年人依旧微尘不染地走出门来，他走到台阶前，停下，向身后望了一眼。

随后，缓缓转过身来。

柴房里，背部紧紧贴着房顶掩蔽身形的两人，一直透过天窗盯视着院中的动静。

秦长歌紧紧抓住萧玦的手，感觉到他的手掌灼热而微微汗湿。

但她知道，这不是紧张的汗水，是愤怒，是一国天子，见着在自己的国土之上，自己的子民遭受灭门杀戮，却无能为力、无法阻止的愤怒。

是无上的尊荣被挑战、被蔑视的愤怒。

施家阿公父子被杀时，两人看得清清楚楚，秦长歌早已看出那男子即将的动作，几乎在那中年人刚去扶施家阿公，还没出手之前就立即伸手，死死拉住了萧玦。

她的手指深深掐入萧玦掌心，感觉到手下腕脉跳动得十分激烈，那种从心底迸发出来的怒气和杀气，宛如即将冲入九霄般激越不已，自己的力量根本压制不住。

天子之怒，上应天象。

远处，隆隆传来雷声。

狂风突作，沉云欲雨。

秦长歌无奈之下，突然伸指，做了个刺喉的动作。

萧玦一震。

黑暗中他目中闪着幽邃的光，看来陌生而森寒。

秦长歌伸指在满是浮灰的小天窗上迅速地写：“想想我怎么死的？我的仇还没报，你就想轻弃此身？匹夫之怒血溅三尺，你是天子，不是匹夫，可如果你要给别人让你溅血的机会，你死起来，会和匹夫一样快！”

手掌底，那不住颤动的手指，渐渐趋缓，飞速跳动的腕脉也渐渐平复。萧玦几乎是立即冷静下来，秦长歌偏头看去，他俊朗的容颜隐在灰暗的光线里，沉郁而坚硬，如钢如铁。

狂怒之后的他，锋芒渐敛，而杀气化为凛然目光，暂且深藏。

隐约间又是转生后小宫女明霜初见的那个冷郁暴烈的乾元帝。

秦长歌无声叹息，转眼看见那中年人在台阶下默默站立了一会儿，头也不回地离开，出了院门。

松了口气，秦长歌松开萧玦的手，又等了一会儿没有动静，正待和萧玦做个手势，一起从屋顶下来。

心中警兆突生——

中年人不疾不徐跨出院子。

月光将院墙涂成黑、白两色，他顺着白色的那条带子，缓慢地走了一圈。

抬头，看了看柴房突出院墙的部分。

突然一抬腿，轻轻一跨，倒飞而起！

那姿态宛如一只姿态闲逸而优雅的大鸟，速度却迅捷无伦，割裂空气追光摄电，唰地倒翻一个跟头，翻飘过院墙。

不过瞬息之间，他已无声翻上柴房屋顶，几乎想也不想，冷光一闪，一柄如月光般的长剑自背后胁下鬼魅般倒插而出！

长河倒挂，银光如练！

深深插入柴房屋顶，直没至柄！

第七章

追杀

“嚓！”

极轻微的利刃穿透之声！

快得超越光，超越思想，超越一个人所能拥有的最迅捷的反应速度！

正对着柴房下秦长歌的背脊！

“嗵！”

“嚓！”

后一声略微沉闷，带着穿透血肉和骨骼的细微窒碍声响。

似是穿过什么肉体，再钉住。

浓稠的鲜血顺着剑尖滴落，蔓延成小溪，无声滴入地下草堆，顺着那些光滑的经络消失不见。

秦长歌在黑暗中咬了咬唇角。

萧玦却是极其宽慰地一笑。

面不改色地将手掌一抽，生生从穿透他掌心的长剑上退了下去，肌肉在长剑上发出钢锋和血肉摩擦的瘆人声响，血如泉涌，他目光却亮得骇人。

唰地拔出被钉住的手掌，萧玦立即想也不想回肘一击，啪的一声精钢长剑断为两截，一截明光四射的剑锋被击飞，在黑暗半空中划出流丽的白色弧线，嗡的一声钉在房梁上，犹自微微颤动。

一声长笑振臂一展，隐藏在腰带内的软剑如游龙般夭矫而起，黑衣一闪，屋顶砰的一声炸开，木块碎屑激射中，抬腿踹炸屋顶的萧玦身姿如龙飞身而出，大喝：“偷袭的，站稳了！这辈子我要你再也不敢偷袭！”

他抽掌、断剑、拔剑三个姿势一气呵成，都在瞬间同时发生，秦长歌未及反应，这个素来勇武好斗的家伙已经跃上屋顶。

无可奈何地叹一口气，秦长歌暗恨那中年人狡黠，去而复返，轻功卓绝，无声无息一剑便已捅下，杀手狠辣至极，要不是萧玦机警，千钧一发间突然撞开她，以自己的手掌相代，现在自己后心被捅个窟窿那是肯定的了。

踪迹是无论如何也掩饰不了了，长剑入肉带上鲜血，证明房下有人且武功不低，对方如何肯放过？更糟糕的是，今夜似乎是两方势力对敌，中年人的一帮对上彩蛊那一帮，两人无意间蹚入浑水。更更糟糕的是，这两方，好像都是自己的敌人。更更更糟糕的是，蕴华和那半面仙女半面鬼魅的女子，都见过萧玦的容貌，一旦照面，后果不堪设想。

秦长歌暗恨自己是去考试的，许多用得着的东西，比如面具、火箭都没带，不过，好像还是有一两样？

她跳下屋顶，抱了捆稻草，稻草上立时簌簌滴落鲜血，落于她衣襟，点点染染如新梅，她看着那梅花，出了一秒钟的神。

随即便很清醒地把从怀里掏出来的瓶子里的粉末胡乱撒了撒，然后抬腿，忽地从屋顶的洞中冒出。

屋脊上，中年人大袖飘飘，正无声和萧玦相斗，夜色下身姿优美，他的武功看来极为博杂，浩瀚如海，更特别的是动作极其精准，好像一步也不会多跨，一寸也不会多移，每一出手都计算到妙到毫巅般精确，以至于他的动作，给人的感觉就好像在读饱学大儒所作的中规中矩一首律诗。

只是虽然神态轻松，控制精确，中年人内心也是不得不惊叹对手的悍勇的，受伤对他来说好像不是削弱，而是更进一层的激发，血气、精神，在伤后调动至巅峰，而且这种激发也不像一些悍勇的人，没有章法和分寸，乱来一气很快就会衰竭，对方是那种越打越有灵感、发挥得越好的人，实在难得。

当然，无论如何受伤终究要损伤体力，他用不着和他多费力气，只是刚才明明屋檐下是两个人的呼吸声，另外一个呢？跑了？这么没义气？

“这草无毒，你信还是不信？”突有人脆声一喝，月光下一个青衣瘦小的影子忽地从洞中蹿了出来，正面对上撒手便是一蓬稻草，哗啦啦黄光闪耀地铺天盖地撒下来，隐约还夹杂着淡青的粉末。

几乎毫不考虑地，流水一泻千里般乍退数丈，中年人目光缓缓落于稻草上。

秦长歌拉着萧玦便跑。

目光一掠屋瓦上的粉末，中年人一笑。

“还真的是无毒啊……可惜谁也不敢信……你若说这是毒草，我倒未必理会，这样说……够狡猾……”

他抬起眼，看着已成小点的两个人，又是轻轻一笑，随即，抬起手，夜空中隐约见冷光一闪，立时，远处便有十几道黑影，追蹑两人而去。

“嗯……呦……你刚才为什么抠我的伤口？痛死了……”

“我不抠痛你、抠软你，你能被我拽走？”万分了解萧玦的秦长歌没好气地说。

这个家伙，是出了名的“不脱逃元帅”，你想要将他从对战中拉走，你还不如直接揍昏他。

所以秦长歌毫不怜香惜玉地在撒草之时立即恶狠狠抠上他的伤口，趁萧玦痛得一软之际拖走他，省得还要费口舌。

抬头看看天色，不知道什么时候月色隐去，苍穹阴森，层层叠叠的乌云覆盖了半个夜空，看来快要下雨了。

秦长歌正要担忧地表示下对天气的看法。

轰隆！雷声炸响！

秦长歌担忧的言语还没出口便湮没在说来就来的雷雨中。

几乎没给人反应的时间，豆大的雨点便劈头盖脸、毫不留情地砸了下来，先是点，然后是线，最后就变成了一幕幕从苍穹直插而下的雨墙，狠狠地横在前方的道路上。

居然真的下雨了！

白天明明天气很好！刚才明明月色很好！

秦长歌叹气，同时也庆幸了一下刚才撒草的时候没下雨，否则哪里逃得出对方视线。

不过大雨有大雨的好处，最起码可以冲洗去逃跑的踪迹。

哧地撕破一截衣襟，三下两下将萧玦掌心的伤口裹好，通透伤极易感染，出了问题不是玩的。

萧玦毫不在意地抹一把雨水，环顾空寂的村庄，苦笑道："人都杀完了吧？这村子四面不靠，最适合灭门了。"

"村西，村东……村西刘二婶子家住的两女人……"秦长歌一面奔逃，一面看着那些分身来追的黑影，一拉萧玦道，"躲到刘二婶家去！"

"好！"一向无所畏惧的皇帝陛下也立刻赞同，"打得最凶的地方，应该也就是最无法顾及的地方，就该去那里！"

"等下，"秦长歌一拉他，"刚才那中年人没来追我们，大约就是去找半面强人了，钻空子钻得不好，也等于自寻死路，先得把眼下这些人解决掉才能脱身……现在追来的那些人，你看你能对付几个？"

"里面有几个好手，如果我没受伤，大约能解决一半然后逃走，现在很难说。"

"嗯……前方有河，我有个办法，但是要下河去……不行，你伤口不能泡水。"

"走吧！"

"咦，人去了哪里？"

暴雨里一个黑衣人狠狠抹一把雨水，水珠飞溅里他厉声道："刚才还看见这附近好像有影子，现在人呢？"

"怕不是过河了，"如倾雨声里所有人说话都好像扯着嗓子在骂人，"这河不宽，谁都跨得过！"

天色暗成伸手不见五指的黑，雨势依旧那般急密，连天扯地地盖下来，打得人几乎睁不了眼，风卷着密雨一阵一阵往人身上撞，恨不得将人一撞一个跟头。

雨珠打得河水不断溅起水泡，看上去好像很多人在里面游泳一般。

"这鬼天气！"有人骂，"都说我们那里雨水多，气候不好，我看比这里还好得多！"

“闭嘴！”黑衣人霍然回首，怒瞪开口的家伙，“你想死吗？”

一片安静，只余隆隆不绝的雨声，似天公之鼓，擂个不休。

“一半人过河去搜，一半人绕河寻找！各人负责一块地域，有发现不要动手，先发暗号！”黑衣人终于下了命令，手一挥，“主子不许留下活口，大家都别儿戏！”

十几个人如飞鸟般四散而开，继续冒雨搜寻。

“这地上怎么有截衣袖？”

黑衣人甲负责河东一块地域的搜索，大雨天里干找人的活计是很费眼力的，他几乎将每根草皮、每块石头都检查过了，连巴掌大的石头也不忘记翻上一翻，那架势不像是找活人，倒像是找老鼠。

搜了许久，终于有收获——河边一截斜逸的枝条上，挂着一小截破布，像是人仓皇逃窜中被挂到衣服扯下来的。

黑衣人甲兴奋地扑过去。

“哧！”

脚下突然一滑，这树枝下的河岸不知怎的是个斜坡，被雨水浇得黄泥又黏又滑，他冲得又快，一时控制不住地向河中滑去。

感觉到靴子已经浸入冰冷的河水，大惊之下他伸手抓住树枝，就待翻身而起。

脚踝突然一紧。

那感觉仿佛是被钢铁做的镣铐突然铐紧，冰冷、坚硬，绝无突破的可能。

那力量无可抗拒地将他往下拖，转眼间他的下半身已经在水里。

黑衣人甲算个反应灵敏的，立即伸手入怀去掏火箭旗花。

“哧！”

水里好像有什么东西抡了一圈，迅速而猛烈，不过一个雨点砸下的时间，那个动作已经结束。

水面静了静，随即泛起大片的红，红得浓烈而妖艳，即使在这暴雨之中，河水之上，依旧不能洗去。

黑衣人的上半身倒在河岸边，瞪大的死不瞑目的眼睛，苍白茫然地望向沉沉夜空。

下半身，永远地留在了水里。

“你为什么不先提醒我这剑这么快！”对绝世利刃的效果预料不及而杀人下手

又太狠的秦长歌，被生生恶心到了，湿淋淋站在水里不住干呕。

“我用的东西怎么会差？”萧玦声音很低，黑夜深浓，唯他眼睛灼亮如星光。

“你累了？说话声音这么低？”秦长歌抬手去触他的额头，“不要紧吧？”

一偏头躲过她的触摸，萧玦道：“你好像越来越笨了，我们是在被追杀啊，喊着对话请人来捉？”

挑挑眉，秦长歌毫不生气：“是啊，跟你在一起久了是会被传染的啊……”

……

两人在暴雨下，湿冷的掺杂了血水的河水里，分成两段的尸身旁，被追杀的紧急状态中，看起来很不合时宜地，斗嘴。

固然是因为两人都心志强大，更多是因为，刀山血海百炼战场上走过来的两人，有着共同的战斗经验和配合默契，他们都最为清楚地明白，越是紧张的情势，越对自己不利，越要学会放松自己。

过于绷紧的弦，会首先勒伤了自己的手指。

恶劣的自然环境本身就具有令人心慌意乱的可能，否则那个黑衣人如何会乱了方寸，将人手散开搜寻，从而给了他们可乘之机？

啪地打了个微弱的响指，秦长歌笑吟吟：“继续！”

一堆乱石后，露出一只惨白的手。

雨点啪啪地打在那手上，手一动不动，毫无活气。

黑衣人乙搜寻了好久一无所获正自焦躁，一眼看见那手，目光一亮。

这也是个谨慎的，立即想到了“陷阱”二字，阴笑一声，唰地射出一枚铁镖。

镖入肉，手一动不动，半晌，流出一点点浅淡的鲜血来。

一看就知道除了尸体没有什么活人会这样流血。

黑衣人皱眉，咦，真的是个死人？

先前那两个人中有一个是受伤的，莫非死了？

黑衣人飞身过去，半空中飞雁般的身姿一低，也不落足那尸体附近，而是俯身一抄，悬空将那尸身抄起，便待飞起。

突觉不对。

怎么这么轻？

半空中愕然回身，却见手中拖着的只是半截人体，刚才还活蹦乱跳的同伴，现在正瞪着死鱼般的眼睛冷冷注视着他。

轰隆一个惊雷！

那眼睛似乎突然转了过来，在一线惨白的蛇般飞蹿的电光中，讥嘲地觑向他！

就是那么一怔神的瞬间。

电光又一闪。

这一次的电光，不从天上起，却从地下生，贴地盘旋而起，其迅捷闪亮，丝毫不逊来自自然的无伦闪电。

光华如带，噬魂之带！

一剑自尾椎刺入，就手一挑，滑行向上，哧的一声，生生剖开了他的背脊！

“砰！”黑衣人如死狗般重重栽下，激起泥浆四溅。

电光一闪即消，石堆后，萧玦面色有点苍白地，冷冷将尸体踢开。

河东岸、河西岸，石堆后、草丛旁。

诱杀、埋伏，剑起、剑落。

暴雨里，鲜血静默地流进河中，连个浪花都不起，便被无声融入，雨夜潜伏好作案，杀人如草不闻声。

两个以空心草管在河中潜伏的人，配合得极其精妙，很快地，将散开在河岸搜寻的黑衣人解决了个干净，除了那个一直站在原处等候消息的头领模样的黑衣人。

从死尸中选了身形相近的两人扒下衣服换穿，萧玦低低笑道：“当真好久没打架打得这么爽快了，当皇帝当得都生锈了。”

“也没见过几个皇帝像你这样倒霉的，杀人还要亲自杀，”秦长歌低头观察死尸，“深目钩鼻，像是南闽人呢。”

俯首看了看，萧玦也皱眉：“怎么回事？南闽人对上南闽人？还真是复杂。”

说话间两人换好衣服，萧玦和秦长歌各拖了一具换上他们衣服的尸首，向黑衣人头领走去。

黑衣人负手立于暴雨中，微微仰首，似乎在思量什么，一眼看见两人走来，面罩下双眸喜色一闪，迎上去道：“找到了？杀了？——”

一句话还未说完，便见走在前方的人突然横抡起手中的尸首，不管不顾地砸过来！

以尸为棒，横砸而至！

带着血水、风声，因动作狂猛而有力激起的大片大片镜墙一般的雨水，一起狠狠地砸过来！

黑衣人迎上前去时本是有几分防备的，他是身经百战的杀手出身，诸般杀戮潜伏暗杀改装手段都不算陌生，只是两人走来时都双手拖着死尸，明显地没有武器，而先前萧玦和秦长歌逃跑时，看得出来一个受伤、一个武功不高，怎么想也不可能动得了他久经训练的属下。

可惜他是没看见萧玦对战中年人的彪悍武勇，不知道他战神出身的烈性杀气，这许多年萧玦虽然御临万方，但武功从无一日搁下，而且百战沙场锻炼出来的对敌经验和绝杀手段，再加上这场暴雨对对方的削弱，使得每个杀招都是必死之招。

像是现在——杀招！

带着圈套的杀招！

尸棍横扫，黑衣人却应变奇疾，立即鹰隼般掠起，飞身后退！

秦长歌却在尸棍横扫的那一刻便立即将手中尸体横推于地，狠狠一脚向前蹬出去！

尸身在雨水泥泞中滑得飞快，一滑就是数丈。

停下来的时候，正是黑衣人倒飞力竭，落于地面的那刻！

萧玦和秦长歌的配合，妙到毫巅！秦长歌对黑衣人武功反应的计算，精准亦妙到毫巅！

抡尸棍——逼飞黑衣人——蹬尸首——正落于他后退落下的距离范围内！

黑衣人一脚落下，“扑哧”一声。

踩破了什么的声音。

他低头，一眼便看见同伴的尸首腹部被自己踩破一个大洞，红红白白的好不瘆人！

一般来说，再强悍的人，踩破了自己同伴的尸首肚子，那感觉都不太好。

黑衣人却比强悍还要强悍点，他一声冷笑，立即抬脚一踢，毫不顾念地打算把尸体踢飞。

然而却没有能踢掉。

那肚子里好像还有什么东西，突然钩住了自己的脚。

他一惊。

立即就想再退。

应变不为不快，然而还是来不及了。

冷光横闪，横甩出尸首的萧玦立刻怒龙般暴起，只是寒芒一抹，乍现又隐，漫天却突然起了星芒无数，如雪花、如飞絮，委婉、深沉、奇妙、凛然，轻盈无力而又杀气铿锵地，如流星横越天际，如月光追及脚步般，没入了他的胸口。

喉口咯咯几响，手指抓挠着胸口，黑衣人似是想说什么、想做什么，都没能来得及，只得颓然不甘地，缓缓后倒在横流的雨水和血水里。

他落地，萧玦亦一个踉跄。

秦长歌立刻伸手挽住他，皱眉道："你怎么用了星芒剑法，这个极其耗费真力，你现在哪里经得起？"

"这家伙武功高，够冷酷，要不能一击必杀咱们就……死定了……"萧玦最后三个字说得低微得几乎听不见，秦长歌却早已觉得不对劲，在暴雨中淋了这许久，他身子怎么还这么热？伸手一摸他额头，面色一变，怒道："你发烧了！"

话音未落，萧玦轻喘一声，重重栽倒在她身上。

"逞能……逞能……叫你逞能……"秦长歌拼命扶着萧玦，咕哝着去那被踩破肚皮的尸首中取了自己的钢丝——刚才她布在尸首腹部，绊住了黑衣首领的脚，才阻碍了对方一刹那，使偷袭成功。

她身上就两件东西，先前撒的那粉末和现在的钢丝，秦长歌一向狡猾，狡猾到她每次带的防身用品几乎都不同，这是她前前世的习惯——因为树敌太多，为了防

备，她的杀敌办法永远层出不穷，时时更新，永远不给自己的敌人摸熟她的应对杀人防身技巧。

而且她亦善于利用地利环境、形势天气等重重因素杀人，曾经前前世有人分析过睿懿皇后寥寥可数的几次出手，认为她如果去做杀手，一样会发财。

秦长歌现在可没空想怎么杀人了，她努力地扶起萧玦，用钢丝绑好他，拼尽全身力气往村子里走。

这四面旷野是没法躲出去了，只有回到村里，本想奔到刘二婶子家，趁混战时溜进去，最危险的地方最安全，现在背着个伤病之人，如何能冒险呢。

先随便找个房子歇着吧，再待下去，过河搜索的那批人回来，他们两个人这回可就真吃不了兜着走了。

萧玦会倒，也在意料之中……受伤流血，深水潜藏，一路暗杀，再加上最后不留余力地奋力一击，伤后的体力透支，不倒才奇怪。

说实在的，他能坚持到现在已经很了不起了，多亏多年练武不辍打熬的好筋骨。

顶风冒雨，全身湿透的秦长歌深一脚浅一脚努力在暴雨中跋涉，不时偏头用肌肤感应一下萧玦的呼吸，他呼吸依旧是灼热滚烫，触及颈部的肌肤热辣辣的，那种热度，秦长歌真的很担心会把他那在她看来本就不算绝顶智慧的大脑再烧得更笨一点。

艰难地伸手试了试萧玦的温度，秦长歌无声地叹了口气，说不担心是假的，这个年代没有消炎药，伤口感染得了败血症的后果——连她也不敢想。

眼光落在萧玦受伤的手上，先前匆匆包扎的布条早已不知什么时候掉落，伤口长期泡在水中，皮肉全部翻卷着，惨白瘆人。

想来，是很痛的吧？

可是他刚才，连哼都没有过。

虽然从来没把皇帝这个身份当回事，但秦长歌也知道，人一旦登上那个君临天下的位置，是很容易被不同的地位、视野角度变化而导致感觉逐渐改变的，居上位者多半如此——同患难时，一口水也恨不得与你一分两半；富贵后，他会恨你怎么当时不把水全给他喝？害他这个万乘之尊要喝你口水——恶心——这么侮辱朕躬——找个理由——宰了！

地位的变化、利益的重新分配、形势的转向等导致心态变化，明朗转向阴鸷，善良转向暴戾，谦恭转向骄横，平易转向金贵，例子比比皆是，秦长歌很理解，也不足为奇。

然而现在这个皇帝，天下最大帝国的主人，同样地坐不垂堂的千金之子，一声命令可令千万人头落地的主宰者，至今亦能为了心爱的女子奋起杀人，不顾己身，没把自己贵重无伦的命看得比她更重，只是单纯地想做个保护好身边女子的男人。

秦长歌仰首，暴雨如倾冲洗着她清丽颜容，她神情忧伤而目光深远闪烁，如被云翳遮没的星光。

咬牙背着沉重的萧玦，秦长歌不敢多在外面走路，直接躲进了村东的一座空房子内。

说空，也不过是因为主人被杀光了而已。

这个村子，连同去村外抢金子的人，大约都已经被杀光了吧？

暴雨冲去了浓厚的血腥气，秦长歌用肩膀撞开门扉，一眼确定没人，松了口气，蹒跚地进了屋子内，找了张床，小心地将萧玦放下。

正要去找干净的布重新替萧玦包扎伤口，耳中突然听见一丝隐约的动静。

秦长歌霍然抬首。

“谁？！”

第八章

破阵

一片沉寂。

四面寂静如死，雨声被门板隔得遥远，呼吸声与灰尘同样在狭小的空间飘浮。

仿佛刚才只是错听。

秦长歌听了听，自失地一笑，喃喃道："大约听错了。"

她若无其事地继续俯身为萧玦包扎。

四周的空气里，有种安心的沉淀。

包扎到一半，秦长歌突然松手，直腰而起飞身倒掠，唰的一下掠到板壁后，探手一抓，笑道："躲啥，出来谈谈心！"

一个黑影被她应声抓出。

目光一掠已经看清楚是谁，秦长歌立即将本已夹在指间的欲待用来杀人的钢丝弹飞，皱眉上下打量了一番，道："是你？"

惨淡的光线，照出瑟瑟发抖亦是浑身湿透的少年，施家阿六。

他神情悲愤，双眼红肿，脸上湿漉漉的不知是泪还是水，在秦长歌手底不住颤抖，却不像是害怕，倒像是因为某些不能接受的噩梦般的现实而不胜心寒。

只是一瞥便知道他遭遇了什么，秦长歌淡淡道："哦，你回过家了？"

这个去抢金子的少年，命大得既躲过了家中的灭门，又躲过了村外的灾劫，不知怎的却躲在了这里。

"他们……他们都死了……"少年呜咽，"我不想去抢金子……我回来了……"

上下看了他一眼，秦长歌算是明白了他的运气，果然老天偶尔还是长眼睛的，这个不贪财的善良孩子，半路折回，躲过了两次死劫，一念之间救了自己的命。

"那好，来帮我给他收拾一下，去找点大蒜来，院墙下有马齿苋，挖点来，再想办法悄悄烧点热水。"秦长歌毫不客气地吩咐。

恨恨抹一把泪水，少年嘶声道："我为什么要帮你？是你！是你带来灾祸的！"

回身负手看他，秦长歌毫无表情地道："我没时间和你解释啰唆，我也从来不浪费时间和蠢人打交道，我只告诉你，你选择帮我，你还有活命的机会，或者报仇也是有可能的，否则，你今晚要想保命，比登天还难，你就等着去地下陪你爷爷他们吧。”

她说完不再看他，只是专心探萧玦腕脉。

阿六怔怔看着眼前清瘦男子冷静的侧脸，他很瘦弱，而且看起来比他更狼狈，一身泥水，站在那里水滴很快积成一摊，头发全部黏在后背上，也沾着泥，他的同伴，受伤昏迷不醒，脸上浮现不正常的晕红，已经不能自保——他的境遇，好像比他更糟糕，为什么他就这么霸气冷静，每句话都让人不能违抗呢？

这就是村子里老人们说的强人吧？

如果我像他这样，是不是可以为爷爷爹娘报仇？

全家八口人尸横就地，遍地鲜血的惨景立时浮现眼前，咬了咬牙，阿六一抹眼泪，默默去烧水了。

秦长歌声色不动，连看也没回头看一眼。

天色越发地黑浓了，大约到了黎明前那段最黑暗的时辰，秦长歌看着窗外，计算着时间……中年人和萧玦对战时并未出全力，不知道他对上半面女子会是何等光景？他会在那里耽搁多久？现在他们也该发现同伴被杀了，一定会加大搜索的力度，但是无论如何，一到天亮，他们一定会撤走，如今就看能不能熬过这最黑暗的一个时辰了。

叹着气，秦长歌在房子中四处选了些物件，到门口和院子里去摆布了——先弄几个简易阵法吧，挡得一时是一时。

萧玦又回到了好久未曾重来的噩梦中。

鲜红黏腻沉滞的海，每一步都似在泥沼中前行，步步蹉跌，而且较往日多了层灼热，火炉般烘烤着他全身，他满身大汗地挣扎着，心口跳动似要崩裂而开，每一步都使尽全身力气，却不知道自己为什么要这般拼命前行，这般厌恶而又急欲摆脱地前行。

前方黑天红海，飞旋着细小的物体，闪烁着划着诡异的轨迹，撞得他视野发昏，他恼怒地想要伸手掸去，那东西立即尖泣着飞远。

红海……无边无涯……什么时候才能走到尽头？

海那头，突然冉冉冒出一块礁石，上有红光万朵，隐约有人影微笑俯视，他愕然睁大眼，想要看清这以前从未出现的一幕，对方却如云遮雾罩，怎么也瞧不清楚。

那细小的东西又撞过来，他烦躁地一挥！

好像碰着了什么清凉滑润的东西，触感如玉如绸，熨帖舒爽瞬间直透心底，将他的灼热焦躁莫名难受浇灭大半。

他极其欣喜地一把抓住，往燥热难耐的心口凑去……

……

秦长歌愕然看着自己的手被萧玦用力地抓在手里，贴在他心口上。

更糟糕的是她整个人现在也趴在他身上。

刚才她去探他温度，他一个病人也不知道哪儿来的巨大力气，突然抓住她，还狠狠一拽，她整个人立刻被带了过来，嗵地撞上了他的胸口。

那声响颇惊悚，这人居然还没醒。

他烧得糊涂了，整个人热如火炭，似乎还深陷在噩梦中，只是下意识地紧紧将她抓住，还用手臂抡圆了一抱，死死将秦长歌抱住。

好似她是好大的一块降温的冰块。

两个人都湿透了，此时肌肤相贴，隔着衣衫都能感觉到彼此的细腻肌理，而呼吸近在耳畔，灼热和清浅的，暧昧交缠在一起。

暗室静夜，风雨不休，这一刻的清凉与温暖，彼此都暌违已久。

安静的空间里，漾起三叶花和薄荷混合的清甜沁凉香气，飘摇不休。

萧玦渐渐安静下来，神情间露出一抹宁和的神气。

秦长歌目色变幻，趴在萧玦身上，初初有些恼怒，随即黯然，随即无奈，最后浅浅地笑起来。

算了，看在你今夜很辛苦，看在你什么都不知道的分上，给你占次便宜，免费做你的物理降温毛巾吧……

“吱呀”开门的声音，打断了这一刻的静谧与安宁。

阿六怔怔地捧着一盆热水呆在门口，愕然张大了嘴。

兄弟……两个男子……拥抱……暧昧的肌肤相贴……这是怎么回事?

秦长歌若无其事地从萧玦身上挣开，唰的一下扔了一套刚才找到的布衣在床上，淡淡道：“去给他擦身，换下湿衣，再用冷水沾湿了布巾给他压在额头——你刚才水怎么烧的？可有烟冒出烟囱？”

“……没……没……”阿六已经不会说话了——世上竟然有这么彪悍的人——做任何事他都这么有理、这么无所谓的?

吃吃道：“我找了干柴，支了锅烧的，没用灶，门也关着，现在还下着雨，看不见烟气的。”

赞赏地看了他一眼，这少年算粗中有细了，秦长歌点头，漫步出门，道：“动作快点。”

嗯……动作不快，万一敌人来了你还没给他换好衣服，堂堂西梁皇帝怕就要雨中裸奔了……

裸奔……某人好笑……嗯，很值得遐想啊……

风雨如晦，黑影出没。

中年人负手立于院中，遍身湿透而神情不改，看样子也是戴了面具。

刘二婶子家小院子里，遍地尸首，鲜血连同雨水横流了整个院子，一大半都是身着黑衣的中年人手下，尸首们死状都很狼藉，看来是半面强人亲自创造。

“主子……那个女子……”

一个黑衣人小心翼翼地躬身请示，眼光向泥水里孤零零的女子觑了觑。

“你想杀了她？”中年人语声和煦宛若春风，面具虽然死板没什么表情，但那眼色居然是慈悯柔和、深阔如海的，“是吗？”

黑衣人接触到这样的目光，反倒微微一颤，立时掩了，深深俯首：“一切全凭公子吩咐……”

“嗯……”中年人点了点头，神情很赞赏地拍了拍他的肩。

黑衣人正要抬头表忠心，忽觉一道柔劲不动声色地逼向自己心脉，脸上蓦然变色，尚未来得及说话，眼前一黑。

一声嘶吼，他七窍喷血，倒在雨地里。

中年人微笑跨过他的尸体，轻轻道：“说过不要那样称呼我，怎么又忘记了呢？”

……

神情连一丝变化也无，仿佛刚才死在他手底下的不是人命而是稻草，他披一身流泻的雨水，以一种博大而慈和的神态感觉，俯首看着一地泥泞里仰首看着他的女子——蕴华。

“你要杀了我吗？”被自己的半面主子丢下的蕴华并无畏惧，昂首看他，和前世秦长歌一模一样的绝世容颜，即使在这大雨浇头极其狼狈的时刻，仍然绝艳得像朵不分时刻都璀璨绽放的奇葩。

而美好得出奇的曲线，因湿身而分外诱人，这女子的身姿曲线，不是那种仿佛能够喷薄而出的妖娆，而是微微带点处子般青涩停顿，却停顿得恰到好处，越发引人遐思。

天知道这个历经无数男人的女子，是怎么保持住那种媚而清、妖而纯的感觉的。

“你可知道杀了我会有什么后果？”蕴华有意无意挺了挺胸，有恃无恐地冷笑，“你会死，你周围的人都会死，而且死得奇形古怪，惨不堪言，恨不得自己从没出生过。”

“彩蛊教三大圣，教仙、教神、教姑的手段，我清楚得很，”中年人语声宁静如常，气质雍容如圣，对着眼前女子原始而韵味深藏的诱惑无动于衷，“但还是多谢你提醒我。”

“你知道——”蕴华瞪大了眼睛，想到他刚才逼令手下使计围杀教姑的手段，想到那些黑衣人看来似乎隐隐有些熟悉的身法和出手，脑中突然灵光一闪，倒抽一口冷气，疾声道，“那天赵王府外，有人拦截我上殿，是你出手助我脱围的！”

“你很聪明，”中年人并不否认，微微笑，“是的，咱们这是第二次见面了。”

“那你现在怎会——”蕴华被这个突然冒出来的一会儿是敌，一会儿是友的人的古怪行为给搞糊涂了，这个男子……戴了面具……熟悉彩蛊……手段高超……会是谁呢?

听他的语声，明明白白的西梁人，可刚才说话的黑衣人，那口音……

她蓦然想到一个可能，顿时打了个寒战，那感觉好比夹了雪和冰雹的雨水当头浇下，从心底升起的寒意几乎让她瞬间冻僵，那个猜想太可怕，她几乎立刻便明白了彩蛊在对方眼里根本不算什么，明白了教姑为什么不欲缠战直接放弃了自己，明白了教姑从血海里杀出时最后回眸里的古怪含义，明白了自己的命，当真危在顷刻。

“别杀我！”蕴华绝望地一声呼喊，扑倒在中年人脚下。

“别杀我——”她抱着一线微弱的希望，支着肘努力地抬起头来，清艳面庞上泪水横流，“我有个秘密——我告诉你，你留我的命！”

“他们来了！”

给萧玦换好衣服又喂了热水的阿六，一直紧张地趴在窗户上看着窗外，突然惊慌地转身扑向秦长歌。

黑暗中打坐的秦长歌睁开眼，目光疲惫，却如星子明亮。

“嗯。”她神色不动，向窗外看了一眼，隐约间可见道道黑影掠过，听风声，似乎已经将这小院子包围。

抓了块布，揉了揉鼻子，秦长歌眼泪汪汪地又打了个喷嚏——感冒了。

这时辰，来不及换衣擦身，也不方便换，秦长歌在火堆旁简单地烤了烤衣服，取了些还带着火星的焦炭放好，赶紧就将火灭了，不感冒才怪呢。

好在这个世界没有猪流感，真幸运。

刚才和阿六绕院子一周，也布了一圈阵法，有个壮劳力使用，省力多了，那些石块、木头，她奔波一夜，还真搬不动。

只可惜……如果没猜错的话，是拦不住那中年人的。

他是谁？秦长歌静静思量，南闽对南闽，某个答案呼之欲出。

露出一丝冷笑，秦长歌一副“人性本恶，果不其然”的表情。

“你去门口守着，”秦长歌指挥阿六，“按我刚才教你的步法，见第一个人进来，断了什么东西，你就撤掉左手第三步那块柴火，他要是还能前进，你退六步，撤掉右手第一步那里的石头。”

阿六很听话，“哦”了一声便往外走，一边还喃喃背着秦长歌现教的步法，走了几步觉得不对劲，愕然回身问：“那你呢？”

“我是压轴戏，”秦长歌毫不脸红地笑吟吟地答，“你见过压轴戏提前上场的吗？”

阵法多少还是有点用的。

暴雨中黑影腾起，不留死角地包围了整个小院，当先的黑衣人手一挥，立即便有数条人影扑过院墙。

进去以后却毫无动静，连呼喝对敌之声也无，好像几个人就这样消失在院墙下，黑衣人首领皱了皱眉——刚才死在河岸上的那八具尸首他看过了，对方十分狡诈凶残，杀人手法层出不穷，绝非易与，自己过来时已经揣了十二分的小心——老邱栽在对方手上丢了性命，现在双首领只剩了一个，如果能在公子赶来之前解决掉这两人，将来自己再升一步不是没可能的。

想到这里他目中精芒一闪，衣袖一拂飞身而起，苍鹰一掠，掠上院墙。

尚未落足便觉得眼前一花，滔天洪水冲面而来，激流汹涌冷光瘆人，令人眩晕至站立不住，他定了定神，闭上眼，就刚才那一眼看到的景象，伸指弹出一抹寒光。

咔嚓一声，院子中一棵树断裂，倒下的时候不知道压到了什么东西，洪水忽地一退，刚才进院的五个人显出身形，正在院墙下方寸之地打转，见阵法忽去，都在面面相觑。

“蠢材！”黑衣人暗骂一句，抬步便起，眼角突然觑到不远处黑影一闪，随即一声轻响，地面突然开始抖动，随即，熊熊烈火扑面而来，妖焰狂卷，热浪灼人！

“木生火，五行连环阵！”黑衣人心中一惊，对方好厉害的手法，竟然料敌机先，算准了他破第一阵的最佳方法就是隔空断树，正好利用倒下的树，再加上点小挪移，以木生火，连绵不尽，而且这火因阵而生，要以为它是虚幻的毫不防备，那一定会吃大亏！

他将目光投向黑黢黢的小院——此人天智神行，几乎不让公子，他是谁？

风急打疏窗，夜深雨千行。

秦长歌负手窗前，冷冷看着树在自己意料之中缓缓倒下，看着黑衣男子傻兮兮地奔上院墙。

一抹冷笑绽在唇边，却听见身后传来一声低低的呻吟，秦长歌霍然回身，见萧玦正以手支额，努力爬起身来。

秦长歌上前，试了试他的温度，还是有热度，怕是有炎症了，看来找来敷在他伤口上的大蒜和马齿苋捣的汁，并没能起到完全杀菌的作用，不禁暗恨自己，怎么就没有带金疮药的习惯呢？

再怒瞪他一眼，你怎么就没随身带药箱的习惯呢？

萧玦烧得迷迷糊糊，只觉得干渴，潜意识里又挂念长歌安危，硬是逼着自己醒来，结果一醒来就遇见一对大白眼，一时倒是转不过弯来，愕然道：“你——”

话刚出口便觉得嗓子痛得好像被砂纸在磨，每说一个字都像要冒血，声音也沙哑得无法辨别，立即住了口，却又怕秦长歌看出来，便若无其事地朝她笑了笑。

秦长歌哪里看不出他的感受，却也只平静地冲他笑了笑，端过床边的水，道：“来，喝水，一喝，什么病都没了。”

萧玦失笑，很想说你这什么口气，把我当成溶儿了？溶儿也没这么好骗吧？然而心底却缓缓腾起暖流，那水还未进口温暖便似已传递，如覆上锦被一方，初触手是微冷的，久了，自然捂出细腻而体贴的暖意来。

本来入口苦涩难咽的水，这一刻在他口中也清甜如蜜芬芳四散了。

秦长歌目光微微下垂，一点感动、一点疑虑、一点怅惘、一点深思都深深埋藏于这一刻的眼光里，她只是沉静而有耐心地喂他喝水。

“咝！”

一点声响，温柔却尖锐，如钢线、如利剑般，分开雨幕和黑暗遥遥而来，初起时很远，转瞬就到了近前。

好快的速度！

萧玦目光一缩，便要起身，却被秦长歌一匙水不由分说递到唇边。

笑道：“喝水，瞧你嘴唇都烧起皮了，要想亲溶儿，他一定嫌弃你。”

萧玦苦笑，心道我现在不想亲溶儿，我想亲——

却哪里说得出来，只好喝水，一口水还未咽下。

“噗！”

仿佛一朵火苗被吹灭的声响。

雨声隆隆巨响里，有人不疾不徐，声音明明不高却听来很清晰道：“去吧。”

接着便是“砰”的一声，有人大力撞开门户的声音。

目光中亦有幽火一闪，秦长歌露出一抹笑意，火阵被破——果然不出所料，果然厉害，居然选择走正门阵眼。

所谓牵一发而动全身，对方可谓深知其中诀窍之人。

一匙水照样稳稳送过去，秦长歌笑道：“这水甜不甜，加了糖的，溶儿就爱甜的，迟早长蛀牙。”

萧玦目光一闪，却也突然笑了笑。

一直爱她不动如山、内涵博深，越是险绝境地越见风范，仿佛居于九万云霄之巅，俯视人间风云变幻，历风波磨折不改笑颜，回眸间万物灭而万物生。

那种不显山露水却深入骨髓的霸气，令天地袖手、四海噤言，那些渡海而来的过客啸傲烟霞的散仙，在她面前，终将沦为旁观者。

男儿何当逊于女子乎？

他微笑，亦十分平静地喝水。

“嘎！”

又一声，断金裂玉，近在咫尺。

金阵被破。

秦长歌仿佛没听见，滴水不漏地继续递下一匙，萧玦安静地继续喝。

这机会也不是随时能有，眼前女子在隔及双世后第一次伸向他的手，如何能够拒绝？管他何等刀光剑影、森寒相逼？天知道我等这刻已有多久？

萧玦一声长笑无声响在胸臆间——来吧！很好！

床前，榻下，垂睫专注的女子，苍白却英气不改的男子，不涉于私却温暖地相对，这一刻氛围安静祥和，氤氲如水流动，人生里不可多得的清宁瞬间。

仓皇只会让自己狼狈至底，如何不能为自己保持一份永恒的雍容？

“哗啦！”

如大浪打下，再被飓风突然横卷了出去，撞上巨墙，瞬间粉碎成千晶万玉。

水阵破。

那两人眼珠转也不转，萧玦微笑着接过水碗，示意：我自己来，比较痛快。

秦长歌一笑放手。

“砰！”

大地突然裂开一线，现出幽深十九地狱，无数苍白利爪从地底争相伸出，欲待择人而噬！

却被袖风卷起的滔天雨水淹没，哀号着打往地底最深处，永远不得冒头。

土阵破。

萧玦面不改色继续喝水。

“哐当！”一声。

却是阿六撞开门冲了进来，满面仓皇，结结巴巴道：“我……我……想动那块石头……我……我来不及——”

他的最后一句话咽在了喉咙里，因为他身后，突然有人静静道：“借过，谢谢。”

阿六直直地僵在了门口，再直直地被对方搬开。

中年人目光慈悯深远，静立于门口，声音里微微笑意，轻轻道：“呵，两位好定力。”

一气将水喝干，萧玦觉得自己的声音应该好些了，一笑抬眉，道：“你好本事。”

中年人笑道：“过奖，实在汗颜，不过想来送两位上天，大约是可以的。”

他并不走近，隔着门到床的距离，突然单手一递。

惊鸿一现，漫天飞雪，千里明月一霎间降临人间。

让人无法反应地，刹那到了秦长歌喉间！

……

远处却突然响起一声长啸。

惊破月色，风雷、沧海，惊起鹫鹰、层云、飞雪，自九天而起，凌万物而生，如衮衮擎天之柱，如浩浩神琴之音，如滔滔碧海之吟，如猎猎长风之吼。

翻转星河之舞，令人心惊神摇的绝世长啸。

啸声里，有人远远笑道：

“杀人吗？先问我同不同意。”

啸声里，有人于近处静静道：

“长歌，我来了。”

第九章

解救

声音在后，动作在先！

隐约听得急速有力的脚步声响起，有条不紊四处散开。

一连串低沉却清朗有力的指令声随即发出：乾西北、坎北、艮东北，各黑衣十三！震东、巽东南，各青衣十一！离南、坤西南，各朱衣九！兑西方，各白衣十！

脚步声齐整如一人，风行云卷，依言布阵，隐约见红灯闪烁，飘摇不休，阵势初起，立时隐起风雷之声，隐约可以听见惨呼，秦长歌微微笑起来——嗯……这么快已经练成这样，当真难得……

雨声稍稍弱了些，风却猛了起来，一阵阵敲扑窗户的风声里，有人隔窗静静道：“阁下生于隐逸世家，却遥遥隐控该国政局，一言决人生死，万户共沐德辉，玉堂金马，簪缨豪族，不及尔得民心所向；勒金神诏，祭坛圣笔，难抵君亲书一纸——以阁下这等人物，自非甘于蛰伏南闽蛮荒未化之地，欲待搅动世间风云也是该当——只是在下奉劝你一句，今日之人，你杀不得。”

戴着闪着奇异银光的手套的手，停在秦长歌咽喉前，以尾指一个轻轻横掠，便气机锁定刚才已经扑过来的萧玦，中年男子淡淡道：“哦？”

“杀之，必于君命有损。”对方语气淡漠而意味坚定，令人只觉这话再无虚假，无须违背。

中年人却只微笑如常，轻问：“敢问阁下何人？”

“你自然知道我是谁，”对方声音比他更静更淡，淡若深冬月色，“所以我说出来的话，你自然知道，该不该听。”

“以你家族的潜能，我是当信你，”中年男子温和一笑，俯仰之间气质清贵如圣，“可是你的性子，我也知道，你岂是这般好心之人？你岂是多管闲事之人？你风雨之夜，奔赴出城救人，你要救的人，是谁？”

“无论是谁，我说你杀不得就杀不得，”对方漠然道，“一月之内，你家族必起风云，你若现在动身大约还赶得及，否则你生死难保，终无葬身之地，你今日行此杀戮，本就有干天和，想再多杀一人，必将牵连自身。”

他话音未落，远处有人已经朗笑道："和他啰唆什么？他又不是美女。"

话音初起，白光一闪，如流星曳过天际，衮衮光柱，惊天而掠，如碧落神山之下万河之河发源地怒刹江般一泻千里奔腾而来，又似飞凤夭矫于天，灿亮着华丽而炫目的尾羽，一路无可辟易地飒然前冲，无数拦截的黑影冲上，再势不可当地被那罡风纷纷卷起，左右倒跌开去，刹那间便披风激雨，奔至眼前。

来者似是有意展示威势，飞光掠电，来势惊人，人未到手一抬，一线银光如月色光耀，刹那间便到了中年人胸前，长笑道："我知道你真要动手谁也来不及，你手指不妨用力吧，但是只要你一旦分心于手底，我的气剑立刻便可以杀了你，你要不要试一试？"

暴雨里，白衣人一个旋转，单足立于屋檐之上，身姿优雅潇洒，他身周起了淡淡光晕，生生将瓢泼大雨隔在光华之外，俯首睨笑的姿势，宛如一抹遥及千里照过来的溶溶月色。

素玄。

啪一声，有人推开后窗，黑色油纸伞下，蓝衣男子静静安坐，目光安详而清冷，身后水晶墙般的雨幕里，他看来秀丽清美，一抔云般的轻，一捧雪般的寒，清如仙渠之水，冷若冰晶之花。

两个褐衣凰盟属下，一个神情冷漠地打着伞，另一个手指扣着飞弩的弩机，箭尖如森冷的黑暗之眼，直向中年人的咽喉。

楚非欢。

中年人面具底下看不出什么神情，起伏平静如常的胸口也不见异常，突然轻声一笑，道："运气实在有点不太好啊……全凑到一起了。"

秦长歌理了理袖子，弹了弹手上的灰，笑吟吟看着他，轻轻道："你外面人已经死了许多喽，再死，你就回不了南闽了。杀人重要？自己的命重要？"

"我真的很想杀你，"中年人一边叹息一边收回手，"不过，还会有机会的……"

"彼此彼此，"秦长歌目光里亦冷锋暗藏，"看谁迟早杀了谁吧。"

慈和一笑，中年人戴着手套的手缓缓抬起，竟生生将那一线虚幻的银光抬起，对面，屋檐上素玄目光一缩，已经如飞絮般飘落。

与此同时，几人几乎同时开口。

"别拿我（她）做人质！"

怔了怔，秦长歌失笑，含笑看了几个男人一眼，道："还是我来说吧，"转首淡淡看着中年人，道，"以你现在的实力，你已不够在他们围攻下冲出去，你自然要拿我做人质，可惜我懒，我不想再淋雨，我怕发烧，我和你做个交易。"

“你说。”中年人一颔首。

“你放开我，承诺一年之内，不再踏入我西梁国土，还要留下所有今晚你抓获的俘虏，我就放你走，”秦长歌笑道，“我很怕你挟持我时会下阴手，我不敢跟你走，所以我放你，今晚你对我的所有行为，我不和你计较，他们也暂时放过你，如何？要知道今晚一战，我虽然知道了你的秘密，可你也多少对我有点数，咱们谁都吃了亏但谁也没真吃亏，再僵持下去，更是谁也讨不了太大的便宜，真要见真章，以后终究有机会，何必急在一时？你自己算算，是不是这个账？”

“你好算计，”中年人始终听不出语音里的怒气，答应得极其爽快，“好吧，我相信你，你也别玩花招，否则我杀不了天下第一，杀几个失去武功的、正在生病的，大约还没问题。”

“你不妨试试。”萧玦立即冷笑。

楚非欢只是漠然地挥挥手，黑暗中突然冒出无数弓弩，唰的一下对准了中年人，每张弓弩都立即被拉到极限，吱吱嘎嘎的声响，静寂里听来清晰而冷静。

中年人却更加清晰地笑起来，衣袖一挥，也不见他有什么动作，忽然变成了一缕风、一抹雨或是一截绸缎般，柔韧得超乎人体所能达到的极限，唰的一下将自己皱起，随即展开，这么一皱一弹间，他已将自己如飞丸般，反方向从后窗里弹了出去。

他离开的那一霎，楚非欢立即发出一个“开！”的指令，却对素玄看了一眼。

接令的凰盟布阵属下，变幻身形开了生门，放中年人过去。

却将其余的黑衣人仍旧死死围住。

中年人头也不回，身形如箭，左手衣袖往旁边一间院子一拂，脚步连踏两踏，莲台虚渡的绝顶轻功他施展来更如行云流水，转眼间已经虚空拔起丈高，人已在数丈外。

屋檐上忽然一声长笑，声若凤鸣，素玄在暴雨中朗声道：“刚才说好的是不为她被欺负的事计较，可没说，我不能为这村子被杀的人丁计较吧？”

长笑声里，他已经白影一闪，如惊鸿入云般掠追了出去。

秦长歌不由得失笑，喃喃道：“这些家伙果然够鬼。”

“不过他也很鬼啊……”秦长歌对正关注看着她的萧玦疲惫地笑了笑，“他下蛊了……想不到他也会用蛊？”

萧玦大惊，立时便要冲过来，正进门的楚非欢目光一寒，正要说话，秦长歌已经摆摆手，道：“无妨，我自有办法去除，休养一阵就好。要知道这世间没有可以杀得了我的蛊，这是千绝的秘密，只有我师门知道。”

她手指轻轻磕了磕桌面，笑道："保不准我还因祸得福，他那'碧玉瘴'，对促进功力很有好处啊……"

微笑着从袖囊里掏出先前藏进去的焦炭，秦长歌的目色在黎明淡白的天色里闪着狡黠的光。

"你有张良计，我有过桥梯，你鬼？你可知秦长歌阴毒第一？还记得我先前夹在稻草里撒的粉末吗？那是没毒啊，但那遇上炭粉就有毒啊，兄弟，刚才我理袖弹灰的时候，你多少吸进了一点吧？啊……祝你好运。"

经过一夜暴雨的冲洗，所有流出的鲜血都已被无声刷净，流入沟渠、大地，所有不再为人目光所及的角落。

然而那许多失去生命的躯体尚自静静横陈，无声控诉着命运的狠残不公。

被杀的村人和黑衣人的尸体，还有彩蛊丧身的教徒的尸体都横七竖八堆积在一起。昨夜，三方立场，各自为敌，你死在我手底，我扼穿你咽喉，如今杀人的、被杀的，最终都将化为白骨。

这个暴雨杀人夜，共有二百一十二条人命瞬间消逝。

一百三十一个村人，五十五个黑衣人，二十六个彩蛊中人。

算下来，三方势力逃生的，都只寥寥一两人而已。

这是一场血腥的，甚至被害者很多都不知为什么会发生的悍然杀戮。

预谋已久与懵然不知，势力悬殊与单方屠杀。因为某些阴谋与变局，无辜的施家村，注定要从西梁舆图上永久消失。

楚非欢冷静地命令将彩蛊教中人和黑衣人尸首立即就地焚化，其余村人尸体，待回京后通知官府点验掩埋。

在被焚化的彩蛊教尸首中，他果然发现了那夜以吏部尚书府护卫头领身份出现，并追杀他的灰衣人。

那人一剑穿喉，死得倒干净利落，大睁着望向天空的双眼，却生生显示出无尽的悲愤与不甘。楚非欢想着他那夜略带疯狂的话和奇怪的心理，屏退众人，亲自掀开他的衣襟，仔细地看了看。

半晌，他掩上衣襟，脸上露出一丝似悲似憎似叹似恨的神情。神色却更沉郁了几分。

闭了闭目，他挥挥手，凰盟属下立即将那尸首扔入火中。

熊熊烈火，焚此残躯，死了也好……

彩蛊妖教……甚至整个南闽高层，都是这般阴毒丑恶吧？

楚非欢神色肃杀地转首，身后烈焰熊熊而雨后蓝天如洗，前方草地嫩绿欲滴，草丛里生出鲜艳的花，自然的美丽永远对人世的丑恶无动于衷，不若红尘动荡变幻、光怪陆离，无论怎么残忍大量的死亡，都不会妨碍这一刻花开的惊艳。

正如美人，无论如何狼狈，都不会妨碍那倾城的容姿。

泥泞里，狼狈万分辗转几手，靠出卖秘密逃得性命却又立即被新主子抛弃的蕴华，正试图用湿淋淋、脏兮兮的手抹去脸上的灰尘血汗，对楚非欢展开楚楚的笑颜。

楚非欢的目光掠过……视若不见地越过她，看着尚自戴着面具、一身泥水俯视蕴华的秦长歌。

真正的倾城之姿，永远不是仅仅依仗那张搭配精美的皮相，而是那种深入灵魂的璀璨光华的散发，才能真正令夭矫绝世的男子回首驻足。

温暖的阳光升起，阳光里秦长歌淡淡看着前世里熟悉的属于自己的容颜，挂在一个污浊的躯体之上。

她身侧萧玦的嫌恶更是昭显眉目之间——这个女人，用着长歌的脸对人媚笑承欢，顶着长歌的脸招摇撞骗到他头上，不啻于最大的侮辱，是可忍，孰不可忍，无论如何一定要杀！

蕴华绝望地看着萧玦，他是皇帝……他杀气凛然……他们都以看一个死人的眼光看着她……他们讨厌她这张脸……不会放过她的！

可是她不能死……不能死……

讨厌这张脸是吗？可我自己也讨厌啊……谁愿意永远做别人？更何况还永远做不成？所有人都在第一瞬间对这张脸迷惑，再在下一个瞬间对拥有这张脸的她鄙视唾弃……她受够了……

蕴华双手捂面，再也忍不住无望的哭泣，不是说会爱屋及乌吗？不是说美人天生就该引人爱恋的吗？祭司大人亲手为她打造这张脸的时候，不是说凭着这张脸她将无往不利，甚至有可能踏上权力的顶峰吗？

那夜烛光飘摇……祭司大人对着自己最满意的作品不住微笑……他递过飘满那阒真花的鲜红酒杯，说："祝贺你……你会成功的。"

不想，却先遇上了萧琛……

蕴华伏倒于未干的水泊里，似乎已经没有爬起的力气。

她瘦削的肩膀不住颤抖，看来似乎在哭，秦长歌却突然将目光扫了过来。

"咯咯咯咯……"

哭声变成了笑声。

楚非欢眉头一皱，正要叫长歌退后，却见蕴华突然抬起脸，满面泪痕，却绽出一个凄厉疯狂的笑容。

“我不该用这张脸……我不该听他的……我不该……我还你，还你，还你！”

如泣的尖笑声里，她伸手，十个尖锐如匕首的指甲，狠狠地向自己脸上抓下去！

一抓到底，立时肌肤破裂，肌肉向两侧翻开，鲜血狂涌里她丝毫不顾会更大撕裂伤口地继续大笑。

“还给你！我不要做你！因为被安排要像你，我吃了多少苦？那些换脸的日子……那个满身肥肉的老头子……那许多年被送来送去……还有他……还有他……”

她笑声凄厉高亢，悲愤绝伦，惊得远处树上飞鸟扑棱棱四散，风声驰骋里她黑发披散、鲜血横流，张开双臂，似要扑向那些冷酷无情安排她命运，却一次次将她抛下的人。

同样是人，为什么别人的命谁也要不去，自己想要活命，却要一次次拼死挣扎，要付出比别人更多的牺牲？

那瘆人惊恐，那从胸腔中发出的似笑实哭的悲愤哀号，那裂成十块的脸，令四周训练有素的凰盟手下，都齐齐后退数步。

眼见美丽事物被暴烈手段生生摧毁，那种震撼，着实难以言述。

而亲自摧毁这惊绝美丽的人，又是怀着怎样的一腔难言的过往和愤懑？

疯狂笑声里秦长歌神色不动，瞄了瞄皱眉不语的萧玦一眼——看着秦长歌的皮相被毁，还真是好怪异的感觉啊……

“你始终没有懂，”秦长歌淡淡道，“害了你的永远不是什么皮相，而只会是你自己，同样，如果有什么能救你，那也绝不会是因为谁的脸，还是你自己。”

蕴华笑声突止，缓缓回首，目光如蛇地盯着她。

“不用这样看着我，”秦长歌缓缓俯首，看进她的眼睛，“恨吗？恨自己的命吗？恨这张脸的制造者吗？恨那些将你推入那些恶心的怀抱，让你永远想爱不能爱，想做自己不能做的人吗？”

蕴华呆呆地看着她，虽然没有回答，但惨不忍睹的脸上，闪着幽幽青色光芒的眸子，已经完全表露了她的想法。

满意一笑，秦长歌懒懒吩咐：

“带她走，先安置在秘密分舵，我有用处。”

“我的娘啊！”小院子内，翘首盼娘的萧包子看见一进门的秦长歌，惊得连声音都高了八度，在尾音处还抖了一抖，听来宛如人妖。

秦长歌对他恹恹一笑。

包子连忙蹿上来东摸西摸：“你这是咋了？考试作弊了？交白卷了？是被你后面没抄成你答案的难兄难弟，还是被主考揍了？”

“去去！”秦长歌一把拎开这满嘴胡诌的太子殿下，“男女授受不亲！”

“窈窕淑女，君子好逑！”包子毫不退缩，“你男我女，有什么不对的？”

“对，我男你女，你这脑子咋长的？”秦长歌没好气地瞪一眼儿子，“你爹生病了，被赶回宫了，你还不回去做孝顺儿子？”

“生病？”包子愕然，“你们两个一夜不回来，回来后一个看起来好像被扒了三层皮，另一个生病，这叫什么事儿？……啊，不会吧？”

秦长歌十分害怕儿子那个构造不同他人大脑的脑袋，会冒出什么奇怪猜想，正想简单解释下，包子已经瞄一眼随后跟来的楚非欢，神秘兮兮地凑到老娘耳边，悄悄道：“难道他去逛窑子，你去抓奸，然后你两个打起来了？干爹赶去劝架？或者你去逛窑子，他去抓奸，干爹去抓你们的奸？我看后面这个比较可能？”

他一脸严肃地瞅着秦长歌，摇头道：“我说娘，作为西梁国未来的皇帝，逛窑子这类事体据说有助于国力发展，百姓民心安定，我不必管，但作为你儿子，我有责任提醒你一句，那个，逛窑子，不卫生。”

……

笑嘻嘻俯身，在儿子耳边悄悄道：“明天我去和你爹说，给你再添两个东宫师父，一个管在你吃饭时授课，一个管在你解手时教学，以形成对你的全方位更完善有目标高效率的教育体系，太子爷，如何呀？”

“不如何，”太子爷肃然，伸手来扶他娘，“儿子的区区学业，怎敢让日理万机的娘您亲自操心？娘，来，你去睡，我给你端燕窝羹。”

“乖，真孝顺。”秦长歌去洗漱了，舒舒服服任儿子服侍了爬上床，慢悠悠地喝爱心燕窝羹，抬眼问楚非欢，“你又用你的能力了？非欢，你气色不好，我说过你不要轻易动用的。”

“没事，”窗棂下一线微光里楚非欢素白容颜意蕴疏淡，那水墨般清淡里几许深浓不愿为人所知，时间久了却亦如印痕深入化石般折枝横斜，历久不改，又或是习惯了某种存在，在的时候只觉得淡若清风，然而假如有一日失去，却空落震惊犹如旷野里突逢闪电，迅猛间恍惚经年。

“昨夜只觉心神不宁，非同往常，听溶儿说你们出城了便寻了来，素帮主倒是巧遇，他好像是刚回京，想在施家村借宿，却遇上了灭村惨案，”楚非欢神情间有些不赞同，“你和他身份都非同寻常，实在不该贸然单身出行。”

苦笑了一下，秦长歌道：“知道了。总之，昨夜之事实在凑巧，但是也因祸得福确定了一些消息，我心中一直的怀疑也解开了些许，也算是收获吧——非欢，你有心事？”

“嗯……”正对着虚空处出神的楚非欢怔了怔，方道，“昨夜一见素帮主，觉得他神情有些奇怪，所以想着……”

“别，”秦长歌一挑眉，“你不能再费神了，非欢，不要小瞧我的本事嘛，如果真有什么不对，我会知道的，何况素玄，一直是我们同道中人。”

“嗯，”楚非欢也没坚持，突道，“长歌。”

“嗯？”

“做好准备。”楚非欢语气淡漠，字字间却隐有筋骨。

“飞鲨卫潜入西梁了。”

他摊开手掌。

如玉掌心，淡淡一个拓印，形如飞鲨，腾水而起，利齿森森，惊波掠浪。

“连僻居离海之国的势力都已来到，我们还有什么理由不怀疑，”楚非欢看向东方和北方，目色深深幻化刀光，“……杀机正在步步逼近？”

第十章 生辰

黄金篁，玉局床，春风十里送庭燎，耀亮龙章宫凤阙龙楼。

深殿高阔，四十八行龙于殿顶飞舞盘旋，瞠目下望，与龙章宫中人一同俯视他掌中墨迹淋漓的长卷。

“龙飞凤舞运巨笔，亿万骄子我最狂，展笺便题江山卷，羞煞李杜与苏黄！”

字迹恣意，足可破纸而出，确实够“龙飞凤舞”。

黑金丝绣麒麟衣袖缓缓拂过墨卷，修长手指一字字抚过，带着一份难以察觉的珍重和怅然，萧玦斜倚榻上，深黑眸子缓缓抬起，看向榻下长跪的乾元四年会试主考洪嘉石。

“嘉石，会试不是殿试，这是你们礼部的事，你单单地将这一份糊了名的墨卷挑出来送进宫给朕，是何用意？”

虽有年纪但因保养不错，仍面如冠玉的洪嘉石，不急不忙叩首：“启禀陛下，微臣怎敢将些许杂务拿来烦扰陛下，会试墨卷已经全部勾选磨勘完毕，唯独这一份，微臣将之在中选与落选的两堆卷子中换来换去，实在无法决定，只好求助陛下圣聪。”

“哦？”萧玦一笑，“嘉石，你是老主考了，一份墨卷，中或不中，如何能没个把握？于文章一道，朕可及不得你。”

“臣不敢，”洪嘉石肃然道，“此卷非关文章，考生经义策论诗赋都是极好的，只是卷中这一句，却奇峰突出，于韵律不合，且行文狂放非人臣气象，此等墨卷，微臣实是不敢取。但其余文字却字字珠玑，中肯切实，非胸中有大丘壑者不能为也，会试是国家重典，旨在选拔人才，微臣亦不敢为一己猜度而失国家栋梁——遂来求陛下特典。”

再次看了看那诗，萧玦将卷子一搁，突然一笑，朗声道：“你这老狐狸，装什么装？明明这是中卷，你怕担了干系，提前来通知朕——去吧！朕知道了！”

洪嘉石一笑，收起墨卷，行礼如仪地退了出去。

龙章宫烛影明亮，映着最近养病所以养得精神不错的萧玦容颜，他凝视着那烛火，突然一笑。

“你也怕落榜丢面子？知道老洪公正谨慎，故意用这办法提醒我来着？说起来你还是自己考的？你这奸诈的女人。”

他手指无意识地在龙案上轻轻划过刚才那四句诗，喃喃道：“可是朕就爱你这份奸诈……那些中规中矩只知献媚取宠的女人，那些只知梳妆打扮衣服头油的女人，哪及得你奸诈得有意思？……多么怀念当年一起征战沙场，杀人无数的痛快日子啊……”

“咦？”他突然挑眉，“羞煞李杜与苏黄？李杜是谁？苏黄是哪个？你这臭女人，这又是你哪个蓝颜知己？”

乾元四年四月初一，会试发榜之日。

一早便见满街士子蜂拥而向贡院，揣着满怀的希望与兴奋，去大红榜上从上到下地搜索自己的名字。

家境富足的，还派小厮彻夜守着，以便第一时间得到好消息。

秦长歌才不会满身臭汗地和士子们挤着看发榜，她很忙——她正在小院子里，隆重举行具有西梁国太子殿下以及城西赵家小杂院门童双重身份的萧溶萧包子的生日宴会。

重生后为包子做的第一个生日，当然要丰富点、嚣张点、与众不同点，以满足萧包子特立独行的人生风格。

寿星公对自己的生日记得那是相当清楚，往年没娘，凰盟上下给他庆生，他没劲，所以一定要拖个娘来庆祝，所以他以前大街认娘的壮举，虽说是随机性的，但是四月初一那是一定要认个娘的。

今年娘是现成的了，包子省事了，提前一个月就开始在娘耳边念叨，要求迟到的娘将他这许多年期盼守候（有守候吗？秦长歌疑问）导致的心灵受损和精神损失予以赔偿，秦长歌曾经因为心情大好，也就答应下来——怕什么，多年？多少个年？满打满算，一个巴掌都数不过来，四年，四个愿望，没问题！

结果包子提第一个愿望，她笑着点头；第二个愿望，皱皱眉，也点头了；第三个愿望，她阴森森地看着包子；第四个愿望刚开口，秦长歌的阴笑就变成了杀气隐隐的笑。

你还真敢提！

而当时在旁边的楚非欢，正在喝茶，一口水便呛到喉咙里了。

包子穿一身小锦袍，含着手指站在当地，眨着大眼睛左瞅瞅他娘，右瞅瞅他干爹，对他们脸上的表情很有点无辜，半晌摊开小胖手，一脸鄙视："食言而肥，小心发胖。"

"我不食言，"秦长歌杀气腾腾地笑完了，很爱心地抚摩包子乌光黑亮的发，"你且等着吧！"

于是生日当日，秦长歌亲自下厨，磨刀霍霍，连发榜这个万众期盼的日子都没理会。

据说她为了某人的第一个愿望，准备了很多东西，都是些奇奇怪怪的东西，甚至动用了凰盟属下中川高级技师，做了什么"模具"。

做菜……大概是做菜吧？需要盘子、碗碟、锅，没听过还要"模具"的啊？

天知道会搞出什么东西来？以她的人品……实在很不值得期待啊……

一桌子人都面色端肃地等着。

楚非欢、祈繁、容啸天、祈衡、素玄、寿星公，还有本想在冠彤宫大摆筵席邀集百官给太子爷庆寿却被某人不知好歹地严词拒绝，无奈之下只得挤到小院子里体验民间祝寿感觉的寿星公他爹。

一桌子人怀着不安、带着古怪表情揣测着等下的"生日大餐"的时辰，只有楚非欢神情不变地低声问素玄："后来找到了没？"

“没有，”素玄摇头，“我一路追上他，打了三场，一直到觞山飘香峰峰巅，他不知怎的突然出了破绽，我没收得住便将他打下崖去了，后来我下去看没见着尸体，最近帮里也一直在找，没这个人踪迹，现在想来，他当时有恃无恐的样子，改换路线到觞山山巅，大约是那里有人接应……哦对了，明霜中蛊了？没事吧？”

楚非欢和萧玦都看了素玄一眼——目前除了他们，祈繁和素玄等人依旧还是只知道秦长歌的“明霜”和“赵莫言”身份。祈繁曾经在萧琛被幽禁后要求去海外“迎回皇后”，被秦长歌托词时机未到拒绝了。楚非欢对于秦长歌继续隐瞒不置可否，萧玦则觉得，秘密这东西，知道的人越少越好，不光安全，而且，心里也舒服啊——瞧，她的最隐秘的事只有我知道……哦，还有楚非欢，唉……他要也不知道，多好？

“没事，她算因祸得福”，楚非欢难得地浅浅一笑，“据说原本因为先天体质限制，无法修炼得更上一层楼的内功，因了这个东西反而有所冲破，功力大成了，所以她心情好，你没看出来吗？”

“嗯，”素玄颔首，“她能自保最好不过。对了，不知道溶儿的武功练得怎样了？我给他的《琅嬛秘籍》里有一些强身健体的古方良法，你一定看……看……看……”

他最后几个字硬是卡在喉咙里出不来了，瞪着秦长歌笑吟吟端出来的东西，哪还记得要说什么？

当当当几响，清脆有声。

同一时间碎了三个调羹，掉了两双筷子。

只有楚非欢神色不变地在喝养生茶——他昨天在厨房已经见识过那模具，有心理准备。

……那那那那是个什么东西？

白白圆圆厚厚足有锅那么大一块糕饼状的东西，上面乱七八糟沾着些蜜饯、梅子、水果块什么的，拼成个歪歪斜斜的螃蟹样的文字：“Happy Birthday。”

当然，他们自然是不认得的。

那字丑如龟爬也罢了，大饼子上，居然还站着个裸男——真的是裸男啊，缩小版的萧溶萧太子Q版奶油像，头戴冲天冠，身穿“皇帝的新衣”，一手指天、一脚跨地，正在“请老天喝尿”。

……

萧太子一脸得意扬扬地站在西梁太子版大蛋糕旁边，以真人对比的严肃态度，仔细欣赏着自己的英姿——当初他提第二个要求时，老娘古怪地瞅了他半晌，最后画了五张明明看起来很像他但是怎么看都觉得有点夸张变形的图给他自己选：

第一张：他抱住一丑女（原型为芙蓉姐姐，当然包子不认识）拼命磨蹭。

第二张：他趴在地上，裤子被一猛犬撕破迎风招展。

第三张：他抓了一把扑克牌，脸上一脸的纸条摇曳生姿。

第四张：他和一没牙的老和尚在抢烧鸡。

第五张：他脚跨山石，一指擎天，嘘嘘。

……

包子当时对着图从左看到右，再从右看到左，愣是没找到一张满意的，大恨秦长歌，你这臭娘，咋这么记仇呢？认错娘你记到现在？还有，你咋就只记得我倒霉狼狈时候呢？我那些英明神武、玉树临风，满墙春色关不住一树梨花压海棠的英姿，你咋一张也不画呢？

有心要赖，却见臭娘笑眯眯问："不喜欢？不要？那就算了哦，你自己不要的哦……"

牙一咬、脚一跺、心一横，包子悲愤地指了那张裸照——无论如何，就那张姿势潇洒点，状态勇猛点，至于衣服……算了，大家都男人，无所谓啦。

……

"扑哧！"

最先笑出来的是素玄，他向来是个不拘的性子，本就最喜恣意率性而为，最初的震惊过后，立时大笑，重新抓了把调羹凑过去，眯着眼看蛋糕，笑道："什么玩意？上面写着什么？"

"这叫生日蛋糕，上面是海外文字，叫生日快乐。"秦长歌将蛋糕放在桌子上，无奈地看了看除了模具做出来的裸男其余都卖相超差的蛋糕，用一秒钟的时间哀叹了下自己的厨艺，慢吞吞地掏出五根小红蜡烛，围绕着裸男认认真真地插了，招呼萧溶，"来，太子爷，吹蜡烛许愿。"

早已从娘口中熟悉了现代过生日的流程，包子立即踮脚吹熄了厅堂里的其余灯火，只剩五根营养不良的细蜡烛在黑暗中飘摇，映得诸位美男的俊秀颜容都影影绰绰。

美男们的目光，齐齐盯着飘摇红光里正十分虔诚的双手合十做诵经状，庄严肃穆得令人发指的萧包子。

这小子在念什么经？

包子念完经，鼓腮，运气，噗的一阵狠吹。

起了阵小风，下了场小雨。

对面，倒霉的容啸天大怒：“萧溶，你吹蜡烛就吹蜡烛，你吐口水干吗？”

祈衡笑嘻嘻瞅着那蜡烛：“啧啧，哪里是吹熄的，是给口水浇灭的！”

萧玦瞪着儿子，天天说练武，说幼儿期扎武功根基要紧，书可以放到以后再读——怎么到现在一口真气都没能学会如何控制？

秦长歌笑吟吟早有准备地避到一边，问儿子：“许了什么愿？”

“不告诉你，”包子顺溜地背着听来的肥皂剧台词，“告诉你就不灵了，我要将这美好的心愿珍藏在心里，等着流星为我实现。”

“等流星帮你实现还不如期待陨石砸上你脑袋，算了……”秦长歌叹气，“下次坚决不和你讲琼瑶电视剧……”

话音未落，便见容啸天抓过早已备好的叉子，掂了掂道：“这个是吃那个娃娃的吧？我看着觉得好，我先尝尝。”

一叉子过去。

包子头发全部竖起来了。

这感觉忒不好啦……

还没来得及惨叫，五六根叉子过去，裸男不见了。

容啸天皱眉品着奶油耳朵：“甜甜酸酸的，世上还有这种味儿？”

素玄一边吃一边摇头：“比例不对，你比这个胖多了。”

萧玦盯着叉子上的蛋糕愕然：“怎么是这个部位？”

楚非欢浅笑着看着素玄递过来的一块蛋糕，又看了看快哭出来的萧包子，摇了摇头，包子大喜，正要说干爹你最好，不想他淡淡道：“总得留一块给他尝尝自己。”

……

包子悲痛欲绝地使劲扭过头去，眼不见为净！

干脆摊手问他娘：“我要的另两个愿望呢？”

秦长歌狠狠瞪一眼包子，心道你小子等着，你以为你天天生日？明天你生日过了，咱们慢慢算账。

拍拍手，大厨捂着鼻子端出个坛子。

双手远远地端着，偏着头，憋着呼吸，好像多闻一口立刻就会窒息而死一般，大厨僵着腰放下坛子，立刻撒腿就跑。

秦长歌坏心地不待正在吃蛋糕的众人反应过来，立即将坛子往蛋糕旁一放，唰地一掀盖子。

同时眼疾手快地塞给楚非欢一块手帕。

浓郁的难以辨明是什么味儿却绝对不好闻的臭味儿，冲天而起。

“啊！”高贵的，食必珍馐的皇帝陛下，第一个经受不住臭弹炮轰，唰的一下弹开丈许。

素玄腾地一下蹿到院子里的树上，手中还端着一碟子蛋糕——他喜欢甜食。

祈繁看看稳稳端坐，好整以暇用帕子捂住鼻子，因此显得十分淡定气质完美的楚非欢，再看看蹲在树上和蹿到院墙上风度全失的两大高贵美男，最后看看严重不公平的秦长歌，悲叹：“色不如人，能奈他何？”

被秦长歌啪地一蛋糕贴到了脸上。

只有包子得意扬扬地趴在坛口，命人装了碗鸡丝银米粥来，用小调羹从坛子里挖出一块小小方方看似豆腐又不似的东西，有滋有味地开吃。

这当然是包子的第三个要求——豆腐乳，他一向爱吃粥，西梁著名的卖粥的地方如数家珍，秦长歌去了几次，却没什么兴趣，因为西梁酱菜业不发达，佐粥的小菜居然都是些腌制的鱼肉之类，实在大倒胃口。有次和包子提起前世的小菜，这家伙立时来了兴趣，吵闹着要吃，秦长歌要打官司要泡美男要保命要杀人忙得不亦乐乎，哪有时间做酱菜，再说前世里她不精厨艺，也不记得那许多。

如今包子在生日愿望里慎重提出要吃“你上辈子的小菜”，秦长歌一向是那种“我不愉快，你更别想爽”的类型，立刻坏心地选择做了豆腐乳。

果然成功熏倒一堆养尊处优、出身高贵的美男，不想寿星公却强悍得超乎想象，对那冲天的臭气恍若未闻，直接冲着食物的本质去了。

“鲜！鲜得来！”包子吃一口，大赞，“娘，你这次真卖力，我决定原谅你对我的负心抛弃了！”

“谢谢太子爷宽宏大量，”秦长歌皮笑肉不笑，“太子爷，第四个愿望，还要否？”

“要！”大眼睛闪闪亮地转过来，“听了那么多故事，我可想了很久了，你们说我还小不能逛，我这人好说话，也就叫几个来看看就成了，记得啊，要露瑶阁、醉花居、萼绿楼、玉蝶春的四大花魁啊……”

“砰！”刚刚坐回位置端起茶盏想喝杯茶的皇帝大人一不小心捏碎了茶盏。

这回不冲着包子去了，直接找罪魁祸首：“你你你你怎么连这个都纵着他？这成何体统？”

秦长歌瞟他一眼，一笑道：“放心，所谓置之死地而后生，我担保太子爷经过今夜‘别开生面、滋味独特’的花魁初会，这辈子都不会再有逛窑子的欲望的……”

再次拍手。

香风袅袅，环佩叮当，莲步随风起，逶迤开谢花。

美人雁列，各执红灯一盏，朦胧旖旎红光里，云雾鬓，远山眉，飘摇迤逦而来。

闻香氛，观步姿，包子眉开眼笑地冲上前去。

个矮腿短，最先看见的是曳地长裙，浅绿樱红，美！

眼光上移——霞影纱仿宫中样式的红灯，精致玲珑，美！

再上移——这腰……这腰？咝——

再向上——呃！

灯影里，如花们口若血盆，眼若铜铃，腰围三尺，肤黑如墨，正对着萧嫖客——“巧笑嫣然”。

包子撒腿就跑，可惜来不及了，如花们一拥而上，将今晚的金主团团围住。

“小公子好俊！”

“皮肤粉嫩！比闭月姐姐还好呢！”

闭月抚着长满疙瘩的方圆足有脸盆大小的“娇靥”，嗔笑：“羞花姐姐，你又取笑我，人家不依啦！”

羞花发出“银铃”般的嘎嘎笑声，伸手去摸包子的脸：“姐姐我摸摸……”

沉鱼、落雁，挥着洗脚布般的“香帕”拥上来。

“哎呀，羞花你好坏，和人家抢，小公子，看我美不美？”

涂满劣质香粉的“绝世娇容”，凑近包子的脸，一笑间金光闪闪，隐约可见昨夜的韭菜叶。

“啊！”

包子发出一声惨绝人寰的惨叫。

闹腾到天将黑，终于把那“四大花魁”给请了出去，包子软瘫在院子当中，一脸哀怨地瞪着他坏心的娘，和那几个毫无同情心看戏的男人。

“你从哪里找来这几个奇葩的？”萧玦悄悄咬秦长歌耳朵，“丑到这种惊天地、泣鬼神的地步，真难为你。”

秦长歌笑嘻嘻道：“女人中找不着，找男人嘛……”

萧玦噎了一口，还未及说话，包子已经腾地跳了起来，从怀里掏出一张皱巴巴的纸，大力朝秦长歌挥舞：“臭娘你说话不算话，你押了字据说要由四大花魁陪酒的！”

“哦？还有字据？看来你对你娘很有防备之心嘛……”祈衡和素玄第一个凑过

去，一望，喷得笑了出来，摇头踱开。

容啸天和祈繁随后接过，容啸天看完，瞪了包子一眼，喃喃道："叫你不读书，活该……"祈繁捂着肚子狂笑着将字条递给楚非欢。

楚非欢一眼瞥过，叹息一声，对包子招招手。

满脸雾水的包子立即跑过去："咋了？哪里不对？"

无奈地看着包子，楚非欢轻轻道："你娘写的是，四大花鬼。"

……

仰天长啸，包子含泪，握拳。

都是文盲惹的祸！

"哐哐哐！"

突有锣鼓喧嚣，听来正往小院而来，隐约还有喧哗人声，包子是惊弓之鸟，生怕再遇四大花鬼，急忙一溜烟蹿回屋子内。

秦长歌和萧玦对视一眼，都知道是啥好事了。

楚非欢和萧玦几人都立即进了屋，等下人多眼杂，还是少和人照面的好。

"恭喜老爷高中会试第二名！"

院门开处，高声报喜的人们如水般地涌进来，有人高高擎着大红喜报，有人七手八脚地在一边挂上喜炮，立时噼里啪啦地炸起，引得四周的百姓都蜂拥了来看。

人潮顿时挤满了小院子，带着满脸的羡慕，议论着这家有人鱼跃龙门，飞黄腾达有望。

秦长歌和祈繁笑吟吟地上前应酬，接喜报打赏银子，祈繁甚至搬出褡裢，满脸喜气洋洋地给四周看热闹的百姓都一一发喜钱。

众人都笑接了，说些恭喜官运亨通、光耀门楣之类的吉祥话儿。

不多时，人潮渐渐散去。

秦长歌负手立于一地红鞭炮炸出的纸屑中，在那极似战火硝烟般的气味中，于一轮水晶帘般的月色和阑珊灯影里，淡淡回首，问：

"那喜钱都接了？"

"是。"

"看出来了吗？"

"大约有数，可以分头去找。"

"那么……"秦长歌转身，对从廊下静静转出，淡烟软月中眉目如画、清冷如斯的楚非欢一笑，转视祈繁。

"去吧。"

第十一章
问情

“躲在这里？”

祈繁愕然抬首看着前方远处门楼招牌上“绮花居”的冶艳招牌和那两张标志性的画着粉红琵琶的灯笼，哭笑不得地对身侧凰盟下属追踪高手道：“真的是这里？”

对方肃然点头，以示绝无虚假。

“继续盯着，”祈繁下指令，“摸清这些人住在哪个婊子那里，有哪些人，咱们不能打草惊蛇。”

“是！”

祈繁一路回小院，忽在路边看见有卖茯苓饼的，想着包子爱吃，便去买了一斤，掂着包饼子的纸袋正往回走，冷不防和人撞个满怀。

头也不抬祈繁非常熟练而飞快地道：“对不住，借过。”抬腿便想走。

对方却突然一把抓住他衣襟，激动得连声音都变了调。

“少主！”

小院偏屋的后窗，对着巷陌外的桃树，这个时节桃花都已落尽，那种满眼嫣红清丽窒人呼吸的妖艳都已淡去，只余少许开得迟的零星的残花，在月色里做一抹妆点的笑涡。

楚非欢独坐窗下，在一窗被碧罗纱筛过的清淡月光里，细细端详一瓣飞落掌心的残叶，想着那一年，月下桥边，疏星云影，风动桃林花落无数，风姿绝世的女子，纤手递过的那枝迟来的桃花，那一刻她眼神延接星汉，浩渺无际，而他却已不知自己是醉于这朵开得特别美而惆怅的桃花，还是斯人流眄的眼波。

这一醉，便是一生了。

如今却已是残生。

从来好梦难留，诗残莫续，那满树的花朵，落了还会再开，盛景一年年周而复始，过去的却终究只成为纪念，夹于记忆的书笺中，一日日翻起暗香如故，却不堪捡拾，逝去的时光秾丽愉悦，对照着如今心境越发凄凉。

有一种沉湎，静默而销魂。

正如花落无声。

……黑暗里无灯无火，却有颀长挺拔的身影显现，斜斜倚着门框，出神凝视着他的背影。

“你想离开，是吗？”

出声的男子，声音清朗，语速却不快，闻声便可知是那种本性英风豪烈却因久居高位，养成了雍容沉稳风范的人。

上挑的眉梢微微泄露了一丝诧异——本以为来的是素玄，不想却是他。

楚非欢回首，看着萧玦，黑暗里萧玦的眸子闪亮如猫眼石，光华璀璨，这世上就有一种人，永不蒙尘，永远意气风发，连哀伤也是明亮激烈的，一层层地逼到人的眼前来。

天生的君临天下，霸气无双，金色烈火里的不败战神，上挑的眉如苍鹰的飞羽，如时刻欲待冲鞘而出的刀锋。

这样的人，这般的鲜明亮烈，任谁也不能忽视吧？连她也是，不是吗？

楚非欢神容闲淡，对萧玦刚才的问话只回以淡淡一句：“嗯？”

语气不置可否，然而心里不是不惊异的，萧玦他也算了解，像他这样暴烈而明朗的男子，最容易出现的缺点就是不够细致，对于他人的心思难以体会，不想他这些年皇帝做下来，真真改变了不少，最起码现在，除了长歌，大约只有他看出自己心思了。

他能看出，是不是因为，在内心里，他只将自己当作“情敌”，所以才分外防备来着？

忍不住浅浅笑起来，随即又掩了笑容，楚非欢微有些怅惘地想——果然是身体不成了啊，这还没老，思绪便不能集中了，总喜欢回忆过去，总喜欢想些有的没的，真是可笑。

他在这里出神，萧玦却不如他沉静，始终目光灼灼盯着他，半晌道：“你失了武功，又残了肢体，你知道自己不成了的，你想离开长歌。”

他说得极其肯定，楚非欢终于转目看他，回答：“如果换成你，你会如何？”

萧玦默然，良久，沉沉的暗影里，他滞涩地道：“我不能想象……我真的不知道如果这样我会怎样，对于自己最重视的一些东西，我觉得我有时没那么有勇气，就像当初我觉得长歌如果离开我，那真的是不可想象的一件极其可怕的事，结果她真的离开了我，到现在我也没能真正把她给找回来——然后那几年的日子我也这样过来了，可是现在我却想不起来，我是怎么过来的。”

他话说得十分简单，甚至因为情绪激荡有些语无伦次，楚非欢却微微有些动容，半晌道："我明白，有些事，不身临其境永远不知个中滋味，他人所谓的劝慰，其实只是隔靴搔痒罢了。"

盯着楚非欢沉静的容颜，萧玦忽然意识到，眼前的这个男子，亦是长歌的爱慕者，在那场长乐大火里，他失去爱妻，他同样失去心爱的女子，同时他还失去了武功和健全的肢体，世事残忍，原来真的没有个界限和尽头。

春寒料峭，风声凛冽里楚非欢静静道："我妹妹在找我，飞鲨卫出现在郢都，我想你是一定知道的了。"

"是的，你——打算和他们回去吗？"萧玦望了望大海之东的那个方向，"建熹公主女中英杰，志向远大，她找你，想必不是想对你不利，毕竟你是离国诸王子中，真正将你们先祖深海龙族血脉继承得最多的一个，只是你不凑巧多了个读心的异能，因此招忌而已。"

"他们都怕这个异能，你为什么认为凤曜不怕？"楚非欢目光透彻如深海水晶，折射着迷离的光，"何况我是男子，她是女子，她夺权谋朝，何尝不担心一朝被人掀翻？"

"你自己的妹妹，你了解，"萧玦笑容笃定，"换成一般女人，怕。换成楚凤曜，她会怕？"

默然半晌，楚非欢算是认可了他的判断，却道："不，我不回去。"

"那么你——"萧玦一愣，随即明白过来，"你会走，但是不回离国？"

楚非欢却已转过头去，任一阵紧一阵松的风声代替自己的回答。

干脆绕过去，往楚非欢面前一坐，盯着他的眼睛，萧玦道："你需要什么药？我命人从宫里送来，没有的，都去给你找，我听长歌说过有几种足可起死回生的药，我发文天下，去找了来给你。"

这回换楚非欢愕然了，诧异地盯着萧玦，道："你这是做什么？"

颓然向后一坐，萧玦道："希望你好起来啊，你好了，长歌也不会背负良心重债了……"

立时明白了他的意思，楚非欢摇头："你错了，长歌不是将同情当作爱情，将两者混为一谈的人，更不会拿自己来抵情债，她要选，永远都只会是自己心里的那个人，与恩惠或付出，都无关。"

"长歌不会，可是我不成，"萧玦无奈地道，"我没办法毫无顾忌地去争取她了……"

目光一闪，淡淡的笑意如水波漾开，楚非欢带点善意的讥嘲注视着萧玦："陛下，当了这许多年皇帝，你怎么居然还有几分善良？——你怎么就不怕我好了，去和你争长歌，甚至，和你争天下呢？”

“那最好！”萧玦眉毛一挑，眉目刹那间傲气、霸气凌云而生，“你好了，回离国也好，在这里也好，我都可以和你公平地争长歌的心，再不用顾忌什么，我可不喜欢恃强凌弱的感觉。”

恨恨地叹一声，他道：“按说长歌是我的妻子，我为什么要和你抢？她本来就是我的啊，可是命运颠倒轮回，她现在居然不算我的了，而且这么一翻转，我倒觉得我和你比起来，居于劣势，长歌是不会拿自己抵恩情，但是谁也难保她心里，不因你的牺牲良多，对你多看顾些，时间久了，眷顾的心意会不会变成情意？谁也难保，我想来想去，你能站起来，咱们公平较量是最好的，长歌去了心上的桎梏，也能更清楚地决定自己的心，你说是不是？”

“陛下英风朗烈，于情之一道却颇为细腻，”楚非欢轻轻一咳，抬起衣袖，接起一瓣飘落窗内的桃花，将那瓣桃花于指尖轻揉，染上嫣红一点如血，“若能如此，何尝不好？只是陛下知道何药能治好我吗？”

“世间无难事，只怕有心人。”萧玦极有信心地一笑，抬腿便走，“夜了，我得回宫，改日叫长歌把方子抄给我，我就不信，以我西梁之富，穷尽全国之力，治不好你？”

……

治得好吗？

行走卷起的风声将细顺的发丝微微扬起，黑暗中一朵桃花以凄怆的姿态落地，而那比桃花秀丽的容颜，却不曾因这摧折而减损一分深静清绝，他只是默然于一地横斜的月影之中，带着珍重的神情注视那飞落的桃花。那花幽淡的香气残留指尖，勾起久驻的记忆……记忆里的景色美如四月盛开的蔷薇，而他这一刻只觉得寂寞如水，将他淹没。

桃花瓣上，素衣袖间，有些什么，隐约比花色更鲜红……

时光不待留，长风催人老啊……

黑暗里门扉半掩之处，小院子里的星光无遮无掩地洒在默然伫立的身影上，那个身影在刚才的对谈里，一直保持着相同的姿势和神情，默默聆听，那神情宛如烟水茫茫里，隔了尘世的云雾看一帧人生写意，别一番的花色非凡气韵高古，却是笔笔纠结，辨不明来始由终。

良久，她仰首，漫天的星辉洒入眼眸，再化为一天迷雾弥漫，眉端里几许惆怅，长风如许，终难吹散。

“情”之一字，不过简简单单的数画，由不同的人写来，却各各笔力深入，镌刻心底，那一点一捺，皆自意蕴深长。

彼之狂草，尔之秀楷，凤舞龙飞，却画谁心？

今日莫问情，问情心成结啊……

祈繁比料想的时辰稍晚了些回到小院，刚进门就发现在院子中发呆的秦长歌，他倒是难得看见秦长歌这般神情，绕着她转了几圈上下打量，被秦长歌没好气地瞪了一眼。

夜色朦胧里祈繁神情不甚清晰，语音却是轻快的：“怎么了？如此星辰如此夜，为谁风露立中宵？”

“为你啊……”秦长歌已恢复正常，淡淡地看过来，“你怎么去了这么久，有收获吗？”

“听你前一句我还以为我要倒霉，”祈繁笑，“还好还好，你思春的对象不是我——嗯，我在那里等了会儿，得了确切落脚处就回来了，对了，你怎么知道飞鲨卫会装作看热闹的百姓混进来，特意在喜钱上抹了好东西，他们一接钱就变色？”

“这是非欢的计策，”秦长歌看着黑沉沉的屋子，目光里有些很奇怪的东西，慢慢道，“前几天就有人在附近探头探脑，非欢当时就疑心了。飞鲨卫也是好本事，居然找到这里来，非欢说，能进飞鲨卫的人，都是水中好手，进卫后训练很苦很特别，要在离海深海礁石之间练习武功，为了避免长期泡在海水里损伤皮肤，他们长年在身上抹一种深海怪鱼内膜炼制的油，时间久了，渗入肌肤永不消除。非欢在很小的时候，就发觉这种油遇上某些特定物事会导致该物变色，比如三齿草的汁……既然确实是他们，便好办了，离国潜入西梁，找寻非欢的同时大约还想找出皇后的下落，楚凤曜是个手长的人，却也是个清醒的人，我得给她个警告——乖乖待在你海国里，别管那许多。”

祈繁点头，环顾一周，愕然道：“素帮主呢？”

“先前就走了，”秦长歌道，“他有心事。”

“哦？”

秦长歌却已换了话题，问：“他们落足哪里？”

“青楼。”祈繁皱眉，“也真是会想，大隐隐于楼？那种地方，人多眼杂，保不准老鸨、龟公都是他们的人，明攻或暗取，想擒下一两个都不难，要想一网打尽，不容易。”

"有什么难的，"秦长歌问了问那妓院的布置和地势，不以为然，"来，我教你个招，顺便免费送你个群众演员。"

"绮花居"这种地方，到了夜里那都是精神抖擞的，虽说是个三流妓院，但虾有虾路、蟹有蟹路，低等妓女自有自己价廉物美的恩客，多半是不务正业的三教九流人士，或是些卖力气的苦哈哈儿，也有老实巴交的街坊，钱不多胆子不小，揣了几钱银子想来开荤。妓女们来者都是客，一律向钱看，只不过逢着最后一种，多半背后要笑几声，说几句家中母老虎这么凶悍，怎么管不住丈夫之类的风凉话。

今天也有几个鼻尖上冒着汗的汉子，鬼鬼祟祟进院子来，妓女们取笑的话还没来得及在舌尖上打滚，便听见前门处一片婆娘哭娃娃叫，乌烟瘴气、鬼哭狼嚎。

隐约间似乎有人挨了耳光，啪啪有声中有人在哭骂，还有童音尖声大叫："我爹被狐狸精迷住，不要我了，我娘带我来自尽，你们谁拦？谁拦咱就拉着你一起去死，我跳楼你给我垫背，我割脖子你给我挡刀，拦啊你拦啊——你丫怎么不拦了？"

纷纷攘攘中，声音越来越近了。

院子二楼一排小房，房门上以花朵代表着妓女们的名号。一扇画着蔷薇的门突然打开，妓女蔷儿探出头来，问隔壁房间正对院门的杏花："喂，怎么了？闹得要死，薛大爷好梦都给吵醒了，正不高兴呢。"

杏花上下嘴皮一嗑，灵巧地嗑出一片瓜子壳，懒洋洋道："还不是谁家的后院没打井，起火了，啧啧，这家的娘子好凶悍，这家的小子更不得了，不过就是爹逛窑子，他口口声声谁挡宰谁，来一个宰一个，来两个宰一双，死也要拉垫背——这是抓奸呢还是弑父啊？"

话音未落，已见榴红裙子的大脚女人，将裙子束在腰上，葱绿撒花裤上大红牡丹花实在有够俗气，身后跟了个皮肤黑黑的五六岁小童，穿得比她还嚣张打眼，深紫配橘黄，衣裳上还绣了个闻蔷薇的母大虫，那颜色看得人直想晕倒。两人撒丫子冲上来，后面跟着一大群街坊打扮的人，一群人又拉又哄又劝。

"刘家嫂子，莫闹莫闹，你这样闹，刘家老四以后还见得人吗？"

"哎呀呀，咱们帮你把老四拖回去，回去你给他跪马桶、顶算盘！你先消气，回去等着好不？"

"刘老四吃了雄心豹子胆，敢来这种腌臜地方，大婶子我一定替你教训他！"

……

女人哪里肯听，披头散发直嚷嚷要找杀千刀的，那孩子更是逢人就抓、见房就蹿："你抢我爹？不是？那你？你？你——哦你是男的，看错，让开别挡我路——那你？你们谁有我娘美貌？我爹真是瞎了眼了！"

妓院里一院子的人都笑嘻嘻站在一边嗑着瓜子看热闹，看那孩子口中"美貌娘亲"哭天喊地，这种事见得多了，左不过闹一场，还能有什么？难道还能和泼妇孩童一般见识？闲来无事当着乐子看看也好——连那些隐在黑暗里的挺胸凹肚的彪悍打手，以及一些目光飘忽的神秘人物，都漫不经心地让到了一边。

刘家嫂子哭闹着，一间间地撞开门去找丈夫。劝架拉扯的街坊，立即也一阵风地跟着卷进去，没抓到丈夫的刘家嫂子卷出来，街坊们一窝蜂地也一阵风卷出来，走在最后的还不忘记对里面的人道歉，小心地带上门。

那几岁娃娃每冲一间，还必得大骂："咋不找个美点的啊，这么丑怎么看得下去啊？这叫花魁？这叫花鬼！"

楼下卷过了……再卷楼上。

看热闹的人终于渐渐觉得不对。

被他们冲进去的那些房间，为何始终没人发出任何声音？为何连姑娘们都不曾再冒头？关上的房门静寂如死，里面的人呢？

还有，这些人步子好快！连那娃娃，都脚步生风。

哪里像是市井之徒？

正在犹疑间，却见最后一间里，一群人涌了出来，中间还揪着个肥胖男子，那泼妇单手拎着那男子耳朵，大哭："杀千刀你原来真的在这里嫖女人！咱们回去算账！"

那娃娃哭得更高："那女人丑死了，爹你不要生个丑弟弟侮辱我啊……"

四周街坊继续七嘴八舌劝解，众人见确有其人，立时松了口气，对望一眼，散漫地笑了笑。

眼见他们一阵风似的再次卷了出去，留下一地被踢翻的凳子椅子，众人懒懒地去搬凳子，忽有人道："咦，罗爷、薛爷他们呢？闹事的已经走了，怎么还不出来？"

老鸨自然不是真的老鸨，到这时终于觉得不对，使个眼色，立即便有人飞奔着踹开一间房门。

妓女软瘫在地上，屋内空荡荡无人。

骇然变色，老鸨大呼："糟了！"

急忙一间间去看，除了被点了穴的妓女，哪里还有人在？后窗都开着，这院子后面是个池塘，向来没有人能靠近，老鸨们自以为安全隐蔽，谁知道对方想必连船只都早早备好，冲进去立即点了妓女穴道，将屋内男子扔到后窗之外，船上自然有人接应。

这些人出了门还装作道歉，给妓院的人一个“屋内有人”的错觉，实在狡猾。

老鸨脸色铁青，颤抖着腿一间间地看了，越看越心惊，最后嘶声道：“罗爷、薛爷那么高的武功，怎么也没挣扎就被带走了？”

却有人惊呼起来，大叫道：“刚才最后被拉出来的那个男子，是不是就是罗爷？他们一起制伏了他，给他改了装，把他装作嫖客给拉走了！”

话音未落，一群人面如死灰。

“今天这出戏演得好爽！”包子抱着肚子，化身为狼，得意扬扬地在月下仰天长啸。

“啪！”狼屁股被某个从来不把狼性太子爷当回事的无良的娘毫不客气地拍上一记。

“我说你演就演，你从哪里找来这么一身恶心衣服？”秦长歌皱眉看着他的打扮，“这颜色搭配，惊悚得是个人看见都得退避三舍，连猪看见都想干脆被杀。”

“这是油条儿送我的生日礼物，”包子抖抖衣襟，“色彩大胆，造型别致，以夺人眼球的跳跃设计，极度彰显时代爆炸感，显示了在这个各国来朝、信息丰富、风起云涌的辉煌年代，英雄辈出的史诗即将唱响，距元建国两百年后的赤河战场，东燕北魏中川南闽的军团注定要在西梁的铁蹄下覆灭，一个家族的百年悲歌传奇，即将由我——萧溶亲笔撰写……”

“写你个头咧！”秦长歌忍无可忍，“背《紫川》你背得好顺溜！你侵犯了老猪的知识产权，你小心被猪迷穿过来暴扁！”

“还有你那个油条儿，”秦长歌眯着眼睛，“是谁？”

“服侍我的那个小太监嘛，我就看中他了，”包子笑眯眯，“尤涛，多普通多没劲的名字啊，油条儿，多可爱多有食欲啊。”

秦长歌对着饿神转世的儿子叹气，半晌道：“别吃吃吃了，儿子，来，娘交给你一个要紧任务。”

“嗯？”

第十二章

黄书

乾元四年，春，五月初三。

癸未年、甲戌月、壬子日。

宜：祈福、祭祀、结亲、开市、交易。

忌：服药、求医、栽种、动土、迁移。

正值，殿试之期。

步云踏金殿，登科应帝询，杏花红一色，不谢满庭芳。

金殿之上，帝驾之前，凤阙龙楼辉煌之地，会试中榜的士子凛凛然于玉陛之下，饱蘸浓墨，轻提紫毫，于长达两米、卷首钤有皇帝御宝的洒金素纸之上，一笔笔谨慎小心地构筑通往荣光殿堂的文章桥梁。

只有德州士子赵莫言，一副精神困倦之状，顶着个超大黑眼圈，坐在自己位子上目光呆滞，乍一看像在构思精彩华章，再一看八成是在魂游太虚。

主持考试的礼部尚书及各考官都目光抖抖地看着这个德州士子，再瞅瞅御座上的萧玦——陛下是不是要龙颜震怒了？怎么死活盯着这个士子不放？那眼光好生奇怪……该怎么形容来着？

满腹文章的大儒们绞尽脑汁想了很久，也没想出该如何形容陛下笼罩在这个穷酸士子身上的充满仇恨却又无限无奈的古怪眼光。

礼部尚书恨恨地看着好似抽去了几根筋的赵莫言，真恨不得上前对他肚子踹一脚，再拎着他衣领晃几晃，把这个连至高无上的殿试都敢不放在眼里的狂生晃醒。

有几个考官交换了一个意味深长的眼光——这家伙定然与一甲无缘了，二甲也别想……嗯，阅卷时直接把他的墨卷定到五甲，再由陛下御选吧。

……

萧玦目光是很古怪……因为他正在浮想联翩。

昨晚他又跑出宫，带了一大堆补药送给楚非欢，送了药后不想走，便说太子爷最近功课不好，要找秦长歌这个娘亲算账，秦长歌哪里理他，只管看自己的书，看得眉开眼笑、目光荡漾，他好奇，凑过去看，冷不防秦长歌施施然起身，换了个位置，背对他坐了。

怔了怔，萧玦锲而不舍地再坐到她面前。

秦长歌再掉头。

再坐。

再掉头。

自始至终，萧玦连书名都没能看见，这下好奇心起来了，无论如何也要知道，便佯装离开，冷不防唰地伸手，夺了书去。

秦长歌看样子怕把书扯坏，没和他争便放了手，她这么爱惜的，萧玦反倒奇怪了，原以为不过是明日殿试要温的书，大不了溶儿在里面鬼画符了什么引人发笑，看长歌神情，倒不像？

先看名字《金瓶梅西梁手写典藏版》。

没听过，什么传奇志怪小说？

萧玦得意地笑着，一跃上梁翻了翻，差点从梁上栽下来。

> ……于是不由分说，抱到王婆床炕上，脱衣解带，共枕同欢。却说这妇人自从与张大户勾搭，这老儿是软如鼻涕脓如酱的一件东西，几时得个爽利！就是嫁了武大，看官试想，三寸丁的物事，能有多少力量？今番遇了西门庆，风月久惯，本事高强的，如何不喜？
>
> 交颈鸳鸯戏水，并头鸾凤穿花。喜滋滋连理枝生，美甘甘同心带结。一个将朱唇紧贴，一个将粉脸斜偎。罗袜高挑，肩膀上露两弯新月；金钗斜坠，枕头边堆一朵乌云。誓海盟山，抟弄得千般旖旎；羞云怯雨，揉搓得万种妖娆。恰恰莺声，不离耳畔。津津甜唾，笑吐舌尖。杨柳腰脉脉春浓，樱桃口微微气喘。星眼蒙眬，细细汗流香玉颗；酥胸荡漾，涓涓露滴牡丹心。直饶匹配眷姻谐，真个偷情滋味美。[1]

淫词浪语！

好生大胆！

萧玦眼睛发直——这这这从哪里搞来这么直白香艳的小说本子？还是完全手抄的？本朝虽也有些传奇本子，笔者用笔稍稍绮艳，便已被当朝大儒们批得一钱不值，自己有次路过礼部，看见一个侍郎怀里掉出这种本子，正在被尚书责骂，拿来翻了翻，当时是觉得忒胆大了些，看得人怪不好意思的，不想天外有天，人外有

---

①《金瓶梅》内容，原版抄袭，特此声明。

人，和今天这个《金瓶梅西梁手写典藏版》比起来，人家写得简直清淡如水、庄严如圣了。

本子拿在手里，有点烫手，直觉地要扔开，却又舍不得，有一眼没一眼地往那些字眼上瞟……羞云怯雨，揉搓得万种妖娆……酥胸荡漾，涓涓露滴……真是情致旖旎……心里不知怎的有点燥热……转目见秦长歌负手梁下，正仰首淡淡看来。

她当时晚饭已毕，刚刚洗了澡，发也未束，青丝乌泉黑瀑般倾泻在身后，顺着起伏有致的玲珑曲线，在五月和煦的夜风中轻轻飘扬，沾了湿意的眉目面庞，黑得深艳，白得晶莹，目光里秋水盈盈，扬眉间韵致清灵。从他的角度，可以看见她线条流畅如弦的优美颈项，瘦而不露的精致锁骨，以及锁骨下，隐隐约约一抹粉腻的起伏……

萧玦发觉自己好像在不知不觉地咽口水，而且咽口水的声音好像大了些，因为梁下秦长歌突然红了红脸，错开了身子。

萧玦也有些脸红……是很久没沾女人身子了，不过也从没这么控制不住啊，后宫女子何其会邀宠争媚？自己就是偶尔路过她们的寝殿门口，也会装昏倒昏在自己怀里，昏倒的时辰，抹胸必然是很低的，外裳必然是开领的，领子必然敞开很大的，那胸也是粉腻的，好像比她的还大……但是那时，也没这般急色啊。

还是，只对她有感觉？

明月下、灯火旁，月光和灯光交织，织成一片一片的雪白，一片一片都是旖旎，一片一片都是精致的浮着暧昧的花影的香笺，都写着“羞云怯雨”“妖娆”“酥胸”“揉搓”之类的肌骨暗香隐隐的字眼，在萧玦眼前眼花缭乱地浮荡。

萧玦往黑暗里缩了缩，有点尴尬地发现了自己的变化。

糟糕的是，一向敏锐得不像人的秦长歌好像也发现了，她微咳一声，转身去收拾笔墨。

萧玦尴尬中突然觉得有些好笑，这叫什么？明明三年前，她还是自己名正言顺的皇后，长乐宫凤榻之上，燕好敦伦之举不知有多少，早过了会脸红、会尴尬的情态，不想三年一过，不仅身体改变了，连心态都在变，如今对着她，竟生出几分当年初见，欲近不敢近，小儿女般的微妙来。

想来她也是如此，否则一向心黑皮厚的她，哪来这等回避之举？

盯着她难得微红的脸颊，那一抹艳色镀上雪色肌肤，宛如月色镀过花墙，或是雪地上飘落梅花一点，清艳无双，明明是最为平常的神情，不知怎的那抹红，就像一个微笑而无声的邀请。

萧玦头昏了。

萧玦头一昏，就从梁上飞下来了。

……朕现在就记得你是朕的皇后……

一搂……就搂上了那肌骨均匀的香肩……杜若和薄荷的清丽清凉香气，水一般在空气里缓慢荡漾……萧玦缓缓俯身，欲待以唇体味那薄瓷明玉般的细润肌肤的触感，不知道是不是如淮南嫩绿水乡一般柔软而芳香，鲜明而甜美？

“啪！”

萧玦一个俯身的姿势，僵在了秦长歌身后。

自突然弯腰的姿势缓缓站直，绽开一个若无其事的笑颜，秦长歌很抱歉地道：“抱歉，看见腿上有个蚊子。”

她顺手自呆怔着的萧玦手里抽走书，巧笑嫣然地道：“夜了，不留陛下了，陛下早些回宫，明日殿试，得养养精神。”

朕哪里还养得成精神！

这种天气，又哪里来的蚊子？

你这……越发令人咬牙切齿的坏女人！

……

翻了一夜烙饼的皇帝陛下，最终在天将明时，在记忆中那些娇软荡漾字眼的陪伴下，以某种对他这个皇帝来说完全没有必要的方式解决掉了自己的躁动，然后累极睡去，差点误了殿试。

此姝实在忒恶劣，教我如何不恨之？

……

秦长歌其实也好不到哪儿去。

昨夜萧玦走后，半夜里非欢突然发病，他好生有耐力，居然一直一声不吭，若不是自己挣扎取水时碰翻了杯子，被因为萧玦骚扰一时也没睡着的秦长歌听见，熬到晨间不知道会成什么样子。

静夜里把着非欢的脉，感受那细微杂乱的脉搏在自己指下浮乱而不祥地跳动，每一几乎难以察觉的震动，在沉默的空气和黯然的心里都如在敲着别离的钟声，一声声撼出如潮的悲伤，那钟声每敲一响，离某个令人不敢去想的结局便近了一分。

黑暗沉潜如重水，谁在其中挣扎？

秦长歌的手指按住脉，心中却突然茫然纷乱如潮，有什么从心底湿润地泛起，一寸寸将自己淹没。

这一刻的黑暗，这一刻相伴自己多年无论生死都不离不弃的人，他细微的呼吸散在空气里，而沉静苍白的颜容沉在月光背后，那一生里的月光早已碎成千万把刀，都插在他余生的路上。

累极后睡去的他面容平静如水，仿若长眠。

秦长歌伸出手，慢慢地在虚空中一抓，她抓得如此用力，仿佛如此便能够抓住一些虚无缥缈的希望和未来。

……非欢，如果属于我的东西，可以拿来换回你的健康和生命，我想我是愿意的。

我是个自私的女人，一辈子爱自己胜过爱任何人，也从不以为这是错，一个人如果连自己都不懂得爱，还奢论什么爱人？

前世里惨烈的死亡，今生里到现在我都不敢去爱，我害怕重蹈覆辙，害怕旧事重来，我的敌人如此众多，如此强大而黑暗，如果再错一次，我知道我永远不会再有这一次的好运气。

不敢爱，却不是不知道爱，然而无论你，或者他，于现今这个时刻，竟是无论谁，都不能让我敢于坦然无畏地去爱。

因为他的爱隔着我至今不敢定论的真相，而你——其实已不打算和我在一起。

因为你知道，你现在的身体，已经不能给我所有女人应该得到的东西。

甚至连时间，都不能。

所以你想离开我，在某个人迹罕至的深山里默默死去，死亡如烟花飞散，最后一刻你想于浮尘中看见我重登后位，再次做回皇后睿懿。

我对你们的感情，隔着真相，隔着时间。你们对我的爱情，隔着生死，隔着命运。

如今我唯愿什么都不想，只想先打破这噩梦的真相，争过这飞速流逝的时间。

你们，请，相信我。

……

一夜无眠。

黎明即起的秦长歌，一大早便吩咐祈繁小心关照非欢，然后昏昏然进保文殿，心中大骂殿试规矩不人道，时辰定那般早，睡眠不足怎么做得出好文章？

再一看题目，更是愤怒，萧玦你这个不好读书的，今天居然出这么个冷僻题目？！

《卮言日出赋》。

卮言：没有主见没有立场，支离破碎未能形成个人的思想，人云亦云的言论，卮言日出，即此番言论每日都有。

秦长歌眨了眨眼——看来萧玦余恨未消，对那日金殿叩阍事件中连成一片的“臣附议”耿耿于怀，虽然碍于人心稳定，不好因此对百官重责，然而在题目中出出气也是好的。

秦长歌一向也是记仇的人，眼看时间将到，大笔一挥，一篇赋洋洋洒洒，末了毫不客气，抄袭辛弃疾《千年调·卮酒向人时》。

> 卮酒向人时，和气先倾倒。最要然然可可，万事称好。滑稽坐上，更对鸱夷笑。寒与热，总随人，甘国老。
>
> 少年使酒，出口人嫌拗。此个和合道理，近日方晓。学人言语，未会十会巧。看他们，得人怜，秦吉了。①

卷子交上，秦长歌对着上座正凝视着她，目光含义不明的萧玦有意无意一笑，随众人退出。

她离开保文殿时，正值日暮，一群归巢的鸽子，如铺天盖地的云一般从金碧辉煌的皇宫上空飞过，长空下，如云飞鸽前，女子微笑着抬起头来，她身前是保和殿前一眼望不到尽头的玉阶，身后幽深大殿中，九龙御座上，高踞九重的天子，于极近极远的距离，遥遥望着那个美好的背影，看着她的前生和自己的今生一起养起的鸽子，正轻俏而温存地，从天幕飞过。

三日后，殿试发榜，状元刘弥，榜眼宋文淮，探花赵莫言。

据西梁官场私下传说，当日阅卷时，读卷官八人，有四人是礼部尚书门下，有两人无门无派，还有两人是本朝新贵后代擢升的官员，这些人在定其他人时大多没有异议，唯独在探花郎那里出了问题。按照西梁殿试律例，优劣共分五等，圆圈最优，三角次之，横线再次，竖线又次，最差的是一个狰狞的叉叉，然而探花郎的卷子上，符号画得极其出奇，竟是四个圆圈，加四个叉叉。

最优加最劣，居然如此平衡地落于一份墨卷，着实是西梁开国以来从未有过的奇事。

而引发这般大的分歧的，便是探花郎在赋文最后的一首词，不按规矩老老实实写赋还是其次，关键是这词讽刺辛辣，讥嘲鲜明，鞭挞官场痛快淋漓，心中有鬼的自然看了如眼中添刺，讥讽："此无德小人之言也！"少壮派和一些公允有才之士则拍案大赞："发百年来未有之鲜明之声！"

这已经不是单纯的阅卷分歧了，而是新老势力的碰撞，是前元遗老出身的官员

---

①辛弃疾《千年调》：讽刺了当时朝廷中那些随人俯仰、趋炎附势、不以国事为重的官僚们的丑态。

派系和本朝新贵派系之间的龃龉再现，是他们在争取新兴势力上的无声角逐。

最后一直闹到御前，据说当时卷子递上，陛下眉头便立即挑了挑，将那短短的赋上下看了很久，眼光尤其在最后的词上徘徊良久，末了，突然将卷子往力持此卷当黜落或降为五等的礼部尚书脑袋上一砸！

“华美流畅，论理鲜明，诸卷中无有能及也！”

礼部尚书不敢摸头，先抖着手去捡卷子，刚想说那该生定为状元，却听皇帝又道：

“字迹散漫，不成规矩，当略黜。”

哦，榜眼。

收好卷子正想告退，却听陛下又一句：

“此词极佳，入木三分，但非赋体，考生失堂皇气象。”

呃……

礼部尚书硬生生多等了一刻钟，没等到再来惊人之言，抹着汗抖着腿下去。

最后，探花，三甲之末。

三甲夸街的时候，探花郎又出了问题。

其实这回问题没出在探花郎身上，出在一个意料之外也意料之中的人物身上。

夸街那日万人空巷，争睹三甲风采，今年尤其特别的是，大家都想看看那个还未点榜便有如传奇的狂生探花赵莫言，对状元的兴趣反而淡了些。结果探花郎一出来，清秀，有点恰到好处的瘦，风姿清逸，半点狂生模样都没有，和五大三粗脱离状元想象的那两人比起来，越发出众，当时便引得满街的姑娘媳妇一阵春心萌动，乒乒乓乓砸过来好多绣囊荷包袜带，甚至还有鸳鸯戏水的肚兜。

众目睽睽，都等着看探花郎脸红，谁知道探花郎毫不羞赧，慢条斯理地从怀里掏出一条汗巾，将那些香气扑鼻的东西都包裹好了，绑在马上，引得女子们又一阵尖呼。

尖呼未毕，便听长街那头，蹄声连响，十八彪悍骑士飞马而来，一字排开，挡住夸街队伍的前行道路。

随即队伍一分，让出一人一骑前行的缝隙，一骑嗒嗒而来。

万众目光汇聚中，某个最喜欢出风头、最妖娆、最风情、最不懂得脸红的但也最美的人出现了。

掠掠发冠，整整衣袖，曼妙长风里玉自熙神姿更为曼妙，眼波流荡如早春华艳的烟光。

抬首，脉脉含情，破颜一笑。

“莫言，我来接你回府成亲。”

第十三章
酒楼

长街之上，一片死寂的沉静。

惊雷劈下，一片焦土，大抵也就是这样了。

半晌。

呼啸忽起，席卷长街，随即便见如波逐浪的人群，蜂拥着向前挤去，争抢着要看“静安王和探花郎的断袖私情”，以及“男人当街娶男人的惊世奇闻”。

艳绝郢都的美貌郡王，芝兰玉树的风流探花，两个原本毫无交集也不可能有交集的人物，居然摩擦出如此惊天私情，怎叫人不激动？不颤抖？不奔放？不疯狂？

人潮很快冲散了夸街的队伍。

眼看着将要逼近探花郎的高头大马。

状元和榜眼露出骇然之色——被惊了马可不是玩的！

对面，行事从来不管后果的玉自熙笑吟吟抄手马上，偏着头，无辜地看着新任探花。

……小子，他们不敢冲我这里来的，他们一定会冲你那边去，小子，我的便宜那么好占？今日一语娶你过门，明日你就名满天下，兔子探花的头衔儿，不折不扣地背了——谢我，快谢我吧！

想起那天被这穷酸压在身下，听他嚣张地一遍遍问：要杀吗？要杀吗？要杀吗？玉自熙就觉得，这世道实在是奇怪了，向来只有他欺负人的份，居然会阴沟里翻船，给个臭小子欺负了，此仇不报，真是枉为郢都第一妖孽。

早就知道他是来自德州的应考士子，专等这一刻万众目睹的时辰堵人来着，来吧，兔子探花，从今后，你且背负着你光彩熠熠的名声，在郢都官场上混日子吧！

风姿摇曳，静安王笑意如夜空明彩辉煌的烟花。

人潮涌动，冲往少年探花的步声听来杂沓如千军万马。

堪堪冲至探花马前。

却见少年突然竖起一指——中指。

万众愕然，西梁百姓自然不可能明白这个彪悍的现代骂人手势所代表的含义，然而这般激烈蜂拥的情势下，探花郎突然竖起手指，什么意思？

人都是有好奇心的，最前面的已经停下脚步，满面诧然地也跟着竖起手指，喃喃道："……什么意思？"

其余人有样学样，茫然地竖起或粗或细的手指，把眼珠凑成了斗鸡状，互问："什么意思？"

"象姑馆的新暗号？"

"静安王和探花郎的调情手势？"

众人眼盯着探花郎，却见他笑吟吟将竖着的中指对玉自熙一指。

众人毫无意识地被操纵，也茫然地跟着一起对玉自熙一指。

上千手指唰地指向玉自熙。

颇为壮观。

秦长歌再笑吟吟将中指再次对着玉自熙一竖。

上千手指再唰地对玉自熙一竖。

鄙、视、你。

我们一起鄙、视、你。

……

对着茫然的人群和本来笑得开心，却因为手指大军也开始愕然的玉自熙温和一笑，秦长歌道："诸位，想听静安王因何会看赵某不顺眼，有心败坏赵某名声的故事由来吗？"

言简意赅，一句话已经足够阐明玉自熙用心，众人恍然中生出兴奋，齐喝："要得！"

"十日后，正安大街风满楼，佳肴美酒，传奇佐餐，期待诸位光临。"

"好咧！"又是一阵呼喝，也有反应快的，愕然道，"正安大街没有风满楼啊……"

然而探花郎已经在马上微笑拱手，拨马前行，众人还纠结在"正安大街什么时候开了家风满楼"这个问题里，不由自主地纷纷让开道路，一行人继续向前，到得玉自熙队伍前，秦长歌一笑道："王爷，想娶我？一没聘礼、二没媒人，上未告天地、下未告父母，好歹我也是个当朝探花，太寒碜我了吧？"

"你待如何？"尚自在思索那个上千手指齐竖的含义，忘记命人拦截的玉自熙，眨眨眼看着秦长歌，"我三媒六聘披红挂绿地来娶你？可是我只想娶你做我的男妾啊。"

众人绝倒之中，秦长歌微笑如常："是吗？可是我对王爷没兴趣啊。"

再次竖起手指，秦长歌轻轻道："我最讨厌有性无爱了……王爷，求求你，让我爱上你吧——你不会对自己的美貌没有信心，觉得自己不可能讨人喜欢，所以一定要强抢吧？”

“我喜欢你的激将，”玉自熙媚笑着看她，姿态优美地倾身让她过去，也轻轻道，“今天让你一次，但你得告诉我，那个手势什么意思？”

拨马前行，姿态闲逸，乌衣子弟五陵年少般风姿的俊秀男子在春阳下淡淡仰首，举止间自有一段风流香。

“哦，表示，满城春色关不住，一棵玉树出墙来。”

正安大街当日人潮如海。

都在寻找那个“风满楼”。

结果将千米长街从东逛到西，再从西逛到东，愣是没能找见和“风”字有关的招牌。

人潮在日落时快快散去，大骂新科探花好生奸诈，敢情搞了一出“空城计”。

不想，当夜，附近的住户隐约听见有建房造楼的声响，睡梦里朦胧翻了个身，

想着谁家半夜三更造房扰人清梦？第二日早晨起身，临街的住户推开后院的窗，目瞪口呆地看见正安大街一块空地上，突然神奇地冒出了一座楼。

当然还是雏形，不过这速度也够神异了，有当日观看夸街闹剧的好事之徒立时猜测，这是不是就是探花郎说的“风满楼”？难道到现在才开始造？

自此该楼夜夜施工，日日新颜，果然不过短短十日，便成就一座精巧别致的酒楼，最后一日，众人眼见菜蔬酒肉水流般地送入酒楼，数目多得令人咋舌，大厨跑堂都已就位，爽利干净得个个都像公子哥儿，唯独掌柜的不见踪影。众人扒在门前目光灼灼地盯着，等着挂匾，顺便看看这座酒楼的主人是谁，新科探花？不是说是德州普通人家出身的吗？

太阳高高升起，晒得人身上冒油，焦躁不安，远远看见静安王那标志性的十八骑风般地卷来，在正对着楼的荫凉处撑起火红重锦垂流苏的遮阳棚伞，还是一身火红的玉自熙懒懒在伞下坐了，斜撑着腮，上挑的桃花眼似笑非笑盯着那楼。

当王爷就是好啊……养狗养奴，遮风挡阳，男女都要，旱涝保收，啧啧……

日上中天，人群正等得骚动不安，才见大街那头，缓缓几骑而来。

有眼尖的欢喜大呼：“来了来了，我认得，新科探花！”

众人踮脚去瞅，可不是，左侧青衣少年，风姿神秀，顾盼神飞，正是探花郎。

中间的是谁？好大的马儿，看不见坐在上面的主儿。

空马？

半晌走进，才见马上确实是有人的，一个五六岁的娃娃。

一身火红的小锦袍，颜色妖艳得比一向以红衣为标志，把红衣穿成个人特色的那位还出格几分，红衣上居然还绣着红色的美人图，仔细看，美人雪肌乌发，媚眼如丝，回首一笑间姿态神情怎么看怎么熟悉——脑袋灵光的已经去瞅玉自熙——咦，这不是女装的静安王吗？原来他扮起女装来这么个模样啊……

穿得这么嚣张可恨，行事这般拉风招摇，不用想，改装版西梁太子殿下到了。

风满楼这个东西，其实原本就是萧包子的创意，他自从吃了老娘的豆腐乳，有感于西梁的酱菜业不发达，有心将此美味发扬光大，秦长歌哪里肯理他，你做你的太子就好了，做生意招蜂引蝶的，你还嫌我不够忙啊？

结果没几天，她见包子和油条儿凑在一起，两人鬼鬼祟祟的，袖子里揣满了宫内珍奇，准备贩出来到城西专卖赃物的杂市上去卖，换了钱好去买个临倒闭的酒楼。

她甚至听到包子恶狠狠说准备选个看中的酒楼，不倒闭也让它倒闭，今天汤里放蚂蚱，后天饭里添蛤蟆，一定要让你贱价转给小爷我。

面临着儿子的超前叛逆期的老娘，默然良久后，没收了儿子袖子里的宝贝，把盲目跟从主子的油条儿关三天禁闭以示警告，然后决定给儿子做生意算了。

不过秦长歌向来不白让步，她的要求是，三年内你把生意给我做大，分店开满全西梁，能每月给我提供十条有用的特情信息，否则，你这被证明做不了商人只配做太子的家伙，就等着乖乖回宫，三年足不出户地读书学太子之道吧。

包子嗤之以鼻：我每月给你高质量的一百条信息！我分店要开到离国！

为什么是离国，他嘻嘻一笑，看着楚非欢，腻上他膝盖，抱着他脖子悄悄道："那国家本来该是你的吧？我帮你拿回来，那些欺负过你的人，全揍死他！"

楚非欢沉默许久，一线日光下秀丽男子的容颜隐在暗影中看不出表情，半晌，伸出手，将孩子温柔地抱了抱。

秦长歌当时掉转身去，抿抿唇，去看五月开得正盛，鲜艳得涨眼睛的石榴花。

由此，夸街那日，被玉自熙当街挤对的秦长歌灵机一动，便诞生了"风满楼"。

至于这个因非欢而生的灵感，脱胎于前世里《陆小凤》中悲悯而温柔的残疾男子花满楼，由秦长歌随口起的楼名，日后会风靡于整个内川大陆，成为独树一帜、富甲天下，并因之引发一国动荡的连锁名楼，就远非当时的秦长歌或楚非欢可以预料到的了。

风满楼的诞生，秦长歌想过，自己选择了大隐于朝，却因为无意中铆上玉自熙而注定不得隐形，那索性就出格点算了，一个风标独具的狂生赵莫言，和一个温柔和善的小宫女明霜，不是更搭不上界？

既然打算干出点事儿，将来官总是要做大的，编造个不引人怀疑的公开关系，将儿子的产业早早置于自己的保护伞下，将来对他的这个除了太子以外的第二职业想必也有好处。

于是今日她很招展地陪风满楼大老板巡视总店来了。

一眼看见人山人海，秦长歌笑嘻嘻对儿子道：“完了，老板，你要亏本了。”

“怕什么？今日吃了，早晚会叫他们十倍地吐出来！”包子满不在乎咧嘴一笑，红红火火地从马上爬下来，噔噔噔地迈上台阶，很有气势地手一挥，“挂匾！”

黑底镏金的“风满楼”三个大字，立时在众目睽睽下被徐徐挂起。

上千人“咝”的一声，立时起了一阵寒飕飕的气流。

小小身子极有气势地站在三层台阶的最上一层，包子气吞山河地大喝：“风满楼今日开业，特价酬宾，自现在至今夜子时前，所有前来用饭的顾客，一律免费！”

“咝——”这回的气流声更响。

“楼内好酒好饭，免费说书！”包子爪子再一挥。

百姓们眼中冒出惊喜的光，吃饭不要钱，听书也不要钱，可是从未听过的稀奇事儿，只是……这掌柜的几岁？会不会是瞒着家人出来搞的仙人跳？可别吃完了再被人狠揍……还是先看看？

对此早有预料，也早就吩咐过娘不必插手的包子笑嘻嘻使个眼色，早就布置在人群中的改装了的凰盟属下，都高呼着挤上前去。

“小掌柜好大方！”

“咱们谢啦！”

“小掌柜好手笔！日后定然生意茂盛通四海，财源茂盛达三江！”

包子有模有样地作揖：“大家发财，大家发财！还望日后多多捧场，多多捧场！”

十几人进去，大厨跑堂立即开动，所有的窗子都大敞着，店堂内一览无余，眼见着这些人好酒好菜地点，吃完嘴一抹走路，众人眼睛立即蓝了，一声“走喽！”立时潮水般地涌进去。

有人一边挤一边扭头对秦长歌招呼：“探花郎不去吃？探花郎也是这风满楼的掌柜？”

“区区今日要去刑部点卯，”秦长歌一笑，“区区穷酸出身，哪里配做这里的掌柜？这是德州大族薛家的小公子，是我的恩主之子，前来郢都见见世面，区区陪着而已。”

众人“哦”的一声，消息灵通的已经想起来，这位探花郎独树一帜，不肯做清贵的翰林，去做了刑部的主事——那里事多人杂得罪人，有什么好的？真是个怪人。

管他去哪里，自己白吃比较要紧。

人潮如水般地涌向风满楼，看上去好像全城的人都开始往店里涌，包子不急不忙地命人抬出一长溜桌子，挡住店的一周，派专人发筹子排队，前面进后门出，吃过的，在筹子上划一勾，不可再用，以便尽量杜绝一吃再吃吃撑死的那类人的出现。

吃到一半，包子开始挨桌赠送清粥小菜，粥是淮南精品香珠米加鸡丝和离海干贝，熬得香浓黏腻，小菜便是开风满楼的真正重头戏——请大厨改良过的豆腐乳，没那么臭了，只是卖相依旧不佳，诸人今天见识的全是新鲜招数，都揣着一怀不安，看着这很像霉变食物的东西，都犹犹豫豫，不敢动筷，于是依旧是安排好的凰盟下属做托儿，大肆开吃，赞不绝口，是人都有个从众心理，果然，一尝，立时拍案大赞，目放异光。

包子极擅把握时机，立时把最近缠着娘一一回想做法，制作出来的小菜各一小份送上来。吃惯了咸鱼腊肉就粥的西梁人，哪里见识过这类清淡却或甜或酸或辣或咸，别有百般特别滋味的东西？当时就嚷着要添粥添菜，早已得了吩咐的小二执礼甚恭却口气坚决，称粥菜既是奉送，一人只得这一份，否则后来的客人便不够了，众人怏怏，想着白吃再要添确实也说不过去，便都商议着明日再来。

包子掌柜坐在柜台上，笑得那个得意啊，仿佛已经看见今天飞出去的白花花的银子，明天再更为气势惊人地白花花地滚回来。

很懂得打铁需趁热的包子再次笑嘻嘻拍拍手，重金聘请，并且经包子亲自训练了十天的新派说书人惊堂木一拍，一声吆喝，嗓音脆亮地开始在气派宽阔的专门的说书台说书，众人的眼光唰的一下被吸引过去。

说的却不是大家都听烂了的《开国英烈传》之类的老掉牙书，还没听几句，众人就开始目放异光。

题目是《爱情修炼宝典——教天下所有的笨男人，搞定智商180的美丽富婆》。

原名：《射雕英雄传》。

说完这个，新书是《失去贞洁之后，我该拿什么来爱你？——神雕侠侣》

下一部《一个女人和一百零七个男人不得不说的故事——水浒传》

下下一部《欲练神功，必先自宫——笑傲江湖》

……

众人此时早已吃得忘记了今日来风满楼的初衷，此时一听说书才想起探花郎曾经说过会在风满楼说起自己和静安王的过节，都凝神在故事中揣摩，于是玉自熙一忽儿成了郭靖，一忽儿成了黄蓉，还有猜黄药师、丘处机的。

还有个听了半晌，一拍大腿，恍然道："我知道了，梅超风！"

……

包子得意扬扬听了半晌从老娘口中挖来，经他自己胡编乱改已经不成模样但绝对够雷的故事，一转眼看见老娘要离开，人妖王爷又在拦她，眉毛一挑，对小二招招手，忽地蹿出门去。

门外，妖孽正牵着秦长歌袖子，作猴急状："莫言，香汤已备，玉榻待伏，我们去睡觉吧。"

"砰！"跟在包子身后端着香粥小菜的小二，一头撞到了墙上，险些撞翻了手中的托盘。

"小心些，不然我扣你工资。"包子回头很老板地嘱咐一句，面色不改地对玉自熙笑，"这位是玉王爷吧？怎么不进店去坐坐？楼上有雅座，景致极好，要做什么也方便，还能助兴哪。"

"小掌柜好知情识趣，那么楼上有房间吗？"玉自熙只顾对着秦长歌含情脉脉，"你要喜欢这里，在这里也可以。"

包子非常有主人翁精神地插进来："有，有，但是那个谁说过，饱暖思淫欲，先吃东西才有力气对不对？来，来。"

手一挥，小二送上托盘，清淡而又诱人的香气立即在空气中淡淡弥散，玉自熙眉头一挑，纵然吃惯天下美食，此时也不由得赞道："好！"

取了碗，随意一尝，又是目光一亮，却漫不经心地搁了，一甩手扔过来一颗明珠，道："你年纪小，却是不凡，将来这种明珠你会有很多，我先给你讨个彩吧。"

包子笑嘻嘻接了，大声谢赏，装作没听见四周围观人等倒抽气的声音。

那可是极品离海深海明珠，千金难求，也只有玉自熙这样放纵散漫的人，才会随随便便拿来赏人吧？

结果还有个更随便的人，随手就将那珍贵明珠往袖筒里一塞，继续笑嘻嘻道："王爷，楼上请。"

玉自熙美目流盼地看秦长歌，秦长歌对他一笑，居然道："有美同游，何不乐焉？"

眉开眼笑，玉自熙漫步上阶，进入店内时，整个店堂都静了静。

秦长歌对儿子看了一眼，包子对说书人看了一眼。

接到目光的说书人会意，惊堂木一拍，忽道："前段故事小老儿且搁在一边，给诸位讲段近朝的传奇故事，名字叫：冰川天女传……"

行在玉自熙身后的秦长歌，很明显地看见玉自熙的身子突然一僵。

秦长歌目光一闪。

随即便见他缓缓转过身来，面上笑容灿亮如日色辉光，烂漫得近乎失真，柔声道："你们这个说书人口齿好生清晰，故事也有趣儿，我且听听。"

说着便坐下来，招手让自己的侍卫送上自带的翠芽名茶，浓浓地沏上一碗，竟是打算长听了。

秦长歌腹中思绪千回百转，面上却故作为难，讶然道："哎呀，王爷，区区原本以为只是上楼春风一度，想着王爷这个身板，也不会超过一刻钟，不想王爷还要听书——这个这个……区区还要去刑部点卯呢……"

"来日方长嘛……"玉自熙对秦长歌故意提起的对男人最大的侮辱毫不动气，只笑靥如花地盯着说书人，"会有机会让你知道本王的雄风的……"

和儿子相视一笑，只是包子笑得得逞，秦长歌笑得意味深长。

第十四章

刀锋

刑部新任郢都府主事秦长歌，刚到任就迎接了个下马威。

刑部尚书龙琦，在自己的官廨里接待了前来报到的探花郎，浓眉下一双寒光四射的三棱眼，将秦长歌上下打量了一番，不阴不阳地道："郢都近年来托赖府尹清明，治理有方，积案甚少，你算捡了件清闲活儿。不过说起来，前任主事手头还是有一件无头疑案未清，正思量着寻积年老吏一起想想法子——你可敢接？"

很谦虚地笑着，秦长歌道："莫言一定尽力而为。"

再次将他上下打量一番，龙琦挥挥手，杂役立即抱上好高的一沓案卷，秦长歌接过时硬是被压得一沉。

"少年人，好生努力吧，"龙琦神情闪烁，笑容意味深长，"这案子办好了，有的你飞黄腾达之期哪……"

当晚秦长歌把那沓案卷抱回了小院，秉烛夜读。

五月的风已经有了夏意，墙脚里、青苔背后的夜虫唧唧地鸣，一声声起伏顿挫如吟诗，花墙下石榴的骨朵饱满得似乎随时都会“啪”一声绽开，喷出艳红飞绿的奇香，月光如淮南上好的烟华锦般，在那些一页页翻过的纸页间流动，掀开纸页时，便如击起流泉般被远远地溅开去。

全神关注案卷，秦长歌不时做个记号，隐约听得背后有响动，转身，身后蓝衣男子比月色更霜白地，静静凝望着她。

他越发清瘦，衣袖间生起薄薄的凉，像青瓦上的一层霜，丝幔间的一缕流动的月光，或是午夜玉鼎炉中燃尽的沉香，似有若无一抹，说不清那是否只是余韵的回味，说不清那是否真实存在过。

秦长歌注视着他，宛如注视韶华里一段流年，那坚刚如玉般的少年，不知被谁偷换了一段迷迭香，摊开手掌，连指缝里都是苍凉。

施家村雨夜来救，和中年人一段预言般的对话看似轻易，其实启用异能对非欢的伤害，是难以言喻的，尤其在他本已在透支生命的情形下。

秦长歌有时恨自己不能很完美地保护好自己，以至于非欢一而再，再而三地动用本该永不再用的异能。

他为她不惜此身，她又如何能坦然承受？

爱情是鲜甜的血，一口口咽在喉间，无人得见肺腑间催裂的生痛。

缓缓绽开笑容，秦长歌的神情是若无其事的：“还不睡？”

“睡不着。”楚非欢亦只是静静凝视她，如凝视碧落之外、沧海之后的天涯，斯处风景独好，却与谁看？是自己吗？

然而他却不愿做盛世里，一缕不甚完美的悲音。

手指扣着袖囊里薄薄一张纸，如此轻软而又如此沉重。凤曜被警告了一次，算是知道了他的意愿，她好像没打算勉强，却令人送来了一个消息。

南闽圣谷内，听说悄悄珍藏着一株踏香珈蓝。

踏香珈蓝，最起码，可以令自己重新站起来吧？

站成数年前，和她平视的高度，可以走在她前方，不用再看着那个纤细的背影，想着她双肩的重担，想着尸首不全的睿懿而心生悲凉。

楚非欢一抹笑意洇染得屋内似乎都亮了一亮，侧首看着秦长歌桌上的案卷，目光尤其在秦长歌所做的记号上掠了掠，半晌道：“这些失踪案，瞧来甚离奇啊……”

秦长歌一笑，倚着书案慢悠悠道：“你大约也是知道了，这不是简单的失踪案，龙琦是想送个烫手山芋给我啊……”

秦长歌抚摩着因久已尘封有些纸张都有点发脆的案卷，挑了挑眉，其实这个火种，从殿试墨卷上的圈圈叉叉各占一半开始，就已经埋下了吧？

最近几年间，京城常有女子失踪，都是普通寒门小户的女子，都有姿色，都是偶然外出时失踪，家人遍寻无着，便去报官，官府人手也就那么多，随意找找，胡乱填个“失踪”也就结了案，这些女子生不见人，死不见尸，从此消失，徒留家人日日悲号，却求告无门。

直到去年杜长生接任郢都府尹，无意中发现了这些失踪案数目多得离奇，遂将案卷誊清一份送至刑部，希望能共同派员缉拿查案。刑部接了，却是整日找些理由开脱，一日日地拖下来，郢都府要管整个京城吃喝拉撒，但凡民生、军政、狱案之类无一不管，也没有时间去太多过问，积案便越积越多。

乍一听，这案件一再发生却多年未破，想来一定是疑难重案，秦长歌原以为龙琦也就是看他不顺眼，想刁难一下，如今仔细一分析案卷，却发现对方用心险恶。

案子看似扑朔迷离，其实隐隐有指向，应该就是最简单的恶少掳人事件，大约手段狠残，直接把人给处理了，然而明明一个线索明确的案件，却在两处当地最高刑案处理部门尘封了那许久，实在是件令人不得不深思的现象。 253

无数破案老吏的刑部，破不了简单的案件。

号称清官的郢都府尹杜长生，没有选择独力查处，却发文刑部请求协助。

刑部虚与委蛇，石沉大海。

这其中种种，都暗示着凶手的身份不同寻常。

简单的案件，会造成这般僵持状态，就暗示了背景定然不简单——牵扯着西梁国内一直潜伏着的最大矛盾，也是所有推翻旧制国家建立新朝的帝王所必须面对的矛盾：前朝公卿贵族势力，与平民出身从龙有功的新朝新贵之间的不可调和的势力碰撞。

当初秦长歌和萧玦，为此也多方做了努力，最终将这两方势力控制在一个平衡的位置上，这个平衡的维系，建立在双方在朝堂的势均力敌、利益均沾并互不触动的基础上。

制衡，本就是所有帝王必须掌控的帝王之术。

换句话说，一旦有某方势力被对方触动，引发的连锁反应和对抗，那是难以估计的。

对视一眼，秦长歌和楚非欢目光里都暗潮一涌，楚非欢淡淡道：“京城恶少，左不过那几个。”

“是的，”秦长歌慢慢思索，“姜华死于太陛天牢，他家的恶少姜川允，也成了拔了毛的公鸡，萧玦虽没有处罚他，但那番永生难安的惊吓也够了，既然姜家败落，此案却没有被立即提起说要查侦，说明不是姜川允，剩下的……”

两人再次目光一闪，都想起那个身份足够引起两方甚至三方势力敏感动荡的人物。

武威公李翰独子李力，京城一霸，武威公本人是前朝将领出身，但是从龙极早，曾经于战场上救过萧玦性命，他自己的妻子是前元郡主，昌城郡王的娇女，昌城郡王新朝改封安国公，李家既是流有前元皇族血脉的高贵门阀又是拥立有功的新朝显贵，真正的一门显赫。

李家小公爷的身份，牵扯到的将不仅仅是两方势力，甚至还有帝王本人——如果凶手是他，英明仁厚之名传遍天下的西梁皇帝，该如何处置自己的救命恩人的三千里地一根独苗的骄子？

何况此案一出，定会引起门阀元老、贵族阶层的警惕和注意，为了保护阶层利益，维护阶级权威，不被政敌借此机会进行打压，贵族门阀们定要求情，合纵连横，上蹿下跳，于宫中朝堂，拉起广阔无垠的关系网，而那些激进清醒的朝中新贵、出身寒门的官员，以及受害的百姓阶层，则会组成另一同盟，坚持要严惩凶手。一个普通的杀人案，最后会演变成公卿势力与平民出身的官员两个阶级间的拉锯战，新、旧两股势力各有所长，扭绞糖似的扭在一起，哪一方处置不好，都有可能引发朝局动荡，百官离心。

楚非欢一国王子，秦长歌开国皇后，对于政治，其敏锐性皆非常人可比，几乎在案卷刚刚翻完，就于其中嗅到了阴谋的气味，嗅到了即将拉开的朝局的硝烟。

而如今龙琦将这个系列失踪案交到新来的菜鸟主事秦长歌手上，已经不仅仅是简单的刁难了，那是要借他这个微末小吏的手，掀开根本不能动的事实真相，等到搅乱朝局整倒政敌后，区区一个刑部主事，在各方权贵势力挤压下，只怕连尸骨都不存了。

幸亏赵莫言的真身是秦长歌，否则，会是什么结果？

“好歹毒的心思，”秦长歌冷笑，“简直都不知道算一石几鸟了。”

默然不语，楚非欢翻着案卷若有所思，半晌道：“夜了，早些安歇吧。”

不待秦长歌回答，他已转过身，缓缓进入屋檐下的暗影里，午夜的风稍稍有些紧，他衣衫被风吹起，看来甚是宽大。

遥远夜色里不知谁家的不眠人，吹起缠绵的箫声，箫音清落，吹碎了苍穹薄云，吹彻了琉璃月色，徘徊迤逦，惊醒宿于树梢的夜鸟，扑棱棱飞起，洁白的羽翼一瞬间割裂夜空。

一曲《但相忘》。

秦长歌遥望着那个沉没于暗色中的背影，一声叹息飞落如碎雪。

三日后，京郊鸣凤山武威公别业，巨大华丽，占地绵延百里的洛园，接待了一对陌生的借宿客人。

老仆人背着自己的年轻少爷，说是上山游玩伤了脚，他自己年老体衰动作慢，背少爷下山怕是赶不及进城，半路上遇上野兽便不得了，请求洛园看守的管家，行行好给住一夜。

洛园向来是严令不得接待外客的，守门的管家却耐不得老人左塞银子右哀求，再看这两人一个行动不便一个年纪老大，想来也是无妨。他担心那男子装假，特意装作搀扶，去试了试他，见他双腿绵软不能落地，确实是难以行路，这才安排了园子最偏一角一间下房给两人住了。

饶是如此还不放心，安排了护卫去观察，老头子咳咳地咳了一夜，少爷悄无声息，好像有点失眠，偶尔在床榻上辗转，吱吱嘎嘎的竹床声音断断续续到天明。

众人放下心，继续每日百无聊赖中打发时间赌牌九去。

第二日清晨，那一老一少很自觉地告辞，管家忙不迭地将他们送出去。

没有人知道，当那一老一少转出山坳时，路边树林后，有人悄无声息地闪出，推出精致的轮椅，服侍年轻男子坐了，年轻人于椅上淡淡回首，对着逶迤道路尽头恢宏巍峨的洛园，一声冷笑。

随即，震动京华的李力奸杀数十民女案爆发。

武威公李翰之子李力，私蓄武士，专为自己寻芳所用，平日里这些人流连街市，看着衣着平常，没有丫鬟、侍女跟随但是容姿出众的女子，便掳了去，囚困于他的郊外别业"洛园"密室内，由李力日夜宣淫，玩腻了便扔给家奴，被摧残而死的女子，尸首通通扔入园后枯井，以大石埋填。洛园偏远，门禁严格，这些女子凄惨死去无人得知，家人犹自殷殷寻找，却不知娇女弱质，早已化为深井底一抹枯骨幽魂。

洛园被迅速封锁，郢都府的仵作花了整整一天时间，在枯井底起出了三十六具尸首。

有的尸首已成枯骨，有的尚自半腐，有的容颜如生——新尸叠旧尸，层层叠叠难以辨明，最新的一具，年方十六，刚死数日，娇容如花，却已是被摧折的花。

枯井底挖出方圆十丈的大坑，里面累累尸骨，浊臭冲天。

负责挖尸体的杂役从井底出来时，爬到一半已经腿软，伏在井口大呕特呕，其余人等，皆面色惨白，不似人色。

消息传出，前来认尸的家人挤满了洛园门口，哭声震天。

数日间，从半山上的洛园门口到鸣凤山山脚，足足数里山路，蜿蜒一地香灰和纸钱，为冤死女儿招魂做道场的人家，唢呐声吹得凄然，吹得那月色阴惨、山风寒凉，叫人数里外远远听了，都不禁潸然泪下。

很长时间内，郢都笼罩在凄凉肃杀的气氛中，那些为女儿出殡的人家，无论路远路近，一定要将出殡队伍经过武威公府，无论门前守卫怎么驱赶呼喝，一定要将纸钱魂幡，扔过他家高墙。

那些沉默无声却仇恨的眼光，似乎仅是那般力道深刻的盯视，便可将这百年堂皇府邸摧毁。

李家人连买菜的下人都不敢轻易出门，因为哪怕随便开门探个头，都有可能被不知从哪里飞来的砖头砸破脑袋。

而郢都大街小巷，茶馆酒肆，人人低声紧张议论着的，也都是这皇帝会如何处置罪行令人发指的李力，以及势力雄厚的李家会以何种方式保住自家那根独苗。

也有人提起这起案件的破案人，不过，提起他时，众人都十分一致地惋惜，摇头。

一副对方很了不起，对方很倒霉，对方死定了的模样。

掀开这起惊动西梁大案的人，是新晋探花，刚做了刑部主事没几日的德州赵莫言。

一举将气焰熏天、势力豪强的李小公爷拿下的，依旧是出身寒薄、无根无基的赵莫言。

至于他是如何连捕快都没带，孤身将李力连同武士党羽拿下，随即迅速投入刑部大牢的，全京城无人得知，是以武威公认定，一定是朝中平民出身的新兴官员，功名之心极热，想整倒以他为首的贵族势力，明里暗里做了推手，在其中帮了忙。

李翰悍将出身，鲜血和军功实打实挣就的如今地位，至今军中还遍布他当年军伍部属，性子又勇悍刚烈，可谓最是天不怕地不怕的一个人，如何能容得有人将主意打到他唯一爱子头上，大怒之下，当即便持了九环大刀，要去刑部先砍了那个混账王八蛋的主事。

他那九环大刀，当年闻名沙场，刀底幽魂无数，如今封刀多年，那杀人饮血自生灵性的刀有时还会半夜跃鞘，不拔自鸣，是以当武威公操刀怒马，狂风怒飙过郢都大街时，四周百姓纷纷被惊动，刑部官衙门外很快聚集了一堆百姓，还有些很佩服秦长歌的勇气，对她即将遭受的噩运心生怜惜的人，已经开始悄悄到附近棺材店，打算免费给杀身成仁的义士送一副上好的棺材。

“砰！”李翰一脚踢开刑部官衙又厚又重的镶铜大门！

“啪！”他一路打烂刑部官衙里所有摆设桌椅，踢飞意图拦阻的官员！

气冲冲直闯而进，面色紫涨、须发暴张的李翰，杀气腾腾无人敢拦，龙琦这几日早已装病告假，摆出了隔岸观火的态度，几个侍郎有的扎着手不知怎么办好，有的暗暗冷笑，等着再看一场热闹。

“哗啦”一声一脚踹开秦长歌的公事房，李翰大喝：“兀那小子，你诬蔑我儿，意欲置我独子于万劫不复之境，我先杀了你给我儿抵命！”

门开处，空荡荡早已躲得无人的公事房内，秦长歌手执案卷，稳稳高踞座上，喝茶。

对李翰手中寒光闪闪杀人无数，曾经饱饮他人头颅热血的九环大刀视若不见。

李翰反倒为她旁若无人的态度惊得一怔，不由自主后退一步。

一怔间，秦长歌手一挥，似是拉了根线，唰啦一阵响，房梁上突然落下两幅长卷。

是一副对联。

黑底红字，每个字大如圆盆，笔致淋漓，竟如鲜血滴滴垂落。

风从大开的窗户中卷进，吹动对联飘飞而起，盆大的字扑面而来，隐隐竟似有血腥气息，李翰大惊之下，再退一步。

抬首一望，那字迹大得涨眼，那联句，更触目惊心！

“噫吁戏！恨苍天无目，容此刍狗，摧折我娇魂三十有六，黄泉有路我未走！”

“呜呼哉！看四海生怒，灭那凶獠，凌迟他臭肉一万零八，炼狱无门你自来！”

所谓文字可生风雷，墨笔亦成刀锋！

李翰心口一紧，噔噔噔再退。

秦长歌一声冷笑，手一翻，对联翻转，露出落款。

落款字迹较小，一连串的闺阁名字：许樱、苗深云、刘翠翠、李碧柔……

李翰茫然地读下去，心中突然一紧，仔细地数了数，一、二、三、四……三十五……那越来越接近三十六的数字，竟数出了几分寒意来。

风声啸厉，忽远忽近，绕庭盘旋，徘徊不绝。

宛如女子细声啼哭。

李翰再退！

一鼓作气，再而衰，三而竭。

杀人无数的九环大刀颓然落地，自炼成以来首次未曾饮血而空回。

沉重的刀身，将平整青砖地击得粉碎，碎裂声令旁观诸人齐齐一颤，碎裂声里，唯有秦长歌声音清晰明锐，一字字如钢钉钉入李翰脑海：“皇天不容性灵之恶，厚土不存杀身之罪，善恶到头，终究有报，所谓恶贯满盈，当如是也！三尺侧刀，五丈披红，正为汝子所设。冤魂号哭，徘徊不散，正待以血偿此深冤，你——难道听不见？”

李翰只觉得风声里号哭之声更响，三十六个姓名化为三十六张鲜血淋漓的女子面庞，旋转着、哀哭着，向他逼来。

李翰骇然抬首，冷汗涔涔。

对面，面容如霜、玉立如竹的少年，拂袖，厉喝：

“即已听见，你还有何颜面立于此地？！”

他冷叱：

“去！”

风声渐歇。

没有阳光的公事房中阴气逼人。

失魂落魄的李翰，连刀都忘记捡，踉跄退了出去，再去先前咄咄逼人的杀气。

守在门外的百姓，已经从一直在公事房外旁观的衙役口中听说了里面的精彩一幕，本还有些不信——李国公何许人也？他又不是三岁娃娃，百战沙场的杀人魔王出身，杀的人比他一个十八岁少年吃的盐还多，谁光凭气势，能压倒他？

结果当真看见李翰怏怏而出，头发也散了，刀也没了，精神气全跑光了，顿时都直了眼。

李翰走到哪里，哪里便唰地让出道来，避得远远，那感觉却再也不是当初底层人士对于贵族的凛然畏惧尊敬之意，而是无尽的厌恶，仿佛见着了蟑螂、臭虫等不洁之物，再也不愿接近。

仰头向天，李翰只觉乌云遮顶，黑暗压城，眼前的云层迅速翻腾变化，生出无数迷离暗沉，难以辨明，却似可摧毁一切的阴云来，他轻轻地打了个战，原本因为身后强大的门阀势力和贵族连横而有恃无恐的心，突然因今日这本想对人家来个下马威，给个教训，结果却被人教训了的一场见面，生出不祥的预感来。

那少年……非凡啊……

他黯然着，身影远去。

背后。

突然爆发出震天动地的喝彩：

“好！”

“好！”

沉寂下来的刑部公事房，一群看热闹的人已经散去，靠近公事房的墙头，却突然传来鼓掌喝彩声。

秦长歌头也不抬，手中案卷轻轻敲着书案，淡淡道：“这世上有爬墙高僧，就有爬墙君王啊……”

“爬墙高僧是谁？”墙头上探出丰神俊朗的脑袋，目光闪亮地看着秦长歌，“不会是释一大师吧？他害得我好苦。”

“那是我的意思，”秦长歌缓缓一笑，“不让你认清事实，将来你岂不是会认为我是骗子？”

“我又不是白痴，”萧玦骑马一般英姿勃勃骑在墙头，“顶着张脸就是你了？那咱们在一起那么多年都是白待了。”

笑而不答，秦长歌懒懒仰首道：“还不下来，爬上瘾了？被人看见，你好意思的？”

朗声一笑，轻捷一跃，身姿在半空中划出流畅弧线，下一秒萧玦已经站在秦长歌面前，微笑道：“李翰真可怜。”

“他可怜的时辰还在后面呢。”秦长歌不以为意。

敛了笑容，萧玦微微一叹，道：“我看过案卷证词了，是李力干的毋庸置疑，只是他死活不认，你知道的，他背后有人授意。”

“你知道吗？”他苦笑，“这几日朝堂之上，廷辩得不可开交。李力的案子，引起了那些门阀元老、贵族阶层的警惕和注意，阶层利益和阶级权威不可侵犯，他们也害怕因李力案子被政敌牵出更多的事来，导致集团覆灭，所以他们这几日非常繁忙，用尽手段誓要保得李力性命，其余那些呢，那些激进的朝中新贵、出身寒门的官员，坚持要严惩凶手，这出杀人案，最后竟演变成公卿势力与平民出身的官员的阶级战。”

“何止如此，你看着吧，”秦长歌冷笑，“李翰今天没讨到好，大约是要采取哀兵政策了，他要不对你围追堵截，不哭泣哀求，我就不姓秦。”

“你可以姓萧啊。”萧玦接得飞快，容光焕发。

白他一眼，秦长歌顾左右而言他：“不管别人怎么闹，关键是你，陛下，你怎么想？”

伸出手，极其自然地抚了抚秦长歌滑顺如缎的长发，萧玦没有立即回答她的问题，而是缓缓道：“这几日，你辛苦了。”

顿了顿，他又道：“长歌，你掀起这桩案子，李翰那批人恨你入骨，定不肯放过你，近期郢都里还有一些来路不明的势力和人物，我总觉得那些人是在找你，你虽然有本事，但敌在暗你在明，防不胜防，这让我很有些不安，长歌，请让我保护你。”

第十五章
厉杀

微微一笑，垂下眼睫，再抬起来时依旧一脸平静，秦长歌道：“好啊，有人保护我有什么不好？无论是你派来的人，还是我自己的人，我都接受，没什么比命更重要，没了命什么事都做不成，我不会逞能的，放心，不过你还没回答我的问题，李力的处理，你打算怎么办？”

凝视她半晌，萧玦目光里挫败与希冀交织，好生翻卷了一阵子，最终平静地道：“龙琦昨夜偷偷请见，谏言说可以在牢中给李力背土袋，闷杀了他，也算给百姓苦主一个交代。”萧玦目光讥诮，“他说李力在牢中死不认罪，他身份高贵，又有无数人照应，好吃好喝好侍候，日子过得舒舒服服，反激起了百姓愤怒，甚至有冲扰刑部牢监的举动。而且李力有荫封在身，也无法刑求，没有口供，证据湮没的情况下，如何处置李力？莫如‘自杀’，李翰他们那批人也无话可说。”

“哦？”秦长歌扬眉看他，“好主意。”

“我叫他滚！”萧玦傲然一笑，“我是西梁帝王，众生皆置我脚下，帝王明德无私，德被天下，区区一个李力，又是罪有应得，我竟不敢明公正道地杀他？我需要用这种阴私手段杀一个恶贯满盈的人？他以为他提得贴心的好谏言？他在侮辱我！”

浅笑盈盈，目光却隐隐生寒，秦长歌道：“铁证如山，冤魂不灭，如此恶行令人发指，理当昭明法制当众弃市，如何反要暗室杀人偷偷摸摸？如此置国家律法于何地？”

她悠然笑着，伸指在桌上，慢慢写了一个“杀”字。

淡淡道："要杀，还要开堂公审，当堂认罪，再明公正道地杀。"

萧玦皱眉："只要他肯认罪，我就可以立刻杀他。关键问题就在这里，李力有封荫，不可动刑，又得了武威公一帮谋士的嘱咐，抵赖得滴水不漏，李翰又和朝中一批人交情颇好，难免私下关照，这些人从中作梗，如今再牵涉到新旧势力之争——要他当堂认罪，实在很难。"

"不就是口供认罪吗？"秦长歌漫不经心一笑，眨眨眼睛，"你不擅长人心奸狡之术，我来。"

极其信任地点点头，萧玦道："也好，只是总希望多少顾全李翰些，老来失子，他也忒可怜……说起来前两天李翰已经向我哭诉过，哭得那是老泪纵横。我直接和他说王子犯法与民同罪，这人老而弥辣，怒极之下昏了头，居然问如果太子犯罪，该当如何？我看他急糊涂了，也没和他计较。"

忍不住一笑，他道："溶儿？他忙着做生意还忙不过来呢，李力配和他比？"

两人想起萧溶有模有样蹲在账房里数银子的德行，忍不住相视一笑，适才论案的肃杀气氛淡了些许。萧玦想起一事，忽然道："北魏那边的探子有报，北魏发生政变，晋王魏天祀得北魏法主何不予一语神机，称其'真龙之子，天命所授'，短短数日之间聚集大部分朝中势力，并获九门提督和京师善卫营长林军倒戈相助，以'清君侧'为名，与宫眷纯妃里应外合，后者以慢性毒药毒病魏天祈，杀宫门守卫太监数十，打开宫门，将魏天祀引入皇宫，估计再过数日，魏天祀便要改年号了。"

"是吗？"秦长歌毫不意外地一笑，赞道，"蛇人之子亦如蛇啊，阴毒蛰伏，择人而噬，懂得选择最有利的时机，不错，不错。"

萧玦若有所思地看着她，道："你好像一点也不惊讶？长歌，这事是不是有你的手笔？我记得你说过你认识何不予。"

"嗯……"秦长歌眼波流动，嫣然道，"大约是有那么一点点的……"

昏暗的公事房内，刚才还杀气凛然，硬是以无尽的威压将一员老将逼出门去的清瘦少年，眼风里渐渐露出一丝难得的调皮的神色，那神色里有轻微的媚，有浅淡却灵慧的笑意，有春风细雨般的轻灵，于灰色沉暗尘絮飞舞的空间里，依旧干净如流泉，宛似一朵绝世名花，于万山之巅正光华万丈地绽放。

她笑起来的样子，令萧玦仿佛听见远山上的琴音，在风中铮铮作响，一瞬间便跨越红尘传到耳边，长风里是谁在抬指拨动流弦？一弦，一华年。

有那么一刻，他想将她揽入怀中，用自己的全部力量，狠狠地，将她的强大与娇小完完全全揉入怀中。

他想深深埋头，以真实的感觉，体味久违的女子清丽微凉的体香。

他想要品尝她的唇，冰凉柔软，雪峰之巅开出的莲花，如玉之洁，如麝之芳。

然而最终他退后一步。

对于她这样的女子，不知分寸地接近，等同懵懂无知地推开。

她不是寻常会软化于男人气息中的普通女子，将娇痴呢喃都化为绕指柔，那些愿意做男子的靴子、腰带、亵衣的女子，也如靴子、腰带、亵衣一般遍地可拾，男人喜欢取用，但不会珍惜。

而有些女子，她们钟天地之灵气，得造化之爱抚，可近不可亵，只适宜用心与诚挚，来博取她们垂青的笑颜。

如果不是爱并尊重这份灵魂中的高贵，他又怎么会愿意放低自己去重新开始，再次等候?

他爱的是她的与众不同，他便没有权利自己去妄想首先改变这份与众不同。

他微笑，将欲待伸出的怀抱化为一个灿亮的笑意。

"我总是相信你的，"他道，语气意味深长，"正如我总是愿意等待你的。"

秦长歌看着他神色变幻，经历沉思、犹豫、领悟，然后退后。

一抹难得的绽在眼底的微笑，淡淡洇开。

聪明地不去点破，她继续刚才的话题："纯妃是谁?"

"不知道，"萧玦答得快速干脆，"北魏后宫里，家世煊赫的我多少也知道几个，都不是，她大约出身平凡，是个后宫不显山露水的普通妃子，但是做起事来可是不凡得很，魏天祈何等小心谨慎?她居然能给他下慢性毒药而不被察觉。当晚魏天祀兵变时，她令自己的亲信宫女看守好太后和皇后，自己出现在宫门前，居然连尝试都没有，二话不说便杀人，一口气连杀欲待阻拦的守门太监七人，全是一刀毙命，手段狠辣得当时就有人吓昏了，宫门开得极其快速，硬是在内宫侍卫赶来前，便控制了整个皇宫——好决断，好杀气！"

眉毛一挑，秦长歌问："她叫什么名字?"

"完颜纯箴。"

"完颜氏?"秦长歌一怔，随即慢慢笑开，轻轻道，"呵……不想还有这个变数，真是天助我西梁，我本来还担心蛇人坐稳了以后也会有麻烦。如今看来，他这个王位难安，魏天祈也好，这个女子也好，谁也不是省油的灯。闹吧，继续闹吧，你们越闹得凶，我越开心哪……"

"探子的回报，是说纯妃和晋王达成协议，一个主控内宫，一个掌握政权，魏天祀登位后，将封纯妃为皇后。"

……

“好，好，”半晌秦长歌笑起来，“原来她打的是这个主意，这两人也是绝配了，改嫁的理直气壮，娶嫂的不遮不掩，无视物议强权至上，连个傀儡也不打算搞，什么虚伪粉饰的政治面纱都不用，直接赤裸裸攫取自己想要的，果然不愧为蛇人之子和完颜氏后代啊……”

“我怎么觉得纯妃这个当皇后的条件，听起来有那么点点别有意味？”萧玦皱眉，“不会是冲着你来的吧？”

“她的目标不是皇后，”秦长歌笑盈盈一挥手，“且看着吧，有的戏唱哪，咱们，先管好自己这一摊吧！”

数日后，李力公审之期。

连日来一直艳阳高照，春光媚好，唯独那日，天公忽然变脸，一早便阴阴沉沉，不多时飘起细雨，在贴地的风里飘摇动荡，整个郢都，都笼罩在一片灰色的雨雾之中。

上了年纪的老人，倚着门扉仰望天空，半晌叹一声： 263

“深冤不解，上应天象，不祥，不祥啊……”

年轻人却兴冲冲撑开油纸伞：“什么不祥！我看是那三十六个可怜女孩儿在哭！老天长眼，终究要给那恶霸报应！走，看公审去！”

谁也没想到，李力这个身份，居然会进行公审，据说是陛下下旨着令公审的，百姓连呼圣明的同时，也冒出疑问，不是说至今不肯招认吗？又不可能动刑，能审出个什么结果来？

怀疑归怀疑，百姓还是从各处街巷潮水般地涌出来，呼朋引伴地去了，不管怎样，看看那个横行郢都，令无数人吃过亏的恶霸老老实实在堂下受审，本身也是件很痛快的事嘛。

至于今日会审出个什么结果，会如何将凶手绳之以法——老实说大家虽说态度激烈地要求惩办凶手，但内心深处，绝不认为这事会这般容易解决。

李力什么身份？李力的爹是什么身份？刑法这东西，向来是设给老百姓用的，大夫贵人，自有其脱罪的一万种办法，以命抵命？怎么可能？谁敢冒着杀身破家的危险杀李家子？可怜那三十六娇魂，注定是白死了罢！

阴雨如飞絮，密密地给天地镀了一层油，地面上闪着青光，湿湿滑滑，刑部尚书龙琦自后堂赶往公堂时，不知怎的脚下一滑跌了一跤，跟从伺候的长随吓了一跳，他却已快手快脚爬起来，有点不安地看着公堂外。

长随探头去看，也吓了一跳，喃喃道：“这么多人……”

刑部大堂外，密密麻麻全是人头，人山人海，胜过任何一次郢都大型集市出现的人数。

龙琦的脸色白了。

怎么下雨也没能让人少来几个？

这万一要是这些人不满意，一人一口唾沫，也能淹了刑部大堂！

无奈地咽了口唾液，龙琦铁青着脸看着黑沉沉的刑部大堂，不知怎的，今日总是心神不宁，似乎有什么不受控制的事即将发生。

有人从对面过来，翎顶辉煌，却是今日公审的另两位，丞相毛鄂和郢都府尹杜长生。

今日是龙琦主审，毛鄂和杜长生陪审，那两人也看见外面的势态，都绷着脸不言语，三人相对一揖，听得外面鼓响，齐齐咳嗽一声，迈着方步出堂。

结果第一个出去的龙琦，差点又是一跤。

公堂一角，黄杨木椅上，看起来早就坐在那里的武威公大马金刀坐着，竖着眉毛谁也不理，大有谁杀他儿子他就杀谁的架势。

公堂之外，三十六家苦主家属抬骨于刑部大堂外跪候，吊着眼睛盯着李翰，亦是一副不见李力斩立决誓不罢休之态。

还没升堂，两边气氛便已紧张得一触即发。

龙琦勉强镇定着坐了，不热的天气里不住抹汗；毛鄂瞅了瞅人群，神色反而凝定下来，眯着眼睛打瞌睡；杜长生则对李翰嗜血的目光视而不见，神色平静，微带冷笑。

李力提上堂来时，万众鼓噪，声浪如潮般一浪浪扑过来，令得这素来天不怕地不怕的嚣张贵公子，两股战战不敢回头。

龙琦问话前，有意无意看了李翰一眼，武威公坐在公堂偏角的暗影里一动不动，看不清脸上神情，龙琦有些诧异，却也迅速收了目光，啪地一拍惊堂木。

问讯，报名，例行公事，“呔，你可知罪！”龙琦一声大喝。

声音好像因为紧张，有点提得太高？龙琦赶紧清清嗓子，悄悄放松了下一直绷紧的背，他以为还会像以前很多次那样，李力大呼冤枉，抵死不认，然后草草了结，无功而返，再次收押。

不想今日却出现奇迹。

堂下，白胖富态的李力眨眨眼睛，开口便道：“知罪！”

一语出万众皆惊，憋着浑身劲儿准备今日再审不出是非就大闹公堂的苦主家人，一口气吊在那里险些没噎过去。

龙琦僵在座上，毛鄂的细眼睛突然睁大，杜长生浓眉一挑，目中精光一闪。

公堂外鼓噪如啸！

奇怪的是，李翰依旧沉在暗影里毫无动静。

却见李力根本无须讯问，竹筒倒豆子般噼里啪啦将如何掳人，如何逼奸，如何淫乐致死，如何抛尸深井，一五一十说了个爽脆欢快，那神情，几乎就是不吐不快得意万分的。

龙琦呆在那里，几乎以为李力得了失心疯。然而见他神色无异，言辞清楚，述说罪行一切合若符节，实在没法子睁眼说瞎话说他神志昏聩。毛丞相素来是个老奸巨猾的墙头草，只眯着眼睛若有所思，自然也不会多说一句话，又去看武威公，见他直挺挺坐在椅子上瞪着眼睛一言不发，而杜长生已经微笑着令书吏将写好的供状拿去给李力画押捺印。

便见李力看也不看，兴冲冲几乎是迫不及待地画了押，他手指落下，堂外上万百姓齐声欢跃。

龙琦只觉如在梦中，浑浑噩噩间正要例行公事说请旨处决，杜长生慢条斯理从袖中掏出圣旨，一句："万岁有旨，若李犯当堂认供，无须报有司裁决，斩立决！"

简短旨意，字字风雷，惊骇震翻了堂上堂下数万人，杜长生却似早有准备，神色悍厉地手一挥，立即扑出两个分外高壮的衙役，抬手就扳倒李力，膝弯里一踹，桃核往嘴里一塞，勒了口上了镣，哗啦啦拖到刑部大堂外，红巾包头的刽子手也不知从哪儿冒了出来，雪亮的大刀一扬，小雨初晴后的阳光反射出一道流丽灿亮的光辉，耀人眼目，万余百姓条件反射地齐齐伸手去挡那光。

手未抬起便听见刽子手一声霹雳大喝，手起刀落，血如飞泉红练般喷起丈二，那一刹那阳光都似被那血色浸染，光芒血暗如晦，而骨碌碌一颗人头，瞬间滚落在地，滚到数丈之外，那身躯才缓缓软倒。

这一番动作利落无比、快如闪电，宣旨上镣拖出行刑几乎发生在刹那之间，爽脆迅捷得令人目不暇接、眼花缭乱，人们犹自沉浸在突如其来的圣旨之中的震讶还未过去，人头便已骨碌碌地带着浓稠的鲜血滚落脚下，堂上的人早已成了泥塑木雕，堂下万余百姓心旌摇动目瞪口呆之下也忘记欢呼。

直到很久以后，广场上才响起如梦初醒的巨浪般的爆声喝彩："好！"

群情激动之下，大部分百姓如癫如狂，乱糟糟一阵嚷叫，呼声地动山摇，谁也不知道自己在喊什么，谁也不想探究自己想喊什么，只觉得今日这梦境奇迹般的当街杀人一幕，犹如一个沉痛已久的血瘤突然在心肺间爆裂，鲜血狂流间别有一种冲裂的愉悦，压抑了很久的情绪如山洪勃然暴发，直泻而下，痛快无比、酣畅淋漓，这番激越情绪，如鲠在喉不吐不快，直欲抓裂胸口决然长啸！不知道是谁最先冲了出去，人群顿时如波逐浪地向前涌去，叫喊、推挤、挥手踢足，人人满面红光、双目灼亮，黑压压潮水般涌向刑部大堂！

早已得了关照的杜长生对此早有准备，手一挥，三千精锐的禁军甲胄鲜明地出现，无声而沉默地一线排开，挡在人潮之前，钢铁般的漠然神情，闪亮的长刀，深黑发亮的甲胄迅速令狂热的人群清醒下来，急欲发泄兴奋的百姓不再试图向前，转而去抢李力的尸体。

直到杜长生见龙琦早已惊失了神志，当机立断越俎代庖宣布退堂，并令士兵驱散人群，百姓盘桓良久方渐渐散去。堂上，所有人噤若寒蝉，龙琦犹自呆坐，满面豆大的汗珠滚滚而下，毛丞相眯着的眼睛终于睁大，一言不发快速离去，只有李翰，始终坐着不动，眼角，却缓缓流出鲜血来。

他硬生生把眼角瞪裂了。

他脸上的神色，连杜长生都不敢多看一眼，他收拾东西，离开，走到一半，忍不住回首，便见一道淡淡黑影，自李翰身后掠过，转瞬消逝，随即，空寂黑暗的刑部大堂之上，突然爆发出一声厉号。

如孤狼啸月，猛兽被围，冰天雪地里为世所遗弃，无尽愤怒悲哀惨痛绝望的滴血长号。

梁柱、桌几都似在颤抖，地面浮尘飞卷倒退。

月光崩裂，黑暗如幕布甩落，呼啦一声罩下来，这惨厉长号声声飞血，哗啦啦湿透了这青紫之夜的血腥深凉。

杜长生呆站在黑暗中，一步也不能移动，等到醒觉时，后背已湿透重衣。

他缓缓转身，遥望宫城，素来平静无畏的脸上，现出一抹惊恐的神色。

李力奸杀数十民女案，终于在发案半月之后，以最快、最不可思议、最为难以想象的方式，最令众人始料不及的结局，尘埃落定。

所谓利落爽脆，所谓快刀斩乱麻，所谓震撼人心，似乎都不足以形容此案带给西梁朝廷，乃至全天下百姓心中的震动。

长达数月的时间里，茶馆酒肆里的话题，无一例外是那日刑部大堂前，被万众手撕口咬凌迟的李家公爷之死。

李力，也成为西梁开国以来，下场最为惨厉的贵族后裔。

他运气着实不够好。

此案轰动京华，影响力也是极其深远的。百姓从李力被诛一事看见帝王的英明果敢，认为从此看见了盛世的曙光，权贵从此事上看见年轻帝王的计谋和深沉，收了几分往日的自恃和骄狂，那些出身寒门的新贵，则欢欣鼓舞地认定皇帝必将为千载以来第一大帝，意气风发地为跟随新帝开创天璧盛世而殚精竭虑，除了整日在府中失魂落魄、苦思冥想爱子为何会当庭认罪的李翰，所有人不管内心如何波动，表面上都积极起来。

并没有看到刑部广场上那惊人一幕的萧玦，事后知道了李翰的遭遇，却呆了半晌，在朝会上也微微失神。

她是如何做到的？

李力怎么可能认罪？

还有，为什么要让无辜的李翰，看见爱子如此惨烈地死亡？

最后一个问题，令他突然黯然。

长歌，长歌，隔世重来，你的心，是否比当年更冷上了几分？

血泊里的睿懿，让你从此难以回复温暖，永远深恨？

我要如何，才能真正温暖你？

……

乾元四年六月，桐花馥郁满城香的时节，深门大院花墙下的凌霄也开得火艳，高达数丈似可攀云。

新晋刑部郢都主事赵莫言的仕途，亦如这姿态超拔的凌霄，步步凌云。

到任刑部不足一月，以破李力奸杀民女案有功，升员外郎。

成为西梁有史来，最为年轻、升迁最快的五品官员。

第十六章

轻吻

风满楼最近生意可真叫好。

日日爆满，人流如潮。

用小掌柜的话说，便是：“咱家来势凶猛，挖尽你家敲米桶。”

不过一个月，便在百姓的热烈要求下，在城南又开了一家分店。

说起来生意好，也有老板与众不同的原因——谁见过五岁掌柜？谁见过那么精明的五岁掌柜？谁见过那么精明又无耻的五岁掌柜？

开店第二日，他便把最受欢迎的香粥小菜搞了个限量销售，每日只卖三百份，绝不多卖，小菜每日只卖一种——您想吃酸豇豆？对不住您哪，今天只有酱腐乳，要么您明日再来？不过小店今日的酱腐乳，刚刚郢都第一美食大师带了一份走……今天的粥也是新品……您确定真的不需要尝尝？……真的不需要？……啊，请，楼上雅座一位——

秦长歌现代那世的广式早茶也被包子掌柜有样学样地搬了来，习惯早上喝茶啃面饼吃粥的郢都人，刚刚找到酱菜的感觉，一转眼便见衣服干净得像是随时都刚洗过澡的小二，推着个亮闪闪的镶银小推车漫步而来，车上放着几十个精巧的小笼子，好奇的人便掀开来看——翠绿晶莹的翡翠饺、粉红透明的虾饺、红酥喷香的凤爪、金黄甜脆的香芋卷……夺人眼球的色相和扑鼻的热腾腾食物香对清晨饥肠辘辘的肚腹的诱惑力是难以想象的，于是，早茶继续大卖。

包子最近的床垫里都塞满银票，银票床垫的美好感觉让他睡眠质量飞速提高，包子每晚听着银票在自己身下簌簌作响所产生的兴奋感，好比色狼听见美人在身下娇吟。

“每日想个赚钱计，明日枕着银票睡，真爽啊……”每晚包子都笑眯眯地进行睡前告解，时刻模拟着富翁的感觉，油条儿给他洗脚时，都能看见他陶醉地张开怀抱，做拥抱财源状。

包子再也不睡懒觉了，每日卯初即起，巡视两家分店，下午回宫读书练武，晚上陪着干爹看完由凰盟专训属下担任小二的两家店内收集的三教九流消息后，早早睡觉。

他每天从店里回来时都精神愉悦，今天看来更是高兴得要飞了。

还没迈进房内，老远就听见他的声音：“干爹！”

书桌边正仔细翻阅凰盟原属商铺和风满楼送来的各类情报的楚非欢轻轻抬头，微笑看着小小人儿，披着一身明媚的阳光，风一般地蹿了进来。

“又讨了什么便宜，笑得这么开心？”楚非欢随手从桌上取了一方面巾，仔细地替包子擦脸上不知何时沾上的米粒。包子早已习惯性地占据自己的老位子——干爹的膝盖，一边得意扬扬地抱着他的腰，晃着漂亮的大头：“我今天恶狠狠地宰了一个冤大头一回。”一边还做了个掌刀下劈的手势。

“谁运气这么好被你宰？”楚非欢和这天雷阵阵的娘俩在一起久了，多少也懂了点他们的口头语，偶尔对着包子，还会陪着说上一两句，“想必是熟人吧？”

“干爹你快赶上我聪明了，”包子很有个人风格地夸赞一句，笑嘻嘻道，

"你猜？"

"你那倒霉的爹。"接口的却不是楚非欢，门帘一掀，秦长歌漫步而入，先将端着的药递给楚非欢，笑道，"秦长歌新制风满楼独家美食，功能延年益寿祛病除灾，客官请用。"

她看起来有些疲倦，目光却依旧明亮，如珠如玉，如婉转流过山间碧树的清泉，缓慢而无所不在地落于楚非欢颜容，只是那目光里淡淡笑意，却有些责备的意味。

浅浅一笑，接过药碗，楚非欢对着那浓黑药汁似乎有一刻的犹豫，然而最终还是一滴不剩地喝了下去。

他喝药时，秦长歌瞅着包子，笑道："你怎么宰他的，说来听听？"

"你也有不知道的事啊，"包子得意，"他今天带了几个人来楼里用午膳，我还是让小二去接待，他说要见我，小二说老板亲自接待要加钱，收了一锭黄金，然后他要吃店里最有特色的酱菜，我说店里不可以点菜，要点菜，必须要加点菜费，又是一锭金子，然后我说为了配上他的高贵身份，可以安排专人给他进行布菜解说，嗯……这个光荣任务由高贵的老板我亲自担任……这回他掏出了一张龙头银票……"

包子啃着手指，乌黑大眼贼亮贼亮，美滋滋地等老娘表扬他无耻厚黑。

"你错了，"秦长歌却一脸肃然，拍拍愕然的包子，"你这个赚钱法子又累又蠢，我教你一招省力的，对付你爹一定管用，他不是带了人来吗？你别小气，你上菜，拼命上，哪个值钱上哪个，上完了你就不要钱。"

"啊？"包子愕然。

秦长歌正色道："他一定会问为什么，你就说为他省钱——不容易啊，瞧您几个手下，营养不良的样子，忒可怜的，饿的吧？跟着您跑没吃的是吧？当我施舍了！"

……

"明白了！"包子一拍头，"堂堂皇帝啊，请大臣吃饭结果还被施舍，他面子往哪儿搁？他不赶紧撂张超级大面额银票来证明他不需要同情，我就不姓萧！"

"孺子可教！"秦长歌赞，"话说回来，你改姓的代价，我还没和那家伙要呢……"

轻轻一笑，楚非欢喝完药接口道："你更适合做商人，做太子实在可惜了的。"

他将碗放下，包子已经乖巧地爬下他膝盖，递上面巾，又将碗端了出去。楚非欢用面巾按了按唇角，抬眼看似笑非笑倚桌看他的秦长歌，淡淡道："长歌，我答应我会老实喝药，你就不用亲自熬药看我喝下了，你已经够忙了。"

一斜身在楚非欢对面坐了，秦长歌一笑朗然："非欢，你如此聪慧，有些事想必不用我说得那么透彻，如今我只望你不要放弃，相信你自己也相信我。"

垂下眼睫，笑意如清晨露珠转瞬即逝，楚非欢道："我只知道不相信你的人都是蠢人。"

他微微有点神思不属的模样，转目看着窗外桐花，那些花儿淡紫粉白，色泽沉厚润泽，馥郁香气一阵阵透窗而来，这盛世之中，人人欢欣鼓舞，连花也香得这么奔放热烈。

记得母妃就最喜欢桐花，偏不爱那些富贵雍容的牡丹、芍药，她的宫中种了一株桐树，六月间花开得极盛，过不了多久就会落了一地的花朵，宛如浅紫地毯，母妃便懒懒往上一躺，吹起玉笙，鸣泉溅玉般的笙音响彻琉璃长天，吹亮一轮月色，吹起漫天星光。

他当时就趴在殿阶之上，静静聆听，直至睡熟。

可以放心地睡去，因为第二日，会在母妃怀中醒来，她用雪白的手指笑嘻嘻捏他的鼻子，问："小懒猪，你为什么又赖上我的床？"

他永远记得她的笑容，是一树开得最璀璨的花，芬芳甜蜜，永无悲伤。

纵使她寂寞、思乡、不为他人所接受，亦不曾摧折那笑意醇美。

母妃……是离国后宫最美的妃子，也是最特别的。

那个没有心机，不懂世故，年近三十久居深宫依旧奇迹般保持天真烂漫、赤子之心的女子，于鬼蜮深宫中出奇地干净，如雪绢纯洁如幼童，十年宫廷，她竟然连争宠都始终没能学会。

和那些一进宫便被严酷事实逼出心机与诡诈的女人相比，她坚持着年少的纯真，不为现实和时光而改。

然而，便是这样一个与世无争的淡泊女子，却于父王五十大寿那日，被喝醉酒的二哥闯入寝宫，将当时正在洗澡的她一番猥亵。

这个冲淡却刚烈的女子，不能容忍洁白被污，选择了结束自己的生命。

那夜星光好生烂漫，烂漫星光之下，纯净女子在他怀里咽下最后一口气。

临别前她对他说："人生不过一场是非之欢……"

从此他改名楚非欢，原来的名字，楚昭晟，被他嫌恶抛却。

昭晟昭晟，双日辉映，光芒万丈，可是这世间如此黑暗丑恶，哪来的光？

当夜他闯进二哥寝宫，杀宫人数十，倒提的长剑一路滴落鲜血，蜿蜒如狰狞赤龙。

二哥缩在床角涕泪横流地求饶，他只是冷冷看着他，冷冷地将剑锋插入兄长的下体。

撕心裂肺的惨叫声里，他道："你何必做男人？我实在不喜欢你和我一样是个男人。"

阉了那禽兽之后他淡淡坐下来等，他以为自己会下天牢，会被狠狠惩治，毕竟他的母妃只是离国南疆乡下的一个孤女，二哥的母妃却是大司马的长女。

结果那夜，御林军围困之下，父王将他驱逐出宫。

火把照映下数千人鸦雀无声，他在万众目送中负剑而去，踏出宫门前终于忍不住最后一回首，看见父王突然一夜之间佝偻的腰。

那一刻他终于知道，原来他是爱着母妃的。

他不宠爱她，只是害怕这个单纯的妃子，蒙宠后却不能保护自己，会被其余妃子害死。

然而再有万千放在心底的爱又如何？斯人已逝，终究再不能知。

那夜宫门前黑暗的漫漫长路，他一步步踏出，他对自己说：我以后，要爱一个人，全心全意地爱她，保护她，我要让她知道我爱她，但是绝不强求她去接受，去感激。

爱是成全，不是封锁和掠夺。

然后，便遇见了长歌。

他对她一眼动心，却从未想过要将她从萧玦身边夺走。

由她，自己选择吧……

楚非欢眼眸中清光如碧水摇曳。

今日桐花开得好生灿烂……许是为母妃庆生吧？

……

"非欢，"秦长歌突然蹲身，仰首凑近，细细看他眼睛，"你在想什么？"

冷不防被插进来的话打断思绪，楚非欢不由得一怔，下意识地一低首。

一低首。

一个无意识的吻飘落恰恰迎上的洁白额头。

如蝶翼落于花瓣，或是清风拂过平静水面，抑或是一朵云，投射于晶莹的波心。

平静表象下隐藏唯有自知的翻卷悸动。

……

楚非欢闭上眼。

也许是今日桐花开得太好，也许是想起母妃太过怅惘，也许是害怕这一霎时光不待人，也许是突然觉得疲倦。

他突然想，放纵自己一刻。

就那么一刻。

这些年风雨折磨，那些年朝夕相伴，迄今为止最为接近的距离，便是此刻。

可不可以允许他，多多贪恋一分?

……

他将自己的唇，几不可察觉地，微微多停留了那么一霎。

没有立即移开。

午后日光静好，照得屋内宽阔光明，一线明光如画卷缓缓展开，画卷里，坐着的俯首的秀丽男子，俯向半跪仰首的清灵女子，他的唇温柔落于她额，他的发如水流泻于她肩，他闭目，这一霎的沉醉里隐隐一抹深静幽蓝，蓝如命运底色上不可消弭的沧桑。

长风从遥远的天际奔来，在此处脚步放缓，天地万物都因某个微带酸楚的期望，屏息停滞，花缓缓绽开，姿态含蓄而矜持，如此静好。

少顷，他轻轻移开。

所谓时间拉长的放纵，不过是内心里难以言说的延迟。

他一向是隐忍而自省的男子。

那电光石火，一擦而过。

已是自觉奢侈。

只是，从此，谁的心上抹上一道无痕的印痕?

风卷轻帘，帘前蓝衣男子轻轻低首，对着怔怔看着他的秦长歌一笑，顺手取过桌上的情报，淡淡道："最近京中有异动，我怀疑各国势力都已派遣人手来到郢都，其中离国的飞鲨卫被你整治了一回，套走了想要的东西，再扔到了平州近海港口，逼他们回国。南闽那两拨人，有一拨暂时无暇搅事，另一拨最近也销声匿迹。北魏国内政变，暂时也不会有动作。现在我只担心白渊，我始终没能看出，他如果布置暗探，会是什么样的情况。"

"白渊这个人，我没见过，"秦长歌慢慢道，"但是这个人，绝非易与。我搜集过他的所有资料，发现他是真正的来历不明，而且在成为东燕国师之前，非常能忍——所以他的势力，郢都绝对有，而且一定是长期潜伏的。"

"一定有，而且不会是寻常人物，"楚非欢扬起脸，秀丽眉目在日光下轮廓清晰美好，“不过，潜伏再深的人，也终有露头之日。”

“自然，天下没有不透风的墙。”秦长歌微微一笑，随即道，“我还要去衙门办点事，你别太劳心，多休息。”

刚要转身，门口探进一个大头，贼兮兮道：“我有一个消息，贱价销售，谁要？”

“我要，”秦长歌懒懒道，“一枚铜板，你不卖，我就没收风满楼。”

噘噘嘴，包子无奈地道：“城西石板桥下最穷的王老三家里突然阔了，搬到城北买了一座小院子。”

他没头没脑这一句，原以为娘和干爹一定觉得无味不要听，那么将来也怪不着他不说实情了，不想那两人竟然齐齐转头，问：“哪来的银子？谁给的？”

翻翻白眼，包子突然觉得和太聪明的人生活在一起实在不好玩：“不知道，王老三最近失踪了，今天有个来吃饭的人说起，怀疑那银子来路不正，他说就王老三那个刀疤脸、三角眼的，哪配发财呢。”

若有所思地听了，秦长歌拍拍儿子大头以示奖赏，对楚非欢点点头，直接出门了。

她是去见萧玦。

西梁律例，四品以上官员才可以为帝王召见，秦长歌还不够资格，所以萧玦只好约她宫外相见。

距离李力案已有数日，萧玦一直没有和她联系，秦长歌心知肚明，这人是有心结了，她也懒得解释，让他自己静静想想也好。

萧玦这次约在觞山，六月的觞山，清凉荫翠，繁花香茂，时有飞鸟啁啾而过，掠响松涛，于这幽幽山林之中，反衬出别样的寂静。

沿着一弯清泉反向上行，水声叮咚，如珠落玉盘，水流尽头，半山之腰，有亭名：扶风。

扶摇乘风，鹏翼千里，如此阔大的名字，正合亭下惊涛拍岸的滔滔逦水，意境非凡，令秦长歌想起去年夜访觞山，绝巅之上，将万世春缓缓倾入逦水以示祭奠的素玄，那日他衣襟如雪，神色怆然，飘逸潇洒之姿，仿佛亦将乘风而去。

想起素玄，秦长歌不禁再次叹息。

这人自从回到郢都，就神龙见首不见尾，着实奇怪……

叹息未完，已有人在亭中道：“你步子好快，武功果然进益了。”

秦长歌抬头，看见背光的皇帝陛下，一身轻锦黑衣，袖角绣银龙飞舞，和掌中银质雕龙的酒杯非常协调，正举杯对她做出邀请的姿势。

阳光在他身上细细地勾勒了一层辉煌的金边轮廓，他看来灿然如神。

秦长歌眼角一扫四周，笑了笑，看来萧玦吸取上次两人单独出门险些丢掉性命的教训，老老实实带了不少贴身护卫。

在萧玦对面坐了，萧玦默不作声地亲自替她斟酒，秦长歌也就默不作声地喝了。

风里传来松针的清香和四周的花香，都不抵这酒香浓郁，两人好似也爱上了这酒，硬是和酒拼上了，一杯接一杯地喝，转眼间一壶酒去了一半。

萧玦酒量一向好，秦长歌也是越喝越清醒的人，两人目光灼灼，都只喝不说话。

最后还是萧玦耐不住，无奈地道："长歌，李翰这几日没有上朝。"

秦长歌淡淡地"嗯"了一声。

"他老了许多，"萧玦盯着秦长歌，"长歌，不要误会我是为李力的事怪你，他是非杀不可的，只是你能不能告诉我，你是如何让李力认罪的？"

如何让他认罪的？秦长歌盯着掌中酒杯，露出淡淡笑意。

不外乎就是那些阴谋诡计，你这光明心性，何必要知道那些黑暗阴私的东西？

好吧……你一定要知道，由得你。

"我买通了李家的一个很得信任的家将，"秦长歌慢慢道，"他带了我安排的一个精擅内媚的女子去了刑部大牢，那女子一番媚术，迷得李力死去活来。欢好情迷之时，那女子便告诉李力，国公不愤帝王凉薄，欲待起兵自立，国公现在已经派人潜入幽州，万事俱备，只欠东风。唯一碍难的就是公子现在羁押在牢，对方又咬得死紧，无法以无罪开释，若是一直不认罪关着不放，万一国公起事，李公子你一定会被皇帝砍了头。国公的意思，是要你赶紧认罪，他已经打通各方关节，到最后会判你流放燕州，到燕州必须经过幽州，到时命人假扮山贼，杀了押解官兵，救出你去，就地在幽州起事。等到国公从萧玦小儿手中夺了这江山，李公子你就是我朝的皇太子……"

她讥诮地笑了笑，模仿那女子的口气道："……奴婢在此先恭贺太子了，太子将来御临大宝，可莫忘记奴婢……"

侧首看着萧玦，秦长歌微笑："你说，这么美好的一番话，李力怎么会不动心？他当时眉飞色舞，恨不得放声大笑，本就被媚术和控心之术迷失了的心，很容易便被太子美梦冲昏头，怎么舍得不相信她的话？所以，他上堂时认供才会急不可耐，我想，他画押时一定想象成这是自己在用玺，黄绢裹着长枷也成了金丝龙袍，听说他认罪时，快乐得几乎笑出声来。”

微微感叹，秦长歌道：“无论如何，他死之前，还是愉快的，也许你觉得他大笔一挥，墨迹落纸的那一霎，落地了自己的人头很凄惨、很可笑，可是在当时，他是很开心的。”

怔了半晌，萧玦忽地将掌中酒一仰头喝干，喃喃道：“好，好，杀人、害人还能让被害人愉快地去死，我……佩服你。”

仿佛没听出他的语气，秦长歌也一扬手，喝完了杯中酒。

“那么李翰，又是怎么回事？”萧玦默然半晌，问了一直盘桓心头的疑惑。

“李力上堂的那一刻，他已被我派出的高手封住了穴道，动弹不得。”

惊心的惨剧缘由被主使者淡淡说出，立即被鼓荡的山风吹散。

但是有些砸入心底的震撼与黯然，却一时难以消除。

萧玦怔怔看着山巅挂着的飘移的浮云，半天都没说出话来，他知道自己该感激长歌，感激她干净利落地解决了难题，雷霆万钧、冰雪一片，强大有力地震慑了各方势力，亦博取了民心，又杀了该杀的人，维护了律法的正义，可谓难得的漂亮活计，可不知为什么，他突然觉得心很凉，彻入骨髓地凉。

他听说过当时发生的一切，李力被诈招供，李力被杀时的震撼和群情涌动，死后尸首被万人糟践得只剩白骨……这一切落在一个老父眼里，却眼睁睁只能看着，连闭上眼睛逃避亲子被万人撕咬的那一幕都不能——何等地残忍。

李翰，是他的救命恩人，当年他被人设计，错立军令状，最后一战时辰将到之际，他无奈之下带着死士闯营，身中暗箭，是李翰冒着箭雨拼死救护，又将他背出战场，等到回营时，精疲力竭、身中三箭的李翰，一头栽倒在地，栽倒时犹自不忘将他先推到一边，生怕触动他箭伤。

这些都是他醒来后听部下说的，自那日起，他便对自己发誓，苟富贵，莫相负，绝不做凉薄无德之主！

如今，他却杀了他的独子，并让他眼睁睁不能逃避地看着爱子惨厉绝伦地死去。

纵使李力有错，他也从未打算放过李力，可是，千错万错，死亡便已是最大的惩罚。

杀掉李翰的独苗，他虽无悔，但已觉不安。

如今他却黯然深凉，有一些一时说不清、道不明却令他烦躁不安的隐忧，在心里抓挠着，一时却又厘不清，到底为何担忧。

他默默地坐着。

逿水之水，不知疲倦向东奔流。

载人间几多忧愁，几多悲欢？

良久，萧玦抓过酒壶，一气喝个干净。

涩然一笑，他道："长歌，我心乱，我还是回去了，你和我一起下山吧。"

摇摇头，秦长歌一指眼前苍茫云海，笑道："此处风景独好，我再待一会儿，你先回吧。"

萧玦默然，转身离开，他匆匆行过觞山山道，在四周侍卫的迅速集结中快速离去，他步伐如此快速，掠动山道侧草地细密的绒草，那草俯伏于他黑底镏金边飞银龙的锦袍下，如同这江山这天下万民百官俯伏于他脚下，然而这一刻他却只想到过往那些杀人如草芥千里不留行的征战岁月，想到那个背他出尸山血海的粗豪汉子，想到长歌重生以来，越发温柔的微笑，越发漠然的眼光。

他突然心生悲凉，却一时难明为何悲凉。

他走后的扶风亭，步伐风声带起的亭角铜铃微微晃动，声声脆响，山腰一缕浮云飘摇动荡如烟光，光影后秦长歌神色不动地取过酒壶，轻轻摇了摇，无奈地道：

"还真小气，一点都不肯剩给我啊……"

清丽容颜噙一抹淡淡笑意，无波眼神满是通透的了然。

仁厚重情的萧玦，会在听到真相后对她心生寒怖吧？会觉得她是故意不拦李翰到刑部大堂，而因此心寒吧？

她是明白的……他毕竟不是皇宫中长大的孩子，从小学习的就是帝王之术，面对的就是阴诡杀机，早已锻造出冷硬悍厉的深沉心志，他只是一个普通王府长大的个性仁厚的孩子，劣境排斥造就了他的坚韧勇悍，沙场征战锻炼了他的铁血敢为。而那些阴谋算计，一直都是秦长歌一手操办，他懂，但是不愿为，他是战神，是属于光明和胜利的年轻皇帝，他的赤子心性，会使他在直面残忍时，也许会有些难以接受，甚至也许会……迁怒于她？

她明明知道。

只是终究不忍见他那郁郁神色。

只是，你离去得太早，你为什么不把想问的话问出来？

我……其实有派人去拦阻李翰。

但那晚，李翰根本不在府中，连我的手下也没找到他在哪里。

……

良久，秦长歌站起，斜倚孤亭，遥望云霞深处漫漫长天，忽然一笑，一撒手，将酒壶扔入云海。

无妨，他只是一时心结罢了，不管怎样，做仁厚英明之主，也比做阴毒暴君来得好……

酒壶银光一闪，如流星没入云雾层层深不见底的深渊，转瞬不见。

却隐约听得铿然一声。

白云忽然一分，而烟霞忽起，层云深处，乍起鹤唳清音。

其音清越，若凤翔舞，自蓬莱而生，自九天而降，星光穿越，仙气浩然。

啸声未尽。

长衣飞舞，仙姿逸然，宛如神祇开辟鸿蒙裂世而出，带着无尽的烈烈光华，一人自云裹雾绕的山崖深渊之上，冉冉而起。

他脚下只有虚空浮云，却若有物托举一般，缓缓上升，最后停在半空不动，正对着秦长歌。

手一抬。

日光初生，月色乍起。

那光芒转眼便到了秦长歌眼眸！

上官清浔！

这世间，除了剑仙，谁还能如此武功惊人，啸声如鹤？

秦长歌的第一反应是庆幸。

庆幸萧玦已经走了，护卫也随之而去，否则又要有人白死了。

第二反应是立即做了个手势，暗示自己的护卫也无须动作。

铿！

剑光停在她眉睫前，寒气逼人。

对面保养极佳的中年男子，明明很远，却像近在身侧，明明平视，却像傲然俯视般看着她。

只是……并无杀意。

上官，是不会轻易杀人的。

秦长歌只是在拼命地满面惊惶，双腿抖如筛糠，抖着嘴唇，吃吃的一句话也说不出来。

远远地，上官清浔横剑而指，皱眉看她，良久“咦”了一声。

秦长歌继续做足胆小鬼模样，连滚带爬地躲到亭子角。

上官清浔目光闪烁不定。

这个人……奇怪……

要不要……

却有人突然大笑一声，骂：“哪家混账，乱扔东西砸到我头，害我比武输给师叔？”

话声里，一道灿亮白线如火炮中的硝烟般，笔直飞速地自深渊下突然升起，浓厚的云雾立即宛如被利刃划开，齐刷刷分成两半，裂成整齐的天地之帛，再被那衣袂猎猎黑发飞扬的男子一拂袖间，大笑着卷入袖底。

不同于上官清浔姿态蹈舞的缓步飞升，他来得飞快，闪电般惊动风雷，却姿态潇洒，光华逼人。

秦长歌目光闪了闪。

那人手中抓着刚才秦长歌扔下去的酒壶，看也不看秦长歌一眼，就手将酒壶做了个舀白云的姿势，大笑着递到上官清浔面前，朗声道：“师叔，既已无酒，何如以山崖为几，以遐水为席，饮白云，就清风，吞吐烟霞，鲸吸沧海，然后你我再战三百回，方不负此一番豪意？”

第十七章 剖心

傲然转首，上官清浔衣袖一拂，一足踏上崖边一块摇摇欲坠的山石，半晌道：“你不错。”

眯了眯眼，秦长歌想，上次这老家伙夸人“不错”是多少年前来着？好像夸的是三十年前武林盟主谢如意？当时谢如意还不是武林盟主，只是一个被逐出门墙的毛头小子，得此一语，名动天下，垂三十年盛名不衰。

能让高傲绝俗、惜字如金的上官说声“不错”，素玄好有面子。

秦长歌不知道，上官夸人不错的频率不是三十年是十五年。十五年前，上官曾经在碧落神山某个连千绝弟子也不知道其存在的地方，对着断桥上云雾间梳双髻的灵秀少女注目良久，最终对身侧之人一笑，说：“不错。”

只是当年那句赞语最终没有传出去，没能造就刹那轰动的名声——因为那不是说给当事人听的评价。

那个被上官赞誉“不错”的少女，几经红尘起落生死，如今改头换面重新站在他面前，换来的是他不屑一顾却又微微疑惑的眼光。

世事有时真的很奇妙。

还有更奇妙的。

被名动天下的剑仙夸赞的那个人，居然毫无受宠若惊之色，衣袂飘飘也一足踏上崖顶，他踏的地方看起来有些怪异，仔细看去才发觉，他立足的根本不是实地，而是一株挣扎着从石缝里露出一点茸茸绿色的细草的叶尖。

长叶细弱，颤颤飘摇，看起来似乎连一颗露珠也难以承载，然而素玄修长身形稳稳其上，除了飞动的发丝和衣角，他看来稳如泰山。

踏万里层云，拂四海清风，俯首笑瞰云涛如怒，弹指间追逐流光，令人仰视的绝顶风华人物，一笑间山河浩荡。

山风横卷如铁板，以足可将人卷下山崖的力度不肯停休地打在那两人身上，那两人只是若无其事，素玄将手中酒壶抛起，忽然衣袖一卷，酒壶如一道银龙尖啸着飞了出去，转眼间没入云雾之中不见。

“师叔！”素玄的声音响在空寂群山之中，听来越发清朗有力，四面八方都在不由自主重复着他的言语，隆隆震人心神，“今日你我只比了剑术内力，尚有轻功未曾比试，如何就可罢手？您即已多年未动手，何妨今日和侄儿动个痛快？刚才那酒壶，侄子将之掷向觞山之西，那里侄儿曾经藏过一坛好酒，请容侄儿先去一步，将之盛满，以待师叔，如何？”

“何须你等我？”上官清浔傲然一笑，“我寻了来，我就先喝，你若迟上一步，别怪我不留给你！”

话音未落，素玄身形一闪，一道雪箭般已经射了出去，转眼已在层云之外，遥遥听得他笑道：“师叔，侄儿是晚辈，可得容我先走一步，那个，您要是赶不及，侄儿要不要等您？”

“坏小子！”上官清浔忍不住一笑，却自尊身份地矜持地不急着去追，稍稍一停，才拔身而起，半空中飞鹤般的身影一纵，已在山外。

秦长歌看着他远去，青衣高冠的身影转眼淡如薄云，终于松了口气。

不是不感激素玄的。

硬是用激将法，将这个修炼得快要超凡入圣的老家伙激起了好胜心，引开了他。

秦长歌知道自己那许多护卫瞒不过老家伙，知道自己有武功也瞒不过他，这个时辰，一个看起来像个书生却身有武功的人，带了这许多护卫跑到这个冷僻地儿，确实是件令人奇怪的事情。

所幸，高手是寂寞的，多年来立于武学巅峰没有对手的高手更寂寞，上官那样高傲淡漠的一个人，遇见惊才绝艳的素玄，也在多年难逢对手后，被激起傲性，起了竞争之心。

放弃了继续探索她的兴趣。

秦长歌在胸口画了个十字。

祈祷。

素玄，保佑你不会被老家伙揍死，阿门。

天色将暗，暮色里飞鸟归巢。

秦长歌却不急于回城，却是于扶风亭下，茫茫云海之前，负手立定，无声一笑。

晚风越发剧烈，拂起她黑发缭绕飞舞，她看似无意地，突然摸了摸自己垂落的长发。

寒光一闪。

宛如自空气中神奇地突然出现，一截同样如黑色发丝般的东西，闪现于她纤白的手掌，几乎是刚刚出现的那一刻，便立即呼啸着飞了出去。

悬空跃起，精准一抓，半空中身姿流光一转，借那飞旋之力不留余地地挥臂一抡，剧烈的罡风气流中青衣少年长发和衣袖一同飞起，黑光闪耀成一片水晶幕墙，秦长歌一抡间仿佛要打碎了这铁桶江山般，横扫方圆数丈！

尘雾飞腾，地面细草被大片卷起，瞬间被强大气流绞成绿色的细末，纷纷扬扬如下了一场翠绿的雨。

“啪啪”连响！

宛如被飓风连根拔起般，山石巨树，草间崖缝，近处所有可以藏人的地方，通通被巨力掀开，滚出狼狈的黑影来。

被猛烈的气流逼得睁不开眼无法呼吸，这些人捂着脸到处乱滚，试图找出可以躲避这割面杀气的地方，然而却觉得天地之大，突然缩成了铁桶般大小，毫无缝隙地牢牢地捆绑住自己，往哪处都是碰壁，往哪处都撞得头破血流。

他们今天运气不甚好，遇上了因为刚才发生的事有点点郁闷的秦长歌，一出手就施了自己功力大进后新创的杀招“怒神卷”。

如神之怒，惊动风雷，一招即出，天地束手。

噙一抹淡淡笑意，秦长歌单手向后一拖，那些人立即身不由己地被拖至她脚下，毫无抵抗之力地啪啪啪啪地叠在一起。

手指一划，风消云散，黑光再次掩于黑发之内，谁也无法自满头乌发中分辨出哪根才是足可杀人的利器，秦长歌漠然一瞥，一脚踩上最近的一人胸膛。

以臂撑膝，笑吟吟俯首下望，眼睛里却没有笑意，秦长歌轻轻道：“李公爷可好？”

愕然瞪大眼，刺客再没想到对方居然第一句话不是那句例行的“谁派你来的？”而是直接问候了主使者。

他的神情，令秦长歌得到了自己想要的答案。

冷冷一扯嘴角，秦长歌道：“无趣。”

直起腰。

啪啪啪啪几脚。

连惊呼声都没有，连想好的求饶之词都来不及说，四个刺客，被秦长歌干脆利落眼也不眨地踢下了深渊！

连看都不看一眼，仿佛刚才自己踢下深渊的不是生命，秦长歌漠然回首。

一回首便看见黑色锦袍的颀长俊朗男子，正立于山路一隅看她。

他长袍在风中飞散，衣上银龙栩栩如生，似欲破衣而出作九天之舞。

他眼神幽邃，凝望眼前女子，默然不语。

怔了怔，随即满不在乎一笑，秦长歌道：“陛下怎么去而复返？真不巧，又给你看见我无故杀人了。”

萧玦默然，半晌，上前一步，涩涩道：“长歌……对不住。”

本已迈步前行，准备和他擦肩而过的秦长歌，无声地站住，想了想，笑了笑，道：“你何曾对不住我？”

“你从不无故杀人，”萧玦腰背笔直，并不回首看秦长歌，只是注视刚刚湮灭四条生命的山崖，轻声道，“比如刚才这四人，是李翰安排的刺客吧？你不能让李翰知道你有武功，也不能让李翰知道你有护卫，你只能灭口，而且，这四个人既然是刺客，完不成任务的下场多半也是死，你不过是保护你该保护的，你没有错。”

“陛下很通情达理，真是我西梁万民之福。”秦长歌的语气听来一点也没有讽刺，淡淡一笑，“既然陛下不要求我杀人者死，那我就告退了。”

她微笑着，拍拍手，和萧玦擦肩而过。

冷不防萧玦突然一伸手，抓住了她的肩。

皱皱眉，秦长歌缓缓看向自己的肩，再看向他的手，语气平缓却清晰地道：“陛下，这里有很多人，在看着你我。”

“别叫我陛下，别管那些人，”萧玦语气铿锵，双眉长挑如剑，“长歌，我知道你生气了，你当生我的气，是我糊涂了。”

秦长歌目光平静地看着他。

萧玦在这样宁静博大其实却有点森寒的目光中毫不气馁，只是坚持说自己欲待出口的话："我刚才下山到一半我就后悔了，这其中定有隐情，你不是那样的人——长歌，其实这许多年，我高踞九重，诸般阴私鬼蜮伎俩也多少见了些，换成别人，我也许会怜悯李翰，但我不会有这般心寒。刚才我在想，为什么我会这样？我反常地心寒、烦躁，失去耐性，隐隐担忧，我并不是无知孩童，我不当如此！快到山脚时我终于想通了，那是因为，做这件事的人是你，我根本不是为李翰心寒，我是在为你。在我内心最深处，我更害怕我爱的女人，真的沉溺于仇恨之中，真的冰冻了整颗心，真的不知人间悲欢为何物，只一味被仇恨所折磨困扰——长歌，我觉得那是很可怕的事，被仇恨桎梏了心灵的人，这一生不会再有任何幸福可言，我害怕你会这样。"

他用力钳住秦长歌的肩，将她转向自己，盯着她的眼睛，目光灼灼："长歌，你的仇，我会报，无论现今你还愿不愿意回我身边，至少当初睿懿死去时，还是我的妻子，我的皇后，我枉为一国之主，生不能相护，死不能复仇，我有何颜面苟存于天地之间？有何颜面称孤道寡，坐享你我共同打下的江山？"

"萧玦，"秦长歌抬起眼睫，终于直视萧玦，"你觉得我不会那样对待李翰，你觉得你误会了我，所以你回转来。但是，如果，我真的就是那样对待李翰的，你根本没误会我，如果我确实沉溺于仇恨中，扭曲心性，真正成了一个坏女人，你是不是有朝一日，又要嘲笑自己看错人，再次后悔？"

"不！"萧玦吐字如断金，决然干脆毫无犹疑，"我不会看错你，你不是那样的人。长歌，当初，我是曾对你不够信任，但是那些犯过的错，一场长乐大火已经给了我足够的教训。这些年孤身一人，寂寞深宫里，我想了很多，明白了许多，也因此发誓很多次，再给我一次机会，我绝不会重蹈覆辙。长歌，我现在知道了，没有信任，何言深爱？相信我，我真的只是害怕你沉溺阴毒手段伤损心性，但我不会再不信任你。"

"如果有一日，那仇恨走到尽头，发现面对的是无比强大的敌人，是一国，甚至天下，"萧玦的眸瞳深邃，目光中燃起烈火，奔腾似一霎便可燎原，"那么，我去杀人，我去挑战那个国家，我去踏平天下。如果你想亲自报仇，那么，你杀人，我帮你处理尸体；你灭国，我帮你运兵遣将；你踏平天下，我帮你开拔大军，陪你一同驰骋沙场，一起剑挑世间英豪——长歌，好不好？"

长歌，好不好？

记忆里，很多年前，那个眉目英朗的少年，擎一朵新开的蔷薇，绕着伏案疾书不理不睬的少女，一遍遍问："你都不戴花的，戴一朵我看看，好不好？

好不好？”

他从来都是如此，坦诚朗然，光风霁月，那样不管不顾地去坚持。

苍穹之下，山崖之上，对面的男子，以一种沉默而执着的姿态，无声倾诉。

他的指力深深钳入她的肩，似乎想靠那般的用力，将自己说出的每一个字，都深深揳入她心底。

他的惊涛骇浪，和她的平静深潜，绝不调和却又莫名契合。

晚风起了。

吹破扶风亭畔，一树繁花。

繁花飞散里秦长歌轻轻拈起一朵残花，指尖轻弹，花瓣宛如线牵一般，缓慢地在空中前行，直至缓缓落入深渊。

萧玦看着那花前行的轨迹，向着永久的消亡，目光闪动，良久道：“你——拒绝了我吗？”

“万物生灭，自有定数，恩怨爱恨，亦如潮汐。”秦长歌淡淡道，“命运何其无常？在我们没有到达彼岸之前，说什么，都太早。”

她微微一笑：“且待时光。”

做皇帝就是比做五品部吏小官来得幸福——最起码皇帝回宫后就可以睡大觉，可怜的赵员外郎还得回刑部，今天轮到她值夜班。

将积压的公事办完，秦长歌提了盏灯笼，去刑部大牢里巡视。

守门的几个狱卒见秦长歌过来，都赶紧巴结了去开门，秦长歌揭起李力一案，如今也算名动天下，摆明着迟早飞黄腾达的主儿，自然无人怠慢。

提着灯笼，缓缓绕着黑暗的牢房行过一圈，秦长歌目光无意间扫过最后一间牢房，一个汉子背对着她正在呻吟，看样子像是有了病痛。秦长歌皱皱眉，站住脚，问陪同着的狱卒：“这是哪个案子的犯人？病了怎么不去治？”

“哦，是杀人案。这人叫曹谦全，是个富家子，一个月前当街口角杀了人，因为手段残忍，已经勾决了，很快就要处斩，反正是要死的人，治不治也没什么。”狱卒谄笑着，给秦长歌照路，“大人辛苦，小的们外间有酒菜，赏光用一杯？”

“嗯……”秦长歌淡淡应了，心中却在思索，看这人背影，瘦骨支离，根本不像富家子，何况既然出身富家，如何没人照应，连病了也不见家人探监照看？

她缓缓绕到牢房一侧，将灯笼举得高了些，道：“你，且抬起头来。”

那人仿佛没听见，狱卒又骂了一声，他才浑身一颤，抬起头来。

很奇特的脸型，如被刀削的瘦削的双颊，脸上有一道明显的横贯额头的刀疤，一双三角眼黯淡无光。

秦长歌持灯的手颤了颤。

“……城西石板桥下面最穷的王老三家里突然阔了，搬到城北买了一座小院子。”

“……王老三最近失踪了，今天有个来吃饭的人说起，怀疑那银子来路不正，他说就王老三那个刀疤脸、三角眼的，哪配发财呢。”

刀疤脸，三角眼。

原来——是到了刑部大牢里。

秦长歌在暗影里不动声色地笑笑，先对狱卒道：“我喜欢吃花生米，给我备办点来。”

“好咧！”狱卒不过大着胆子邀请，哪承想这位气质高贵出众的大人竟然真的应了，受宠若惊下赶紧颠颠地出去了。秦长歌将灯笼搁在一边，俯下身，就着牢门，轻轻道：“王老三，你怎么在这里？”

病着的男子霍然回首，瞪大眼睛看着秦长歌，半晌道：“你怎么会……”似是突然想到什么，急忙改口，道，“谁是王老三？你认错人了吧？”

“嗯，”秦长歌似笑非笑地看着他，点点头，“许是我认错人了，那么，王老三一家子被人从新买的院子里赶出来的事，自然也不用和你说了，你好生等着砍头吧，我走了。”

她说走就走，毫不犹豫地转身，身后丁零当啷一阵响，那男子已经带着锁链镣铐扑过来，抓住牢房铁栅哐啷啷一阵摇晃，悲愤大呼：“怎么会被赶出来？怎么会！”

转身，秦长歌一声冷笑：“不是和你无关吗？”

“你告诉我，你告诉我，”发着高热的男子，脸颊泛着两团不正常的酡红，疯狂地晃着牢门，“我不能送了性命，再被人骗了！”

“嗯，我也觉得，你这样真的很亏，”秦长歌微笑蹲下身，轻轻道，“那么，你也告诉我，我该怎么救你呢？”

乾元四年六月十一，刑部尚书龙琦收受贿赂，以无辜百姓替代死囚案爆发。

刑部立即被查封冻结所有案卷，所有人停职待勘，郢都府受命清点大狱，查办刑部替换死囚案。

这一清点，才发现历年来类似案件足有近十起，多是富家子杀伤人命，为逃避刑罚，以威逼利诱方式寻找穷困无计之人或自家佃户充入牢中，再以金银买通龙琦以及相关刑部官员，逍遥法外。

这是建国以来官场最大丑闻，新一起的惊天大案。

被今年以来接二连三的惊悚事件连番震倒的郢都百姓，这回很默契地不再怀疑，保持了强大的信心——等待奇迹就好了。

此案一出，帝王震怒，当即明旨：但有所涉者，定斩不饶！

此案牵连甚广，足有十数官员牵涉其中，事发后齐齐锒铛入狱，关人者变成被关者，请旨处置折子一上，皇帝连犹豫也没有，全部勾决。

天衢大街正中百螭广场，是隐然的贵族受刑台，多年来未曾有新鲜血液洗涤广场上洁白的石砖，如今可谓饱饮贪官之血。

观刑之日再次人山人海，十数颗人头落地时，众人齐齐倒抽一口凉气。

已有心理准备的百姓兴奋依旧却不再疯狂，目光都十分敬佩但有些悚然地，盯着不远处庄严辉煌的刑部大门。

那里，已经换了新主人，雷厉风行，每一出手，必有尊贵人头落地，所至之处，必将血流成河。

刑部员外郎赵莫言，因首告龙琦贪赃害命事有功，升侍郎，因龙琦犯事，新任的十八岁刑部侍郎，代尚书职，主持刑部一切事务。

第十八章

围困

郢都风云乍起又歇，在众人都等着新任侍郎再有什么惊天动作时，侍郎大人却开始优哉游哉地上他朝九晚五的公务员班。

或者对着宝贝儿子发发牢骚。

“公务员还有强制公休假，为什么我没有？”秦长歌捏着包子的脸，很有成就感地左摇右晃。

因为赚钱腰包鼓鼓脾气很好的包子掌柜，笑嘻嘻地任老娘蹂躏，财大气粗地一拍老娘的肩：“你请假！我出钱送你到离国旅游！”

“请不了，”秦长歌哀怨，“你老娘我现在好歹也是个副部级了，出国是要特批的，问题是你老爹肯批吗？”

包子同情地看着老娘，摇摇头：“我都开七家分店了，你却才当个副部级，还要被人管，你混得忒差了。”

被儿子鄙视的秦长歌，毫不生气地手一摊：“连锁食品企业CEO萧溶萧先生，请发放精神损失费和抚养费一万两，给你混得忒差的老娘一点安慰吧。”

“我给你两万两，你以后不要再扣我零食好不好？”包子立即从袖子口袋里掏出一堆乱糟糟的银票，“没见过当了饭店老板的人，吃零食还要被所有人监视，我活得太悲催了。”

“五万两。”

“你宰人。”

“六万。”

……

母子俩正在讨价还价，冷不防灰影一闪，容啸天风般地卷了出来，又风般地卷了出去。

“你怎么了？”两人齐齐愕然。

“大战！”容啸天言简意赅。

“什么？”

已经奔到门口的容啸天匆匆回首，抛下一句：“武林十大门派今天齐齐挑上炽焰帮，指名要见素玄，说素玄偷了嵩山镇派之宝《琅嬛秘籍》，要素玄交还，否则就踏平炽焰！”

“搞什么！”包子唰的一下跳起，“那是我的！”

他抬腿就往外冲，砰的一下撞到某人，鼻子被某人坚实肌肤撞得生疼的包子大怒，骂：“我的高鼻子要是被你撞塌了你赔我六十万……”

“你的高鼻子就是我给你的，赔什么赔！”大步进来的是包子原型制作者萧玦，他下了朝直接赶过来，隐约还可以看见镶绣金龙的深衣，将衣襟往外袍里掩了掩，萧玦一把抓住还在不住踢腾的儿子，皱眉道，“长歌，隐踪卫给我的回报是，不知道是谁把消息传了出去，重宝自然人人觊觎，现在全西梁武林人士都在往郢都奔来，而素玄是绝不会说出秘籍现在何处的，他已经成为众矢之的了。”

秦长歌将儿子抓回来，冷笑一声道：“这叫什么？浑水摸鱼？《琅嬛秘籍》是嵩山的？真是够无耻的。”

“我已经下令京城九门，以清查敌国奸细为名，自今日起所有江湖人士装扮的人物，一律不许入城，”萧玦转身看向城门方向，“善督营已经调派往九门，管他来的是谁，全部挡在城门之外！”

秦长歌“嗯”了一声，道：“好，我也是这个意思，先断了那些人的后援再说。”

“长歌，”萧玦于窗前回身，沉吟道，“此事似有人于背后有心作为，十大门派从各地赶来，居然无人知道，相随而来的武林人士极多。如果不是九门提督警觉性高，及时回报，这些人混进京城，真不知道会发生什么事——”

话未说完不由得一怔，身后，几句话的工夫，秦长歌已经快手快脚换了一身利落衣服，换了张面具，又顺手扔给萧玦一张，道：“去不去？”

目光一亮，萧玦喜道：“去！如何不去！素玄收了溶儿做徒弟，竟惹来这般祸事，我如何能不出面？要不是因为知道用朝廷武力解决江湖纠纷，会令素玄此生都为人所不齿，我恨不得调善督营来，直接将十大门派灭了算了。”

“江湖人自有江湖人的平衡和法则，”秦长歌已经举步向外走，“这件事背后有什么内幕暂且管不着，无论如何，这见鬼的十大门派，得让他来得去不得。”

出了院子，几匹产自东燕的号称“九花虬”的名马，正神姿英发立于当中，秦长歌目光一亮，笑道：“好！”

一侧身看向楚非欢屋子，正想用什么托词骗得他不要去，却发现屋子空空荡荡，桌上一支墨笔未干，笔尖指着城东郊炽焰总坛方向。

无奈地一笑，随即皱皱眉，秦长歌叹息一声没有说话，回屋装了点楚非欢一向用的药，正待上马，身后屋子里滚出一团球，爪子一捞就抓住了马尾巴，大叫：“哥们一起去！”

秦长歌一笑，萧玦已经一手将儿子捞起，稳稳放在自己马上，道：“那是你师父，又是为你惹的事，你是该出点力，我西梁的太子，本就不当畏首畏尾遇事退缩，走！”

绝世名马，追风蹑月。

四周的景物飞速倒退，头发在极速的奔驰中也被扯直。

三人两骑，奔向京郊“沐风山庄”，也就是现今的炽焰总坛。

素玄自从放弃了做皇商，便只在京中留了一处大院作为联络点，举帮搬迁到了京郊风景旷朗之处，自建了庄院，占地广阔，屋舍轩朗——他终究是习惯了北地高风朗日的壮丽景致，不喜欢挤在人头济济的京城。

两人还未驰近，便见整个庄院气氛肃杀凝重，正门大开，红色和白色相间的长长甬道两周，每隔两步，都笔直立着神色肃然的红衣黑带的炽焰弟子，这些人沉默平静，但眉宇间悲愤之气，隔老远都能感受得到。

在甬道的尽头，以红石砌成的飞腾火焰形状的平台之上，已经站了不少服色各异的人，拥着当中十个人，男女老少都有，正以各式武器愤愤捣着地面，不住叫骂。

“素玄好大架子！到现在还不出来？”

“是怕了吗？以为做缩头乌龟，咱们就饶你一命了吗？”

“跪下来磕几个响头，再把偷的秘籍交出，爷爷们就放过炽焰！”

有人揪住负责接待的玄木堂主宋北辰：“喂，素玄呢？”

冷冷拨开他的手，宋北辰抿紧的嘴唇锁住所有不屑与恨恶，半晌淡淡道：“帮主在午睡。”

哄一声又炸开了锅。

“竖子竟敢如此小瞧天下豪杰！”

“叫他出来受死！”

“就冲你这句话，今日定然血洗炽焰！”

……

骂声里，那十个中心人物一言不发，其中有个老者虚虚伸手拦了拦，众人立时住口，显见这人是此间首领人物。

他神色铁青，却并无怒色，只是沉声道：“我等远道而来，求见素帮主，帮主便是这般待客的吗？”

他的声音一字字传开去，每个字都引起庄院中悬吊在古树上的巨型铜钟的共鸣震动，嗡嗡声不绝地震得人耳朵发麻，远处的群山似乎也起了呼应，一时四面八方，俱是他的沉雄声音。

秦长歌眉毛一挑，笑道：“好雄浑的内力，嗯，下盘功夫也好。”

萧玦远远看着，手一招，立时上来一个普通人打扮的侍卫，递上字条。

看完，就手在掌心将字条摧毁，萧玦道：“嵩山掌门，木怀瑜。其余九人分别为天机、终南、泰山、九华、万杀、天龙和蓬莱、重玄、紫霄三大剑派，据说木怀瑜放出风声，只要相助嵩山夺回重宝，必以秘籍中某项绝世武功相赠。”

“怀瑜握瑾[1]，他配用这样的名字？相赠？笑话！”秦长歌讥嘲一笑，旁边包子已经恶狠狠道：“我叫他怀孕落井！丫的想抢我东西！”

秦长歌一拍儿子大头，道：“等下少胡说，今天不是玩的。”眼见萧玦示意两人的护卫都隐身以待，便拖着儿子进了门。

---

①怀瑜握瑾：瑜，瑾，都指美玉，比喻有美好的品德。

今日炽焰帮大开正门，所有人不阻不拦，也符合素玄一向的性子，爱来便来，何须避让？

一进门便发现除了那些来挑事的，郢都周边武林人物也来了不少，大多是受十大门派之邀，冲着武林至宝来的。还有些人，知道自己没戏，但是来看看绝世高手大战，对自身武功进益也有好处，素玄对七大门派掌门，这可是千载难逢的机会。

秦长歌目光一转，看见院子山石后的祈繁、容啸天，一丛树荫的青石下，坐着改装的楚非欢。

他清澈的眼神随意一转，流泉般从秦长歌身上拂过，又看看萧玦，眼神中并无波动，却有意无意地对包子做了个手势。

包子立即不动声色但速度很快地向那个方向移动。

萧玦郁闷地抬头望天，装作没看见，秦长歌忍不住一笑，目光转动，突然轻轻“咦”了一声。

庄院两侧都是大树，一株最大的翠盖榕树上，懒懒躺着红衣男子，姿态如狐，散漫魅惑，火红衣襟在翠绿浓荫间若隐若现，宛如一道红色的溪涧，大约是有些热，他衣襟半敞，精致的锁骨远看去是一抹笔致惊艳的“一”，一线优美的如玉颈项自艳丽衣领间曼妙延伸，延伸出世间最为风雅的妙笔丹青者，也难以描画的美好曲线。

他弯膝曲腿，指尖在膝上轻敲，眼波纵然只对着那一盏他随身不离的红灯，也是放纵缠绵的。

今天很热闹啊……秦长歌笑了笑，说实在的，玉狐狸不出现，那才叫奇怪呢。

萧玦在她注视玉自熙时也没闲着，目光自人群中扫过，忽然轻轻一拉秦长歌，两人避到离楚非欢很近的暗影里，萧玦道：“长歌，你看西北角那两个人。”

目光落在西北角两个形容普通的人身上，看了几眼，秦长歌道：“你觉得哪里可疑？”

“左边那个黑皮肤男子，”萧玦盯着他的手，“他不像武林中人，他行路的步法，以及在身后斜背挂刀的方式，倒像是久经沙场的将领。而且他应该不是本国的将领，他审慎而小心，时刻与身周的人保持距离，这般防范，只有一个原因，那就是，所有人都是敌人。”

赞许地笑了笑，秦长歌低声道：“陛下已较当年更具察人之能，真是可喜可贺。”

赧然一笑，萧玦道：“还不是当年你教的。”

浅浅一笑，秦长歌道：“那他身边那个人呢？”

仔细地看了看，萧玦沉吟道：“此人几乎一点特色都无，举止细节更是无懈可击，只是……看着他，有种奇怪的感觉，却说不清是为什么。”

“那感觉就是，天生的敌意，”秦长歌语气干脆，“久居高位者，对于地位相当的敌对者，天生的本能。”

瞿然一惊，萧玦道：“地位相当？和我？”

他当然知道这句话代表什么意思，换句话说，秦长歌的意思是，这两人不仅是敌国人物，甚至是帝国帝王之类的身份！

这是何等惊人的消息，一个敌国帝王，怎会跑到西梁武林人物的地盘，去看这个什么争夺重宝的热闹？

“不可能是魏天祈和魏天祀，这两人现在都忙着内乱，这两人绝不是女子，也不会是柳晚岚和楚凤曜，你的意思是，北堂啸，或阴离？”

“你忘记了一个人，说起来我虽没见过，但你和他还有一面之缘……”秦长歌眼波流转，“会不会是他呢？很有可能啊……”

“你是说……他？”

萧玦在问出这句话的时候立刻退后一步，向着改装跟进来的隐踪卫首领做了个手势。

秦长歌只是抄着手，隐进了暗影里。

西北方向，那个斜斜倚在树边、姿态平静的男子，突然微一侧首。

眼光看似散漫地在场中轮过一圈，随即收回。

他那轮过一圈的目光，看起来好像就和任何人无意间扫上一眼一般，没有任何着重和出奇之处，但目光如剑的秦长歌，于短暂刹那，已经捕捉到了他目光的几次难以察觉的停顿。

他在玉自熙和萧玦身上，各停留了一次。

而楚非欢，在刚才那一刹那，忽然低头弯腰去捡掉落的汗巾。

秦长歌一抹微笑淡淡——今日何止是素玄的战场？只怕来的人，都有活儿要做呢。

此时午时已过，素玄仍旧没有出来，众人怒骂如潮，那老者也微微动了怒气，再次沉声道：“素帮主，我等依足江湖礼节前来拜山，你为何这般托大，迟迟不出，你当真藐视天下英雄如此？”

最后“当真藐视天下英雄如此”十个字，他一字一顿说出，每个字都犹如黄钟大吕，震人心魄，便听嗡嗡之声不绝，隐约有细微裂开之声，有人转目一看，惊呼出声。

围绕石台悬挂的十座足可容纳小儿在内坐卧的巨钟，忽然全部裂开，悬挂巨钟的儿臂粗的锁链，齐齐断裂。

他每说一个字，铜钟便一震，最后一字结束，十座铜钟，坠落尘埃，生生将地面砸破十个大洞，腾起呛人的灰尘！

有座铜钟就在一个炽焰弟子身侧，铜钟落下，砸断了他的脚趾，那人痛得脸都扭曲了，却硬是一动不动，咬牙瞪着对方，连一声呻吟也不闻。

惊呼声里，炽焰帮人咬牙扭腮，皆露愤怒之色。

这是明摆着砸场了，原先这些人一直想依照江湖礼节逼素玄交出《琅嬛秘籍》，将来说起来也好听些，如今终于按捺不住动了手。

炽焰帮近期正逢半年巡视之期，帮中总护法和赤火、黑水、金土三堂堂主都已分赴各地视察，帮中高层只剩下左右护法韩凭、梁汾和宋北辰。

三人此时都在，大约是得了素玄嘱咐，铁青着脸一言不发，性子比较冲动的宋北辰几次欲待冲上，都被韩凭拦住了。

然而木怀瑜这一手内功也着实了得，收放自如，已至炉火纯青之境，宋北辰也不会是对手。

秦长歌露出疑惑之色，喃喃道："素玄怎么回事？他不是这个性子，给人欺到这个份上，还不露头？"

一转眼，看见楚非欢也在轻轻皱眉，微有些担忧地看着正厅方向。

却忽然起了一阵风。

柔和而凛冽，宽广而凌厉，缭乱浮云踏破星阙，转瞬已是万重山。

风声里有人大笑道："你们算劳什子英雄人物？"

一样是十个字。

他却不是一个字一个字运足力道才出口，而是随意道来，流畅无碍，然而每说一个字，都令人仿佛整颗心都被人攥紧，大力往上拔了一拔，他十个字说完，石台上七派人物间，功力浅的弟子齐齐喷出血雾，软倒在地。

十字说完，跌落地下的铜钟突然不敲自鸣，拔地而起，竟逆冲而上，哗啦啦一阵铁链响，那链子如有隐形人摆弄般，昂首怒龙般自行攀援上古树之梢，再次稳稳挂起！

一片哗然里，七派人物不由自主齐齐后退一步。

以内力击落铜钟固然不易，但也只需取巧地将锁链击断而已，声势惊人，还是因为铜钟自身的重量坠落罢了。

但将深深砸入地面的铜钟再次拔起，铜钟自身重量已逾千斤，便是抬起便已不易，何况人未出现，以声传功？

天下第一人，名不虚传。

十派掌门神色已经凝重许多，互相交换了个眼色。

秦长歌却皱了眉。

素玄……其性潇洒散漫，并不争强好胜，他如果故意先声夺人，多半是由于情形急迫。

比如当日施家村，比如前几日觞山绝崖。

难道……

念头未及转完，白影一闪，快到谁都看不清是怎么出现的，木怀瑜身后突然多了个人，轻轻拍了拍木怀瑜的肩，微笑道："木掌门，别来无恙啊？"

练武之人，突然给人逼近后背空门，不啻送死，木怀瑜大惊之下霍然转身，却已扑了个空，素玄一错步，已在丈外，背对着七大掌门，负手施施然，迈向石台连接的正厅帮主正座。

他颀长挺拔的身姿，于午后清风里飘起的雪白衣角，都笼罩在一抹淡金色的阳光里，举步如登云，轻盈如振羽，飒沓似流星。

就那般，背对数百高手，无数敌视目光，不急不忙，负手走向他自己的帮主紫檀大椅。

众人屏息，怔怔注视他的背影，竟然没有一个人敢于兴起偷袭的念头，就这么白白放弃了最好的机会。

树梢上，玉自熙上挑的眼角突然飞了飞，盯着素玄的背影，极其特别地笑了笑。

素玄坐定，舒舒服服向椅中一靠，一笑伸手，姿态优雅："诸位，请，请坐。"

众人面面相觑，着实有些尴尬，坐？坐哪里？椅子都砸碎了……

因为刚才的失态而万分羞怒的木怀瑜首先就挂不住面子，上前一步，寒声道："素帮主，也不必惺惺作态了，你偷窃我嵩山重宝《琅嬛秘籍》，也该原物奉还了吧？"

黑眉一挑，素玄目光转落木怀瑜面上。

目光相接，只是被这双漂亮的乌黑眸瞳一盯，不知怎的木怀瑜便觉心中一跳，听得素玄慢慢道："我偷？你的？重宝？"

三个问号，说不出的讽刺，木怀瑜脸色变了变，厉声道："《琅嬛秘籍》是我嵩山创派祖师风吟子得琅嬛圣手亲手所赠，历年来一直珍藏于我嵩山后山密洞之内，却于半年前被你打伤我守洞弟子，夺走秘籍，怎么，你还不承认？"

"喂，老木头！"

接话的却不是素玄。

声音从树梢顶端传来。

众人齐齐抬首。

树梢一分，探出一张笑吟吟的美艳面孔，光华璀璨，连这午后的阳光都失了色："我说你脑袋怎么长的？你的嘴皮子是怎么好意思说出这番话的？琅嬛圣手三百年前就死翘翘了，你嵩山创派不过二百年，你家祖师爷是怎么得琅嬛圣手'亲手所赠'？梦会，还魂，还是你家祖师也是圣手——盗墓圣手，去扒了琅嬛圣手的坟？"

语气慵懒，语锋却着实毒辣。

扑哧一声，人群里有人忍俊不禁低笑出声。

老脸上泛起赤红，木怀瑜暴怒转身，盯着玉自熙："阁下何人，为何出言无状，辱及我派创派神圣祖师？嵩山上下，从此与阁下不共戴天！"

"很好，我也不想和你戴同一片天，"玉自熙还是媚笑如常，"我觉得好侮辱。"

"你！"

衣袖一飘，宛如一朵红云怡然落地，玉自熙姿态妖娆地靠在树上，勾勾手指："老木头，我今日看你好生不顺眼，你快来，让我打发了。"

他如此狂妄自大，木怀瑜反而不敢轻举妄动，偏首问问身边一个精干男子，两人低语几句，木怀瑜目光突然一闪，再不理会玉自熙，反转身冷笑盯着素玄，高声道："堂堂炽焰帮主，所谓天下第一人，不想也和官府勾结，依仗朝廷势力对付我江湖汉子，你也配做武林中人！"

此言一出，众皆哗然，江湖中人最忌讳对上官府势力，如今听得这般说法，立时群情愤怒，性子急的已经开始大声斥骂。

素玄稳稳坐于座上，带着一分难得的森冷的神情，注视着木怀瑜，他的目光沉冷若绝世名刃，自寒潭中初初捞起，带着凛冽的光华四射，逼视着木怀瑜。

被他目光一逼，木怀瑜也不禁窒了一窒。

却有清亮童音突然大叫道："《琅嬛秘籍》？不就在小爷我这里？你个老头找素帮主干吗？"

第十九章
设陷

一语如投石入水，激起千层浪。

哗然一声，众人齐齐回首。

便见小小影子，穿一身花里胡哨的袍子，披着日光，飞窜到院子当中一座青石假山上，用力挥舞着手里的册子，笑嘻嘻大叫："傻帽们，你们都被这老乌龟骗了！你们看看这是什么？"

武林中人目力都极好，早已看清那黑底皮封面，四个古朴的金色篆字——《琅嬛秘籍》，依稀正是传说中秘籍的模样。

那孩子挥舞着册子恨不得跳上一曲伦巴般，在假山上窜来窜去，他动作夸张宛如卖菜般哗啦啦掀开书页，隐约可见书中画着的练功的人形。

咝地抽了一口气，见猎心喜的人们，已有人来不及思考为什么秘籍会在这孩子手里，眼放异光就待猛扑。

黑影一闪，木怀瑜闪身而出，伸手一拦道："各位少安毋躁，切莫上了这孩子当，《琅嬛秘籍》是何等重宝，怎么会落入一个幼童手中？"

众人也觉有理，已经冲出半个身形的人也讪讪停下脚步。那孩子也不急躁，拉开潇洒迎风的八字步，横刀立马站在假山最高处，得意扬扬道："老乌龟，有志不在年高，夺宝不看年少，你家祖师能扒死人坟，我为什么不能扒？你家祖师扒迟了，拿的是假的，我扒出来的，却是真的。"

"胡说！"木怀瑜大怒呵斥，"琅嬛圣手坟墓世间无人得知应在何处，据传在深水之下，无人能进，你一个小小无知孩童，如何能取出秘籍？"

"咦？"假山上自然是太子掌柜萧溶同学，瞪着大而亮的黑眼睛，摆着忠字舞的经典姿势，愕然道，"老乌龟，你说话好奇怪，既说坟墓无人知道在何处，又说在深水之下不能进——不知道在何处怎么知道在深水之下？你家祖师真去过？不能进？"

轰然一声，众人早已听出这句话有些怪异，如今被包子一点拨，立时恍然，顿时目光异样地瞅着木怀瑜——江湖中人，尊重光明磊落的好汉英杰，盗墓之类的事情，那是相当不齿的。

被众人这么一盯的木怀瑜，老脸顿时涨得通红，暗恨今日怎么总是心神不宁，三十老娘倒绷孩儿，竟然被一个孩子抓了言语把柄，如今可谓颜面扫地，再拿不到《琅嬛秘籍》，此行便亏到家了。

暗暗咬牙，发誓无论如何，《琅嬛秘籍》一定要拿到手，大不了以后武功大成，将这些人都杀了便是。

何况那人说过，秘籍确实是在素玄手中的……

“你家祖师不能进，我鱼龙世家能进啊，”包子继续感觉良好地在众人目光笼罩下胡吹法螺，“鱼龙世家听过没？听过没听过？没听过你丫还活着干吗？”

“这孩子说话就是啰唆，”秦长歌皱眉盯着儿子，“浪费口水。”

她先前看见包子和楚非欢做了几个手势，估计两人达成了某种意见，也不想拦着爱表现的小鬼头，做她的儿子，不出奇点倒不正常了。

萧玦也不担心，微笑看着儿子耍宝，善督营兵马就掩在庄外不远，怕什么，捅破了天，爹给你补！

此时场中亦起哗然之声，鱼龙世家，场中达到一定级别的高手都听说过，据说是离国皇族的分支后裔，因为政变被放逐，在内川大陆各地游荡，这个世家的人都精擅水性，据说可在海底睡觉，在水中如蛟龙般敏捷勇猛，家族中上至八十老翁，下至三岁娃娃，都履海若行平地，只是这个家族向来神秘，从无人见过。

正因为也是传说中的家族，众人反而又相信了几分——这孩子不过五六岁，看起来也平淡无奇，若不是家族中人，如何知道这个神秘世家？

包子打铁趁热，将册子一挥，得意地道：“咱看不惯你们栽赃陷害人，什么素帮主偷秘籍？他看得上你这烂秘籍？明明就是我下海去玩无意中捡到的，你们不信？我背段书你们听听，站稳了，可别栽倒啊……‘子午卯酉四正时，归气丹田掌前推。面北背南朝天盘，意随两掌行当中。意注丹田一阳动，左右回收对两穴。拜佛合十当胸作，真气旋转贯其中。气行任督小周天，温养丹田一炷香……’”

“呼！”

“砰！”

“啊！”

三声忽响，响于刹那间！

半空中几条人影乍起又分。

随即，数条人影砰然落地，重重砸在石台上人群中，人群哄的一声惶然后退，隐约听得有人嘶声道：“你……好狠……”

少顷，自人腿缝里，慢慢流过一条条艳红鲜血，自地面缓缓扭曲成怪异的图案，如枝丫横斜的老树，渐渐聚成血泊，猩红地倒映着蓝天古树，白云假山，还有玉自熙和素玄诸人冷笑讥诮的目光。

台下一片混乱。

有人扑上去，悲呼：“师父！”

有人愤声大骂：“木怀瑜你这个奸恶老贼！”

更多人目光惊恐，退下石台。

秦长歌望向楚非欢，后者对她展开淡淡笑意。

而萧包子，抱着肚子在假山之上，无声仰天大笑。

适才，那一段《琅嬛秘籍》内的绝世功法内容，终于刺激得欲望升腾的诸高手出手相抢。

十大门派本就利益各异，其中七大门派向来同气连枝，还有几大门派各自为政，此次木怀瑜为了一壮声势，以利相诱，达成了十大门派共同进退，但是其间心思各异，便予人可乘之机。

如此促成了楚非欢以毒攻毒之计。

你以利诱达成联盟，我以利诱拆你同盟。

于是包子一番做戏，诸人立时争相出手。

其中和木怀瑜向来不和，只是因为贪图可分得绝世武功的紫霄、九华、万杀三派掌门，重宝在前，有独吞的机会怎可放过？包子话音未落，长空里如鹰飞起数条人影，直直扑向假山。

然而螳螂捕蝉，黄雀在后，早已心生防范的木怀瑜，连同素来和他一鼻孔出气的天机掌门静玄子，立即贴身而起，掌力无声无息，重重击在同伴后心。

三掌门不防同伴骤下杀手，后背整个空门大露，一声惨呼里齐齐栽落。

木怀瑜和静玄子偷袭成功再不犹豫，双双如鹰隼攫食般扑向包子。

却被早已等在假山后的祈繁和容啸天拦截下来，祈繁笑道：“两位成名武林垂三十年，今日当着天下英雄面，对一垂髫孩童出手，羞也不羞？”

笑声里一伸手，金锏上蓝光闪闪，摆明了淬毒。

容啸天则闷声不吭，单手一掣风声虎虎，用的居然是重型武器韦陀杵，杵上还更为恶毒地改装了一个三菱刺，刺上遍布小刺倒钩，他横臂一甩便是沉重的银光之墙，夹杂尖厉啸声，牢牢挡住了包子，让人无从下手。

那两人为了偷袭都没来得及拔出武器，半空之中的仰扑姿势又是空门全露，哪敢和这样的杀神武器对招？恨恨一扭身，霍地翻回，铩羽而归。

这一番起落攻袭暗杀对阵，只发生于刹那之间，武功稍低一点的人根本就没看清始末，只知道三大掌门扑起又落地，他们落地的同时，木怀瑜和静玄子也悻悻回归。

而三大掌门已经重伤。

紫霄、九华、万杀三派的门人，眼见掌门被暗袭重伤，悲愤之下纷纷扑上，要向木怀瑜和静玄子讨个公道，嵩山和天机门下自然也不是吃闲饭的，拔剑掣刀，悍然迎上，一时竟然乒乒乓乓，自己先混战起来。

惨呼声不断响起，不断有人被利器刺入胸膛，拔出，带出喷涌血泉；不断有人残肢断臂地倒地，在冰冷的石地上惨叫着滚来滚去；不断有人在制造着他人的死亡，或被他人制造着死亡。

鲜血浸透了白石台面，地面上尸体越来越多，有七大门派的，更多的是那三派的。

木怀瑜铁青脸色，死死盯着包子，眼光如蛇。包子浑然不惧，不动声色欣赏着自己挑起的这一场无数人伤亡的混战，眼看那三派势弱，被杀得节节后退，不能和其余几派形成势均力敌的平衡之势，有些惋惜地摇摇头，高声叫道："咱背首诗给诸位听啊……很好听的——老天给我一双脚，教我如何屹立不倒，可我只学会了——逃跑！老天给我挺拔的腰，教我如何百折不挠，可我只学会了——招摇！老天给我灵巧的手，教我如何耕作勤劳，可我只学会了——管他妈的是敌是友，杀掉！"

他笑眯眯地看着脸色如锅底的木怀瑜，继续火上浇油："还有一首，专门写给掌门你的——大海啊，你全是水；马儿啊，你四条腿；掌门啊，大爷我气歪你嘴！"

童音清亮的大笑里，包子慢条斯理将收进怀里的秘籍再次取出，打开封面，将内页内容，遥遥对着木怀瑜：

"琅嬛第一式：炒菜十八招。"

"琅嬛第二式：锅台水上漂。"

"琅嬛第三式：切菜大神通。"

……

喝骂声、打斗声、刀剑声、哭泣声戛然而止。

众人都呆呆瞪着包子手中，册子上画的练功图形背后，是原先被他手指挡住的锅台、菜刀、蒸笼等物。

就就就就是这个孩子胡编乱造的东西，引得三位掌门重伤待死，引得十大门派尚未对敌便自相残杀，引得三大门派子弟凋零，并将注定在武林史上永远抹去?

"啊！"

紫霄剑派向来以女子为主，掌门小师妹秋紫岑，那个看起来只有七八岁的女童，遍身鲜血中突然拔剑向天，发出一声凄绝的厉吼。

厉吼声上冲云霄，诸人默然聆听，只觉无限寒意自心而生，恍惚间心生黯然。

利欲之心，杀人无形。

出师未捷，便已折损。

这又算什么？

厉吼之后的秋紫岑，恢复了平静，恨恨一抹唇间血，下死眼盯了木怀瑜一眼，一扭头，道："走！"

还有人心有不甘，哭道："掌门她……"

"现在我是掌门！"秋紫岑决然一喝，转身冷冷看向木怀瑜，"姓木的，今日你有种就当着天下英雄面，灭了我紫霄满门，否则紫霄剑派但留得一口气在，必取你木怀瑜性命，不死不休！"

她语气铿锵，杀气凛然，虽鲜血满身但毫无狼狈，只挺立于一片狼藉的尸首鲜血之间，风声猛烈，吹起少女长发，粘住额间鲜血，她理也不理，拔剑出鞘，横剑一砍，一截血肉模糊的小指落地！

连一声冷哼都无，她厉声道："以此为誓！"

木怀瑜目光闪烁，一言不发，此女年纪虽然幼小，但烈性非凡，留着确实祸害，可是如何能当天下英雄之面，在虎视眈眈的炽焰帮众之前，灭她满门？

今日……处处不谐啊……

见他无话，秋紫岑看也不看自己的残指，转身就走，三派弟子，抬起自己的掌门，默默跟在她身后，众人无声地让开道路任他们离开。

走到包子面前，秋紫岑突然停住，容啸天目光一闪便要上前，被祈繁拉住。

目光复杂地注视包子半晌，秋紫岑出奇地一言不发。包子自假山上居高临下地俯视着她，意外地，却对她挑了挑大拇指，道："你很好，将来你若要找我报仇，记得来郢都正阳门内一号找我。"

难得正经地笑了笑，包子又道："我会饶你三次性命。"

轻轻一震，秋紫岑目光有些困惑地看了看包子，终于默然而去。

秦长歌仰头望天，咕哝道："正阳门一号？你为什么不说大仪殿一号？还有你这叫什么？泡妞？你丫才五岁啊……更莫名其妙的是我，我才十八岁，还没谈恋爱，为什么就要见到儿子对姑娘多看一眼，就下意识地考察未来媳妇？"

旁边萧玦，满脸黑线，默然至无语。

那厢楚非欢，则目不转睛地看着秋紫岑远去的背影，半晌轻轻摇头，秦长歌一眼看见觉得好笑，忍不住对他微微一笑。

怔了怔，楚非欢自己想想也觉可笑，眼光里流露笑意。

这一刻这一隅的温暖与默契，无声流动。

……

现在石台之上，只余下了七大门派。

其余原本来助拳的武林人士，经此一番变故，已经看出了木怀瑜虎狼之心，这种人怎么可能在秘籍到手后将武技分享？只怕给了你再杀你满门拿回来——权衡利弊，都已觉得完全没有必要蹚这浑水，纷纷退下石台，做出两不相帮的观战姿态。

如此炽焰压力顿减。

偌大的石台上，现在只站了七派子弟，顿时显得有些孤清。

木怀瑜想依靠人多势众逼迫素玄乖乖交出秘籍的打算已经落空，现在率七派围攻也不上算——虽说他们乘虚而入，现在炽焰帮高手大多不在，但炽焰子弟多以彪悍闻名，真要拼起命来，即使能赢，己方也要元气大伤，何况还有个号称天下第一的素玄在。

如此……只好启用那人的第二个打算了……

“素帮主，”木怀瑜上前一步，“你好计策，用一个黄口小儿，便杀伤我三派高手，木某佩服！”

“这位小兄弟，素某不认识，但是素某佩服他，他今日所作所为，诸位尽管算在我素玄身上，与他无关，”素玄视诸人于无物地漫然端坐不动，紫檀虎皮大椅雕刻着飞旋的苍鹰，衬得他气势凌云宛如神祇，冷然道，“素某也佩服你，素某决定把天下第一的名号让给你。”

啊？

众人愕然，连木怀瑜也一脸惊讶，文无第一，武无第二，天下第一何等风光称号，他要公开相让？他怕了？可能吗？

窃窃私语中，素玄慢条斯理地道：“当然，前面要加几个字。”

“心黑无耻，天下第一！”

玉自熙立即笑吟吟接上。

抬眼，对着玉自熙一笑，素玄脸上的神色，满满赞同。

台下诸人望望两人，极有默契地都退后一步。

任谁都知道，今日之事，是多年来武林难遇的大战，所发生的诸般事体立即就会传遍天下，名动江湖的天下第一人素玄给木怀瑜的这番考语，必将尽人皆知跟随他终身，话说到这个程度，素玄已经动了真怒，木怀瑜也绝不可能容忍如此侮辱，两人之间的一战，在所难免。

一时人人屏息，等着这南、北两大高手对决。

极度寂静中，只听得悠长的呼吸声，以古怪的频率响起，是木怀瑜在调匀气息。

然而半晌后，却听得他慢慢笑道："素帮主，今日并非木某一人之事，七大门派的兄弟们，都要和你讨个公道，木某何能，敢抢诸位先。"

"'公道'两字，你不配说，我听了影响食欲，"素玄仍旧没有笑意地微笑，洒然往椅上一靠，缓缓道，"素某很懒，素某刚才午睡睡得不够尽兴，还想补一补，不耐烦一个个来，你们，一起上吧。"

"竖子放肆！"七大门派中脾气最暴的重玄剑派掌门刁千帆连胡子都飞了起来，"老夫第一个教训你！"

这是真的打算车轮战了，台下众人虽然早有预料，也难掩讥嘲之色——刁老家伙，你一把年纪了，把无耻内功练到这般面不改色，也着实不简单啊。

不防木怀瑜伸手一拦，阴笑道："素帮主小视天下英雄，我等却不必小视自己，何必车轮战？输也要你输得心服口服。"

众人再次愕然——木怀瑜改了心性了？有这么光明磊落了？

秦长歌却对着萧玦一笑，低声道："喂，生意来了。"

萧玦目光闪亮地看着那七人，低笑道："好极，好极——"

果然听得台上木怀瑜道："我等七人，今日向炽焰帮挑战，各人比试一阵，点到为止，以场数多者胜，胜者向败者提出一个要求，如何？"

轰然一声，这回众人再次拜倒在木怀瑜的卑鄙算计之下。

谁都知道现在炽焰高手尽出，剩下的能和七大掌门一战的只有左右护法和玄木堂主，而且很明显玄木堂主不会是他们中任何一个人的对手，只要安排得当，除了对素玄那场必败之外，七大门派是赢定了。

这比对素玄车轮战好——素玄名动天下，先前那一手以声驭钟着实惊人，七个人就是连番上，只怕也要多少折损一半，万一素玄下杀手更是后果不堪设想。如今素玄只能战一场，又只能点到为止，等于将这绝世高手拘住了，而现在的炽焰，又如何能找出足可和对方七人对战的七大高手呢？

木怀瑜目光阴森地看着素玄，这番算计他不可能看不出来，如果他不答应的话——

素玄抬眼，目光越过木怀瑜，在场中一转，朗然一笑，道："好！"

这下连木怀瑜也愣住了。

素玄却只用琉璃般光华通透的眼眸冷冷看着他，道："木掌门，既然是比武，当然要公平，你可以从你方任选高手参战，我也可以，对不对？”

“那个自然！”木怀瑜大喜，立即接口，“素帮主自然可以任选高手参战。”

“那好，”素玄道，“请吧。”

乾元四年七月十三，郢都东郊，占地广阔的炽焰帮，迎来了自成立以来最为居心叵测的敌人，武林风云史，则迎来了参与者级别最高、最为翻覆诡诈的一幕铁血传奇。

这一役自日正当空始，至血月隐于云层之后止，七场对战，尤以后四场名动天下，成为江湖挑战史中的经典战役，世代传唱不衰。

在这一役中涌现出来的几个神秘人物，更成为江湖中人在漫长的岁月中，不断提起并兴致勃勃猜测其来历的永恒话题。

而那几人自此一役后便销声匿迹，从此再无在江湖中出没，仿佛只是为了这场挑战而出现，之后便闲云野鹤无觅处，其神秘更令众人感兴趣。每个人都说那几人一定是武林中成名已久的人物，否则绝无那般机变武功，杀气悍然，然而所有人翻烂了武林册，数断了手指，排遍了所有形貌、个性相似仿佛的人物，也无法准确找出对方的真身。

最后只好归结为世外高人，说不定有的还是素玄的师门兄弟，不是说武林中人，无人得知素玄的师门吗？

没有人知道。

风云起，沧海怒，只为一个女子的一首天下长歌。

七月十三，午后。

人数众多却突然归于寂静的炽焰总坛。

静到可以听见苍苍远山上的木叶坠落的声音，那层峦叠嶂深处，隐约有樵子放歌的曲调，音节铿锵明朗，遥遥听来，像是一曲为即将开始的决斗唱响的战歌。

第一场，终南派掌门胡炳毅对炽焰左护法韩凭。

两人势均力敌，各自苦战，在第七百招上，胡炳毅一锤击在韩凭左肩，碎了他肩胛骨，韩凭的长鞭则硬生生打断了胡炳毅的小腿。

两人一时都失去再战之能，平局终场。

第二场，重玄掌门刁千帆对玄木堂主宋北辰。

宋北辰本就是炽焰二流高手，四堂主中最弱的一个，对上内力雄厚擅长外家功力的刁千帆，那是绝对不可能有胜算的，众人都心里有数，素玄更是早早便在座上道：“北辰，尽力便好，不必以命相拼。”

对着素玄微微一躬，宋北辰肃然道："帮主，你遭小人侮辱，受此不白之冤，这亦是我炽焰之辱，想我帮纵横天下，什么时候受过这等欺负来着？如今只有不惜此身，以血还血而已！"

他说得杀气腾腾、咬牙切齿，众人听得都是一凛，心想今日可谓得罪炽焰到底，将来炽焰报复可如何是好？

看了直爽莽撞的宋北辰一眼，素玄温和地道："北辰，我知道你的心情，只是此事冤有头债有主，某人居心叵测煽动武林同道与我为敌，这个账，我终究要着落到他身上算的，你放心。"

这话是摆明不和今日盲从的人计较了，众人都舒一口气，想着素玄滴水不漏、潇洒优雅，雍容之风令人心折，果然不愧是年纪轻轻便执掌天下第一大帮的第一人。

习千帆已经等得不耐，在台上狞笑道："兀那小子，哪来那许多废话？死了就安静了！"

宋北辰铁青着脸上前，也不例行施礼，二话不说，长剑一展立如星棱四射，光华漫天，呼啸着向习千帆当头罩下，竟是一招"凤唳九天"的杀招！

习千帆心存轻视，漫不经心，哪想到这小子招呼不打上来就是杀手，失去先机之余，又被抱着必死之心的宋北辰招招抢攻，一时竟然手忙脚乱，眼看着竟要输。

众人惊呼声迭起，虽知宋北辰失了比武规矩，但是木怀瑜等人心地阴私欺上门来辱及人家帮主，属下以命相拼也是忠义所在，江湖中人敬重好汉子，所以一时都忘记自己的尴尬立场，忍不住叫起好来。

叫好声里却见宋北辰左膝忽然一软。

只是那么电光石火间微微一倾。

高手过招，失之毫厘，谬以千里，刹那光阴便可以让对方输十次。

习千帆立即扳回了劣势。

素玄的黑眼睛，微微往场上一瞟，露出一丝若有所思神色。

宋北辰失去抢占的先机，立时大落下风，习千帆深恨刚才被这小子逼得狼狈，众目睽睽下大丢面子，已经不再顾及什么"点到为止"的规矩，招招冲着宋北辰要害，都是残忍至极的杀手。

第五百一十七招上，习千帆一个虚招，攻宋北辰胸腹，宋北辰中计侧身相避，不防习千帆的掌力竟然自己转弯，呼地击向宋北辰后心！

掌风雄浑，足见十成真力，惊呼声里，众人都已以为宋北辰必死。

然而习千帆的右膝，突然也软了软。

也就那么刹那间微微一倾。

掌力斜斜落空，只击中宋北辰左臂，闷哼声里，宋北辰左臂立时软软垂下，他犹自不肯弃战，咬牙奔上。

“够了。”座上素玄淡淡开口，衣袖一拂，气劲如墙，宋北辰再也难以前进一步，素玄转头看着木怀瑜，道，“这场我们认输。”

木怀瑜目光闪动，他当然知道这场比试里双方都有猫腻，只不过一为取胜一为保命，扫了场中一眼，他一时不能确定相助己方的人是谁，无论如何，能在素玄面前做手脚，此人武功之高，也是难以想象了，想着己方有这样一个超等高手暗中助阵，心中着实安定许多。

拈须微笑，他道：“素帮主干脆爽快，佩服。”

第三场，泰山掌门宋治辰对炽焰右护法梁汾。

这两人都功夫轻灵，宋治辰的“飞鸿渡水”身法和梁汾的“青云纵”，都是武林中驰名的轻功，两人高来高去，满场游斗不休，身法煞是好看，看得人眼花缭乱。

可惜梁汾毕竟年纪轻了些，内力不如修炼多年的宋治辰，终在第八百招上，以一招之失败北。

如此，三局一平两败，炽焰处于劣势。

只要再赢一局，七大门派便接近胜利。换句话说，炽焰不能再败。

然而炽焰高手，尤其以内外兼修名满江湖的总护法易天擎，俱都不在总坛。

眼看炽焰除了素玄外再无高手，众人一时不知是喜是忧，想着木怀瑜如胜，少年成名惊才绝艳的素玄一定会被逼自尽，这么一个声势煊赫的帮派从此要被毁灭，着实也是件颇扼腕的事。

一时看着素玄的目光，宛如凭吊。

第四场，木怀瑜阴笑着手一引，天机掌门静玄子，目光枭厉地迈步而出。

静玄子，号称南地第一剑法名家，剑法凶悍狠辣，迅捷无伦，号称“惊羽”，据传舞剑之时，但凡飞鸟经过，哪怕离得再远，也必被剑气掠羽，哀啼而亡。

是十分难缠的人物。

他冷笑，声音亦如枭，道：“谁来受死？”

素玄的目光，遥遥落在场中。

一人步出，亦冷笑，道：“你。”

第二十章

决斗

众人回首。

夏日午后阳光灿烈，其人逆光而出，一时难辨容颜，只觉得长发如墨，身形修长如玉山孤松，黑色锦袍上云纹缭绕，随步伐行动不断变幻，远远行来便觉风神尊贵，令人难以转开目光，及至行到近前，看容貌也不过普通男子，然而却也不觉得失望，只因为那深邃纯黑眸瞳，宽阔如深海，偶一转动，便光华厉烈，锋锐逼人。

拥有这样一双明亮双目的人，怎么会是寻常人等？

静玄子的目光在对方身上上下一转，声音尖厉地道："取下你的面具来。"

来人自然是萧玦，马上帝王血液中的好战因子，自然不甘人后，早年军伍之中，没事也要拉人斗上三场，自登极后，君临天下的同时也失去了和人拼斗对战的愉悦，如今这机会实在难得，萧玦实在开心得很。

素玄目光一凝，已经认出了他的身份，愕然之下不由得看向秦长歌，后者对他展开不可察觉的笑意，暗示：无妨。

确实无妨，萧玦少年时武功底子便打得极好，后来军伍之中耳鬓厮磨，秦长歌有意无意更是替他伐筋洗髓，千绝武功虽然碍于门规没有全传，但选教的也是精中之精，最适合他练的武功，这些年萧玦从未搁下，静玄子凶悍又如何？论起悍勇，谁怕谁啊。

石台上萧玦负手而立，衣袂飞扬，对刚才静玄子的问话听若未闻。

目中闪过凶光，静玄子声音又快又急："你没听见我的话？"

"战就战，废话那么多做什么，"萧玦这才看他一眼，语气傲然，"别吠了，你不配。"

凶光更厉，似欲噬人，静玄子二话不说，哧一声，比寻常剑更长更窄，宛如毒蛇般的剑锋明光一闪，流星曳空般刹那便到萧玦喉间！

好快的剑，快得令人不及眨眼！

根本也不眨眼，萧玦一脚唰地倒踢，风车般螺旋一转，已经避过要害杀招，只是招式已经用老。在所有人都以为无论谁都必须在这样迅捷无伦的剑势下先选择后退，而后退便一定失却先机的时候，"不后退皇帝"萧玦，忽单掌就地一拍，横地而掠，黑色身影如游龙般唰地蹿前，横臂一拉，一截如同秋水的剑锋神奇地自腰间匹练般闪出，转眼到了萧玦掌心，萧玦立即转身抡臂，剑风巍巍如高山压顶，一气呵成地一剑横砍！

那一剑竟要将静玄子拦腰横斩！

大开大合，不遮不掩，气象雄伟，攻杀凌厉，老远亦可感受到扑面之风，观战众人咝地倒抽一口冷气，面面相觑——这位比静玄子更凶悍！

一惊之下惊而不乱，静玄子毕竟是一代宗师，半空一个倒蹿已避开这雷霆一剑。饶是如此，他站定后腰带突然裂开掉落，空荡荡的道袍散开来，本就瘦如枯竹的身形越发嶙峋，宛如一截竹竿挑着件衣服，看来着实有几分滑稽。众人忍不住哄笑开来。静玄子怔了一怔，青色的脸孔微生薄红，还没来得及反应，对面萧玦却已又是一剑，一丈外剑风猛烈，直劈他天灵！

横剑一架，铿然大响，连连被挫性子弥辣的静玄子，大怒之下猱身展剑扑上。

剑凝江海之光，剑起风雷之声，萧玦以帝王雷霆之舞，展大漠长河一般的雄浑悍厉剑法，一剑比一剑快，一剑比一剑狠，静玄子号称快剑，却也不得不打起全部精神应对萧玦连绵不绝狂风暴雨般的剑气。两人以快打快，以悍对悍，一时只听得场中叮叮叮叮之声不绝，到得最后因为快到一定程度，百十剑也只如一声，一黑一黄两条人影翻腾卷跃，快如流光。众人看得心旌摇动、目不暇接，数着那剑招渐渐被那超速频率所控制，竟胸闷得喘不过气来，接着便听见几声大喘，几个功力较低的武林中人，竟然一口气接不上来，晕倒在地。

有人瞪直了眼睛，喃喃道：“大开眼界，大开眼界，此生不虚，此生不虚……”

有人心跳如擂鼓，激动之下抓住自己的剑跃跃欲试，掌心里全是薄汗，所谓凶悍，所谓狂猛，众人行走江湖多年，都自以为见识过，然而直到今日，才知道什么叫作真正的悍然！

那个剑法如泼风雷暴般的男子，气势惊人无人可比，他根本连一招防守都没有，全是攻杀，按说这样完全没有防护的剑法对上高手是很危险的，然而唯因杀气过于凛冽，剑气纵横如密网，所以试图穿越剑网的招数，在那般惊人的气势面前都犹如弱草飘摇，瞬间被搅成齑粉。

就像自然的力量，山洪海啸，突临人前，其实不可能完全横扫席卷，其实未必没有逃生的机会，但那般震天撼地的强绝气势，会先控摄住人的心神，令人无力兴起抗拒的念头。

对付凶悍的人和剑法，在功力相当的情况下，唯一的办法，就是比他更凶悍，谁压住谁，谁就赢！

萧玦本就是那种战斗意志强烈的人，越拼杀越勇悍状态越好，剑招如江河狂涌，目光似日月经天，灼灼逼人，静玄子气势被夺节节后退，根本没有机会反击，只得一个后空翻连着一个后空翻躲避他的杀招，每翻一次都可以看见空荡荡道袍中的灰布亵裤，着实不雅，窃笑声不断响起。好面子的静玄子由此不敢再翻，于是更加捉襟见肘地狼狈，众人又是惊讶又是好笑，好笑之余又是相顾骇然——武林中什么时候多了这么一位剑法刚猛、气势逼人的顶级高手？

先出手的以快剑闻名的静玄子，竟然会被逼到没有再次出剑的机会！

场中剑光如冲天巨浪，如水晶之墙，如连天烈火，如呼啸飓风，萧玦剑势连环，奔涌不绝，静玄子不住后退，退、退、退……

“哧！”

软剑形似飞龙，龙首上一颗黑曜石斑斓华光于骄阳下四射，宛如杀人眼，冷冷瞪着静玄子咽喉。

萧玦的剑，终于停下。

停在了被逼到石台边缘的静玄子喉前。

风停雨歇，云尽光收，漫天杀机逼成一线，逼向敌手要害，萧玦衣袍与黑发在风中飞卷，比发更黑的眸子，冷冷看向静玄子铁青的脸。

他一言不发，却比说了一堆话的胜利者更能给人压力，全场瞪着他稳定掌心中的璀璨剑锋，手指扣在掌心，满手冷汗地等着他轻轻向前，刺入。

这一霎如此漫长，漫长到极度地寂静和紧张之下，被无尽杀气笼罩着的静玄子无法自控地咕地咽了一口口水，声音响得全场都听得见。

死亡不可怕，可怕的是等死的那一刻。

就在静玄子开始考虑是不是先开口求饶换得自己一命时，萧玦突然冷冷一瞟，收剑。

流星一抹，乍现又隐，极轻微的“呛”一声，全场人却都不由自主地震了震。

听得台上风神非凡的黑衣人淡淡道：“下次腰带换个结实点的。”

看也不看满面紫涨的静玄子一眼，萧玦转身便走。

远远地，他向树下似笑非笑注视着他的少年，微微一笑。

“嗤！”

桀骜狠辣心有不甘的静玄子，在萧玦转身的那一刻，突然满面狠毒地旋身飞剑，长剑飞射，射向近在咫尺的萧玦后心！

杀了你，我便能挽回我的耻辱！

万众惊愕，不及反应。

萧玦背对静玄，前行！

惊羽之剑，刹那便至！

……

萧玦忽然矮了下去。

修长双腿一滑，前后一字劈下！

这一矮，只剩下半人高，剑尖险险从他头顶飞过，而萧玦立即弹起，以一种难以维持平衡的姿势向后倾身单足而立，一腿猛力上抬向后弹踢，直直踢过自己后仰的头顶！

啪一声刚刚飞过的长剑被他猛力踢向身后，如电飞过他平行成直角、姿态如飞鹤的身体，以比刚才更为猛烈的力度和速度，射向飞剑出手、正得意狞笑扑上前的静玄子胸膛！

他一番动作快如闪电，于静玄子，只看见出手的剑，几乎立即神奇地向自己飞来！

静玄子大惊之下也算反应超绝，立即向后便倒。

而对面，踢出飞剑的萧玦凌空翻身，突然重重一拳，捶落地下。

一拳落，石台裂。

石板砌成的台面被击碎翻开，翻出一条深沟。

静玄子后倒的脑袋，顿时重重碰在深沟翻起的白石上。

一声闷响。

他眼前顿时烟花飞越，星光四散。

那些星光有些奇异，灼热、微腥、鲜红，冲天而起再如雨倾落。

扑啦啦落在他瞬间枯干的面上。

惊呼声如潮响起。

旁观诸人，经历了有生以来最为迅速、最为翻覆、最为凌厉和不及反应的一幕暗杀与被杀。

他们看见一场可谓山崩海啸的惊世剑法。

他们看见一代宗师对敌手的背后卑鄙暗算。

他们看见那个高贵男子宛如背后长了眼睛，以一个常人难以达到的柔韧和力度，以宛如长空之鹤的矫健凌厉身姿，回踢暗剑。

他们看见坚硬石块被计算精准地击碎。

同时四散的还有静玄子胸口上激越标出的鲜血！

第四场，静玄子死！

震惊到了一定程度，便是缄默。

沉静肃杀气氛中，猎猎夏风里萧玦不屑抬腿，冷笑道："早知道你会这样！"

啪一声将静玄子尸首踢飞，正正落于木怀瑜脚下。

碎石唰啦落地砸在木怀瑜袍角，木怀瑜脸色凶狠地抬首，恶狠狠盯着萧玦，道："规则点到为止，你却动手杀人，不能算胜！"

此言一出万众哗然，天下还有这样无耻的人！

萧玦胜出时留静玄子一命，枉为一派掌门的静玄子却在极近距离下施以暗算，那力道，明摆着是要杀掉萧玦的。

无耻到一定程度，是敌是友都会心生不齿，一些脾气激烈的汉子，已经鼓噪起来。

七大门派中人也有人面露不赞同之色，毕竟大家日后还是要混江湖的，将脸皮撕破到这种程度，以后怎么抬头见人？

而上座素玄已经冷然道："你毁约无信，我自然也可以，余下的也不必比了，我直接杀了你们便是。"

权衡利弊，木怀瑜知道自从假秘籍那一场混战，自己占尽的先机已经损失大半，再过分下去，连看客的人心都转向素玄，今日七大派便难以收场，当下冷哼一声，不再说话，却对天龙门掌门任清珈使了个眼色。

任清珈缓步而出，此时天色将暗，炽焰帮众点起火把，映得石台上一片通明，火光里那掌门却还是少年，眉如翠羽眼若点漆，形影清瘦斯文温雅，真真是风度翩翩的美男子。他上前，不急不缓地向素玄一施礼。

众人面露惊讶之色——他要挑战素玄？

有部分人露出惋惜之色，这个任清珈，据说当年也是临危受命的少年掌门，短短数年间重新起复天龙门，跻身七大门派之列，据说武功神秘，行事为人也极出色，年纪虽轻，却是仅次于木怀瑜的厉害角色，若是折在素玄手下，倒是可惜了的……

素玄在座中欠身回礼，却微微生出一丝犹豫，他只能出战一场，去赢这个任清珈……实在不上算啊……

未及他站起，已有人轻笑道："长得不错，虽然和我比差了不少，不过也配和我过招了。"

话声里，红衣如火的男子，已经意态飞扬地上前来。

他掌中红灯艳光流动，不抵他容色烟水迷离。他笑嘻嘻地看着任清珈，将他从头看到尾再从尾看到头，目光火辣赤裸，半晌吃吃笑道："我府里还差个养花的小厮，看你眉清目秀可怜见的，跟了我去可好？我会好好疼爱你的。”

语气轻佻，全不将驰名天下的一派掌门看在眼里，有些天龙弟子已经开始怒极喝骂，任清珈轻轻摆手，骂声立止。玉自熙目光一闪，笑意更深了几分——这人年纪虽轻，却挺有威望，很好，很好。

“阁下是朝廷中人，”任清珈声音也如他这个人一般，清如流泉，“怎能参与到江湖争斗中来？”

“谁说朝廷中人就不能参与？再说我现在也不是朝廷中人，”玉自熙眨眨眼，神情妖媚，“我三年前就加入炽焰帮啦，现在是玄木堂中一名头目。”

已经行到秦长歌身边的萧玦闻言不禁一笑，悄悄骂道：“这家伙说鬼话的本事越来越厉害了。”

秦长歌却皱眉看着那个任清珈，半晌道：“这个人不简单呢……”

台上任清珈似笑非笑地转向一脸尴尬的宋北辰，问：“宋堂主？”

宋北辰看着玉自熙，吃吃答不出话来，那边素玄已经接口笑道：“敝帮之幸。”

任清珈无声一笑，不再说话。

玉自熙缓缓转身，将手中红灯在石台侧的一株树上插好了，红灯蒙着精致的半透明红色霞影纱，影影绰绰映着持灯人如画眉目。玉自熙似乎很自恋地忍不住停顿一会儿，在灯前掠发整鬓，自我沉醉地欣赏。

他身后，任清珈负手向天，很有耐心地在等。

银河寥廓，漫天星子化成流光之泉自天际一泻而下，映着屏住呼吸观看台上美人的武林人士，映着赤红石台红灯娇艳。

红灯前美人对灯整衣，实在也算是很美的画面。

就是时机好像有些不对。

玉自熙却根本不管，只在大战前，隔了数丈背对敌人，专心致志地、无比自恋地欣赏自己。

似乎嫌灯纱沾了灰有些不清晰，玉自熙伸手，去掸灯上的灰。

他伸手，向前。

星光飞越！

如刹那掌间牵起一抹跨越长天的流虹，又似拉开了一段折叠的月光，或者铺开了一截飞瀑！

长笑声里，玉自熙倒飞而起，半空中一个大翻身，那自红灯中突然拉出的如流星如凤羽的长形武器，已经银光夭矫跨越数丈距离，向任清珈当头劈下！

台下一片哄然！

任谁也没想到这个妖魅绝色的男子，竟会以这般诡异的方式和角度出手，出手后的绝杀阴毒更是令人咋舌，一出“大劈手”，竟摆明了要把对方头颅劈烂！

这般出人意料、防无可防的杀手，谁曾见过？

哄然声里，谁都以为，负手向天毫无防范的任清珈，死定了。

流光飞舞，当头砸下。

银光罩遍任清珈全身，毫无死角。

银光里，任清珈突然奇异地笑了笑。

手指一抖，彩光一闪，再一闪。

几乎玉自熙对灯整发拉出银色锁链的刹那，他掌间忽然飞出一条丝索，手指一抖，丝索立即分成无数条彩色细丝，每条不过头发粗细，自五指间源源不断生出，瞬间横织竖排，漫天里都是五彩光芒。

锁链飞至，他的丝网也已成。

便听霍霍有声，那些彩色丝线如有生命般，寻着锁链中的环孔钻了进去，自动地绕上几圈，每条丝线都绑牢了一节锁链。

温和一笑，任清珈猛然挥手！

哗啦啦一声，锁链被拉得笔直，停在他头顶上方，再也无法前进一步。

风吹起一阵浓云，刮得古树簌簌作响，微微起了凉意，一抹淡淡光晕照上石台，已经入夜了。

层云逶迤，月光一暗又明，那光色有些朦胧，隐隐发出淡红的颜色。

血月之夜。

淡红月色下，红衣男子和淡青长衫的少年，相隔一丈遥遥而立，红衣男子手中银彩闪烁的锁链和淡青衣衫少年五指间七彩丝线纠缠在半空，在风中不住抖动，时不时发出拨琴般的轻吟。

真真是一幅很美的画面。如果不去仔细看锁链上的隐隐蓝光，和丝线上淡淡黑气的话。

媚然一笑，玉自熙忽然伸指，一弹。

锁链每节环扣，突然唰的一下齐齐生出倒钩，啪地将丝线割断！

彩光一敛。

赤、橙、黄、绿、青、蓝、紫七色丝线悠悠落地。

众人嘘一口长气——还是这人狡猾啊……

然而那锁链仍然处于被扯直的状态，没有回到玉自熙控制之中。

仔细一看，才发觉那丝线居然只是外面一层的包装，丝线割断，里面还有一层内筋，是灰色的仿佛野兽筋骨一般的东西，细得几乎看不见，连玉自熙的利刃也无可奈何。

众人再抽一口气——原来这个也不差啊……

美目水汪汪地一瞟，玉自熙笑赞："好！我看上你了！"

任清珈微微一笑，答："我不养娈童。"

……

轻笑若凤吟，玉自熙衣袖一拂，"流云飞袖"无声无息暗劲一涌。

锁链头突然脱节飞出，直打任清珈面门。

极速飞射所产生的呼啸声里，玉自熙笑道："打掉说话不中听的牙齿。"

任清珈微笑，轻轻"呸！"了一声。

一道黑光被他"呸"了出来，自齿缝间电射玉自熙双眼！

……

众人早已经看呆了。

这叫什么打法？

到现在为止，两个人连步子都没挪过，连手都没递出过。

还隔着丈许远近。

居然已经各自试图杀了对方三次。

这两人，一个比一个狠毒啊……

偏头让过黑光，玉自熙扬起弧线优美的下颌，深深看了一眼天上的血月，忽然唱歌般地轻轻道："我不耐烦了……"

他懒懒一伸手，锁链突然起了一阵奇异的波动。

灰筋越抖越急，晃起弧影，竟有被抖落的势头。

任清珈慢慢绽开一抹清灵的笑容，五指一抹，灰筋颤抖立止。

随即，锁链和丝线，都安静了下来，一动不动，仿若被时间或两人在暗夜中碰撞的火花，凝固。

远处暗影中的秦长歌，忽然皱了眉，萧玦"咦"了一声，想起什么似的，抬头看看天上朦胧血月，恍然地"哦"了一声。

无可奈何地叹气，秦长歌道："这人呀……明明和你不是一个性子，有时候和你还挺像的……"

"嗯……"萧玦目光明亮地看着她，"长歌，有个问题我想问你好久了。"

"嗯？"秦长歌心不在焉地问，目光一直流连在场中。

“你是不是看上玉自熙那个小白脸了……”

“啊！”

一声忍痛地低呼。

秦长歌笑嘻嘻转头，看着扭歪了俊朗的脸的皇帝陛下，轻轻道：“我穿的是高跟鞋。”

……

玉自熙和任清珈，仿佛被一条锁链和一些丝线定住了，以同样扬手的姿势，无声而恒定地立于场中。

众人一开始摸不着头脑，随即便明白，两人竟然拼起内力来了。

真诡异啊，明明都是心有千窍、花招百出的狡猾人物，却偏偏最不合常理地、最蠢地拼起了内力。

月色游移，血色越发深重。

银链光辉亦越发璀璨，宛如日光下粼粼水波，逼人眼目。

灰筋隐约间在渐渐拉长，然而无论拉得多细，始终不断。

玉自熙的媚笑，有点点僵，好像挂在脸上的一个美艳面具。

任清珈温和清淡的笑容，也失却了先前清逸自在的韵味。

他的脸色越来越苍白，相对地，玉自熙的脸色却渐渐起了微红，如白玉之上飘落的桃花，灼灼地艳丽。

众人都是行家，知道两人都已到强弩之末，生死胜负，当真只是一发间。

屏住呼吸，每个人都在等待最后战局的揭晓，这场决斗绝然不同先前静玄子那场狂风暴雨般的猛烈快速，让人尽情体验绝杀招式的酣畅淋漓的快感，这是静止的、阴沉的、杀机暗涌的决斗，其凶险，却分毫也不逊于先前那场。

时间在慢慢流过。

月上中天。

渐渐西移。

移过檐角、石台、古树，移上古树上插着的红灯。

当月光正正落于红灯之上时。

忽然血光一闪，惊虹乍起！

红灯突然不动自转，旋起血红的月光，那红光以一个精准的角度激起，虹桥般落于银彩斑斓的锁链之上。

银红光芒交织，光华大盛，那光如此热烈喧嚣，隐隐间似有妖异图案不住飞舞，令看见的人都不由得心神一窒，下意识地微眯双目。

任清珈也不例外，他正对着锁链，首当其冲，瞬间被这强光刺激得眼睫一颤，朦胧间仿佛看见烈焰之后，雪山皑皑，隐约有黑发赤足女子，身子曼妙，作惊鸿飞燕之舞。

那舞姿鲜明亮烈，婉转妖娆，莲步凤舞环佩飞旋，举手投足间无限风情，明明只是一个模糊的影子，那扭动踏步间，却也自喷薄出刻骨的诱惑，任清珈虽然武功强绝，但毕竟还是青春勃发的少年，许多年清心寡欲，哪经得这般喷血的画面？顿时内元一泄，心神一昏。

只是那么一泄，就足够了。

玉自熙所谓比拼内力，本就故意为之：等的就是这一刻。

任清珈内力一泄，玉自熙内力立即狂涌而上，手中的锁链突然直起如棍，怒龙般飞射，重重击在任清珈胸口！

噗地喷出一口鲜血，任清珈如断线风筝般飞了出去，半空中犹在呕血。

玉自熙手指一转收回锁链，顺手将灰筋也没收了，笑吟吟一个优美的转身，道："你不错，我就'点'到为止，饶你一命。"

他击碎了人家几乎整个胸骨，还毫不脸红地说"点"到为止。

真是好重的"点"啊……

木怀瑜扶起面如死灰的任清珈，面色却比任清珈更难看。

第五场，任清珈重伤。

至此，七大门派和炽焰各为两胜两败一平，势均力敌。

众人连着看了两场惊心动魄、手段奇诡的绝世争斗，现下更多的心思，倒是希望不要错过这场注定要轰动天下、百年难得一见的绝顶比试，早已打消了夺宝之心。

现在七大门派还没参战的，只剩下木怀瑜和蓬莱剑派掌门江钦。

看木怀瑜的脸色，他似是动了真怒，打算亲自出手了。

果然，众人目光汇集处，木怀瑜脸色阴沉，上前一步。

素玄哂然一笑，再次打算站起，结果却发现人群后，那两人在悄悄拉拉扯扯。

"不行。"

"行。"

"你武功未成。"

"上次施家村中蛊，阴差阳错成了。"

"真的？"

"假的我就赔你银子。"

"也不用赔银子，去龙章宫陪我谈一夜心就成。"

图书在版编目（CIP）数据

帝凰. 2 / 天下归元著. — 南昌：百花洲文艺出版社，2018.7
ISBN 978-7-5500-2829-6

Ⅰ. ①帝… Ⅱ. ①天… Ⅲ. ①长篇小说—中国—当代
Ⅳ. ① I247.5

中国版本图书馆 CIP 数据核字（2018）第 106417 号

帝凰 2
DI HUANG 2
天下归元 著

出 版 人　姚雪雪
责任编辑　余丽丽　辛蔚萍
出版发行　百花洲文艺出版社
社　　址　南昌市红谷滩世贸路 898 号博能中心 I 期 A 座 20 楼
邮　　编　330038
经　　销　全国新华书店
印　　刷　北京嘉业印刷厂
开　　本　700mm × 980mm　1/16
印　　张　20
版　　次　2018 年 10 月第 1 版
印　　次　2018 年 10 月第 1 次印刷
字　　数　335 千字
书　　号　ISBN 978-7-5500-2829-6
定　　价　42.00 元

赣版权登字：05-2018-217

发行电话 0791-86895108
网　址 http://www.bhzwy.com